一部对鲁迅弃医从文影响甚巨的书

吾輩は猫である

我是猫

なつめ そうせき
[日] 夏目漱石 著　冯静雯 译

民主与建设出版社
·北京·

图书在版编目（CIP）数据

我是猫 /（日）夏目漱石著；冯静雯译 . -- 北京：民主与建设出版社，2019.11（2023.6 重印）
ISBN 978-7-5139-2802-1

Ⅰ . ①我… Ⅱ . ①夏… ②冯… Ⅲ . ①长篇小说－日本－近代 Ⅳ . ① I313.44

中国版本图书馆 CIP 数据核字 (2019) 第 261637 号

我 是 猫
WO SHI MAO

出 版 人	李声笑
著　　者	（日）夏目漱石
译　　者	冯静雯
责任编辑	刘树民
封面设计	刘明彬
出版发行	民主与建设出版社有限责任公司
电　　话	（010）59417747 59419778
社　　址	北京市海淀区西三环中路 10 号望海楼 E 座 7 层
邮　　编	100142
印　　刷	三河市天润建兴印务有限公司
版　　次	2020 年 2 月第 1 版
印　　次	2023 年 6 月第 2 次印刷
开　　本	880mm × 1230mm 1/32
印　　张	11
字　　数	200 千字
书　　号	ISBN 978-7-5139-2802-1
定　　价	45.00 元

注：如有印、装质量问题，请与出版社联系。

目　录

第一章

在下是猫没错，但也是只会观察、思考的猫。

在下是猫。名姓不详。

出生地及年月日不详。对了，对出生的地方我还有点印象。那地方阴暗、潮湿，我好像正细若游丝地喵喵叫唤。也是在那个地方，我第一次见到这种叫作“人类”的生物。要过段时间后，我才会知道我遇到的第一个人类，是一种叫“书生”的家伙。据我后来的经验，这是人类中最坏、最凶残的一类。当然，那时候我还小，并不知道书生有时候会抓住我们把我们炖了。所以当他揪住我脖子把我拎起来时，我也不是很害怕，只是心里有些发毛。

在那书生的手里稍稍稳住了点神，我抬起头睁开眼，第一次看到了书生的脸，他是我见到的第一个“人类”。当时就觉得这家伙是个怪物，而且至今我还一直坚持这样认为。比如他的脸，竟然光溜溜一根毛也没有，像一只烧水的壶。再后来我遇到了很多我们这一种族别的猫，也没见过谁跟他一样有这样一张脸的。他的脸正中央鼓起来，那有个洞，还会经常从这个洞往外喷烟雾出来，呛得我太难受了。直到不久前，我才知道这是人类在抽烟。真是奇怪。

我放松警惕在书生手中想安安静静歇一会儿。可突然间，我不理解我为什么会旋转起来，越来越快。我完全不清楚是书生的手在转还是我自己在转。转得我开始发晕，恶心想吐，心想：这下完蛋了！然后扑通一下，眼睛一黑就失去知觉。

那之后的事，我什么也不记得。

等我再睁开眼，书生不见了，本来在一起的我的那些兄弟姐妹，还有亲妈全都不见了。而且，我来到了一个跟我先前待的地方一点都不像的地方。哎，真是怪哉。我想爬出去，但浑身都痛！原来我被从稻草堆上扔到了一个竹林里。

好不容易爬出竹林，一抬眼我却发现面前是个好大好大的池塘。我就那样蹲在塘边，想呀想，半天也想不出办法。于是我就这样想："如果使劲哭呢？说不定那个家伙就会回来接我。"但我还是觉得，我应该先试着文雅地喵几下。可我连着喵喵好半天，也没见一个书生那样的人类出现。正惆怅呢，转眼刮起了呼呼的风，风掠过水面，好冷好冷。这时候眼看日落西山。肚子饿极了，连哭的力气都没有了。现在只要有吃的，要我干啥都行，可看来我只能自己想办法了。

我悄悄绕到了池塘右边。这真难，吃奶的劲都用上了。我努力往上爬，终于爬了上去。来到了一个地方，看上去像是有生物的，那时候我还不知道"人烟"这个词。我琢磨着，要是能溜进去，多半能找到点什么填填肚子。于是，我就从那个篱笆墙的一个洞钻了进去，来到一个院子里。运气这东西真不可思议。要不是这道篱笆墙有个洞，说不定我就会饿死在路旁。再后来，篱笆上这个小洞，就成了我去拜访隔壁那只小花猫的交通要道。

回头继续说我钻进院子后的事。我钻进去了，可不知道接着该干吗。天黑又开始下起雨来，肚子更饿，也越来越冷。告诉你吧，那时候真就是十万火急。没法子，我只好大着胆往那有光亮，看着应该很暖和的地方爬。这个过程有点长……现在想，当时我是糊里糊涂钻进了那户人家里去的。

也就是在这地方，我见到了更多那个学生样的人类。首先碰上的是女仆。这位，比最先那个家伙更野蛮。一见面就连前奏都不要，掐住我脖子把我摔出门外。妈呀，我当时就觉得完蛋了！可我能怎么办呢？只好两眼一闭听天由命！

还好，我居然没被摔死。问题是那时候我饥寒交迫，只能忍着乘女仆不备再次溜进厨房。结果可想而知，我又被摔了出去。就这样，摔出去了爬进去；爬进来再被摔出去。记得有四五个回合吧。

当时我可是恨死那个女仆了。对了，就在前几天我偷了她的秋刀鱼，算是出了口恶气。

就在我最后一次被那个女仆扔出去后，传来一个人的声音："什么事这么吵嚷?"后来我才知道，这就是这家的主人。他边询问边走过来察看。当时我正被那个丫头倒提着，她告诉主人："这只野猫三番五次摔它出去，可它还是爬进厨房，烦死人了!"主人捋捋鼻下两撇黑胡子，仔细打量了我一会儿："那就留下吧!"说完转身回房去了。

这家的主人不爱说话。那个女仆气哼哼地，无可奈何把我扔进厨房。就这样，我在这家人家住了下来，成了其中一分子。

我平时很难见上主人一面。他们都说我主人职业是教师。他每次从学校回来，就一头钻进书房里，几乎从不跨出书房一步。大家都认为他是个了不起的读书人。我这里偷偷说吧，他自己装得像很刻苦读书似的，其实根本不是这样。我经常溜进书房，知道他很贪睡，尤其是中午，你会发现他总是在那睡，肚子上搁着翻开的书，口水流到书上。据说他有胃病，因此皮肤看上去有点黄，躺在那睡着了真像死翘翘了的。可他偏又特别能吃，每次都会把肚子撑坏了要吃很多胃肠消化药，吃完药就继续翻书，读两三页继续开始打瞌睡，继续把口水流到书上。我认为这就是他的课程安排吧。

在下是猫没错，但我也是一只会观察、思考的猫。

在我看来当老师真够逍遥。我想我要也是人类，一定会干这个。每天这样睡猫也会。但奇怪的是，我家这位主人看来不是这样想的，他很可能认为教师最辛苦了。不然也不会每次有朋友来访，他就要诉苦一大通。

不过有一说一，从我在这家落户后，只有主人不嫌弃我。而其他人个个对我看不顺眼，每次见到我都会抬脚把我踢开。在他们眼里我就是一个讨厌的东西!我认为这也是我至今连名字都没有的主要原因。我可真委屈，于是我只好尽量争取陪在主人身旁，再说也是他同意收留我的。主人对我也很好，早晨读报时，总要我趴在他后背上。实话实说，这并不是因为我有多喜欢主人，主要还是除了他，没人理我!

后来，我看多了人世间那些事，决定早晨睡在饭桶盖上，夜里睡在暖炉上，中午呢，要是晴天就睡在檐廊下。不过最开心的还是夜里钻进这家人的孩子们的被窝里，和她们一同入梦。所谓“孩子们”，两个大的一个五岁，一个三岁。她们住同一个屋睡同一张铺。我总是想方设法挤到她们俩中间，找到容身的位置。不过要是我运气不好，把其中一个弄醒了，那就惹下大祸。尤其那个小的，品性最坏，哪怕深更半夜也会高声号叫起来：“猫来了，猫来了！”神经性消化不良的主人就会被吵醒，从隔壁跑来。真的，前几天他还用格尺狠狠抽了我屁股一顿！

和人类在一起，我越观察越确定：都是些任性的家伙。尤其是我总是想和她们睡在一起的小孩们，更是让人无语！她们高兴起来了，就会把我拎在手里，还用布袋套住我的头，抛出塞进的，最难受的是把我塞进灶膛。而且我还不能还手，否则就会全家总动员了，对我展开全面追捕进行迫害。就说说前不久吧，我不过是在席子上磨磨我的爪子，主人的老婆就暴跳如雷，再也不许我随便进出家门。就算是我在厨房那间只铺了地板的屋子里冻得浑身发抖，他们也无动于衷。我不过是磨了磨我的爪子，这也不算什么罪大恶极吧？

我打心眼里尊敬斜对过的白猫大嫂。她每次见了我都会说：“没有比人类更不通情达理了！”白嫂不久前刚生了四个白玉似的小猫咪。听说就在第三天，在那家里寄居的学生，就把四只小猫咪扔到房后的池塘里了。白嫂流着泪一五一十地控诉着，她最后发誓：“我们猫族为了捍卫自己的亲子，为了过上温馨美满的家庭生活，一定要向人类宣战。把他们统统消灭掉！”我认为没有比这更有道理的话了。

邻居的猫哥哥杂毛也说：“人类完全不懂什么叫所有权。”它越说越气愤。本来，我们猫类不管是干鱼头还是鲻鱼肚脐，从来都是谁发现谁拥有。可人类根本不管你这些。每次我们发现美味，都会被他们掠夺走据为己有。仗着个子高，膀大腰圆，就巧取豪夺，把本来归我们的食物抢走，不要脸。

白嫂住在一个军人家里，杂毛哥的主人是个律师。还好我住在教师家，没有这类麻烦，所以比起来我算是快乐的。只要一天天打发日子就行。人类再怎么样也不可能永远火下去。好吧！就这样忍着好了，我们猫类的天下总会到来的！

说到任性这档子事，我想最好把我家主人因为任性最后丢丑的事说说。我主人似乎没什么比别人强的，可就是喜欢什么事都插一下手。像胡诌出了几句俳句就向《杜鹃》[①] 投稿，写点新诗就寄给《明星》[②]，还有那么烂的英语也敢写英语文章；他的爱好还真多，学人家射箭、唱歌，那个小提琴拉得真难听。总之吧，他没把一件事干好了的。好笑的是他只要一干起这些事来就特别专注，胃病都忘记了，有时蹲在茅房里还哼小曲，隔壁人家就给他取了“茅先生”这个外号。他不当回事，就是我行我素，旁若无人摇头晃脑地吟道：“吾乃平家将宗盛[③]是也。”大家都差点笑出来，一本正经喊道：“看呀，宗盛将军驾到！”

在我到这家一个月后吧，我家这位主人不知哪出毛病了，那天刚好发薪水，他拎个大包跑回家来。你猜包里都是些什么？他买了一堆水彩画具、毛笔还有画画的纸，似乎从今天起他要放弃谣曲和俳句，开始学绘画了。果不其然，第二天他在书房就没睡觉，而是一个劲儿在那画。问题是谁也看不出他画的那些是什么玩意儿。看来他自己也知道，所以有天，他一位搞美学的朋友来看他，我听到了他们下面这番对话：

“看别人作画，好像很简单，问题是我自己一动笔，才知道还真是难呀！”

主人大发感慨。这倒说的是实话。

他朋友从金边眼镜里看他的脸：

“当然了，怎么可能一开始就能画好。没人能一个人坐在屋里凭

---

① 《杜鹃》：正冈子规一八九七年一月创办的俳句刊物，后由俳人高滨虚子主持。《我是猫》第一章就发表在该刊一九〇五年一月号。

② 《明星》：与谢野铁干一九〇〇年四月创刊的诗刊，诗歌改革与浪漫主义派的中心阵地。

③ 宗盛（一一四七——一一八五）：即平宗盛。日本平安时代武将。

空就能画出来，那个意大利画家安德利亚①说：‘画画的人，首先要去临摹大自然。天有星星，地上有露水花草；天上飞着鸟，地上跑着野兽；池塘里的金鱼，枯树上的寒鸦。大自然本身就是一幅巨大的画册。’明白了吗？你要也想画出像样的画，干吗不去试试写生画呢？”

“是吗，安德利亚真这样说过？我怎么一点都不知道！说得太对了，就是这样的！”

我主人佩服得五体投地，可他朋友却在金边眼镜后偷笑。

第二天到了中午，我自然要去檐廊下美美睡个午觉。鬼知道主人竟然不在书房睡觉，走了出来，走到我身后在那不知折腾什么，把我吵醒。我想看看他到底在干些什么，就偷偷把眼睁开一条细缝一看。哈！他的样子真是要笑死我。原来他是在听从安德利亚的教诲。画起我来了。一点都看不出他朋友那是在耍弄他。我正好也睡足了，很想打个哈欠。但是，他这样用心画画，我怎么好意思打搅呢？于是我强忍哈欠，一动不动。我看时他刚画出我的轮廓，开始给我的面部上色。坦率说吧，就一只猫来说，我算不上仪表堂堂，无论身段、毛发还是五官，都不敢说比其他猫咪们强。可我再怎么难看，也不至于是他画的这种丑模样。不说别的，颜色就不对。就拿我的毛来说吧，有点像波斯猫，浅灰色带点黄，还有漆样油光的一身斑纹。这一点我想是不容置疑的。可你看看，主人涂抹的那都是什么，既不是黄，也不是黑；灰也不是，更不是褐色。综合色？也不是。反正我看不出是什么，最多算是一种颜色。对此我无话可说。更搞笑的是居然没有眼睛。不错，作为一幅睡态写生画，倒也没的说。可脸上找不到眼睛，那就弄不清是睡猫还是瞎猫了。我暗自想：再怎么学安德利亚，就凭这，也拿不出去！然而对主人的热忱，我不能不佩服。我本想尽量不动，可憋不住了想尿尿了。我浑身都被尿涨得难受死了，没法继续忍着。不得已，只好对不起您了。我双腿用力朝前一伸，脖子往下死劲一抻，打了个好大的哈欠。我

---

① 安德利亚（一四八六——一五三〇）：意大利佛罗伦萨文艺复兴鼎盛期著名画家，壁画《圣餐图》最享盛誉。

可没法再假装斯文。反正已经打乱主人的构思，索性到房后去方便一下吧！我慢条斯理爬了出去。而主人在那又气又急，大骂着：“混账东西！”

“混账东西”是我主人唯一会的骂人话。不过，他丝毫也不理解人家一直克制自己的心情，竟然信口骂我“混账东西”，太不像话了。要是平时我爬上他的后背时，他能给点好脸子，人家倒也愿意忍受这样被辱骂。问题是我要尿尿了，他也不让我爽快去尿。居然还要骂一声混账东西，这也太霸道了！看来人对于自己过于自信，总是自以为了不起。如果没有比人类更强大的动物出现，收拾他们一顿，真不知今后他们会嚣张到怎样的地步！

要只是这样，还能够忍受！问题是有关人类的缺德事，我听到了太多比这更厉害的。主人家屋后有个十坪（33 平方米）大小的茶园，虽不大，但幽静向阳。每当孩子吵得太凶、难以美美睡午觉，或者是无聊了，我就会溜到那，养猫家我的浩然之气，都成习惯了。

金秋十月小阳春，风和日丽呀，午后两点钟，我用罢午膳，美美睡了一觉，然后去室外运动运动，不知不觉来到那个茶园。我在那里每棵茶树的树根上都闻闻，闻着闻着就到了西侧杉树篱笆墙边，看见一只大黑猫酣然沉睡在那些枯菊上。看情形它没察觉到我；也可能察觉了，只是不把我放在眼里，依然响着浓重的鼾声，在那做自己的梦。有别的猫擅自闯进院落，居然还能睡得安闲，这不能不让我佩服它的胆量。它是只纯种黑猫。刚过正午的阳光，将光洒在它纯色的黑毛上，那些绸缎似的毛仿佛燃起了看不见的火焰。它身材魁梧，看上去足足大我一倍，是名副其实的猫大王。我又叹赏又好奇，竟然忘乎所以来到了它面前，开始全神贯注地观察它。鬼知道怎么就会发生这样的事，风把杉树篱笆上方的梧桐枝轻轻摇动，两三片梧桐叶落在枯菊上。猫大王猛然睁开眼，不怒自威。至今也还记得，它那双眼睛远比世人所珍爱的琥珀还要晶莹剔透。它一动不动，就炯炯看着在下的小脑门问：“你他妈是什么东西！”

这猫大王嘴也太损了点！可它声音中有股威力，我认为就算是一条狗也会被吓破胆。因此，我自然就开始发抖，不过还是强作镇静，装出一副酷酷的样子冷冷回答：

“在下是猫。姓名不详……至少我自己不知道。”

我的心比平时跳动得快了估计有好几倍。

猫大王的神态简直就是对我不屑一顾：

“你这也能算是猫？你要笑死老子。好吧，说说你住哪？”它这样有点过分了。

“我住在这位老师家中。”

“一看就知道是这样！太瘦了点吧？”

当然，既然是大王，说话盛气凌人能理解。听口气，它不像个良家之猫。不过看它一身肥膘，倒像是吃香喝辣，养尊处优的。我斗胆反问一句：

“请问，怎样称呼您呢？”

它昂首朝天傲慢地回答：“我是车夫家的大黑！”

车夫家的大黑在这一带可是家喻户晓的粗野蛮横。不过也是，既然住在车夫家，有力气没教养也就理所当然，因此，谁都不和它来往，都和它保持距离。我一听它的名字，忍不住就有点替它脸红，轻蔑之心油然而生。

我首先想测试一下这家伙的智力，下面是这次对话：

“你认为车夫和老师，到底谁更了不起？”

“肯定是车夫呀！看看你家主人，瘦得皮包骨似的。”

“看来因为你是车夫家的，所以才这么肥壮了。看来车夫家的生活很不错？”

“至于吗？我大黑到哪不都吃香喝辣。小东西，听好了，以后别总是在个茶园里打转，干吗不跟着俺大黑呢？不要一个月，保你膘肥体壮，不但人，就是猫也认不出你了。”

“那就多多拜托老大您了！不过，说到住的地方，老师家可比车夫家宽敞！”

“浑蛋！房子再大能填饱肚子吗？”

它发起火来两只像紫竹削成的耳朵不住扇动，说着它就挪动大屁股大摇大摆地走了。

就此，我和车夫家的大黑成了哥们。

那之后呀，我就开始经常跟大黑见面。每次它都会吹嘘一番车夫。对了，前面我说的“人类的缺德事”，有些就是大黑告诉我的。

一天，我和大黑照例躺在茶园里天南海北闲聊。它一如既往开始吹嘘自己那些老掉牙的“光荣史”。它突然问我：

“你小子捉到过几只老鼠？”

论知识不是吹，大黑没法跟在下相提并论的。不过说到力气跟胆量，我承认不是它对手。但这不等于我就会主动向它承认，这点涉及自尊心呢。不过，我也没法装抓到过老鼠，所以很不情愿回它：

“真的，一直想抓，不过还没动手！”

大黑哈哈笑起来，鼻尖上翘起的猫须一个劲乱颤。

大黑有些弱点。只要你对它表示臣服了，从喉咙那发出点呼噜响，它就成了个最容易哄骗的猫。和它混熟不久，我就掌握了这个诀窍。像现在，要是强行为自己辩护，会引起它发怒，我才不会这样蠢。最好的办法就是让它大吹大擂一番自己的光辉史，给它戴几顶高帽子。于是我说：

“老兄德高望重，一定捉过很多老鼠吧？”

一听这话，它立马开始在墙洞中吹嘘起来：“不算多了，也就三四十只吧！”

它得意扬扬起来就没法停住。它继续宣称：“一二百只老鼠俺大黑单枪匹马，保证随时消灭光！不过黄鼠狼那玩意儿，不太好对付！我和黄鼠狼较量过，算是倒血霉了！”

大黑瞪起眼睛：

“去年大扫除的时候，我家主人搬一袋子石灰进廊下仓库，好家伙，一只大个的黄鼠狼窜了出来。”

“呀？”我装出一副吃惊的样子。

“黄鼠狼这东西比耗子只大那么点。我于是大喊一声：哪里跑你这小畜生！然后乘胜追击，把它赶到脏水沟里去了。”

“厉害，厉害！”我为它喝彩。

“可你哪知道呀！那家伙竟然放了他妈的一个臭屁！臭不臭？这还用说，那之后我只要一见黄鼠狼就恶心！”

它仿佛又闻到了那股子臭味。伸出大爪子擦擦鼻子。看到这样子，我也有点觉得怪可怜的，就给它鼓劲。

“不过那些老鼠呀，只要老哥您瞪一眼就一命呜呼。抓老鼠您可是赫赫有名，不会是吃多了老鼠才这样身宽体壮吧？”

我本来是想讨好一下它，谁知道它竟然叹息起来：

“这事想想很无趣。再能抓老鼠又能怎样？这世上人真是不讲理，把我们猫捉的老鼠都抢了去送给警察。警察会管是谁抓的？据说一只老鼠五分钱。光送老鼠我家主人就赚了一元五角钱。可他从不会为我改善一下伙食。人这东西没一个好的，全都是强盗！”

说到这大黑不禁满面愠色，背毛倒竖，猫眼瞪圆，我看了有些害怕。看来连它这种愚蠢的猫都知道这个道理。我赶忙应酬两句，回家去了。

从此我下定决心不捉老鼠，反正吃不到嘴再好吃也白搭。我也不做大黑的跟班。与其吃得好，还不如睡得甜。在教师的家时间久了，我们猫也会受到影响，要是不小心点，说不定哪天也会传染上胃病。

对了，我家老师主人直到最近才明白，自己在画水彩画方面毫无希望。他在十二月一日的日记中这样写道：

“今日开会，第一次见到了某公。都说此人风流放浪，是老司机。我想说他与其是被女人喜欢才放荡，还不如说本性如此。听说他老婆是个艺妓，真叫人羡慕。原来，骂人风流的人，其实是自己没有风流的资本；而那些自命风流的，也多半是没有资本风流。这种人本来不是不风流就会活不下去，偏要装出一副风流的样子给人看，就像我画水彩画纯粹是浪费时间。还要装出一副我就是行家里手的样子最终没法毕业。以为只要去喝喝花酒，逛逛艺妓茶馆就能成为情场高手？假如真这样，那我也能成了不起的画家！看来我还是放弃画水彩画的好。就算这样有点乡巴佬，也好过不懂装懂。”

对主人这种理论，我实难苟同。居然还羡慕别人的老婆是艺妓，作为一名教师，这种话也说得出口。不过他对自己画水彩画这个问题的点评倒是很到位。只是他就算有自知之明，也没法抵挡要去自我陶醉，所以才几天他就又在日记里写道：

“昨夜梦：梦见我放弃了画水彩画。但不知是谁把我画的那幅画镶在漂亮的镜框内挂在窗楣上。我自己看了都觉得是佳作。太棒了。

我欣赏到天亮。睁眼一看，还是一样拙劣的玩意儿，阳光下没什么能逃脱。”

看来我家这位主人根本就没放弃画水彩画这事。可不要说水彩画家，就连所谓的风月老手他恐怕也当不成。

梦见水彩画的第二天，那位戴金边眼镜的美学家又来造访。他刚一落座就问：

“绘画怎么样?”

主人神色自若：“听从您的忠告，正在努力写生。的确，一画写生，从前未曾留心的物体形状及其色彩的精微变化，似乎都能了然于胸。西方画就因为强调写生，才有今日的成就。好个安德利亚!”

他若无其事，只字不提日记里的话。

美学家搔搔头笑着说：“我那是在胡说八道。”

“什么?”主人还是没明白人家是在捉弄他。

“你不知道？就是安德利亚那番话，是我胡诌的。你竟然那么信以为真。哈哈哈……”

美学家笑得前仰后合。我在檐廊下听了这段对话，无法不去设想主人今天日记将写些什么。

这位美学家竟把捉弄人当乐趣。他也不管安德利亚事件会给主人带来什么影响。得意忘形的他又讲了下面这个故事：

“哈，没想到几句玩笑人们就当真，这真滑稽得出美感，有趣。前几天我对学生们说：是尼古拉斯·尼克贝①劝服了吉本②没用法语写他的《法国革命》③，而是用英文。那个学生在日本文学研讨会上当真复述了我这话，真是滑稽。当时一百多人，竟然听得津津有味。你说可笑不可笑。”

---

① 尼古拉斯·尼克贝（Nicholas Nickleby）：英国小说家狄更斯（Charles Dickens，一八一二——一八七〇）一八三四年完成的长篇小说《尼古拉斯·尼克贝》中的主人公名字。

② 吉本：（Edward Gibbon，一七三七——一七九四）英国历史学家，著《罗马帝国衰亡史》六卷，但未曾著《法国革命》。

③ 《法国革命》：为英国十九世纪的卡莱尔所著。这几句表明胡诌八扯以捉弄人。

“还有更可笑的。不久前，在一个有××文学家莅临的聚会上，讨论起了哈里森[①]的历史小说《塞奥伐洛》，我评论说：‘这部作品是历史小说中的白眉，尤其女主人公临死那段，真是鬼气森森。’坐在我对面的那位‘百科全书’先生竟然连连点头：‘是呀，是呀！那一段的确妙笔生花。’我自然就知道了，那位先生和我一样根本没读过这部小说！”

我的神经性胃炎患者主人瞪大眼问：“你妖言惑众，不怕对方真读过？”

听了这种话，我想这岂不是在说：只要不被揭穿，骗人倒也不坏？

那位美学家正儿八经说：“到时候一口咬定，是弄混了，要不就胡扯一通嘛！”说完他哈哈大笑。这位美学家别看戴着金边眼镜，可我觉得他跟车夫家的大黑一个样。

主人吸的是“日出”牌香烟，他吐着烟圈，多半是在想：“我可没有那么大胆量。”而美学家看他的那种眼神简直就是在说：“所以你才画不了画。”他说：“玩笑归玩笑。画画的确不是件容易事。据说，达·芬奇[②]曾叫他的弟子画寺庙墙上的污痕。真的，不信你走进茅房，仔细看墙上漏雨造成的痕迹，说不定就能画出妙不可言的画儿呢！你不妨试试看。”

“又骗人吧？”

“哪里，这次是真话！难道这话不精辟？这可是达·芬奇才能说出的呢。”

“想想还真是够精辟。”

主人看来是又深信不疑了。但我不认为他真会去茅房里写生！

车夫家的大黑后来变成了瘸猫。他原本油光锃亮的毛也开始褪色脱落。我曾夸奖过的那对比琥珀还美的眼睛，也已沾满了眼屎。尤其它身体越来越瘦弱，意气消沉。我最后一次跟它在茶园见面，

---

① 哈里森（一八三一——一九二三）：英国法学家、文学家、哲学家。

② 达·芬奇（一四五二——一五一九）：意大利文艺复兴时期美术家、自然科学家、工程师。

问它怎么了？它说：

“哎，黄鼠狼的屁，鱼贩子的扁担，可把俺坑苦了。”

那让赤松林染上两三抹红的枫叶，如今已凋零尽了，很像一个古老的梦；洗手钵旁的红白二色山茶花，也落英殆尽。洒落在南面六尺回廊上的冬日也已然西斜。寒风萧瑟的日子越发多起来，看来我在此午睡小憩的惬意也将渐渐荡然。

那些日子主人天天去学校，回来后就闷坐在书房里不出去；有人来了还是继续念叨：“做老师够了，够了……”那些画画的东西也很少再去动，胃药的疗效不再有，胃药也不再吃。孩子们天天上幼儿园，回到家里就唱些乱七八糟的歌，要不就拎起我尾巴，把我倒提起来。

我不记得什么时候吃过好吃的，因此我也就不可能肥胖。好在身体没问题，也没有像大黑那样变成瘸子，至于光阴吧，虚掷也只好虚掷了。

我发过誓决不捉老鼠。女仆还是那样讨厌。还是没谁记得为我取名字。不过也没什么。猫的欲望也一样无止境呢！我倒想这样，就住在这位老师家，度过猫家我默默无闻的一生！

第二章

这充分证明了，人类从利己主义出发推导出的“公平”原则，可能比猫族进步点，但要是说智慧，可比我们猫族低劣。

新年过后是新春。我渐渐有了点名气。别看在下是猫，也能志得意满，睥睨一下了。真不错！

元旦那天一大早，主人收到一张彩绘明信片。这是他的一位画家好友寄来的。名信片的上半截涂红了，下半截涂成墨绿，中间用蜡笔画着一只蹲着的动物。主人横过来看竖过去瞧，不由得赞叹：“着色妙不可言呀！”我以为他赞叹一句也就完事了。不承想他继续在那看个没完；扭身，伸手，活像个老人在看三生相；又对着窗子，把画儿举到鼻尖近前使劲看。他要是还不停下来，我在他腿上可有点危险了。他又低声说：“这画的到底是个啥呢？”

我这才知道点，原来我这主人赞赏归赞赏，看不明白照样是看不明白那张明信片上的画儿。因此，一直在苦想。真这么难看明白吗？我儒雅地半睁我的睡眼，不是很认真瞧了瞧，呵，画中那个动物不就是我吗？我想这位画家一定没听人胡咧咧过什么安德利亚，所以才能这样把俺画得端端正正。任何人看了都会认为是只猫。如果稍有眼力，还会看出画的不仅是猫，而且不是别的猫，正是在下。连这明摆着的都不懂，还要如此耗费精力去研究，我突然觉得很有点同情他们人类起来。可惜是我没法提醒那就是我的肖像。你就算是没认出是我，也该看出那是只猫。跟人类交流真困难。算了，既然是人也就无可厚非。人毕竟天性愚钝，更别说听懂我们猫族优美的语言了。

顺便向读者声明一下：人类有个毛病，动不动就猫呀猫怪叫，毫无理由就用轻蔑的口吻评论我。这很不好。那些教师之流对自己的愚昧浑然不知，还要摆出副高傲的面孔。他们很可能以为人类的垃圾生出了牛马，牛粪马粪里就能造出我们猫族来。这对他们这种智商来说，也许习以为常，然而客观来看可不是多体面的事。就算是猫，也不是粗制滥造画得像的。在外族眼里，或许觉得猫是一个样，毫无个性特色，其实你只要去我们猫族世界转转就会知道，猫也是一样千猫千面，各有特征。眼神、鼻型、毛色、步伐都各有千秋，不尽相同。更别说竖胡须、耳朵，就算是翘尾巴、耷拉尾巴，也远近西东各不同。再把每只猫的品行好恶算进来，猫的社会真可谓千差万别了。然而，尽管存在着这么明显的差异，但据说人类眼皮只顾上翻，两眼朝天望。不要说对我们的性格，就连对我们的长相也辨认不清，这些家伙真可怜！古人云"物以类聚"，此之谓也。卖年糕的了解卖年糕的，猫了解猫。也只有猫才能了解猫的世界。不管人类社会怎样发达，仅就这一点来说，显然力不从心。何况人类并不像他们自己以为的那么了不起。加上我家主人这类家伙从来缺少同情心，哪能懂得"爱的第一前提是彼此间的了解"这样深刻的道理？他像牡蛎似的成天把自己关在书房，从不跟外界交流对话，还要装出一副我最达观的可笑样子，真滑稽。其实，他一点也不达观，铁证如山在此：

分明是我的肖像摆在眼前，却丝毫认不出，还装模作样、胡诌什么："今年是日俄战争第二年，很可能画的是一只熊①吧！"

以上都是我趴在主人膝盖上眯起眼睛思考的。后来，那个女仆又送来了第二张彩绘明信片。仔细看才知道是活版印刷的，四五只西洋猫排成一排：有握笔，有翻书，都在用功。其中一只离开了座

① 熊，日俄战争时，日本人称俄国人"北极熊"。

位，在桌角前边唱着“猫呀，猫呀”① 跳起了猫恰恰舞。明信片最上面用日本墨写着“在下是猫”四个大字。右边写了一首俳句：“读读书，跳跳舞，猫儿春一日。”这是主人的旧日门生寄来的。其中含义，只要是个人都会一目了然。可粗心的主人却没懂，歪着头纳闷，自言自语说：“今年是猫年？”我都这样出名了，他竟然浑然无知。

紧接着女仆又送来了第三张明信片。这一份不是画片，上写“恭贺新年”；旁书“不揣冒昧，烦请代向贵猫致意”。既然写得一清二楚，主人再粗心也该懂了，他哼一声，瞧瞧我的脸。那眼神似乎对我略有敬意。主人一向被世人看不起。这下子沾我的光露了点脸，对他实在是不容易。所以对我有敬意理所当然。

门铃响了。有客人来。每逢客至，总是女仆前去迎接。按老规矩，除非鱼贩子梅公登门，我是不必出迎的，因此我泰然自若蹲在主人膝盖上。

可我看到，主人像看见债主闯进家门似的，神色不宁朝正门张望。他好像一向都讨厌陪着拜年的客人喝酒。人古怪如斯，也实在令人遗憾。既然如此，早点出门去不就行了？可他又没勇气，越来越暴露出牡蛎本性。

片刻，女仆报告寒月先生驾到。寒月这个人，是主人昔日门徒，如今据说比主人混得阔气多了。不知为什么，他常到主人家来玩，一来就不倒干净肚子里的愤愤不平不会走。例如有女人很可能钟情于他，又感觉没有；例如人生很有意义，又很无聊；太悲惨，又很欢快之类。他偏找我家主人这样的窝囊废倾诉他那些废话。这本来就很令人费解了，可我家牡蛎式主人听了还会为他帮腔，笑死猫了。

“好久不见。实在不好意思，从去年年末开始一直大忙特忙，几次想来，两脚却终于没朝这个方向迈。”他搓和服外褂的衣带，说些鬼话。

“都朝什么方向迈了？”主人一脸严肃，扯着印有家徽的黑棉袍袖口。这件袍子里面是棉花，袖子太短，里边的粗布衣袖露出半寸。

---

① “猫呀，猫呀”：日本流行歌。“您说我猫呀猫呀的。可是小猫能够穿上木屐，拄着拐杖，披着带条纹的睡衣走来吗？”

“啊，嘿嘿……是另一个方向了。”寒月先生笑得很有些尴尬。

主人看到寒月先生门牙掉了一颗，问道：

“你的牙怎么了?”

“这个吧，是在一个地方吃了点蘑菇。”

“吃什么?”

“蘑菇。我用前牙咬蘑菇伞，一下子门牙不见了。”

“吃蘑菇也能崩掉门牙？你很老了吗？说不定这能写出一首俳句，但恋爱可就谈不成了！”

主人用手轻轻拍打我的头。寒月先生对我大加赞赏：

“啊，还是那只猫吧？肥多了嘛！瞧这块头，和车夫家的大黑比，也毫不逊色呀！太棒了。”

“噢，近来长大了不少。”主人得意扬扬开始敲我的头。我的头被敲痛了，要不是刚听到夸奖，还真有点受不了。

“前天夜里还举行了音乐会呢!”寒月先生将话拉了回来。

“在哪儿?”

“别管在哪儿，您还是不问的好。总之，三把小提琴和钢琴伴奏，好有趣。有三把小提琴就算拉得不好，也还听得下去。两名是女的，我夹在中间，觉得自己拉得也不错嘛!”

“什么？慢点，慢点。那两个女人都是干什么的?”主人不胜艳羡。

别看主人平时一本正经苦着脸，他可是对女色很有爱好呢。有一次他读一部西洋小说，作者这样描绘书中一个家伙：钟情于任何女人。统计证明，他对十分之七的过路女人都入迷。主人读后很激动：“真理呀!”

如此好色竟然过牡蛎式生活？对此在下作为猫类实难理解。有人说他这是失恋后遗症，有人说是胃病折腾的，也有人说是因为钱不多而想要泡妞就得多金。管他什么原因，反正又算不上跟明治史有关的人物，无所谓了。不过，他询问寒月先生小提琴女伴的口吻，正是他爱好女色的明证。

寒月先生用筷子从小拼盘里夹了一块鱼糕，津津有味地用前齿咬成两半。我真担心他会把剩下的门牙崩掉，还好这次安然无恙。

“没什么，两位沦落风尘的小姐，你不会认识的。”寒月冷冷地说。

“原来——”主人拖着长腔略去“如此”二字，做沉思状。

也许寒月先生觉得正是火候，他试探着诱惑我主人：

“多么好的天气呀！阁下如果有暇，为什么不跟我一起出去溜达溜达，在家宅着多没意思。皇军刚攻克了旅顺，街上正热闹呢！”

看主人的表情好像是在说：与其谈论攻克旅顺的喜讯，还不如听寒月说他女友的故事。不过他想了一会儿还是下定决心出去转转，毅然起身。

“那就走吧！”

主人照例穿那件印有家徽的黑棉袍，外加一件棉坎肩。据说这是他兄长的遗物。都穿了二十年了已经很旧。结城出产的丝绸再结实，也经不住穿这么多年。好多地方的棉花都已经很薄，那些补丁的针脚，阳光下看得很清楚。主人穿衣从来就没有年末岁初之分，也没有便装跟礼服之别。出门时，他总是这样袖起手来，抬脚就走。他是没有外衣呢还是嫌麻烦不想换？在下不得而知。不过，我不认为这跟他是否失恋有关。

等那两人出了门，我可就不再装绅士了，把寒月先生吃剩的鱼糕渣全部干掉了。我认为我可不再是只普通的猫。至少有和桃川如燕[1]之流笔下的猫，甚至葛雷[2]笔下偷吃金鱼的那只猫相提并论的资格了，现如今车夫家的大黑之辈在我眼里早就不值一提！现如今我就是把盘子舔干净，也不会有谁说三道四。何况背着人偷吃零食这档子事，又不是我们猫族的独创；主人家的女仆，不也是经常看女主人不在，连偷带吃、吃了再偷？岂止女仆，就连夫人吹嘘的她那几个受过良好现代教育的孩子，也有了类似倾向。就在四五天前，我就看见两个女孩早早醒来，趁她们的爸妈还在梦中，自己在餐桌前坐下。一般她们都是跟着我主人，在自己那份面包上撒点糖吃。

---

① 桃川如燕（一八三二——一八九八）：说书先生，本名杉浦要助。明治以前很活跃。著《猫怪传》，号称猫如燕。

② 葛雷（一七一六——一七七一）：英国诗人。他曾写《对溺死于金鱼钵的爱猫悼歌》。

那天糖罐不知道怎么没收拾起来，正巧就在餐桌上，罐子里甚至还有只匙子。因为没人给她俩分糖，那个大的就自己从糖罐里舀出一匙糖来放在自己碟子里。小的就跟着学，同样舀出一勺放到自己的碟里。姐姐就怒视跟自己学的妹妹一眼，妹妹也不示弱瞪着姐姐，姐姐于是再给自己来上满满一匙；妹妹当仁不让同样来一下。这时，姐姐又舀了一大匙，妹妹不肯示弱，也再舀了一大匙。姐姐继续来一匙，妹妹义无反顾，就这样你一下我一下，不一会儿两人面前的碟子就堆积如山，罐子里的白糖也就没有了，这时女主人才揉着睡眼，从卧房出来看到了。好不容易才把她们舀出来的白糖装回到糖罐里去。这充分证明了，人类从利己主义出发推导出的“公平”原则，可能比猫族进步点，但要是说智慧，可比我们猫族低劣。不等白糖堆积起来，就赶快舔光多好。但是一如既往，在下的话他们根本听不懂，我虽满满的遗憾，也只能趴在饭桶上作壁上观。

主人陪寒月出门后究竟去了哪，怎么去的不得而知。那天他回来得很晚，第二天起来吃早餐都九点钟了。我照例趴在饭桶上。主人自己在那儿不出声地吃煮年糕。一块又一块。年糕虽小，可他一连吃了六七块。他留下最后一块剩在碗里，说声“不吃了”，放下筷子。要是别人这样，他可不会答应。看来他很乐意这样摆主人威风，看着混浊的菜汤里焦煳的年糕，竟然无动于衷。

女主人从壁橱里拿出胃药放桌上。主人说：

“这药不顶用，我不吃！”

女主人一个劲儿劝：

“可是听人家说，这药对于淀粉多的食物很有效的。还是吃吧！”

主人犟劲儿来了：

“管它淀粉什么的，反正是没效果。”

“真没恒心！”女主人嘀咕着。

“不是我没恒心，是药没效。”

“那前些天你怎么说‘大见功效，天天都吃’？”

“那些天见效，可这一阵子又不见效了！”他的回答像做对子的。

“这样吃吃停停的，再灵验的药也没法奏效。如果不耐心些，胃病可不像别的毛病，不容易好啊！”女主人回头看看端着茶盘在一旁等候的女仆。女仆赶快为女主人帮腔：

“是呀，太太说得很对。老爷要是不继续吃一段时间，就没法知道到底是好药还是坏药。”

“管它呢。不喝就是不喝。女人懂个屁！住口！”

“女人怎么了！”女主人把胃药推到主人面前，那气势似乎是不吃不行的。可主人根本不理睬，回了书房。

女主人和女仆你看看我，我看看你，扑哧笑起来。我深知此时我要是跟进去，爬上主人的膝盖，肯定要倒霉。我就悄悄溜到院子里，爬到书房的檐廊从门缝往里偷看，主人正打开爱比克泰德①的书在读！假如能像通常一样读得进去，还算不错。但过了五六分钟，他狠狠把书往桌上一扔。“我就知道会是这样结果。”我很有些得意地继续观察，他拿出日记本，写下这样一段话：

“与寒月去根津、上野、池端、神田等地散步。池端酒馆门前，有几位艺妓身着花边春装，在玩羽毛毽子。服饰虽美，容颜极丑，有点像我家的猫。”

真讨厌，形容难看干吗拿我做例子！我如果也到剃头棚去刮刮脸，丝毫不会比人类差。人类自负如此，真没办法。

“拐过宝丹药房路口，迎面又见一艺妓。身姿婀娜，双肩如削，模样俊俏。一身淡紫服装，衬托出她的雍容大方。她皓齿如雪，嫣然而笑：‘源哥，昨夜太忙嘛，所以……’真没想到她的声音居然像乌鸦一样嘶哑，使她那难得一见的风韵大为减色。甚至叫人懒得回头瞧瞧她所谓的源哥乃何许人也。我只得继续袖着手，向官道②走去，而寒月不知为啥，有些意乱神迷。”

再也没有比人心更难理解的了。此刻主人的心情，是恼怒还是兴奋？还是正在哲人的遗作中寻找些慰藉？鬼才知道。他是在冷嘲人间？还是巴不得快点去到尘世里？是因无聊小事大动肝火？还是超然物外？简直莫名其妙。猫族才不会这样复杂。我们想吃就吃，

---

① 爱比克泰德（约五五——?）：古罗马斯多葛派哲学家。他的伦理学格言是：“忍受，自制。”

② 官道：由筋违桥（今万世桥）至上野广小路，因将军常从此路去参拜上野神社，故名。

想睡就睡；生气了就尽情发火，伤心了就哭它个死去活来，首先，绝不写日记之类没用的玩意儿，因为没有必要写。只有我家主人这样表里不一的，也许才需要写写日记，让自己见不得人的真情实感在见不到人的地方发泄一通。至于我们猫族，行走坐卧、拉屎撒尿，这才是货真价实的日记，没必要煞费苦心去掩盖自己的真面目。有写日记的工夫，还不如在檐廊下睡它美美一大觉！

“昨晚神田某亭晚餐，饮两三杯久未沾唇的‘正宗’酒。今晨胃口绝佳。窃以为夜饮，对病胃者多有裨益。高淀粉酶就是不行。你就是说出个花来，它也还是不顶用。不顶用就是不顶用。”

主人无端攻击高淀粉酶，好像在跟自己吵架似的。早晨那股肝火，竟在这时露出马脚，由此可见人类记日记的真实原因。

“前阵子听说，禁早饭即可医胃，我就试着免了早餐，落得个腹中咕咕，却疗效全无。又某人忠告曰：须禁用咸菜。依他说，一切胃病的根源都在于吃咸菜。只要禁用咸菜，胃病自然会消失，身体康复是毋庸置疑的。其后，我一周没吃咸菜，但病情如故，因而，近又开始吃咸菜了。又请教某某，他说：只有按摩腹部才见功效。但一般按摩无济于事，必须用皆川①式的古法按摩一两次，一般胃病都会手到病除。据说安井息轩②也喜欢这种疗法，连坂本龙马③那样的豪杰也常去按摩。我便急往上根河畔求人试试。但说只有按摩骨头才行，不将五脏六腑翻个个儿，很难根治云云。真残酷。按摩后，身子像棉花团，跟得了昏睡症似的。所以，按摩一次就告饶了，实在不敢继续领教。那个A君还说过：必须禁固体食物。从此，我天天喝牛奶度日。那阵子，腹内如大河涨水哗啦啦的，不得安眠。B君又说：要用小腹呼吸。只要使内脏运动，胃部功能自然强健。此法我也试过，但总觉得肚子里难受得不行。而且，尽管一时记起来

---

① 皆川：即皆川淇园（一七三四——一八〇七）江户末期儒学家，京都人，博学多艺，门下三千余人。著《名畴》《易原》等。

② 安井息轩（一七九九——一八七六）：日本江户末期儒学家，著《管子纂诂》《论语集说》等。

③ 坂本龙马（一八三五——一八六七）：日本江户末期土佐藩的武士，致力于王政复古，后为刺客所杀。

了，就开始聚精会神用小腹呼吸，但不过五六分钟又忘得一干二净。如若不想忘记，就总是挂记着小腹，弄得书也读不下，文章也写不成。美学家迷亭见我这般模样，嘲笑说：你又不是临产的孕男，还是算了吧！于是自己作罢。C先生给出的答案是：吃荞面条也许会好。于是，我便一碗接一碗快速吃起清汤荞面。问题是这样我总拉肚子，完全没有效果。为了治胃病，多年来我试了一切可试的方法，可全都是白费功夫。只有昨夜与寒月君喝下的三杯‘正宗’老酒才奏效。那么，今后就每天晚上贪它两三杯吧！”

这项决定恐怕也不会持久。主人的心，像猫眼珠似的瞬息万变。他不论干什么都没常性。而且，他既然在日记里那么担心自己的胃病，又打肿脸充胖子，实在可笑。前些天他朋友某某学者来访，发表了一番高论：以某种见地来看，一切疾病，不外乎祖先和个人罪恶结下的果。他好像很有研究，说出来的是一套条理清晰、逻辑井然的精辟高论。可怜我家主子，脑子根本不具备跟别人探讨，更别说反驳的能力。但他很可能是觉得自己才是胃病实践者，总得说点什么，不然太丢脸了。

“你的说法倒很有趣。不过，那位卡莱尔[1]也曾害过胃病！”这话等于是在说：既然卡莱尔害胃病，那么我害胃病自然也就不丢面子。这回答太牛头不对马嘴了。于是那位朋友说：

“虽然卡莱尔也害过胃病，但害过胃病的，未必都能成卡莱尔。”

主人哑口无言。尽管虚荣心严重，他实际上还是巴不得没有胃病才好。说什么“今夜开始吃夜酒”，真滑稽。想想他今早吃那么多的年糕，说不定正是因为昨夜同寒月君喝花酒的缘故！不过说实话，我也想吃年糕了。

我虽是猫，却不挑食。一、我没有车夫家大黑那样的蛮力，能一口气跑到小巷鱼铺去远征；二、更不具备新开路二弦琴师傅家花猫小姐那样的财力。因此，我是只不大挑食的猫，既吃小孩吃剩的面包渣，也来几口糕点的馅。咸菜很难吃，可为了尝尝也吃过两片

---

① 卡莱尔（一七九五——一八八一）：英国评论家、历史学家。著《法国革命》等。

咸萝卜。把能吃的基本都试过了，就这想真太棒，差不多的东西都能吃。这也不吃那也不吃那是任性、摆阔，这可不是我这样寄居在教师家的猫辈能做的。主人说过，法国有个叫巴尔扎克的小说家，是个好奢侈的人。当然不是说他吃东西奢侈，而是说他写文章太铺张浪费了。有一天，他想给自己写的小说中人物起个名字。起了好多都不喜欢。凑巧朋友来看他，就被他拉着一起出去。朋友糊里糊涂不知道要干吗。其实巴尔扎克是想想出一个适合那个人物的好名字来。因此，走在大街上他啥也不干，就盯着街两边商店招牌看。但还是找不到满意的名字，就领着朋友乱走一气。就这样从早到晚，走遍了整个巴黎。在回家途中，偶然发现一家裁缝铺招牌上的店名："玛卡斯。"他拍手高兴地叫道：

"就是它了！'玛卡斯'，多好的名字啊！'玛卡斯'的前边再加上个'Z'，就完美无缺。'Z·玛卡斯'这名字真好。主观编造的名字，尽管想要起得漂亮，可总是有点做作，没意思。好歹总算有个称心的名字了。"

巴尔扎克完全想不起朋友在陪他受罪。不过，只是为了给小说中的人物起个名字，就跑遍整个巴黎探险，未免大动干戈了。不过，能奢侈到这种程度，倒也不错，像我这样有一个牡蛎式主人的小猫，想都不敢想。猫以食为天呀，不管什么，能填饱肚子就行，这恐怕也是环境使然！因此，现在想吃年糕，这可不是馋猫，而是在履行"能吃就吃"的原则。我暗自思量，厨房里也许有主人吃剩的年糕，就向厨房走去。

早晨见过的那块年糕还粘在碗底，色彩也没变什么。坦率说，年糕这玩意儿，我至今还未曾粘牙过。不过看上去好像又香、又瘆人。我搭上前爪，将粘在表面的菜叶挠下来。爪上沾了一层年糕的外皮，黏糊糊的，闻一下，很像把锅里的饭装进饭桶去时散发的那种香气。吃还是不吃？我扫一眼周围，居然不见一个人影。女仆不论岁末还是新春，总是那副面孔踢羽毛毽子。小孩在里屋唱着《小兔，小兔，你说什么》。若想吃，趁此刻，如坐失良机，到明年也不知道年糕是什么滋味。刹那间，我虽是猫，也悟出一条真理："难得机缘巧合，会使所有的动物干出并非自己心甘情愿的事来。"

其实，我并不那么想吃年糕。相反，越是仔细看就越是觉得它在碗底的样子丑，觉得可怕，这一来，食欲差不多全跑了。这时，假如女仆拉开厨房门，或是听见孩子们的脚步声朝这边走来，我会放弃那碗底的年糕而毫不可惜，而且直到明年，也不会再想年糕的事。问题出在一个人也没来。不管怎么迟疑、徘徊，也仍然不见一个人影。这时，我的猫心里有个声音在催促："还不快吃！"

我盯住碗底想：假如有人来才好呢。可是，终于没人来，也就终于非吃年糕不可。我把身体重心压向碗底，将年糕的一角叼住一寸多长。使出这么大的力气，按理大多数东西都会被咬断。可就当我以为已经咬断而将要拔出牙时，却拔不动了。想再咬一下，牙齿又动不了。这时我才意识到年糕原来是个妖怪，但已经迟了。作为猫，我现在的处境很像那些陷进沼泽的人，越是急着要拔出脚来，就陷得更深；我越咬越不行，最后牙完全动不了了。看来年糕这玩意儿虽然很有点嚼头，可惜在下奈何不了。美学家迷亭先生曾评论我家主人"切不断、剁不乱"，此话惟妙惟肖。这年糕也像我家主人一样"切不断"。咬啊，咬啊，就像用三除十，永远也除不尽。正烦闷着呢，我突然脑洞大开，相信了第二条真理："所有动物，都能凭直感预测吉凶。"

真理已经发现了两条，但年糕粘住牙让我高兴不起来。现在我就跟拔牙一样疼死了。要是不快些咬断逃跑，女仆可就要来了。孩子们的歌声已停，一定也是朝厨房奔来。烦躁呀，尾巴摇几圈，不见任何功效。耳朵竖起再垂下，还是没用。想想也是，耳朵和尾巴跟年糕怎么也扯不上，摇尾竖耳都是枉然，还是作罢算了。急中生智，我想出借助前爪抓掉年糕的方法。于是乎俺先抬起右爪，在嘴巴周围来回摩擦，可这并不是靠摩擦就能除弄掉的。那么我就接着抬起左爪，以嘴为中心快速有力画了个圆圈。但看来即使这是一种咒语，也对现在这个妖怪不起作用。心想：最重要的是忍耐，便左右爪交替伸缩。但牙还是嵌在年糕里。唉，真麻烦，干脆双爪一齐来吧！谁知这下，破天荒第一次，我竟然直立起来了，那一瞬间我的感觉就是我不再是猫。

可到了这地步，是不是猫又有何干？无论是什么，关键是能不能打败年糕这个妖怪，我干劲十足，双爪在“妖怪”脸上胡乱抓挠。因为前爪用力过猛，总是不住摔倒。必须用后爪调整姿势，又不能总站在一个地方，只得在厨房里到处转圈乱跑。想到自己也能灵巧直立，第三条真理也就出来了：“临危之际，能干出平时没法做到的，此之谓‘天佑’。”

得幸天佑，我已决心与年糕妖怪决一死战，却忽听脚步之声，有人从室内走来。这时候有人来，那还了得！我跳得更高，在厨房里绕着圈儿跑得更欢。脚步声渐近，哎，真遗憾，“天佑”不足，终于被女孩发现，她高声喊：“哎哟，小猫吃年糕，在跳舞了！”第一个听见这话的是女仆。她扔下羽毛毽子和球拍，叫了一声“哎哟”，便从厨房门跳了进来。女主人穿着带家徽的绉绸和服，说：“哟，这个该死的猫！”主人也从书房走出，喝道：“混账东西！”只有小家伙们喊叫：“好玩呀，好玩！”接着像一声令下似的，齐声咯咯笑起来。我恼火、痛苦，可又没法停下转圈蹦跳。这回算是领教了。总算大家都不再笑。可那个五岁的小女孩说：“妈呀，这猫也太不成体统。”

于是，又爆发一阵笑。

我也算见识过人类缺乏同情心的各种行径，但从没像此时此刻这样刻骨铭心。终于，“天佑”不知何时消逝，我哑口无言，这出戏终于以我四条腿乱爬并开始翻白眼结束。

很有可能主人是动了恻隐之心吧，他命令女仆：

“给它扯下年糕来！”

女仆瞧了主人一眼，那眼神在说：“何不叫它再跳一会儿？”

女主人虽然还想瞧瞧猫舞的热闹，但并不忍心叫猫跳死，便没作声。

“不快扯下来它就完蛋了。快扯！”

主人回头横了一眼女仆。女仆好像做梦吃宴席吃到一半被惊醒了，满脸不快，揪住年糕用力一拽。我虽非寒月，可也忧心门牙崩断。至于疼不疼，这么说吧，结结实实嵌进年糕里的牙，竟被狠狠一拽，谁能受得了？这就是我发现的第四条真理：“一切安乐，无不来自困苦。”

那之后我眼珠一转，发觉家人都已进内宅去了。

遭此惨败，在家里哪怕被女仆者流瞧上一眼，都觉得怪不好意思。索性去拜访热闹街二弦琴师傅家的三毛小姐散散心吧！于是我从厨房溜到房后。

三毛小姐可是个闻名遐迩的猫美女。不错，在下是猫；但对男女之情却也略知一二。在家里每当见到主人的哭丧脸，要不就是遭到女仆迫害心里憋屈，就会渴望去拜访这位异性好友，向它倾诉一番。不知不觉就心旷神怡了，诸多烦恼皆抛于脑后。你说说看，这难道还不足以说明女性的起死回生奇效？

心还在想：它在家吗？从杉树篱笆缝隙放眼望去看到：

正月里，三毛小姐戴着新项链，在檐廊下端庄而坐。它那后背丰盈适度，极尽曲线之美的风姿，漂亮得让猫无语；它尾弯弯、脚相叠、微动秀耳做沉思状的模样，难以言状。尤其是它光洁得赛过天鹅的一身皮毛，反射着春日充足的阳光，那样无风自动令人心旌摇曳。我看得入迷，好一阵子才清醒过来。

“三毛小姐！”我摆动前爪向她致敬。

“哟，先生！”

它走下檐廊，红项链上的铃铛叮铃铃地响。一到正月，连铃铛都戴上了。声音真好听。不等我激动完，三毛小姐就来到了身旁，将尾向左一摇说：

“哟，先生，新年恭喜！”

我们猫族互相问候时，要先把尾巴竖得像一根棍子，再向左方晃一圈。在这条街上，称我为“先生”的只有三毛小姐。前文已经声明，我还没有个名字，但因住在教师家，总算有个三毛小姐表示敬重，口口声声称我“先生”。被尊一声“先生”，自然心情不坏，也就满口答应：

“是，是……也要向您恭喜呀！您打扮得太漂亮了！”

“噢！去年年底师傅给我买的。漂亮吧？”它将铃铛摇得丁零零直响，叫我瞧。

“的确，声音很美。有生以来还不曾见过这么漂亮的铃铛。”

“哟，哪里。谁还不戴一副！”它又丁零零将铃铛连摇。“好听吧？我真开心！”

“看起来，你家师傅非常喜欢你啰!”

看看它，想想自己，都一样是猫呀，不禁大生感叹。天真的三毛嗤嗤笑着：

“真的呀！她拿我像亲生女儿呢。”

别以为我们猫就不会笑。人类以为除了他们就再也没有会笑的动物，这就错了。不过，猫笑是将鼻孔弄成三角形，声振喉结，人类自然不懂。

“你家主人到底是干什么的?”

“哟，我家主人，多新鲜的叫法！她是位师傅呀！二弦琴师傅。”

“这倒是知道的。我是问她身世如何。大概从前是位了不起的人物吧?”

“那是。”

“小松公主日日盼着君来呀……”

纸屏后响起了二弦琴声和歌声。

“美吧?”三毛炫耀说。

“好像很美，可我听不懂。到底奏的是什么曲子?”

“那曲子叫什么了？师傅顶喜欢……师傅六十二岁了，多硬朗。”

竟然活了六十二岁，不能说不硬朗。我“啊”的一声。这回答是有点含糊其词。但也想不出更好的。

“这不算什么。她说她从前身份很高贵。”

“嚯，从前干吗?”

“说是天璋院①的文秘的妹妹出嫁后的婆婆的外甥的女儿……”

“什么?”

“天璋院的文秘的妹妹的……”

“原来这样，等等！是天璋院的妹妹的……”

“哟，错了。是天璋院的文秘的妹妹的……”

“好，记下了。是天璋院的……”

---

① 天璋院（一八三七——一八八三)：名敬子，与鹿儿岛领主同宗的岛津忠刚之女。嫁给德川家第十三代将军德川家定，家定死后出家，佛门名为天璋院。

“对。”

“文秘。”

“对。”

“出嫁后……”

“是他妹妹出嫁后。”

“对，对，我错了。是妹妹出嫁的那一家。”

“婆婆的外甥的女儿。”

“对。懂了?”

“唉，乱糟糟的，不得要领。到底是天璋院的什么人?”

“你真笨呀！天璋院的文秘的妹妹出嫁后的婆婆的外甥的女儿，刚才不是说过了吗?”

“这回全懂了。”

“懂了就好。”

“是啊!”

好吧，我服了。有时还是最好装懂才行。

二弦琴声停了，传来师傅的呼唤。

“三毛，开饭了!”

三毛小姐笑吟吟地说：“噢，师傅叫我，我要回去了。”它带着一串铃声跑到院前，又折回来担心地问：

“您面色很不好，怎么了?”

我可不能对它说是因为偷吃年糕，太丢猫了。“没事，稍微想点心事就头疼。以为跟你说说话就会好，这才跑来找你。”

“是呀，请多保重。再见!”它似乎很有点依依惜别!

于是，我吃年糕的痛苦经历飘散在了空中，心情立马快活了。回去时，想穿过茶园，便踏着开始融化的霜，从建仁寺的残垣断壁探头去一看，还是车夫家大黑在枯菊上弓腰打哈欠。如今我早就不再见到大黑就哆嗦了，不过，觉得跟它搭讪很费劲，还是假装没看见走过去算了。但大黑的脾气要是觉得别人小瞧了，可不会沉默。

“喂！那个没名的野崽子！近来够神气了！再怎么吃教师爷的饭，也别盛气凌人呀。唬人多没意思!”

看来大黑还不知道我已小有名气。想讲给它听，可它毕竟不是个懂事的家伙，决定客套几句尽快溜之大吉。

“噢，是大黑哥呀，恭喜！您还是神采奕奕！”

我竖起尾巴，向左绕了一圈。大黑只竖起尾巴，并不还礼。

“恭喜个屁！人家都正月才拜年，你小子可好，不年不节就恭喜恭喜的。当心点儿，看你鬼头鬼脑的小样！”

这自然是一句骂人话，可我不懂。所以我很虚心请问它：

“请问：‘鬼头鬼脑’是什么意思？”

“哼！哪有挨了骂还问什么意思的。你这家伙真够呛！所以才会说你就是个木疙瘩脑袋！”

“木疙瘩脑袋？”怪有诗意的。不过比起“鬼头鬼脑”更费解。想再问问，一想即使问，也得不到明确答复，干脆不说话看着了。这时，传来大黑家老板娘的喊叫：

“哟嘿，碗架上鲑鱼不见了。这还了得！肯定又是那个畜生大黑叼走了。除了那只恨人的猫还有哪个！等回来看我怎么收拾你！”

这叫骂声破碎了初春的恬静，搅得一个太平盛世稀里哗啦。

我看到大黑露出蛮横的神情，那样子像是在说：“爱发火不发，喜欢发就让她发个够！”它伸展一下方脑袋下的脖子，丢给我一个眼神，那意思是说：“听见了？”

我一直跟大黑厮混，光去注意它了，没想看看别的地方。这时才看到大黑脚下那块价值二厘三分钱的鲑鱼骨头，黏糊糊的都是灰泥。一下子我的新仇旧恨全都烟消云散，我忙不迭献上一句赞：“老兄可真是威风不减当年呀！”

我当然知道仅凭这一句，是不可能让大黑消气的。

“什么？你这个浑蛋！叼一两块鱼骨就说什么‘不减当年’，简直就是在门缝里看猫——把猫看扁了！不是吹，老子可是车夫家的大黑！”他用前爪倒挠肩头，很像人类撸胳膊、挽袖子。

“您是大黑哥，早就领教过。”

“既然领教过，还说什么‘不减当年’？”

他的怒火看来还在往上升，我想要我俩都是人类，它这时自然会揪住我脖领，赏我一顿老拳。我有点怕怕，不自觉往后退。说时迟那时快，又传来了大黑家女主人的大嗓门。

“敢情是西川先生呀！喂！既然是西川先生驾到，正有事相求嘞。请您立刻给我送一斤牛肉。喂，明白了吧？把不太硬的牛肉送来一斤。”她大喊大叫订购牛肉，满世界都是她的声音。

“哼！一年就订一次牛肉，还特意大喊大叫，向左邻右舍炫耀——‘牛肉一斤哟！’真他妈个母夜叉！”

大黑冷嘲着伸展开四脚。我没法插话，就看着。

“才一斤！也罢，等送来时立刻吃掉！”仿佛那一斤牛肉是专为它订购的。

我想催它快些回，就说：“这回呀，可真正是一顿丰餐。妙哇，妙！”

“你懂个屁，少啰嗦！讨厌！”说着，他突然用后爪刨起冰碴往我头上扬，吓了一跳。我正在抖落身上的泥土，大黑竟钻进篱笆下不知去向，看来是真踅摸上西川家的牛肉了。

回到家，我发现客厅里春意盎然。就连主人也在笑，笑声十分爽朗。我有点奇怪，便从敞着门的檐廊纵身窜了过去。走近主人身旁一瞧，原来有位陌生的客人。这人留着梳得整整齐齐的小分头，带家徽的布袍上还罩了件小仓①布的短褂，一副规矩、纯朴的穷学生样。挨着主人的手炉和涂了春庆牌油漆的烟盒放着一张名片：“谨介绍越智东风君前往贵府拜访阁下。水岛寒月。”由此，我知道了客人的名字，也知道了他是寒月先生的朋友。因为我回来时，他们已经说了好半天话了，所以我无法知道他们谈话的来龙去脉；但能猜出，好像与那位美学家迷亭先生有关。

来客很文雅：“迷亭先生说，一定妙趣横生，要我随他一同前往。所以……”

“什么？你是说陪他去西餐馆吃午饭妙趣横生？”主人斟满了茶，推到客人面前。

“这……所谓妙趣，当时我也不大明白。不过他那人嘛，总会搞点新花样……”

“不过，意外得很。”

---

① 小仓：日本古时福冈县境内一个市，产布驰名。

主人拍了膝头上我的头一下，有点痛呢。他这等于是在说：“领教了吧？”

“又是恶作剧吧？迷亭就爱干这种事。”

看来主人马上就想起了安德利亚那件事。

“是呢！那人说‘你想知道吃了点什么新花样吗？’”

“吃了什么？”主人问。

“他先看菜谱，胡扯了一通各种菜名。”

“是在叫菜前？”

“是的。”

“后来呢？”

“后来他回头看服务生：‘怎么？没新菜肴？’服务生不服气，问：‘鸭里脊和牛排，意下如何？’迷亭先生回答说：‘太俗调①，吃这个何须来此！’堂倌不懂俗调什么意思，做了个怪相不再吭声。”

“那是自然。”

“后来，迷亭先生对我说，到了法国或英国，可以大吃而特吃‘天明调’②‘万叶调’③。可是在日本，老一套！真叫人不想进西餐馆。对了。他可去过外国？”

“什么？迷亭君什么时候去过外国！当然了，他又有钱又悠闲，想去的话什么时候都是可以去的。不过，他大约是把今后想去说成了已经去过，是在拿人开心吧？”主人想卖弄自己的幽默风趣，自己先笑了。可客人一点都不明白。

“是吗？我还以为他留过洋，在那洗耳恭听。何况，如您所见，他谈起什么煮蛐蜒呀，炖青蛙呀，简直活灵活现。”

“他那是听说过吧？论胡编乱造，他可赫赫有名呀！”

“看来真是这样。”客人边说边观赏花瓶里的水仙，面露遗憾。

主人问：“那么，他所谓的妙趣，不过如此吧？”

“哪里，这仅仅是个噱头，好戏在后头哩！”既然主人问，东风

---

① 俗调：对庸俗诗句的贬称。

② 天明调：天明年间以与谢芜村为中心掀起的俳坛革新，崇尚绘画的浪漫的风格。

③ 万叶调：指万叶集简洁、雄浑风格。这里均用为玩世不恭的戏言。

就接着说："迷亭先生后来对我说：'咱们商量一下，煮蚰蜒了，炖青蛙了，再怎么馋，也吃不到嘴里。那就掉点价，吃点橡面坊丸子①如何？'因为他和我商量，我便随声附和：'那好吧！'"

"哼！橡面坊丸子？绝！"

"是啊，太绝了！不过，迷亭先生说得太认真，当时我还没有醒悟！"客人仿佛在向主人检讨自己的粗心。

"后来怎样？"主人不以为意。对于客人的致歉没有表示同情。

"接着他喊服务生：'喂，来两份橡面坊丸子！'服务生问：'是牛肉洋葱丸子吗？'迷亭一本正经地订正：'不是牛肉洋葱丸子，是橡面坊丸子。''嗯？有橡面坊丸子这道菜？'当时我也觉得稀奇。可迷亭先生十分沉着，何况又是西洋通，我当时可是完全相信他去过外洋，就为他帮腔，告诉服务生：'橡面坊丸子就是橡面坊丸子！'"

"服务生呢？"

"现在想起来真滑稽，服务生嘛，也够可怜的。他寻思一会儿说：'非常对不起，今天不巧，没有橡面坊丸子。牛肉洋葱丸子倒能做出两份。'迷亭非常遗憾说：'罢……好不容易跑到这儿来，那就太没意思了。难道不能想想办法弄两盘给我们品尝吗？'他交给服务生两角银币。服务生说：'那就不管怎样，去和值班厨师商量一下吧！'于是他进屋去了。"

"看来，他非常想吃橡面坊丸子啰。"

"不多时，堂倌走来说：'还正赶巧。若点这个菜，可以给您做。不过时间要长点。'迷亭先生真够沉着：'反正是新正大月，闲着没事儿，那就稍候片刻，吃了再走吧！'他边说边从怀里取出香烟，喷起烟雾来。没办法，我只好从怀里掏出《日本新闻》来读。这时服务生又进屋商量去了。"

"太费周折！"主人往前凑凑，那劲头，就像是在读战地通讯。

"后来，服务生走了出来，样子很可怜：'近来橡面坊丸子脱销，

---

① 橡面坊丸子：橡面坊，指日本派俳人兼记者安藤橡面坊。冈山县人。本名铢三郎。著有《深山柴》。牛肉洋葱丸子的语序稍一变动，与橡面坊丸子谐音，又是迷亭的玩笑。

去过龟屋商店和横滨山下街十五街外国食品店，都没买到。一时太不凑巧……’迷亭先生瞧着我，反复强调：‘多糟糕！好不容易来的。’我也不该沉默，便帮腔说：‘太遗憾了！不胜遗憾之至！’”

“诚然。”主人也赞同。至于什么叫“诚然”，我可不得而知。

“看来那个服务生也觉得怪遗憾，就说：‘改日有了材料，再请各位先生赏光。’迷亭问他想用什么做材料？服务生哈哈大笑，并不作答。迷亭追问道：‘材料是日本派①的俳句诗人吧？’服务生回答：‘呃，当然是。正因为是那玩意儿，所以，近来去横滨也没买到，实在对不起。’”

“哈哈……原来谜底在这儿。妙！”主人不由高声大笑，双膝颤抖。我险些摔了下去。可主人满不在乎的。看来，主人是了解到深受安德利亚之害的远非自己一人，所以突然开心了。

“后来，我二人走出门去，迷亭先生得意地说：‘怎么样，玩笑开得不坏吧？橡面坊丸子，这个笑料还有趣吧？’我说：‘佩服得五体投地。’我要告辞。其实早过了午饭时间，肚子太饿，受不住了。”

“难为你了！”主人这才表示同情。对此，我也并不反对。一时谈话中断，我的喉头响声传进主客二人的耳鼓。

东风君咕噜一声将凉茶饮尽，郑重地说：

“老实说，今日登门造访，对先生略有所求。”

“哦，有何吩咐？”主人也开始装腔作势。

“您知道，我爱好文学和美术……”

“好哇！”主人顺水推舟。

“前几天，一些同行聚首，创立了朗诵会，每月聚会一次，今后还想继续办下去。第一次聚会已在去年年末举行过了。”

“请问：所谓朗诵会，听起来像是有节奏地宣读诗文之类。究竟怎样进行？”

“先从古典诗开头，逐渐想朗诵同人作品。”

“提起古典诗，莫非有白乐天的《琵琶行》？”

---

① 日本派：俳句诗人正冈子规以《日本》报为阵地革新俳风，提倡写生，被称为“日本派”。子规的门生有橡面坊。

“没有。”

“是与谢芜村[1]的《春风马堤曲》之类吗?”

“不是。”

“那么朗读些什么?”

“上一次朗诵了近松[2]的殉情之作。”

“‘近松’?是那个唱‘净琉璃’[3] 的近松吗?”

当然不存在第二个近松。只要一提近松,只能是那位戏曲家。连这主人都问,真是丢人到家了。可他丝毫没察觉,还摸我的头哩!反正这世道就是这样的嘛。有人偏要以为斜眼女人是在跟自己调情。那主人这点误差,也就不足为怪。既然这样,那就任他抚摸去好了。

“是的。”东风君应了一声,观察着主人表情。

“那么,是由一个人包干朗诵呢?还是安排角色?”

“安排角色,轮流朗读。目的是让大家能感同身受、以便展现人物个性,还要加上手势和身段。不论小姐或小伙计,都要演得像真人上台。”

“这不是和唱戏一样吗?”

“是的。只差戏装、布景。”

“恕我失言。能演得好吗?”

“这……我想,第一次是成功了的。”

“那么,你所谓第一次表演的殉情之作……”

“就是船老大载着乘客去芳原[4]……”

“好大的场面!”不愧是教师,他晃了一下头,从鼻孔里喷出“日出”牌香烟的烟雾掠过耳际,向双颊环绕。

“场面也不太大。登场人物不过是嫖客、船夫、窑姐、女侍、老

---

① 与谢芜村:大阪生人,本姓谷口,江户中期著名俳句诗人兼南画大家。自由诗《春风马堤曲》格调高雅、抒情,受正冈子规推崇。

② 近松门左卫门:日本江户中期古典剧本著名作家。原名杉森信盛,号平安堂、巢林子,越前人。代表作有《国姓爷合战》《曾根崎殉情》等。

③ 净琉璃:又名“义大夫调”。元禄时期,竹本义大夫将流行各地的曲调集其大成,与近松门左卫门共同创建了“人形净琉璃”这种新型民族戏曲。

④ 芳原:又称吉原,江户(现东京)的烟花巷。

鸨、总管。”

这位东风君真沉得住气。但主人听到窑姐二字，面色一沉。他对于女侍、老鸨、总管这些行话，似乎认识模糊，便提问：“所谓女侍，指的是娼家婢女吗？”

“还没有仔细研究。不过，女侍，指的是茶馆下女；而老鸨，大约是妓女卧房里的陪姑吧！”东风君刚才还说什么要演得活灵活现，要模仿人物的腔调，可他连女侍、老鸨是什么都不清楚。

“不错，女侍就是寄身茶馆的红颜，老鸨是起居于娼家的女士。其次，所谓总管，指的是人还是特定场所？如果是人，是男还是女？”

“我想，大概是男人。”

“掌管什么事呢？”

“这，还没仔细了解过。马上去调查一下！”

我想，照这样牛头不对马嘴说下去，什么都不知道，不闹出笑话才怪。我发现，主人很严肃。

“那么，朗诵者除你外，还有些什么人？”

“各种人才都有。法学士 K 君扮花魁，蓄着小胡，说的都是女人娇滴滴的道白，那才绝呢！而且还有个情节，是花魁大发脾气……”

“朗诵时也要发脾气吗？”主人担心地问。

“是的。总之，表情很重要。”东风君答得好。一副文人派头。

“那么，脾气发得逼真吗？”主人问得绝妙。

“首次登台就能演好发脾气，可有点要求过高啊。”东风回敬了主人绝妙的问话。

“那你扮演什么角色？”主人问道。

“我扮船老大。”

“咦？你扮船老大？”主人话中话是：你能扮船老大，我就能扮花街总管。

可被这个东风挑明：

“您是说我不配演船老大吧？”他没怎么生气，语气照旧文雅，“都是因为要扮船老大，好容易召开的会告吹。完全不知道会场隔壁住着四五名女学生。不知她们从哪探听到消息，知道当天有文艺朗诵会，就在窗外偷听。我用假嗓扮船老大，好不容易找到调，正演得起劲，唉，大概是身段扭动得过火了吧，本来安静偷听的女学生们一下子哄堂大笑。我被一惊吓，台词一下子全忘了，只好散场。”

声称成功的第一次朗诵会竟然如此，那么想一下失败时的惨状，真叫人忍不住想笑。我不知不觉喉头又开始呼噜噜作响，主人更加温柔地抚摸我的头。嘲弄者却受到被嘲弄者的爱抚，这可真幸运，不过，总有些不放心。

“这可是大不幸啊！”主人在这新正大月，竟说起丧气话来。

“我们想重新开始，一定努力办好，今天正是为了这事才前来造访。坦率说，我们想请您入会，请大力支持……”

“我可无论如何也发不出脾气来！”主人立刻谢绝。

“不，您不会发脾气也行嘛！这是赞助者花名册……”说着，他打开紫色包袱皮，小心翼翼拿出一个小本，展开一页放在主人面前。“请在这上面签名盖章。”

我一瞧，全是当今学者名流的名字，写得端端正正，排列得整整齐齐。

“啊，倒不是不想当个赞助人。只是，不知负何义务？”牡蛎先生显然有些不放心。

“负义务嘛，倒也没什么硬性要求。只要签上大名，表示赞助，也就完事。”

“既然如此，我就入了吧。”主人一听不承担什么义务，立刻变得轻松。那神色似乎在说：只要不负责任，造反的联名宣言书也敢签上名字。何况有这么多著名学者签名了，能跟这些鼎鼎大名在一起，何乐不为呀。

“请稍候！”主人说着，进书房去取印章，我被咕咚一下摔地上。

东风迅速将点心盘里的蛋糕抓起往嘴里塞，加紧咀嚼。很可能是太急迫了，感觉有点噎住了，我立马想起了早晨的年糕事件。

主人从书房取来印章之时，正好是蛋糕在东风君的皮囊里安居之刻。主人似乎未察觉盘里的蛋糕一点没剩。假如觉察，第一个被怀疑的对象肯定是我啰！

东风先生走后，主人跨进书房，往桌上一看，有封迷亭先生寄来的书信，上书“恭贺新春”。主人想：迷亭君居然也变得正经。他写信从来没一封是严肃的。前些时来信甚至说什么：

“其后并无新欢，更无佳人之情书，暂且安然度日，敬请释念。”

与这类书信相比，刚来的这封算体面得多了。

“本拟趋府拜谒，因愚弟心境与仁兄之消极情绪大相径庭，弟将极力采取积极方针，迎此千古未有之新春，终日忙得目眩头晕，望兄海涵。”

可不是，迷亭这样的家伙，正月里能不忙才怪。一定是四处游乐而奔忙。

“昨忙里偷闲，本想请东风君品‘橡面坊丸子’，不料材料售罄，无以遂愿，憾甚。”

主人默默点头微笑，心里一定在想：“就要露出本色了。”

“明日有纸牌赛，后日有美学学会之新年宴请，大后日有鸟部教授欢迎会，大大后日……”

“讨厌！”主人跳行往下看。

“综上所述，因长期以来连连召开谣曲会、俳句会、短歌会、新体诗会等，日日出席，万般无奈，遂以书代足，聊代趋访之礼，尚望莫怪，伏乞海涵。”

“无事劳什么足！”主人对信答辩。

“此次大驾光临，既是久别重逢，敬请共进晚餐。寒舍虽无珍馐，尚可品尝‘橡面坊丸子’，现已开始筹措……”

主人有些恼火：迷亭又来兜售“橡面坊丸子”，真无礼！但他还是忍不住读了下去。

“但‘橡面坊丸子’因近日材料售罄，料想不及烹调，届时将以孔雀舌代之。”

虽然主人觉得这种模棱两可很可恶，也还是很想知道下文。

“如仁兄所知，孔雀之舌，其大小不抵小指之半。为填饕餮之仁兄皮囊……”

主人鄙夷地说：“扯谎！”

“当捕二三十只孔雀。虽动物园与浅草花园有零星孔雀，一般鸟店等处却难觅，可谓煞费苦心矣。”

主人面有愠色了："简直就是自找苦吃！"

"孔雀舌珍肴，昔罗马鼎盛时曾风靡一时，极尽风雅华贵，食者无不终生垂涎三尺，尚望见谅。"

"见谅个屁，浑蛋！"

"至十六七世纪，孔雀已成欧洲宴席之不可或缺珍馐。记得莱斯特伯爵[1]宴请伊丽莎白[2]女皇于凯尼尔沃思城堡[3]时，就用过孔雀。著名画家伦勃朗[4]画《宴宾图》时，亦将孔雀开屏置于案头……"

主人愤然："既对孔雀菜谱史如此洞晓，又何劳此番奔忙？"

"总而言之，像近日这样宴饮频繁，即使健壮如愚弟，亦必不久病胃如仁兄矣。"

主人喃喃："什么？如仁兄？把我当成胃病患者的典型了！"

"史家云，罗马人每日宴饮二三次。倘一日二三餐，尽是酒池肉林，恐怕任何健胃壮士，必将消化机能失调如同仁兄……"

"又是'如同仁兄'。太放肆了！"

"然，为使奢侈与健康两全，他们大力钻研，认为有必要与大量品尝美味之同时，保持肠胃之常态。于是，悟出一条秘诀……"

"啊！"主人顿时意兴盎然。

"他们饭后必入浴。后用一种方法吐尽浴前下肚之食物，腾空胃袋。待胃袋清扫一空，再进餐饱尝美味，之后再度入浴，再尽吐之。如是，虽贪享美味，亦无损于胃。愚以为堪称一举两得。"

"是的，肯定一举两得。"主人越来越感兴趣。

"二十世纪之今日，交通发达，宴饮剧增，这自不必说。值此帝国多事之秋、征俄二载之际，愚自信吾等胜利之国民必效罗马人，深究入浴呕吐之术，恰逢其时。否则，窃以为虽有幸身为大国之民，

---

① 莱斯特伯爵：英格兰女王伊丽莎白一世的宠臣，很可能是她的情夫。

② 伊丽莎白一世：英女皇。在其统率下，英国击败西班牙的无敌舰队，取得制海权，国威大震。女皇在位时期，出现了莎士比亚、培根等著名作家。

③ 凯尼尔沃思：英格兰沃里克郡沃里克区一教区和城镇。

④ 伦勃朗（一六〇六——一六六九）：荷兰画家。

不久的将来亦必如同仁兄，沦为胃病患者，思之令人痛心。”

“又是‘如同仁兄’，这浑蛋东西！”

“迩来国人有考西方之传说者，得其失传已久之秘方，如用之日本明治之世，可收防患于未然之效，聊报平素之恩也……”

“妙极了！”主人开始摇头晃脑。

“我最近虽然多涉猎吉本、蒙森①、史密斯诸家之作，却端倪未见，颇为遗憾。但如仁兄所知，愚弟一旦立志，不成功则决不罢休，坚信入浴呕吐妙方重现在即。一旦发现，必及时报知。另，前所述橡面坊丸子及孔雀舌佳肴，亦必在上述发现事成后完成，如此，不仅对愚弟有利，对苦于胃病之仁兄亦将大有裨益。草就者言之未尽。”

“哈，还是被他捉弄了。”主人边笑边说，“都是看他写得似乎严肃，才正经读完。新正大月，开这份玩笑！真是个浪荡公子！”

其后四五日风平浪静。白瓷瓶里的水仙花日渐凋零，而绿萼白梅却陆续开放。作为猫的我，觉得整天赏花怪闷的。去看三毛小姐两次，都没有见到它。起初，以为它外出了。第二次去，才知道是病了。我躲在洗手钵②旁蜘蛛抱蛋③的叶荫下，偷听到师傅和女仆在纸屏后对话如下：

“三毛吃东西了吗？”

“不吃。现在让它躺在火炉旁暖身子！”

这哪是猫，都成人了。看看三毛，想想自己，我还是有点妒忌的。可一想这可是心爱的三毛小姐呀，又有些欣慰。

“不吃饭可不行，身体会垮的。”

“是呀，就连我们，一天不吃饭，第二天就干不动活呢。”

听女仆的口气，仿佛比起她来，猫的等级更高。也难说，在这户人家里，三毛真可能比女仆更高贵呢。

“带它去看医生了？”

---

① 蒙森（一八一七——一九〇三）：德国文学家和历史学家，一九〇二年获诺贝尔文学奖。

② 洗手钵：钵中置水，备做洗手用。

③ 蜘蛛抱蛋：植物名。

“是呀。我抱小花到了诊所，那位医生问：‘是受了风寒吧？’说着就要给我切脉。我说：‘不是我，是它。’我把小花放腿上。医生笑眯眯说：‘猫病，我也看不懂。别理它，就会好的。’这也太狠心了吧？我很生气：‘不看也好！它可是只珍贵的猫！’我抱着猫就匆匆回了。”

“真是气煞人了。”

“真是气煞人了。”这词用得，不是‘天璋院的什么人的什么人’是没法用这么高雅的词的。猫族不得不佩服。

“说得多悲切呀！”

“听说三毛抽抽噎噎直哭……”

“是呀，一定是受了风寒，嗓子疼，要咳嗽的……”

看来毕竟是天璋院的什么人的什么人的女仆，这马屁拍的。

“听说最近又流行起什么肺病了。”

“可不，什么肺病了，黑死病了，新鲜病越来越多。这时令，可半点大意不得！”

“好的玩意儿除了从前幕府时有过的，如今就没好的，所以你也要当心点。”

“可不是！”女仆好感动。

“说是受了风寒，可她不大出门呀！”

“哪里，告诉你吧，近来它交了坏朋友了！”

女仆神神秘秘，好像自己是在谈国家机密。

“坏朋友？”

“是呀！就是临街教师家那只脏死了的公猫呀！”

“是每天早晨吱哇乱叫的那位吗？”

“就是它。一洗脸就喊叫，活像快被勒死的鹅。”

“快被勒死的鹅？”这比喻，真是妙不可言。我家主人有个毛病，每天早晨在卫生间刷牙时，都会把牙刷往喉咙里捅，然后放肆地发出怪叫。反正不管高兴还是生气，都要哇哇乱叫一气。据他老婆说，没搬到这地方前还没这个毛病。就是有一天无缘无故叫了起来，就再也没间断过。真难理解，干吗养成这样一种恶习，还坚持不懈？我这猫辈可实在弄不懂。不说我家主人这事了，刚才那个女仆怎么说我来着？“脏死了”，太损了点吧？

我竖起耳朵仔细听。

“那样的号叫，不晓得念的是不是什么咒。明治前，从武士的侍从到仆人，都有规矩。在我们这个住宅区，没人像他那样洗脸刷牙的。”

“可不是嘛。”这个女仆，真是稀里糊涂听，稀里糊涂给赞。

“有这样一个主人，那只猫不野才怪。下次再来，你给我揍它！”

“对，揍它。三毛得病肯定怪它。一定要给小花报仇！”

竟遭此不白之冤。看来再也不能在此露脸了。于是，我终于没能见到三毛小姐。

回到家，看到主人正在书房握管而思。我想要是把刚刚在二弦琴师傅家听到地告诉他，他一定会大发雷霆。算了，还是俗语说得好：“耳不闻，心不烦。”我还是别多事的好！接下去主人开始摇头晃脑，哼哼呀呀，估计是正在扮大诗人了。

也就在这节骨眼上，那位修书来自称繁忙，不得已“遂以书代足，聊代趋访之礼”的迷亭先生飘然而至。

“在作新体诗吗？我看看！”

“什么呀，我认为是篇好文章，正想翻译过来。”主人庄重地说。

“文章？谁的文章？”

“不知谁的！”

“无名氏的也经常有佳作，不能小瞧！究竟刊在哪的？”

主人不紧不慢地说：“《第二读本》。”

“《第二读本》？”

“就是说，我要翻译的名作登在《第二读本》里呀！”

“开玩笑！你是打算在紧要关头报孔雀舌的仇吧？”

主人捻着小胡，神色泰然：“我可不是你这类爱胡诌的家伙。”

“有个故事：从前有人去见山阳①先生，问：‘先生，近来有何大作？’山阳先生拿出马夫写的讨债单说：‘近来妙文，当首推此篇。’所以我想，说不定你的审美观还很准确呢。哪一篇？念来听

---

① 山阳：即赖山阳，江户末期思想家。

听，我好评评。”迷亭的口吻还真当自己是审美专家了。

主人就开始用那种和尚读大灯国师①遗训的腔调开始念：

“巨人，引力……”

“什么巨人引力？”

“标题是《巨人引力》。”

“这标题怪怪的。不懂。”

“意思是说，有个巨人，名叫‘引力’。”

“有点勉强。好在是标题，就先不跟你认真！快点念正文。你嗓音还不错。蛮有趣的。”

“不要再乱打岔！”主人强调一句，接着往下读。

“凯特从窗口向外眺望，看到几个孩子正在投球玩耍。孩子们将球抛向高空。球越飞越高，然后落了下来。他们再把球抛上去。一连三次，每投必落。凯特问：‘为什么掉下来？不永远上升呢？’‘因有巨人在地下，’母亲回答说，‘巨人就是‘引力’。他很强大，将万物引向自己，也让房屋留在地面，否则，房子就会飞到空中，小孩子也会飞起来。看见过落叶吧？也是因为‘引力’的召唤。你们的书本掉过是吧？因为这个巨人‘引力’命令书本掉下去。皮球一上天，‘引力’就呼唤。他一呼唤，皮球就落下来。”

“就这些？”

“嗯。多动听！”

“得！领教了。老兄这是出我不意，竟然遭到了你对‘橡面坊丸子’的报复。”

“什么报复不报复。因为好，才想翻译过来。贤弟不以为然吗？”主人盯住对方金边眼镜后的那对眼。

“太令人吃惊了！想不到你竟然有这么两下子。这一回算彻底被你捉弄了。认输，认输。”

迷亭自拉自唱；主人满头雾水。

“没有要你告饶的意思，就是觉得文章有趣，才试译一下。”

“的确有趣，否则就算不上一本书。了不起，佩服！”

---

① 大灯国师：即妙超和尚，日本名僧，临济宗大德寺创始人。

“客气了不是。我不再画水彩画了，想写写文章。”

“那可不是远近无别、黑白不分的水彩画能比的哟！更佩服！”

“有你的夸奖，我也就干得起劲儿了。”主人闹误会是没有谁了。

正在此时，寒月先生跨进门来说：“上次失礼了！”

“哎呀，失迎，失迎！适才正聆听旷世名作，刚好赶走‘橡面坊丸子’的幽灵。”迷亭这像是在打哑谜。

“啊，是吗？”寒月的应答也是个哑谜。

只有我那主人一点兴趣都没有。他说：“前些天你介绍的越智东风君到寒舍来过。”

寒月说：“来过了？越智东风君可是个正直的小伙。不过有点古怪。我想一定会给你添麻烦的。但他一定要我把他介绍给您……”

“没什么麻烦的。”

“他到贵府，没有对您解释过自己的姓名？”

“没有。好像没提起这些！”

“是嘛。奇怪。他有个习惯，不论去哪，都要对新结识的人讲解一番自己的姓氏。”

“讲解什么？”唯恐天下不乱的迷亭先生插嘴说。

“他十分担心把东风二字用拼音方法来读。”

“唉呀呀！”迷亭从金色虎皮纹烟盒中捏出些烟草。

寒月：“他说，我首先声明，越智东风不读成‘越智 TOHU’，而是‘越智 KOCHI’。”

“妙！”迷亭几乎把云井牌香烟的烟雾吸到肚子里。

寒月：“这都是因为文学热。把东风读成 KOCHI，就谐音成了‘远近’这一成语，而且押上了韵，他非常得意。因此，他时常说：‘如果用拼音来念东风二字，那就煞费我一片苦心了。’”

“好古怪。”迷亭先生乘机将吸进肺腑里的烟雾从鼻孔喷出。等烟雾还没散去就迅速吸了回去。他握着烟管，不住咳嗽。

主人笑说：“他来时说，他在朗诵会上扮船老大，遭到了女学生们的嘲笑。”

迷亭用烟管敲打膝盖：“是吗……”

我马上感觉到有点危险，稍微离主人远点。

迷亭说："朗诵会么，前几天请他吃'橡面坊丸子'时，他提起过。他说无论如何，第二次聚会时也要邀请知名文人开个大会。还说届时希望先生务必光临。后来我问他下次集会还打算演出近松作品中现实题材的剧本吗？他说：'不，下次要选个新潮的，《金色夜叉》①。'我问他扮演什么角色，他说他扮演女主角阿宫。东风扮演阿宫，天啦！我不去为他喝彩可不行。"

寒月阴阳怪气地笑了："真有意思！"

主人说："不过，东风君那么诚恳，一点都不像迷亭之流这样轻薄。"

这分明是对安德利亚、孔雀舌以及橡面坊丸子三项的报复，但迷亭毫不介意，笑眯眯地说：

"我等怎么放都是'行德的案板'② 嘛！"

"你还真是。"

据我所知，主人根本不知道"行德的案板"是什么意思。但不愧是教师，善于滥竽充数。这紧急关头，他将讲坛上的经验用于了社交。

寒月先生率直："'行德的案板？'此话怎讲？"

主人却硬是打岔把"行德的案板"这事岔开了，他看着壁龛说：

"那枝水仙，是我年末从澡堂回来时顺路买下插在花瓶里的。花期还真长。"

迷亭像演杂技似的把烟袋杆在指尖上转：

"提起年末来。去年年末我还真有过一段神奇经历呢！"

觉得"行德的案板"终于混过去了，主人松了口气。迷亭先生所谓的神奇经历如下：

"没错，就是去年年末二十七日。那位东风君事前通知我：'将趋府拜访，万望能领教有关文学艺术方面的高论，并望能借宿一

---

① 《金色夜叉》：日本作家尾崎红叶（一八六七——一九〇三）的长篇小说名。

② 行德的案板：日本千叶县的行德镇盛产蛤蜊，当地住户的菜板都被蛤蜊壳磨坏。日文蛤蜊叫作"马鹿贝"，马鹿是蠢的意思，被它磨破的菜板，象征世故。

宿。’我从清早就恭候他，可他却迟迟未到。午饭后，我正在炉边读巴里·培恩[1]的滑稽小说时，静冈的家母来信了。”

“老人总拿我当孩子。什么‘严寒时节切莫出门’，什么‘冷水浴时要生好火炉’，什么‘室内要保温，否则会受风寒’诸如此类，注意事项多得没个完。的确，还是父母呀，外人不会有这样的关心。连我这个粗心汉也深受感动。就凭这封信，我总这么游手好闲，也太不像样子，所以必须写出伟大的著作，好光宗耀祖。我希望老母有生之年里，能看到明治文坛上有我这么一位迷亭先生。”

“我接着往下读，信上还说：‘你们这些人太幸福了。自从和俄国打仗，年轻人为国效力都付出了巨大辛苦；而你们，即使在这岁末年关，也过得像新正大月似的，玩得很开心。’其实，我哪像母亲想的那样玩过。往下看，可就祸不单行了。信中列举我一些小学同学有的阵亡，有的负伤。我一一念那些名字，不知怎么，竟有了人生乏味、无聊之感。家母最后说：‘母年事已高，日薄西山，新春杂煮[2]之宴，料也仅此一度了’……

“写得个悲惨！我郁闷起来，巴不得东风君快些到。可东风先生这家伙就是不出现。终于吃晚饭了。我想，给家母写回信吧。就写了十二三行。家母来信，长达六尺以上，而我无论如何也没有那么大的本事，一向写十行左右肯定写不下去。那时我整天坐着等人，胃口难受。忽然想叫东风来了，在家等我出去寄信，顺便散步。

“鬼知道为什么，我没去富士见街的邮局，竟不知不觉向大坝三号街走去。偏偏那晚有点阴天，从护城河而来的寒风透骨凉。神乐坂[3]开来的火车鸣着笛从坝下驶过。好不凄凉。日暮、阵亡、衰老、无常，一堆的念头在我脑中旋转。常听说有些人上吊，大约就是在这种心情下吧！我抬起头往坝上瞧，不知不觉已经来到那棵松树下。”

“哪棵松树，是哪棵?”主人逼问。

---

① 巴里·培恩（一八六五——一九二八）：英国幽默小说家。

② 杂煮：即年糕汤。

③ 神乐坂：东京都地名。古来的繁华地，市庙甚多。

“上吊那棵呀!”迷亭说着脖子一缩。

“吊颈松不是在鸿台①吗?”寒月也推波助澜。

“鸿台那棵是悬钟松，大坝三号街那棵是吊颈松。想知道为什么叫吊颈松，那是因为自古相传，无论何人，一来到这棵松树下就会想上吊。尽管那地方有几十棵松树，可一旦有人上吊的话，一准是吊在这棵松树上。每年总有两三个人在这棵树上上吊，别的松树都不行，勾不起寻死的念头。你看看那棵吊颈松，枝丫伸到大路上。啊，真是方便优雅呀！要不你说它就那么空闲着多可惜。实话吧，我很想看看有没有人吊在上面。偏偏没一个人来。没办法，要不我自己去上吊？不行，不行，我去上吊可就没命了！这太危险，还是别！据说有个传说：古希腊的宴席上有种助酒兴的法子，就是模拟上吊。一人上台，将头伸进绳套。这时会有人将吊台踢倒。在撤走吊台的同时，给被套住脖子的人松绑，他便跳下台来。假如属实，我觉得大可不必惊慌，不妨一试！于是我手搭在松枝上，那松枝乖乖弯下来，弯曲的样子不能再美。我想象着吊在上面我的身子荡来荡去地摇曳，就喜不自胜起来。我一定要上吊！可一想，如果东风君驾到，空自等候，叫人怪不忍心的。那么，还是先见东风，如约交谈，然后再去上吊吧！于是，我便回家了。”

“这么说，你是捡了条命了?”主人说。

“有趣!”寒月笑眯眯地。

“回家一看，东风君还是没来，又寄来一张明信片：‘今日有事不能赴约，容后竟日奉陪。’我总算放下心了。喜的是这一来，我可是再也没什么后顾之忧，可以去安安心心上吊了。我忙穿上木屐，疾步返回原处。一看……”他朝主人和寒月煞有介事瞟了一眼。

“怎么样?”主人有些急起来。

“渐入佳境了!”寒月搓弄他的外衣衣带说。

“我一看，已经有人捷足先登了。只差一步，我就会铸成终生憾

---

① 鸿台：又名国府台，位于千叶县市川市西北高地。

事。回头想，当时大概是死神附体了。若叫詹姆斯[①]等人说，那就是因为我的潜意识中的幽冥界与我所在的现实世界因为某种因果关系发生了交互感应。这还不是怪事?”迷亭先生从容镇静。

主人一言不发，将糕饼塞了满嘴，不住地嚼着。多半是发现自己又被要了。

寒月先生这时弯腰把盆里的火灰小心摊平，低着头哧哧笑。但不一会儿，他就儒雅地说：

“的确有些古怪，让人难以置信。不过我近来也有过类似体验，所以丝毫也不怀疑。”

“咦？你也想过上吊?”

“哪里，我倒不是要勒脖子。也是去年年末，而且和迷亭先生是同时发生的事，这就更奇怪了。”

“有意思。”迷亭也把团糕往嘴里塞。

寒月：“那一天，向岛[②]一位朋友家举办年末茶会和演奏会，我也带上小提琴去了。有十五六位小姐和夫人出席，是次极隆重的盛会。晚餐后，演奏也结束了，大家就开始天南海北闲聊起来，那时时间已经很晚。就在我想告辞回家时，一位博士夫人来到我身旁，小声问我是否知道 A 姑娘病了。我很吃惊，因为两三天前我和她见面时，她好像还好好的，怎么就病了。我详细问了情况，原来也就是从我和她见面的那晚上开始，她突然发起烧来，还不住说胡话。如果只是这样倒也没什么，可据说胡话里不时出现我的名字。”

我看不要说主人，就连迷亭先生也不再调侃什么“艳福不浅”之类的滥调，都在恭听。

“据说请了医生，也弄不清什么病。说是热度太高烧坏了脑子。要是安眠药不能奏效，那就危险。我一听就讨厌，好像做噩梦魇住了的，心头郁闷，周围的空气也骤然凝固了，一股脑儿压在我的身上。回家后满脑子都是这事，痛苦极了。想起那位美丽、快活、健

---

① 威廉·詹姆斯（一八四二——一九一〇）：美国哲学家，心理学家，实用主义创始人之一。

② 向岛：位于佐贺县西北部东松浦郡肥前街。

康的 A 姑娘……”

“且慢！从开头就听你说 A 姑娘，已经听两遍了。老兄，假如没什么不便，请教芳名！”迷亭先生回头瞟了一眼主人，主人也含糊其词应了一声。

“不！这样说不定会给当事人带来麻烦，还是免了吧！”

“你是想朦朦胧胧美吗？”

“请不要嘲笑，这可是严肃的故事。总之，一想到那女人突然生那种病，就有了一肚子的花飘叶落的感慨。我全身像一下子泄了气的，一点活力也没有了。我就那样踉踉跄跄来到吾妻桥①。倚着栏杆俯视桥下流水，也不知是涨潮还是落潮，但见河水像凝成了一块黑色的平面在摇荡。这时，从‘花川户’那边跑来一辆人力车。我目送车灯。灯光越来越小，在札幌大厦那不见了。我又看向水面，只听从远远的上游传来呼唤我名字的声音。天啦！深更半夜怎么会有人喊我？我又去注视水面，除了一片昏黑，什么也不见。心想是心理作用吧？就想尽快回去。可刚一迈步，就又听到那个声音在远方呼唤我。我停下来侧耳聆听。当第三次呼唤我名字的声音出现时，我抓住栏杆，膝盖发抖。这个呼唤声要不是来自远方，就是从河底发出的。千真万确，就是 A 姑娘的声音。我情不自禁应了一声！声音太大，竟在静静的水面产生回响。把我自己都吓一跳，四周一看，人、狗、月都不见了。我被如此良宵所惑，身不由己生出这样一个念头：到发出声音的地方去。A 姑娘的声音在敲我的耳鼓，那声音如诉如泣，又像是在呼救。我也不知道怎么就回答说：‘马上就来！’然后从栏杆上探出半个身子，眺望漆黑的河水，越来越觉得那个声音是从河里传来的。‘就在水下！’我边想边跨上栏杆，下了决心再听到喊，就跳下去！果不其然，马上又传来了细若游丝悲惨的声音。说时迟那时快，我纵身一跳，就这样，我像块小石头坠落下去了。”

主人的眼一个劲儿眨巴：“跳下去了？”

迷亭先生抓着鼻尖说：“想不到事情发展到如此地步。”

“跳下后人事不省，如在梦中。过了会儿睁眼一看，虽然有点

① 吾妻桥：东京都隅田川上的桥，连接台东区的浅草与墨田区。

凉，但浑身哪都没湿，也不觉得呛过水。可我千真万确跳下去了呀！正纳闷，向四周一瞧大吃一惊。我本心是想跳下水，可迷了方向，跳到桥中心了。当时真后悔。只因神魂颠倒，竟然没能抵达声声呼唤的地方。”

寒月嗤嗤笑着，当然还是把自己外衣带当累赘不住搓弄。

“哈哈……，有意思。奇怪的是这段故事和我的一次体验很类似，这又成了詹姆斯的教材了。假如以‘人的感应’为题写一篇纪实文章，一定会震惊文坛。那么，那位姑娘的病怎样了？”迷亭先生自然是对姑娘的身子更关心。

“两三天前去拜年，她正在门里和女仆打羽毛球！可见痊愈了。”

主人照例在做沉思状，这时终于开口：“我也有过！”他那表情完全就是不甘于人后！

“我那件事也发生在去年年末。”

“都发生在去年年末，这么巧，神了！”寒月先生咧开嘴笑。豁牙的齿缝间沾着豆包渣。

“不会是同日同刻吧？”迷亭先生又在打岔。

“日子不同，大约是二十五日前后。那天内人说：‘今年不要压岁钱，但你得请我去看摄津大椽①表演的木偶戏！’去也无妨。问她今天演的是哪出戏。内人查看了一下报纸，说演的是《鳗谷》②。我不想看这出戏，那天就没去。第二天，内人又拿来报纸说：‘今天唱《堀川》③，可以看了吧？’我说《堀川》是三弦戏，只是热闹，没有内容，算了！内人满脸不高兴走开。第三天，内人说：‘今天唱《三十三间堂》④，我一定要看摄津唱的这出戏！你不会连《三十三间堂》也不爱看吧？既然请我看戏就陪我一起去，总还可以吧？’这简直是刀下逼供。我说：‘你既然那么想去，那就去。不过，都说这是

① 摄津大椽：本名二见金助，艺名南部大夫，明治三十五年小松亲王赐名摄津大椽。

② 《鳗谷》：即净琉璃《樱锷恨鲛鞘》，叙述娼妓阿参与鳗谷八郎兵卫的恋爱悲剧。

③ 《堀川》：净琉璃。歌咏阿俊与传兵卫殉情。

④ 《三十三间堂》：古典人形净琉璃的剧目之一。

绝代名戏，一定座满，到时指不定横冲直撞也挤不进去。想去那种场所，都会预先和茶馆联系定好座位。实在抱歉，今天算了吧！’内人恶狠狠瞪着我，带着哭腔说：‘我一个女人家，哪懂什么手续。邻居大原的妈妈、铃木家的君代都没办什么手续，也都舒舒服服听完戏回来了。就算你是个教师，也大可不必要那么烦琐的手续才看戏吧！太过分了。’我告饶说：‘既然如此，不去也得去呀。吃过晚饭，乘电车去吧！’内人立马情绪高涨了：‘四点前必须到，磨磨蹭蹭的可受不了！’我追问一句：‘为什么一定要四点钟到？’内人照搬铃木夫人的话说：‘不提前些入场找座，就会进不去门的。’‘那么，过了四点就不行？’我又叮问一句。‘是呀，就是不行嘛！’她说。说着说着，咦，怎么就突然打起哆嗦来。”

“夫人吗？”寒月问。

“不是，她活蹦乱跳的。是我。不知怎么了，觉得像气球开了口子，身体一下子萎缩，两眼漆黑，不会动弹了。”

“这是急病！”迷亭先生加了横批。

“真是糟透了！内人一年才提这么一次要求，无论如何也要如她所愿才行。我平时对她只有斥责与冷落，叫她操持家务，照料孩子，从未报偿过她。今天有暇，囊中尚剩四五枚铜板。内人不是要去吗？我也想带她去，一定要带她去！可我冷得打战，两眼发迷，不但上不了电车，连穿鞋的地方也走不到。啊，太惨了！想着想着，冷战越发打得厉害了，眼前更黑。我寻思，如果快些请医生来看看，吃点药，四点钟前不定就会手到病除吧。于是我和内人商量，去请甘木医学士。可他赶巧在大学值班。他家人回话说：甘木先生两点钟一到家，就告诉他。真糟！这时要是喝点杏仁茶，四点钟前肯定会好。可倒霉的时候喝凉水都塞牙。本来盼着有幸欣赏一次内人喜盈盈的笑脸，也好开开心，鬼想到会这样。她怒气冲冲问我到底能不能去，我说一定去！四点钟前这病一准好，放心。你最好快洗脸换衣服等着我。我嘴上说着，冷战越打越凶，眼前漆黑。假如四点钟前不能病除践约，像内人这等心胸狭隘，不定会出什么事。那可就惨了。为防万一，应该趁现在还行，对她晓之以‘盛极必衰、生久必亡’之理，让她好有个心理准备，别到时惊慌失措。这难道不是为夫之道？慌忙中，我把内人叫到书房问：“你虽然是个女子，但总该知道西方有句谚语吧！‘many a slip，twixt the cup and the lip①。’‘那种横行文字哪个懂？你明知我不懂英文，偏拿英文来要我。好哇！反正我不会英文。你既然那么喜爱英文，为什么不讨个教会学校毕业的小妞做老婆？再没有像你这么冷酷的人了。’她气势汹汹，将我的精心设计拦腰斩断。不过，在诸公面前，也该辩白几句。我说英文绝非恶意，完全出于对妻子的怜爱。可内人竟然理解为另一种含义，真叫我啼笑皆非。而且，我一直打冷战，两眼发黑，脑子也有点乱。真是祸不单行。一时性急，竟过早对她灌输起‘盛极必衰、生久必亡’之理，以至信口说句英语。思量起来，全怪我，完全是一次失误。由于此番败局，我冷战越打越凶，眼前越来越黑。内人已经奉命去洗澡间光着上半身化妆，从衣柜里拿出衣服换。她是整装待发了，那神情在说：‘随时可以动身的。’我心急如焚。甘木君早些来就好了。一看表，已经三点钟。距四点还有一个小时。内人拉开书房的外门说：‘该走了吧！’夸奖自己的老婆，也许令人好笑，不过，我从没发现妻子这么漂亮。她上身裸着，用肥皂擦洗过的皮肤柔润光洁，与黑绸小褂交互辉映；由于用肥皂揉搓和盼望听摄津大椽唱戏这两个原因，光辉发自有形无形的两个方面，简直就艳若彩霞。我想，无论如何也要满足她的愿望；横下心来去一趟吧！我刚吸了支烟，甘木医生就驾到，真是一顺百顺。我介绍了病情，甘木医生瞧我的舌头，握我的手，敲前胸，搓后背，翻眼皮，摸头骨，沉思片刻。我问是否十分危险？医生镇静地说：‘哪里，没什么要紧。’内人问：‘出一趟门，不至于有问题吧?’‘是啊，’医生又沉思，‘只要心情好……’我忙说：‘难受啊!’‘那就给你开点镇静剂和汤药。’‘咦？怎么，弄不好，会有危险吧?’他说：‘不，绝对用不着担心，神经不要过于紧张。’医生走了。三点半钟，打发女仆去取药。女仆遵夫人命飞奔而去疾驰而归。归来时是四点差十五分。还有十五分钟。本已平安无事，可我突然又恶心起来。内人将汤药斟在碗里，放在我面前。我想端起碗喝下去，可胃里咕的一

① 源于古希腊传说。此句可译为：“种种差错，尽处在唇杯之间。”

声，有个东西在呐喊。不得已，我又放下碗。内人逼我快些喝。是呀，不快些喝快些动身，那就太不够意思了。我决心一下，又将药碗送到唇边，而胃里又咕咕叫，死死拦住我不叫走。我又放下。就这样，不知不觉客室里的挂钟当当敲了四下。啊，四点了，再也磨蹭不得。我又端起碗。神奇了老弟！随着时钟敲响四下，居然不再想吐，汤药顺顺当当喝了下去。四点十分后，这才知道甘木先生不负名医之誉。喝过药，后背不冷了，两眼也不黑了，简直像在梦中。我久久不能外出的大病，竟瞬息痊愈，多叫人高兴！"

"那后来去看了歌舞伎了？"迷亭不知趣地问。

"想去，可过了四点钟。内人说进不去门了，没办法，只好作罢。假如甘木医生再早来十五分钟，我也就做了这个人情，贤妻也会心满意足。可只差十五分钟，实在是憾事。回想起来，现在还觉得当时的处境真真急死个人。"

主人说罢，露出一副总算尽了义务的神情。不对，说不定以为这下子露脸了呢。

寒月先生还露着豁牙笑："那太遗憾了。"

迷亭先生却假装正经，自言自语地说："妻子有你这样一位体贴的丈夫，实在幸福。"

这时，门后传来了女主人故意清嗓的咳嗽声。

我老老实实，挨个听了三人讲的故事，既没有觉得好笑，也没觉得可悲。看来人啊，除了能胡扯八道一通废话，自己觉得有趣外，真没别的能耐。

对我主人的任性与狭隘，我早有耳闻，但他平时不大开口，有些方面还未必真了解。正是这似解非解的，才让猫有些敬畏。可刚才听完他说的，我开始鄙夷起来了。他为什么就不能安安静静只听别人说，一定要出糗才快活？难不成那个爱比克泰德在书本里写了，叫他这么干？总而言之，主人、寒月还有迷亭，都是些盛世的逸民。尽管他们像长老了的丝瓜随风摇，却装作超然物外的样子，其实，他们又俗又贪。即使这种无聊闲话，也要争个输赢。看不出他们跟自己平时所痛骂的俗骨凡胎哪有什么区别。在猫眼里，这可够悲哀了。好在他们还不像完全的半吊子那样令人生厌，聊有可取吧！

想到这里，立马觉得三人的对话真乏味，还不如去看一下三毛小姐。于是，我悄悄来到二弦琴师傅家的门口。门前悬挂的松枝和稻草绳都撤了，现在已是正月初十。暖暖的太阳从万里无云的高空普照。那三丈见方的院庭，比元旦曙光照临时更加生机盎然，檐廊下摆了张坐垫，却不见人影。连纸屏也紧紧闭着，说不定琴师洗澡去了。其实琴师在与不在一个样！我记挂的是三毛小姐的病呢。既然院子里静悄无人，我就用我这双泥脚登上檐廊，在坐垫上一躺，真舒服。很快就把探问三毛小姐这事丢到九霄云外去了，不一会儿就去了南柯。

纸屏后传来人声：

"辛苦了。做成了吗?" 这是琴师，说明她没外出。

"是的，回来迟了。我到了那家婚丧用品店，他们说赶巧刚做成。"

"在哪儿？我瞧瞧。啊，做得真棒！这一来，三毛总可以升天了。金漆的面不会脱落吧?"

"是，我叮问过，他们说用的是上等材料，比死人的灵牌还耐用，说'猫誉女居士之灵位'中的'誉'字，还是简化些好看，所以，改了笔画。"

"啊唷，那就赶快供在佛坛前，烧香吧!"

三毛小姐怎么了？觉得情形有点不大对，我从坐垫上站起身来。只听当的一声，琴师念道："南无猫誉女居士，南无阿弥陀佛，南无阿弥陀佛……"

"你也烧炷香吧!"

"当，南无猫誉女居士，南无阿弥陀佛，南无阿弥陀佛……"

这是女仆的声音。我顿时不寒而栗，站在垫子上，像座木雕，眼珠都不敢转。

"真是遗憾！起初大概是稍受了点风寒。"

"甘木医生若是给一点药吃也许会好的。"

"就怪那个甘木医生不好，太看不起三毛了。"

"不该怪罪别人，这也是命中注定呀!"

看来，三毛也请甘木医生给诊过病的。

"归根结底，我认为就怪临街教师家那只野猫，死皮赖脸勾引它。"

"是的。那畜生是三毛的仇敌！"

我本想辩白几句，但又认为这时该克制，便咽了口唾沫听下去。

"人世上真是万般不由人啦！像小花这样俊俏的猫竟然夭折，而那只丑陋的野猫却还健在，继续胡闹……"

"可不是。像三毛这样可爱的猫，敲锣打鼓也找不到第二位！"

瞧，不说"第二只猫"，却说"第二位"。照女仆的看法，似乎猫和人是同宗。还别说，这个女仆的脸长得还真像猫脸。

"如果可能，真想找个替身替三毛去死……"

"那个教师家的野猫死了，你老人家可就如愿以偿了。"

她如愿以偿，我可受不了。我连生都刚开始知道，怎么可能知道死？没体验过，谁知道喜不喜欢。不过，前些天太冷，我钻进了灭火罐①，女仆不知我在里边，给扣上了盖。当时那个难受哟！如今只要想想就怕。据白嫂说，再迟一会儿就没命了。替三毛小姐去死，我自然没二话。但，如果不活遭那份罪就死不成，替谁去死也不干！

"三毛小姐虽说是猫，师傅却拿她当亲生女儿，给她念了经，取了法名，三毛小姐也该瞑目了。"

"可不是，真是只幸运的猫。若说有什么不足，只是给猫儿念的经太短。"

"我也觉得太短，就问月桂寺的和尚，他却说'恰到好处。怎么，一只猫嘛，念这些，足够送它上西天了。'"

"呀，那只野猫呢……"

我声明多次了，至今还没名字。可那女仆不停"野猫、野猫"的叫，真是个冒失鬼！

"那家伙呀，罪孽深重！不论多灵验的经文，也超度不来它啰。"

后来不知又被她叫了几百次"野猫"。我不想再听二人唠唠叨叨，离开坐垫，从檐廊窜了下去。这时，我的八万八千八百八十根

---

① 灭火罐：日本家庭用完炭火，将未燃尽的炭装进一个罐子，扣上盖，待炭火灭后再用。

猫发全都倒竖起来，浑身打战。从此以后，再也没去过二弦琴师傅家。如今，大概该轮到琴师自己接受月桂寺和尚敷衍了事的超度了吧？

近来，我连门都不想出，觉得人世间太让我厌倦，越来越像我主人了。

主人闷坐书房，人们都说他是在失恋。我也觉得不无道理。

我还是没抓过老鼠。女仆甚至对我下了逐客令，但好在主人了解我不是只凡猫，我才依然能这样优哉游哉，在这个家庭里虚度晨昏。就此，要对主人感恩戴德，并毫无保留钦佩他一双慧眼。那女仆就不要提了，她有眼不识真猫，还虐待，尽管我也懒得恨她。假如今天又有个左甚五郎①，将我的肖像雕刻在门楼的立柱上，或者有个日本的斯坦仑②，高高兴兴将我的风姿描在画布上，那些家伙们才会因自己的有眼无珠羞愧！

---

① 左甚五郎：德川时代的木刻名家。

② 斯坦仑（一八五九——一九二三）：法国画家。

第三章

鼻子夫人将戴着钻石戒指的手指排放在膝上，调整了一下落座的姿势。她那伟大的鼻子更加大放异彩，不论迷亭还是主人，都渺小到尘埃里去了。

三毛小姐去了西天，大黑我又跟它不相为谋，幸亏在人类中交上了朋友，要不会寂寞死。前些天有人致书主人求我玉照，近日又有寄来冈山名产的黄米面包子，指定是送给我的。随着人恩日隆，粉我的越来越多，我都忘了猫这档子事，不知不觉就猫远而人近了。当然了，原本的猫族大战两条腿活人的念头也早就荡然无存，反倒是觉得我的人途越来越不可限量。

说归说，我可没看不起同胞的意思。不过是形势所迫，不得不借此栖身而已，何况这么多人喜欢我呢？可别说我变节、轻薄、背叛之类的，我消受不起，要骂就去骂那些搬弄是非、摇唇鼓舌、口蜜腹剑，心胸狭隘的家伙吧。

说起来，我既脱了猫性，就不该满脑子三毛小姐和大黑哥，想跟人平等地去评价他人的思想言行，这不过分吧！只是主人竟还是把我看成披毛带爪的普通猫，连一句客气话都没有，就把黄米面包子吃个精光，太过分了点。看样子，人家要我的玉照也还没寄走。我对此不是很满意。但想想也是，主人有主人的理由，我有我的道理，看法不同也正常，我又能怎样呢。

因我近人日久，渐疏远了猫族，不清楚猫族世界近日动态，自然没法讲讲。好吧，那就继续说说迷亭、寒月诸公！

一个晴朗的周日。主人迈着四方步踱出书斋，把笔墨和稿纸放在我身边，趴在榻榻米上念念有词。真奇怪，怪腔怪调的，是在为撰写初稿序章凝神聚气吧！我仔细看主人写什么，主人用很浓的墨重重写了“香一炷”① 三个字，天哪！是诗，还是俳句？对主人来说，这三个字风雅了些，能写出来真不容易。紧接着，我看到他另起一行，挥毫写下：“早就想写篇天然居士②的故事。”然后停下笔一动不动。他举着笔，歪着脖子，似乎是思路一下子断了，因为舔笔尖，嘴唇都乌黑了。他在最后那句后画了个小圆圈，在圈里点两点，安上了眼睛；正中画了个鼻翼大张的鼻子，最后在鼻子下横着来一下，算是安上了嘴。这不能算文章，也不算俳句。主人自己也觉得不顺眼，忙涂了。又另起一行。很可能他认为：只要另起一行，就会成为诗、赞、语、录。片刻，只见他文白夹杂大笔猛挥写下“天然居士者，探空间、读论语、吃烤芋、流鼻涕之人士也。”不伦不类的一段话。接着，他朗读这段话，少见地哈哈大笑，叫着“有意思”。但又说“‘流鼻涕’太尖刻，去掉”！于是他在这个词上划了一杠。本来划一条线就足够，可他划了一条再来一条，都是很漂亮的平行线，而且划得越界，侵入另一行，他也不管。划了八条也还是没有想出下一句，这才投笔捻须。他气势汹汹，把胡子忽上忽下狠狠地捻，那态势像是要从胡须里捻出文章来给大家瞧。

这时，女主人从饭厅走来，一屁股坐在主人面前：

“喂，你听！”

“什么？”主人瓮声瓮气的。

主人妻子似乎不满意，接着继续来一句：

“哎，你听我说！”

“什么？”

主人正用大拇指和二拇指从鼻孔里拔掉一根鼻毛。

---

① 香一炷：晚唐诗人司空图诗句：清香一炷知师意。

② 天然居士：日本圆觉寺的今北洪川和尚赠给夏目漱石的亡友半山保三郎的居士号。

“这个月，钱有点不够用……”

“不会不够。医生的药费已经付过，书费上个月不也还清了吗？本月必有节余。”主人泰然自若将拔掉的鼻毛对着天仔细研究。

“可您不吃米饭，要吃面包，还蘸果酱……”

“一共吃了几盒果酱？”

“这个月买了八盒。”

“八盒？不会吧！”

“不光你，孩子们也吃。”

“再怎么吃，不过五六元钱罢了。”

主人现在把拔出来的鼻毛一根根竖立在稿纸上。由于鼻涕的缘故，鼻毛站得像针一样挺直。这时候主人有了意外发现，看上去好激动，他噗的吹了口气。但鼻毛一动不动。“真顽固！”主人拼命吹，而女主人已经怒气满面：

“不光果酱，还有别的非买不可的东西！”

“也许。”主人又将手指插进鼻孔，嗖嗖地拔毛。有红的，有黑的，五彩缤纷中，竟有一根是纯白色。主人眼珠子都鼓出来了。他把鼻毛夹在指缝，伸到女主人眼前。

“哎哟，讨厌！”女主人将主人的手推开。

主人感触地说：“瞧，这鼻毛中的白发！”

女主人被逗笑了，她回了饭厅，不再谈经济问题……

主人用鼻毛赶走了女主人，看样子很得意，也算是安下心来了。他继续开始拔着鼻毛思考怎么写；可还是下不了笔。

“‘烤白薯’？画蛇添足，割爱吧！”他勾掉了这句。“‘香一炷’？太突兀，见鬼去吧！”他毫不留情笔诛墨伐，纸上最后剩下一句“天然居士，探空间，读论语者也”。但这看上去又有点过于空洞。唉，伤脑筋！不写文章了，写一篇“铭”吧！想到这，他挥动手中的大笔，用力在纸上一通胡画。还别说，还真像一株低劣的南画风格的兰草！他又把稿纸翻个面，写下些不知所云的东西，“生于空间，探索空间，死于空间。空也，间也。呜呼！天然居士！”

这时，迷亭先生驾到。我想，他很可能是把别人的家当成自己的了，总是这样不请自来，大摇大摆闯进屋里，有时甚至是从后门飘然而至。他这个人，从呱呱落地起，就把犹豫、礼貌、顾忌、辛苦之类的，抛到九霄云外去了。

“又在写《巨人引力论》?”迷亭劈头就问。

主人虚张声势说：“是的。不过，并不是一直在写《巨人引力论》，现在正撰写天然居士墓志铭。”

“天然居士？和偶然童子一样，都是戒名吧?”迷亭信口开河。

“有叫偶然居士的吗?”

“哪里。怎么会呢。不过想来会有这类名字的。”

“恕在下孤陋寡闻，不知偶然童子为何许人也。不过，天然居士你该认识的。”

“到底谁呀，装神弄鬼起了个天然居士?”

“就是那位曾吕崎！毕业后去了研究院，研究课题就是‘空间论’。因为用功过度，患腹膜炎死了。说起来，曾吕崎还是我的知心朋友嘞!”

“是知心朋友也好嘛，我绝不说个不字。不过，使曾吕崎变成了天然居士，这究竟是谁干的?”

“我呀！是我给他起的名字，因为和尚们起的戒名，再没有那么俗气的了。”看来主人是在炫耀他起的这个名字文雅。

迷亭先生却笑了：“那就给我看看你写的墓志铭吧!”说着拿起原稿，高声朗读：

“噫嘻！生于空间，探索空间，亡于空间。空也，间也，呜呼！天然居士。”

读罢：“的确，写得好。与‘天然居士’这个名字很称。”

主人眉开眼笑：“不坏吧?”

“应该把这个墓志铭刻在腌菜缸的压缸石上，再像‘试力石’一样扔到佛殿的房后去，高雅得实在是好！天然居士也该得道成仙了。”

“我也正是这个主意。”主人回答时表情很严肃认真。但他突然对迷亭先生说：“失陪一会儿，就来，你先逗猫玩玩吧!”

说话间主人早已一阵风去了。

我既然奉命陪伴迷亭先生。总不该板着脸，所以我就笑容可掬起来，喵喵叫两声跳上他膝头。谁知迷亭先生竟粗暴地揪住我的颈毛，将我头朝下按住：“嗬，肥呀！”又说，“后腿肥嘟嘟的，可就捉不了耗子了。”

捉弄我一个还不够，他又和隔壁女主人攀谈起来：“这猫会捉耗子吗？”

“哪会捉耗子，倒是会吃年糕跳舞呢。”万万想不到，这娘们竟然会揭了我的短。现在我被迫表演空中倒立，怪不好意思的。可迷亭先生就是不放手。

“的确。看这猫，长着的面相就是跳舞的。嫂夫人！你可得留心这猫的脸，很像从前通俗小说里描写的猫怪！”迷亭先生开始胡扯八道起来，想着法跟女主人搭讪。女主人很勉强放下针线来到客厅。

“叫您久等，他快回来了吧？”女主人重新斟杯茶送到迷亭面前。

“这个苦沙弥去哪了？”迷亭先生竟然这样称呼主人。

“他这人，不论去哪，从不知会，所以，不得而知呀！大约找医生去了吧！”

“是甘木先生？甘木先生被这样的病人缠住，真是活受罪！”

“嗯。”女主人不知怎样回答才好，只得虚应一声，而迷亭先生却完全不加理会：

“苦沙弥兄近况如何？胃病好些吗？”

“好坏我一点都不知道。随他去找甘木先生好了，像他那样光吃果酱，胃病会好吗？”

女主人竟把先前的牢骚对迷亭发泄。

“他那么爱吃果酱吗？简直像个孩子！”

“不光吃果酱，近来还胡乱吃起萝卜泥，说是治胃病的良药，因而……”

“多新鲜！”迷亭发出惊叹。

“听他说在报纸上读了一条消息，说什么萝卜里面含有淀粉酶。”

“怪不得！他是想弥补贪吃果酱的损失啊！亏他想得出。哈哈……”迷亭眉飞色舞。

“近来他还叫孩子们也吃……”

“果酱吗？”

“萝卜泥呀！他说：‘宝宝，爸爸给你好东西吃，来呀！’我还以为他突然喜欢起孩子来了，谁知他干那种蠢事！两三天前，他抱起二丫到衣柜上……”

“什么目的?”迷亭不论听什么，总要追问目的。

“哪里有什么目的。就为了欣赏女儿从高处蹦下来。小女孩不过三四岁，怎么会那么野?”

“是吗，毫无目的！不过，他是个心眼儿不坏的人呢。”

“那要是心眼还坏，可就无法忍受了！”女主人满满都是怨怒。

“唉，何必牢骚！只要长此这般样样不缺，一天天打发日子，也够福气的了。像苦沙弥兄这样不吃喝嫖赌，又不讲究穿戴，还省吃俭用的，天生是过日子的人。”迷亭开始了不合身份的说教。

“但您可大错而特错……”

“难道他背地里有什么见不得人的事？这可是含糊不得的！”

“那倒没有，只是胡乱买些根本不看的书。如果量力而行，倒也没什么。可他，想起来就去丸善书店，一拿就是几大本，到了月末就装糊涂。去年年底，由于月月拖欠书款，弄得非常拮据。”

“嗨！书嘛，想买就买，没关系！如果来人讨账就说：‘马上付钱，马上付钱！’他自然会走。”

“话是这么说，可不能老拖欠着呀！”女主人说得凄凄惨惨的。

“那就讲清道理，削减他的书费嘛！”

“哎呀呀，他根本不听。还说：‘你他妈哪像个学者的妻子！一点不了解书籍的价值。从前罗马有个故事，为了开导你，讲给你听！’”

“这可有点意思。什么故事呀！”迷亭感兴趣了。我认为他这完全不是出于对女主人的同情，而是好奇。

“据说古罗马有个皇帝名叫什么垃圾鞋……”

“‘垃圾鞋’？这名字多新鲜。”

“外国人的名难记，我可记不住。据说是第七世皇帝……”

“是吗？第七世皇帝叫垃圾鞋？妙。这个七世皇帝垃圾鞋怎样?”

“哟，连您也取笑我，真无地自容了。您知道告诉我不行吗？真坏！”女主人这话说得可有些娇嗔了。

“取笑你？我可没这么缺德。只不过听到什么垃圾鞋皇帝，觉得新鲜……对了，是说罗马的七世皇帝？这个么……记不太准确，好像是塔奎·杰·普劳德①？算了，不重要，那个皇帝怎么了？”

“据说，有个女人②拿九本书去见皇帝，问他买不买。”

“皇帝问她要多少钱，她开出很高的价格。皇帝说太贵，问能不能少点？那女人就从九本书里抽出三本，扔到火里烧掉。”

“真可惜！”

“据说那三本书里记载着预言什么的，人世罕见。”

“嗬！”

“皇帝以为九本书只剩了六本，准能便宜些，再问价钱。还是一样；皇帝说，这就太不讲理了！那女人就再把三本扔进火里烧掉。皇帝觉得奇怪，问那女人，剩下的三本书要多少钱。那女人回答跟开始一样。九本变成六本，六本变成三本，可价码一分钱不少。如果再讲价，那女人说不定会把剩下的三本也扔进火堆里了。皇帝也是太好奇了，就花大价钱买下了三本还没被烧掉的……丈夫讲完这个故事，还问我‘怎么样？总该说多少懂了点书籍的贵重吧？’他倒是得意扬扬，可我一点都不觉得有什么贵重。”

女主人说罢，催迷亭回答。看不出连一向精明的迷亭先生也有些穷于应付了。他从和服长袖里掏出手帕来逗弄起我来。

“不过嫂夫人，”他好像想起什么，高声说，“就因为他那样胡乱买书，胡乱往肚子里塞书，才被人称一声学者。近来我看一本文学刊物，还登了一篇评论苦沙弥兄的文章呢！”

“真的？写些什么？”女主人兴趣一下子就来了。毕竟是夫妻嘛。

“哎呀呀，只有二三行，说苦沙弥老兄的文章‘行云流水。’”

“只这些？”女主人完全不满足。

“还有什么‘忽生忽灭，灭则永逝忘返’。”

女主人听得丈二和尚了：“是夸他吗？”

“大概是吧？”迷亭若无其事将手帕垂落在我眼前。

---

① 塔奎·杰·普劳德：罗马七世末代皇帝。

② 女人：指西方传说中能预见未来的女巫西比拉。

女主人说：“书籍本是谋生工具，怕是少不得的。不过，他也太犟了。”

我觉得迷亭一定在这样想：不承想女主人竟从另一条路杀将过来，他像是在为我主人开脱的，回答得不偏不离很是妙：

“犟倒是犟点。做学问的人都是这个样子。”这既像为女主人帮腔，又像是在为我主人苦沙弥开脱。

“前些天从学校回来，说是还要出门，换衣服太麻烦。我的好兄弟！他连外套也不脱，坐在饭桌旁就吃。他把饭菜放在火炉架上，我捧着个饭盆坐在一旁，看他那样子真可笑……”

“有点现代‘验明首级’① 的风格。不过，这也正是苦沙弥兄之所以是苦沙弥的原因……总而言之，他非‘俗调’之徒。”迷亭的恭维怎么让我想吐呢。

“俗调不俗调的，女人可不懂。不过，再怎么说，他也太胡来了。”

“可总比俗调好。”

迷亭过分偏袒，女主人话锋一转，以不满口吻问起俗调定义：

“都说俗调俗调的，可什么是俗调啊？”

“就是……是啊，不大好说……”

“既然模糊不清，就算是俗调，也没什么不好吧？”她以女人特有的逻辑步步紧逼。

“也不是模糊不清，我倒是了若指掌，只是不大好解释。”

“是不是把自己讨厌的都叫俗调？”女主人一语中的。迷亭先生不得不对俗调做些交代。

“所谓俗调，大约指的是那样一些家伙：一见‘二八佳人’‘二九佳人’便不言不语，在相思中，辗转反侧；一到‘是日也，天朗气清。’准要‘携箪酒，墨堤②嬉游。’”

“有这样的人吗？”女主人问了一句；但终于还是被忽悠得甘拜

---

① 验明首级：日本古时杀了敌方将领时，必由一人端盘，面对主子，验明首级。这里拿女主人端饭盆站在苦沙弥身前的情景比附验明正身。

② 墨堤：东京都墨田区隅田川大堤之别称。

下风了，“乱糟糟的，我可不懂！”

“好比在曲亭马琴①的脖子上，安了彭登尼斯②上尉的脑袋，再用欧洲的空气熏上几年。”

“这样就能成俗调吗？”

迷亭笑而不语。后来才说：“不需费那么大功夫，只要把中学生和‘白木屋’③ 老板加起来，再用二除，就能得出俗调的答案，标准的俗调！”

“这样呀？”女主人歪头沉思，越听越糊涂。

“你还没走？”不知什么工夫主人回了，在迷亭身旁坐下。

“‘还没走’？你这话说得够刻薄！不是你自己说‘马上回来’，叫我等吗？”

“他都是这一套！”女主人回头看看迷亭说。

“你不在家这工夫，你的奇闻逸事我可都听说了。”

“反正女人多嘴是要不得的！人要是像这只猫样缄默该多好啊。”说着主人摸摸我的头。

“听说你给孩子们吃萝卜泥？”

“嗯。”主人笑说，“如今的孩子们可真乖。自从给她们吃了萝卜泥，如果问：‘好宝宝，哪儿辣？’她准把舌头伸出来。多新鲜！”

“简直像训练小狗，残酷。寒月兄总该到了！”

主人惊问：“寒月也来？”

“来呀。我寄给他一张明信片，邀他下午一点钟到你家。”

“你这个人，也不问声人家是否方便，就自作主张，叫寒月来干什么？”

“唉，与我无关，今日之约可是寒月的要求。这位先生据说将在物理学会发表演说，需要练一练，叫我听一遍。我说正好，叫苦沙弥兄也听听。才邀他到你家来的。怎么？你是闲人，这不正合适吗？

---

① 曲亭马琴：江户末期作家。本名解，姓泷泽，号曲亭。双目失明后，用二十八年写成《南总里见八犬传》。

② 彭登尼斯：英国小说家萨克雷（一八一一——一八六三）同名小说中的主人公，一个俗不可耐的人物。

③ 白木屋：东京的一家大百货商场。

他这个人没说的，听听也好！”迷亭自拉自唱。

主人有点恼火迷亭的自作主张：

“物理学我不懂！”

“哎哎，这可不像镀镁玻璃管之类枯燥乏味。这可是个不同凡响的题目——《关于吊颈的力学》，值得一听。”

“你是上过吊的人，当然听听也好。可我……”

“总不至于做出这样的结论吧——‘连看戏都打冷战的人不许听！’”迷亭说着俏皮话。

女主人咯咯笑出声来，看看丈夫，去了隔壁。

主人不作声，摸着我的头。只有这时的抚摸，才无限温存。

果然，不出七分钟，寒月先生如约到来。因为晚上要去讲演，他穿起漂亮的服装，刚刚浆洗过的雪白衬领峭然耸立，为他的男子气概平添两成风采，他从容致歉：

“来迟了……”

“我俩等候多时。您就快开始吧老兄！”

迷亭看了看主人。主人无奈，只好含糊地应了声“嗯”。寒月则慢条斯理地说：

“先给我斟杯茶吧！”

“啊，当真了？是不是我们还要鼓掌？”迷亭起哄。

寒月先生从内衣袋里掏出草稿，缓缓开了头：

“这是演习，希望毫不客气多多批评！”

接着，预演开始了。

“对罪犯处以绞刑，最初是主要在盎格鲁——撒克逊民族中流行的一种刑罚。远溯上古，吊颈，主要用以自杀。据说犹太人的习惯是投石击毙罪犯。查《旧约全书》，所谓‘吊颈’的准确原意是：将人的尸体吊起来，喂野兽或食肉的飞禽。按希罗多德[①]的记载，犹太人在离开埃及前，最忌讳夜里曝尸。而埃及人，据说罪犯被斩首后，将其躯体钉在十字架上，曝尸于野。至于波斯人……”

“寒月兄，离题了吧。这跟‘吊颈’似乎没什么关系呀？”迷亭

---

① 希罗多德：公元前五世纪古希腊历史学家。被称为“历史之父”。

插了一句。

“就快了，请再耐心些……波斯人如何？据说是用磔刑。只是不太清楚是活着钉在十字架上，还是死后钉，这一点，不得而知……”

“那些事，不知就不知！”主人打起哈欠。

“还有好多事想讲，不过，各位要厌烦的，所以……”

“要厌烦的，不如‘会厌烦的’听起来顺耳。是吧，苦沙弥兄？”迷亭吹毛求疵。苦沙弥无所谓：

“随他说去吧！”

“那么，言归正传了就，听我一一道来。”

“听我‘一一道来’？这是说书先生的行话，演说还是用文雅些的好。”迷亭总是打岔。

“如果‘听我一一道来’太俗，那怎么说呢？”寒月先生问，说话带着怒气。

“迷亭君，你是在听还是在捣蛋？寒月，随他起哄，快些讲下去。”

主人是想尽快渡过这一难关。

“惆怅久，恰似慢慢道来庭中柳。”① 迷亭一本正经吟诵起来，寒月扑哧一声笑了。

“据我查证，真正在行刑时动用绞刑，首见于《奥德赛》② 第二十二卷，也就是忒勒马科斯③绞死珀涅罗珀④的十二名宫女那一段。我本想用希腊语朗诵原文，但难免有卖弄学识之嫌，因此作罢。请读原著四百六十五行至四百七十三行。”

“希腊语之类，还是免了吧。否则就等于是在炫耀：看，我的希腊语多棒！是吧，苦沙弥兄。”

“这一点，我也赞成。还是免去那些炫耀之词，显得又文雅又

---

① 江户中期俳人大岛的俳句：“惆怅久，恰似归来时刻庭中柳。”此处系依此仿制。

② 奥德赛：与《伊利亚特》并称希腊二大史诗，传说为荷马所作。

③ 忒勒马科斯：奥德修斯的儿子。

④ 珀涅罗珀：希腊神话中的英雄，《奥德赛》的主人公奥德修斯的妻子。

好。”主人不知不觉袒护了迷亭，因为他也一样看不懂希腊文。

“那么，就把那两三句略去，听我继续道来……噢，不，听我继续演讲。”

“这种绞刑，今天来想象一下，其具体实施方法大概有如下两种：一、大概忒勒马科斯是在欧迈俄斯和菲力西亚斯的协助下，将绞绳一端系在柱子上，然后在绳子上打很多的活扣，把宫女的脑袋一个个套进去，将绞绳的另一端狠狠一拉，人就吊起来了。”

“你是说像西方的浆洗房晾衬衫似的把宫女吊起来，是这样吧？”

“正是。其二，程序是这样的：绞绳的一端还是系在柱子上，而另一端高高吊在天棚上。然后从高处那条绳上另外放下几条绳，系好绳套，套在宫女的脖子上。一声令下，把宫女们脚下的凳子一撤。”

“打个比方吧，就像酒馆的草绳门帘上吊着些彩色灯泡。这样比喻应该差不离吧？”

“彩色灯泡？没见过，无可奉告。不过要是真有这种灯泡，想想也差不多吧……下面将给大家用实例说明：从力学角度看，第一种方法无法成立。”

“真有意思，”迷亭说，主人也赞同，“嗯，有意思！”

“首先，假定宫女们被等距离吊了起来，并假定套在距地面最近的两名宫女脖子上的绳索是水平状的，那么，把α1、α2……直到α6看成是绞绳与地平线形成的角度，把T1、T2……直到T6看成绳子各部分受的力，把T7 = X看成绞绳最低部分所受的力。不用说，W自然是宫女们的体重了。怎么样，各位明白了？”

迷亭和主人面面相觑：“大致明白。”但，“大致”这个词，是二人信口一说，换个人就用不上。

“当然，各位也都清楚，据多边形的平均性原理，可成立十二个如下的方程式：$T_1 \cos a1 = T_2 \cos a2$……（1）$T_2 \cos a2 = T_3 \cos a3$……（2）……”

“方程式讲得多了点吧？”主人毫不客气地说。

“其实，这个公式正是我演说的灵魂。”寒月有点遗憾。

“那么，灵魂部分改日领教行不？”迷亭也有点敬谢不敏。

“删掉这部分，苦心钻研的力学可就付诸东流了。”

“唉，怕什么，唰唰往下删就是。”这个我知道，主人最会删。

“那就硬着头皮删掉。”

“这就对了！”迷亭竟不合时宜地鼓起掌来。

“接下来转到有关英国方面的论述。在《贝奥沃夫》[1] 这部史诗里有‘绞首台’一词，可见从这个时代起就有了绞刑。据布拉克斯顿[2]的说法，被处以绞刑的罪犯，万一由于绞绳的缘故未能致死，就得重新绞一次。但在《皮亚斯·普鲁曼》[3] 这部著作里却有这么一句：‘纵使恶棍，也绝无被二度绞首之理。’虽然二者是非难辨，但从中可以了解：很可能，一绞而未绝命的受刑者出现过很多。有这么个故事：公元一七八六年，费兹·鸠拉尔[4]这个臭名远扬的恶棍被送上了绞刑台。但神奇的是，第一次他两脚刚刚离开台阶，绞绳竟然断了。又吊第二次。但是这一次因绞绳太长，双脚着地，又没有致死，后来是在看客们的帮助下，才送他上了西天。”

“哎呀！”一到节骨眼迷亭兴趣就来了。

“真是该死不死！”主人也活跃起来。

“有趣的还在后头。人被吊起来后，身高就会增加一寸左右。这是由医生测量过的！”

“这可是新技术！苦沙弥兄如果报名上吊，脖子抻出一寸来，那就成中等身材了！”迷亭瞧了主人一眼，不料主人竟信以为真：

“把身体抻长一寸的人还能起死回生，有这样的事？”

“肯定不行。一吊起来，脊骨就被拉长。干脆说吧，不是身材长高，而是脊骨抻断了。”

主人失望了：“既然如此，那就算了！”

后面的演说还很长，本该对绞首的生理作用也进行论述，但迷亭总是在插话打断，说些奇谈怪论，而且主人又不时打哈欠，寒月只好中止演讲回家去了。至于当晚寒月先生采取了何等姿态、何等

---

① 《贝奥沃夫》：盎格鲁——撒克逊民族史诗，流传于七八世纪之交，十世纪出现手抄本。

② 布拉克斯顿（一七二三——一七八〇）：英国法学家。

③ 《皮亚斯·普鲁曼》：英国中世纪诗人威里安·兰格兰德之巨著。

④ 费兹·鸠拉尔（一八〇九——一八八二）：英国诗人，翻译家。

辩术，因是发生在遥远地方的事，我不得而知。

接下来二三天平安无事。一天下午两点，又是迷亭先生，一如既往飘然而至。他刚落座就突然说：

“老兄！越智东风君的高轮事件你听说了吗？”看他那架势，简直像是在报告攻克旅顺的号外。

“不知道，因为最近没见面。”主人自然也一如既往愁眉苦脸。

“今天，我就是为报告东风君惨败的事，才百忙中专程来访哟！”

“又说些玄话，你呀，真是个不正经的家伙。”

“哈哈哈……与其说‘不正经’，还不如说‘没正经’，二者不分，可与本人的声誉有关呢！”

“都一样！”主人越来越像天然居士重生。

“据说不久前的一个星期天，东风君去过高轮的泉岳寺。这么冷就不该去。这个季节去泉岳寺，岂不像个乡巴佬？”

“那就随东风好了。你无权阻止他。”

“是没有权利。关于权利，见它的鬼去吧！不过，那个寺院里不是有个热闹场所叫作‘烈士遗物保管会’吗？知道吧？”

“嗯，这……”

“不知道？那你去过泉岳寺？”

“没有。”

“没去过？这就怪了。难怪你极力为东风君辩护。江户人，却不知道泉岳寺，太丢人了！”

“不知道也照样当教师。”主人这就更像个天然居士了。

“有你的。东风君去那个展览会瞧热闹，据说来了一对德国夫妻。起初，好像是用日语对东风君问了些什么。不过，这位东风先生跟平时一样，总是忍不住要秀几句德语。嘿！他哇啦哇啦说了两三句，居然还说得非常流利。可事后想，恰恰是这种下的祸根。”

“后来怎样？”主人终于上套了。

“那德国人看见大鹰源吾①的漆金印盒，想问一下是否能够卖给

---

① 大鹰源吾：实为大高源吾（一六七二——一七〇三）之误。日本赤穗浪人之一。因迷亭信口乱说，说错了一个字。

他。当时东风君的回答真是太妙了。他说，日本全是清廉的君子，不会卖的。直到这时，他都还顺利。那德国人觉得好不容易遇到个不错的翻译，就不断地问。”

“问什么？”

“问题就出在这，要是听懂了也就没事了。那德国人说话像放机关枪似的，突突突乱问一气，他完全不知所云。偶尔听懂一句半句，又问的是鹰嘴钩子和大木槌，东风先生没学过这两个词，不知该怎样翻译，这下子糟了。”

“的确。”主人联想到自己当教师的经历，深表同情。

“可是，一些闲散人好奇地围上去看东风和一对德国人的热闹。东风满脸通红，慌了神。和刚开始的派头相反，狼狈不堪。”

“到底怎样了？”

“最后，东风感觉应付不了了，干脆用日语说了句‘撒见’，匆忙溜了。那德国人问：撒见，多古怪的词儿！莫非贵国是把再见说成撒见吗？人们说：‘哪里，是再见。只因谈话对象是西洋人，为跟西方发音调和一下，才念成了撒见。’东风君身处困境也不忘调和，实在令人钦佩。”

“关于‘撒见’就此打住。那西洋人又怎么了？”

“据说那西洋人一时目瞪口呆。哈，滑稽！”

“没什么滑稽的。你特地为此来报信，这倒是真滑稽呢。”

主人将烟灰磕进火盆里。这时门铃突然响了。

“对不起！”是女人尖细的声音。迷亭和主人不由得面面相觑，哑口无言。

主人家居然会有女客来访，真新鲜！这位到访的尖嗓子女客人穿着双层绉绸的和服，底襟拖在了床席上。年约四十出头，已经秃顶，发际却有一排发帘，如同一座堤坝伫立在她头上，至少有半个脸长。眼睛像被劈出的峭壁，斜吊成两道直线，左右对称。所谓直线，是比喻这女人一对眼比鲸鱼眼还要细。她的鼻子大得出奇，仿佛是偷的别人的鼻子安在自己脸的正中。也像把招魂神社、靖国神社的石灯笼搬到不足十平方米的小院里，尽管唯我独尊，却让人觉得很不舒服。那鼻子是所谓鹰钩鼻。从最开始高高耸立的旁若无人，到了中途又谦虚起来，来到鼻尖了就突然下垂，偷偷看着自己嘴巴。很可能是因为拥有如此不可一世的鼻子，这女人说话时，让人以为她不是嘴在说，而是鼻孔在说。我为向这伟大的鼻子表示敬意，准备以后称她为“鼻子夫人”。鼻子夫人叙罢初次见面之礼，冷冷打量一番室内说：

“漂亮的宅子。”

主人吱吱吸烟，心里嘀咕：“扯谎!”

迷亭则望着天棚说：“老兄，那是雨漏，还是木板的花纹？多美的图案。”他是在催主人快说话。

“当然是下雨漏的。”主人回答，迷亭装模作样说，“好哇!”而鼻子夫人这时心里一定很愤怒，多半是在说：“真是些不懂交际的人!”一时三人对坐，鸦雀无声。

“有事请教，特来拜访。”鼻子夫人引出话题。

“噢!”主人的反应冷淡，鼻子夫人觉得不能这样僵下去，说：

“说实话，我家不远，就是对面巷角那栋房子。”

“就是那个带有仓库的大洋房？怪不得，门牌上写的是金田。”

主人终于知道了洋房和仓库的主人是金田。但对这位金田夫人一点敬意也没有。

“说真的，有处房子要出租，想来和您商量一下，但因公司里太忙……”鼻子夫人的眼神在说：“这副药应该灵吧?”

可主人却无动于衷。他认为一个初次见面的女人，说话油腔滑调，他已经很不喜欢了。

“公司嘛，不止一个，而是挂了两三个公司的衔，并且都是董事……想你一定知道的。”鼻子夫人的表情像是在说，“这么指点，还不对我鼻子夫人毕恭毕敬?”

我家主人，你要是说是博士或大学教授，他会佩服得五体投地。奇怪的是对实业家们的尊敬极低。他确信中学教师远比实业家们伟大。退一步说，即使不那么确信，就凭他死板的性格，也不可能得到实业家和财主们的什么恩赐，很可能因此对这些人失去信心。不论对方多么有权有势，即使是什么百万富翁，既然明知没希望给自己好处，那么，对他们无感，不当回事也就自然。因此，对学者圈外的人和事，他都表现得迂腐。尤其对实业界，连何地、何人、从事何种事业，他都一概不知。更不可能有敬畏。

至于鼻子夫人，做梦也想不到，茫茫乾坤中居然还有这样的怪人。在她，一般她接触到的那些人，只要说声是金田夫人，都会马上态度恭敬起来。各种聚会、会议上，无论是多高地位，她“金田夫人”这块招牌都很吃得开。何况眼前这个斗室中的迂夫子？按她的预想，只要说声家住对面巷角那公馆，不等问干什么，老夫子早就该胆战心惊。

“你认识金田这个人？”主人漫不经心问迷亭，迷亭却一本正经回答：

“认识。金田是我伯父的朋友，伯父前些天还参加游园会了呢。”

“咦？你伯父是谁？”

“牧山男爵嘛！”迷亭的话越来越严肃。主人本想说点什么，可不等他开口，鼻子夫人早就把脸转向迷亭。迷亭身穿大岛绸的衣裳，外加一件早年进口的印度花布衫，端坐在那。

“哎呀呀，原来你是牧山先生的……什么来着？我可一点都不知道，太失礼了。我家那口子常常叨念：‘一向承蒙牧山先生的关照’呢。”她突然变得满口敬语，甚至躬身施礼了。

“啊？哪里！哈哈……”迷亭大笑起来。

主人愣住，默默看着二人。

“真的。连小女的婚事也要求牧山先生多多费心哪……”

“咦，是吗？”听到这，连迷亭先生也感到过于离奇，发出了惊叹之声。

“说真的，四面八方，纷纷求婚。不过，由于我家是有身份的人，不三不四的不能许给，所以……”

“说得对。”迷亭这才放下心来。

“想就这件事请教，才特来拜访。”鼻子夫人望着主人，语声又变得高傲起来。

“听说有个叫水岛寒月的男人多次前来贵府，他是个怎样的人？”

“您问寒月有何贵干？”主人不高兴了。迷亭先生却机警地问：

“是与你家小姐婚事有关，想了解一下寒月兄的平素为人吧？”

“如能就此领教，那就再好不过了……”

“那么，您是说要把你家小姐嫁给寒月吗？”主人问。

“还谈不上嫁给他。”鼻子夫人说，“除了寒月，说亲的人多得很嘞。即使寒月先生不肯俯就，也不发愁。”

“既然如此，关于寒月兄的情况就不必打听啰了！”主人急躁起来。

“但也没必要替他隐瞒吧？”鼻子夫人摆出一副准备争吵的架势。

迷亭坐在二人中间，手拿银杆烟袋，像相扑裁判手拿着指挥扇样，可我感觉他是在心里喊：“动手啊，摔呀……”

“请问寒月君可曾表示过一定要娶你家小姐？”主人迎头一炮。

“倒是没说过……”

“是猜想他有意要娶吗？”主人现在明白了，这女人吃炮轰。

“事情还没有进行到那地步……不过，寒月先生未必不高兴吧！”紧急之下，鼻子夫人开始反攻。

“寒月君爱上你家小姐可有事实？”主人气势汹汹，一副从实招来的架势，把头往椅背上一靠。

“嗯，十有八九吧！”

主人放了一个空炮。迷亭在一旁装成裁判的样子，津津有味观赏，鼻子夫人的这句话突然勾起了他的好奇，放下烟袋探出身子：

“寒月兄给令爱写过情书吗？痛快！到了新年，又添一份趣闻，会成为绝妙谈话资料的哟！”他喜滋滋的。

“不是情书，可比情书还火热了。您二位不都知道吗？”鼻子夫人奚落了迷亭先生两句。

“你知道吗？”主人表情像是被狐仙附体了，他问迷亭。迷亭一脸迷惑说：

“不知道。知道的唯有老兄吧？”这时候迷亭倒谦虚起来。

只有鼻子夫人一个人扬扬自得：

“哪里，是二位都清楚的事哟！”

“咦？”二人都愣住了。

“二位如果都忘了，那我就说说。去年年底，向岛阿部先生的府上举办音乐会，寒月先生不是也赴会了？那天晚上回来，吾妻桥上不是出了点事吗……至于细节，我是不会讲的。若讲了，说不定会给本人带来麻烦。有这些证据，我认为已经足够了。不知二位意下如何？”

鼻子夫人将戴着钻石戒指的手指排放在膝上，调整了一下落座的姿势。她那伟大的鼻子更加大放异彩，不论迷亭还是主人，都渺小到尘埃里去了。

不要说主人，就连擅长逢场作戏的迷亭先生也一时间不知所措，呆坐在那。待这一阵惊风骇雨稍住，稍稍平静后一种滑稽感又上心头。

“哈哈哈……”

二人不约而同笑起来，笑得前仰后合。那鼻子夫人有点意外，怒视着二人，她指定是在想：这种节骨眼上还笑，太没礼貌了。

“那位就是你家小姐？哎呀，好嘛，您说得都对呀。喂，苦沙弥兄！寒月君肯定是爱上金田小姐了，这事瞒也瞒不住，还是如实说了的好。”

“哼！”主人哼了一声。

“真是瞒也瞒不住呀！已经证据在握嘛！”鼻子夫人得意忘形。

“事已至此，有什么办法。无论如何也得把有关寒月君的恋爱事实交代一番，以供参考。喂，苦沙弥君，你可是主人，光那么笑嘻嘻的无济于事！‘秘密’这东西可真厉害，再怎么遮掩，也说不定会从哪暴露的……不过说离奇，也真够离奇的。金田夫人，您怎么探听到的这个消息？真叫人吃惊。”

“我呀，办事可百分之百的有把握！”鼻子夫人立马得意起来。

“你究竟是听谁说的？”

“房后那个车夫的老婆。”

“就是有只大黑猫的那个车夫家？”主人瞪大了眼。

“呃，不瞒二位，为了了解寒月先生，我花了一大笔钱。每次寒月先生到你这来，我都想知道他说了些什么，就委托车夫老婆事后一一向我报告。”

“好厉害！”主人大声说。

“哎呀，至于您干了什么，说了什么，我可一概不关心，我只对寒月先生的消息感兴趣。”

“不管你是查访寒月先生还是别人，反正车夫老婆从来就是个‘万人嫌’!”主人恼火起来。

“到你家篱笆墙下站站，难道这不是人家的自由吗？如果怕偷听，那就小声些，要不就搬到宽宅大第去住，岂不平安无事了？”鼻子夫人一点都不脸红。“不单是车夫家，还从热闹街的二弦琴师傅那儿探听到了好多信息。”

“关于寒月吗？”

“当然不光是寒月。”话说得怪吓人。她以为主人一定会慌神儿，可主人却骂道：

“那个琴师摆臭架子，把自己当成个人，混账王八蛋!”

“恕我冒昧，她可是个女人，‘王八蛋’？有点张冠李戴了吧!”

这句话使她原形毕露了。这一来，她才像是专门为了吵架才登门的。迷亭先生倒不含糊，他听得津津有味儿，活像铁拐李看斗鸡，不慌不忙。

主人很快意识到要是对骂的话，自己可不是鼻子夫人的对手，就立马沉默了。但不一会儿他终于想出了个点子：

“你口口声声说寒月先生主动追求你家小姐，但据我所知，有些出入。是吧，迷亭君？”主人在向迷亭呼救。

“呃，按那时的传说，当初你家小姐玉体欠安……好像说过梦话……”

“什么？没有的事!”金田夫人否认得很干脆。

“寒月确实说是听××博士夫人说的。”

“那是我的计策，是我托她去试试寒月。”

“那位妇人答应了？”

“是的。不过虽说答应了，也不能叫她白干。左一样右一样，送给她好多礼物!”

“您是否下了决心，不把寒月的情况刨根问底地查个水落石出，就不肯走？”迷亭一反常态，话说得粗鲁起来。“好吧，苦沙弥兄，说说也没什么害处，你就说说吧。金田夫人，不论是我，还是苦沙弥兄，凡是有关寒月的事，只要无妨，都会讲的……对呀，最好请您按顺序一一提问。”

鼻子夫人见迷亭先生这样，也一下子变得恭敬起来。她开始提问。

“听说寒月先生是个理学士，可究竟他学的什么专业?”

“在一所大学的研究院研究地球磁力。”主人认真回答。

不幸的是，鼻子夫人对这个一窍不通，虽然“啊”了一声，却仍然大惑不解追问：

“研究这个，就能当上博士吗?”

“您是说，您的女儿非博士不嫁吗?”主人不悦了，反问一句。

“是的。寻常的学士，那还不要多少有多少。”鼻子夫人这样说的时候一点都不脸红。

“寒月能否当上博士，我们也无法保证。所以，下一个问题!”主人看看迷亭，越来越不高兴；迷亭也有些不悦起来。

“近来寒月先生还在研究地球什么的吗?”

“两三天前，他在理学协会发表了演讲，关于吊颈力学的科研成果。”主人漫不经心地说。

“哎哟，讨厌！什么吊颈不吊颈的！这人太怪了。研究上吊什么的，恐怕无论如何也当不上博士的吧?”

“要是他自己上吊，那就希望不大。不过，研究吊颈的力学，不一定当不上博士。”

“是吗?”鼻子夫人又开始对主人察言观色，可悲的是，她不懂什么是力学，因此怎么也不可能放心。

很可能觉得要是连这么点常识也要请教，会伤了她金田夫人的面子，所以才观察主人的脸色；偏偏主人的表情扑朔迷离。

“除了这个，他就没研究点什么好懂的学问?”

“是啊，前不久他写过一篇论文：《栗子的安定性及天体运行》。”

“栗子也是大学要学的课程?”

“这我也是个外行，不大清楚。不过，既然寒月研究它，那就一定有研究的价值。”

迷亭现在开始一本正经调侃起鼻子夫人。鼻子夫人意识到继续把学术性对话进行下去，自己完全不是对手，于是调转话头说：

“谈点别的吧！听说今年正月，寒月先生吃蘑菇崩掉了两颗门牙。是吗？”

“是的，豁牙的地方塞满了年糕。”

迷亭立刻兴奋起来，我想他一定在这样想：“这下子她可掉进内行人手心了。”

“这人，太不风雅了吧？为什么不用牙签呢？”

“下次见面，一定提醒他一下。”主人咯咯笑了。

“吃蘑菇还崩掉牙，可见牙齿不结实。你说是吧？”

“应该不结实。是吧，迷亭君？”

“不算结实。后来他一直不肯填充，这才有趣！很可能想继续让那地方做年糕的住宅吧。”

“他是因为没钱补牙才留下那个窟窿，还是喜欢这样？”

“反正他不会总这么自报‘缺个门牙’的。请放心。”迷亭的兴趣来得快，去得也快。可鼻子夫人又提出新问题。

“假如府上有他的翰墨书笺之类，很想拜读一二。”

主人去书房里拿来三四十张明信片说：

“明信片倒是很多，请过目。”

“用不着看那么多。只看看其中两三张……”

“喂喂，我给您挑几张好的。”迷亭挑出一张明信片，“这张，蛮有意思。”

“啊！还有画，太有才了！让我瞧瞧！”

她看上一眼就不高兴了：“烦人，这画的是山狸子呀！画什么不好，偏画山狸子。”但马上又赞扬起来，“不过他能画得叫人认得出是山狸子，很了不起！”

“请念念文字。”主人边笑边说。

鼻子夫人用女仆读报的腔调开始念：

“除夕之夜，举办游园会的山狸们唱着歌翩翩起舞：‘来吧！除夕之夜不会有人上山哟！嘿唷嗬，嘭嚓澎！’”

“这也太不像话了！捉弄人呀？”鼻子夫人大为不悦。

“这位仙女，您喜欢吗？”迷亭又抽出一张。画的是一名仙女穿着霓裳羽衣，正在演奏琵琶。

“鼻子感觉小了点。”鼻子夫人边看边说。

“哪里，很正常。不谈鼻子，还是把上面的题字念一下吧！”

画面上有这么几句：

“从前某地有位天文学家。一夜，他依例登上高台仰观天象。这时，天空闪现一美丽仙女，奏起举世罕闻的优美音乐。天文学家竟忘了寒风刺骨，听得入迷。翌日清晨，只见那位天文学家的尸体上落了一层白霜。一位专爱扯谎的老头说，这是个真事。”

“什么玩意儿！一点意思都没有。就这样还想当理学博士？够格吗？还不如读一段《文艺俱乐部》有趣呢！”

迷亭又拣出三张明信片，半开玩笑说：

“这几张如何？”

有一张是铅印，印了一只帆船，画下照例胡乱写着：

“昨夜泊岸船上的二八佳人，说她没有一个亲人，哭得像礁石上的白鸻、半夜惊醒的白鸻。说是没爹没娘了，爹是船工，葬身浪下。”

“好，这故事动人。难道值得吟咏吗？”

“值得吟咏？”

“是呀。可以用三弦琴伴奏而歌唱！”

“用三弦琴伴奏，那可就够讲究了。再看这张如何？”

迷亭信手拈来一张。

“免了吧！拜读这几张足够了。已经了解清楚，此人并不那么胡闹。”她自己下了结论。

至此，鼻子夫人像是已经结束了对寒月先生的考察了，她说：

“今天太打扰了。关于我来过这件事，希望二位对寒月先生保密。”

可见她的方针是：对于寒月，一切都要查个水落石出；而有关自己的，丝毫也不许对寒月透露。迷亭和主人都待理不理地应了声“嗯”。

“容后致谢！”鼻子夫人加重语气，边说边站起身来。

二人送客后回来落座，迷亭说：“她是个什么东西！”主人也说：

“是个什么东西!”两人不约而同。忽听到女主人在内室忍俊不禁,哈哈大笑起来。迷亭高声喊道:

“嫂夫人,嫂夫人!‘俗调’的活标本来过啰。俗到那种程度,还很吃得开呢。好吧,不必客气,尽情笑吧!”

“最不顺眼的是那张脸。”主人恶狠狠说。迷亭立刻补充:

“鼻子盘踞中央,神气十足!”

“而且是带弯的。”

“有点水蛇腰。水蛇腰的鼻子,真一绝!”迷亭忍不住大笑。

“那张脸克夫!”主人依然忿忿不平。

“那副面相嘛,十九世纪没卖出去,二十世纪又赶上滞销。”迷亭怪话连篇。这时女主人从内室走出。到底是女人,她警告说:

“坏话说得太多,车夫老婆还会去告密的!”

“有人告密才好,叫她认识一下自己。”

“不过,私下贬斥别人的相貌,比较下流。谁也不会喜欢自己有那么一只鼻子,何况是个女人。你们的嘴也太刻薄了。”她在为鼻子夫人的鼻子辩护,同时,也是间接为自己的长相辩护。

“有什么刻薄!那种人算不上女人,是个蠢货!是吧,迷亭君。”

“也许是个蠢货,不过,很不简单。我俩不是被她好一顿捉弄吗?”

“究竟她把教师看成什么了?”

“看成和后屋的车夫差不多。想要得到这种人的尊敬,只有等你拿到一个博士证书。一般来说,没有博士证书,就只能怪你自己不争气。嫂夫人,是吧?”迷亭边说边回头看女主人。

“还博士呢,他毕竟当不上了!”连妻子都不看好主人了。

“别看我这样,说不定眼下就能当上博士,小看人,尔等未必知道,古时候有个人叫埃斯库罗斯①,九十四岁才完成了巨著;索福克

---

① 埃斯库罗斯:古希腊三大悲剧家之一。代表作为《被缚的普罗米修斯》。

勒斯①的杰作震惊天下时，几乎是百岁高龄。西摩尼得斯②八十岁写出了美妙的诗篇，我嘛……”

“真糊涂！像你这样害胃病的人能活那么久？”看来做妻子的已经对主人的寿命有了预判。

“放肆！你问问甘木医生去，原来都怪你让我穿这身皱巴巴的黑布长袍还有补丁摞补丁的破衣烂裳，才被那种女人嘲笑。从明天起，我要穿迷亭这样的衣服，给我拿出来！”

“‘给我拿出来’，哪有那么漂亮的衣服呀？金田太太对迷亭先生客客气气，是从她听了迷亭说出伯父的名字，跟衣服没关系。”女主人几句话就开脱了自己。

提到迷亭的伯父，主人突然想起了什么：

“你还有一位伯父？从来没听你说过。你真有这样一个伯父？”

“哼，我那位伯父是个老顽固，因为他也从十九世纪一直活到今天。”他看看主人跟主人妻子。

“哈，净逗乐子。他住在哪？”

“住在静冈。他的生活可不寻常。头顶挽了个发髻，令人肃然起敬。叫他戴帽子，他却说：‘我老汉活了这么大岁数，还从没冷到要戴帽子。’告诉他天太冷，再多睡会儿，他却说：‘人睡上四个小时就足够，睡四小时以上那就是浪费！’于是，早晨黑乎乎他就起床。还说什么：‘我之所以能把睡眠时间缩短为四个小时，是长年锻炼的结果。’他吹嘘自己年轻时总贪睡，近来才进入了随遇而安的佳境，十分快活。他已经是六十七岁的人，当然睡不着，谈不上什么锻炼不锻炼。可他本人却自认为是苦修苦练的结果。另外，他外出时一定要带把铁扇。”

“拿它干什么？”主人问。迷亭却脸朝着女主人说：

“谁知道他要干什么，可就是要拿。也许他是当文明杖用吧。不过，不久前还闹出了笑话。”

---

① 索福克勒斯：古希腊三大悲剧家之一。相传写了一百三十部悲剧和喜剧。

② 西摩尼得斯：古希腊抒情诗人。

“咦?”女主人不敢多嘴，生怕打岔。

“今年春天突然来了封信，叫我把圆顶礼帽和燕尾服火速寄去。我有点吃惊，写信问他，他回信说，是他老人家自己穿。他下令速速寄去，一定要赶得上二十三日在静冈举行的祝捷大会。可笑的是命令中还有这么一段：给我买一顶尺寸合适的帽子，西装也要估计一下尺寸，到大丸和服店去定做……”

“大丸和服店也做起西装了吗?”

“不是的，老兄，是和白木西服店弄混了。”

“叫人估计尺寸去做，这不是难为人吗?”

“这正是伯父的个性!”

“你怎么办?”

“没办法，就估量着做一身寄去了。”

“你也够胡闹的。来得及吗?”

“好歹总算平安无事。后来看家乡的报纸说：当天牧山翁破例身穿燕尾服，手拿一把铁扇……”

“可见他说什么也不肯离开那把铁扇。”

“嗯，等他归西天时，那把铁扇一定给他放进棺材里。”

“尽管是估计，可帽子和衣服还都穿得合体，总算好嘛!”

“大错特错。我本来也认为一切顺利，完事大吉。但不久就收到一个小包，起先还以为是送给我的礼品。打开一看，原来是大礼帽，还附了一封信说：‘烦请特制之礼帽，因尺寸稍大，差你前去帽铺，予以缩小。改制用款，将如数汇去’。”

“真够迂腐的。”主人发现天下竟有比自己还迂腐的人，感到很惬意：

“后来呢?”

“能怎么办? 只能我自己戴了!”

主人笑嘻嘻说：“就是那顶?”

“那位是男爵吗?”女主人好奇地问。

“谁?”

“你那位手拿铁扇的伯父呀!”

“哪里! 他是汉学家。自幼在孔庙里潜心朱子什么的，即使在灯光下，也还毕恭毕敬头顶一个发髻。真没办法。”说着，他来回搓自己的下巴。

“可你刚才好像对那个女人提起过牧山男爵呀!”主人说。

“您是说过的呀。我在茶室里也听见了。”只有这一点妻子赞同主人。

“是吗？哈哈哈……”迷亭先生大笑起来，“那是扯谎。要真有个男爵的伯父，如今我怎么也弄个局长当当了。”他说得倒坦率。

“我就觉得奇怪。”主人的神色中既有欣喜又有担忧。女主人则佩服得五体投地：

“哎哟哟，撒这种谎也能装得这么像，说明您是个吹牛大王!”

“比起我来，那女人更高明。”

“您也不甘示弱!”

“不过嫂夫人，我吹牛只是吹牛而已；而那个女人吹牛，却是句句有鬼，奸诈无比。假如不把鬼鬼祟祟跟幽默加以区别，可真就到了那种连喜剧之神都不得不慨叹世人的有眼无珠了。”

“谁说的?”主人的脑瓜耷拉着。

“还不是一回事。”女主人笑得灿烂。

我记忆中，从没去过对面那条小巷，自然也就不可能知道拐角处的金田老板什么德行。今天是第一次听说。主人家也从没提起过什么实业家。我这个在主人家混吃混喝的猫，跟实业家也就不可能有关系，也就无感。不过刚才鼻子夫人突然来访，也算让我领略了这位夫人的谈吐，从而想象她家小姐的美貌，并对她家的荣华富贵开始浮想联翩。别看我是猫，也不肯再继续躺在檐廊下优哉游哉，何况我对寒月君满满都是同情。对方竟把博士的太太、车夫的老婆，甚至琴师、天璋院公主都收买了，神不知鬼不觉的，连崩掉门牙都侦查个一清二楚，而寒月君却笑嘻嘻只顾担心外褂上的衣带，纵然是个刚出校的理学士，也未免太窝囊了。

可话又说回来，对手既然是个脸心安了颗伟大鼻子的女人，可就不是随便什么人都能接近的。关于这场风波，应该说主人一开始就漠不关心，更何况他穷得叮当响。至于迷亭，虽然不缺钱花，但他既然是位‘偶然童子’，支援寒月的可能性也很小。如此看来，最可怜的只能是研究‘吊颈学’的那位寒月先生了。此时如果我再不出马到敌人后方去侦察敌情，那就太有失公平了。

我是猫这不假，但寄居于学者之府，哪怕这学者不过是个把爱比克泰德的大作翻一翻就摔桌上的货色，我也毕竟有别于那些我们猫族的痴蠢之猫，担点风险，尽点侠义，我尾巴尖那点储备应该是足够的。倒不是我对寒月先生有什么需要承恩图报的，也不是为逞个人之勇。往大点说这就是在把“讲公道、爱中庸”具体实施，该算得上是一壮举。那金田太太的可恶在于，未经当事人同意，把什么“吾妻桥事件”满世界宣扬；还派些走狗到别人窗下窃听，完了又四处炫耀；既然这样利用车夫、马弁、无赖、落魄书生、产婆、佣婆、妖婆、傻婆、按摩婆，滥用国家有用之才，那么作为猫，我也不免要设计设计。

虽然冰霜消融，行路艰难，好在天气不错。肩担此道义之重担，我万死不辞，纵然脚心粘泥，在走廊留下梅花爪印，那也最多给女仆添点麻烦，就我来说，则完全谈不上痛苦。下定了勇往直前的伟大决心，等不到明天，这就出发！我先蹿到厨房。猛然发现：作为一只猫，我不仅已达进化之顶峰，而且论智力也绝不亚于初中三年级的学生。但稍有遗憾的，是咽喉的结构注定了我除了猫语，尽管每天耳濡目染人的胡扯八道，也无法学会人话。这一来，就算是能轻易潜入金田府，查清敌情，也没法把情报传递给当事人寒月先生，更没法对主人或迷亭先生说。既然不会说，那就如同土里埋着金刚钻，虽有骄阳高照，却也无法放光；纵有千条妙计，也是无用武之地。鉴于此，我认为自己是在干件蠢事，不如罢了，于是，就在门槛上蹲下。

然而雄心壮志半途而废，就像求雨的人看见乌云从头顶天空飘过去，飘到别人头顶的天空上，不惋惜那是假话。而且，假如是自己的事，自然另当别论；但如果是为了正义与人道，就该勇往直前，牺牲了也在所不惜，这才是见义勇为的猫儿本色。至于白白受累，白白脏了手脚等等，对于猫来说，算不了什么。因为是猫，才没办法以三寸不烂之舌，与寒月、迷亭、苦沙弥诸公坐而论道；也正因为是猫，偷渡潜行却是独门绝技，是那几位仁兄所不具备的。能为他人之所不能，这本身就是一大快事。哪怕只有我一只猫了解金田家内幕，也总比举世不晓来得好。虽然不能把真相传播出去，但是叫金田家知道事情已经败露，这就够开心了。这么开心的事还不去那就是主人那样的傻瓜了。于是，我终于踏上征程。

来到对面小巷一瞧，果然有幢洋楼盘踞在巷角，俨然领主的架势。料想这家主人也和这幢洋房一样，嘴脸一副不可一世样！进得门来，将全楼上下里外打量一番，但见那二层楼房兀立，除了吓唬人，毫无用处。此即所谓迷亭之“俗调”是也。

进门向右拐，穿过花园，转到厨房门口。

厨房果然够大，至少比苦沙弥家的大十倍，而且丰富多彩。想来跟不久前报纸上详细介绍过的大隈伯爵[①]府上的厨房比，也毫不逊色。“好一个标准厨房！”我心想着，便钻了进去。进去后看到那个车夫老婆站在六七平方米的水泥地上，正跟金田家的厨子、车夫谈论些什么。我怕被发现，藏在水桶里。听厨子说：

“听说那个教师不知我家老爷的名字？”

“怎么会不知道？这一带不知金田公馆的人，除非是个没长眼、没长耳的废物！”拉包车的车夫说。

“没法说呀，提起那个教员，除了书本什么都不懂，就是个怪物。哪怕稍微了解点金田老爷的身份，都会吓一跳。要说这家伙，是个连自己孩子几岁都不知道的混球。”车夫老婆说。

“连金田老爷都不怕？真是个糊涂虫！没关系，咱们大伙吓唬他一下好了。”

“那太好了。他嘴太刻薄，居然敢谈论金田夫人的鼻子，还有金田夫人的脸……也不看看他自己那副丑八怪尊容，还觉得自己蛮像个人样。真要命！”

“不光是脸，你没看见他腰里别条毛巾上澡堂子那副架势，要多傲慢就有多傲慢，当自己是伟人了。”据此看来，苦沙弥在厨子等人这，是丁点人缘也无的了。

---

① 大隈伯爵（一八三八——一九二二）：大隈重信，日本明治、大正年间政治家。

车夫接着说："干脆我们一起到他家墙下，臭骂他一顿！"

"这一来，他一定告饶！"

"但如果我们被他发现，那就扫兴了。刚才金田太太不是吩咐过吗？只需要让他听见叫骂声，好干扰他读书，让他干着急上火。"

"明白。"这表示车夫老婆接受了不少于三分之一骂的任务。

好哇，这帮家伙竟然要去羞辱苦沙弥先生。我边想边从三人身旁窜进室内。

猫最典型的特征，就是行走起来悄无声息，不论到哪，从不会发出脚步声，那就如同腾云驾雾，洞中抚琴；又如"尝遍人间甘辛味，言外冷暖我自知"。[①] 不论"俗调"的洋楼，还是标准的厨房，也不论是车夫老婆、包车夫、厨子、伙夫，还是小姐、丫鬟，甚至鼻子夫人和老爷，我想见谁就见谁，想听什么就听什么。伸伸舌头，摇摇尾巴，胡须一扎，飘然归去来也。擅于此道如我者，在整个日本国也名列前茅。连自己都怀疑，我多半是遗传到了旧小说里描写的猫怪的血统。传说癞蛤蟆头上藏有夜明珠。而我尾巴尖上却囊括了能嘲弄天下的祖传妙药，还是不要说什么天地神佛、生爱死恋之类了。我在金田府的走廊里神鬼不知横行，简直比起金刚力士一脚踏烂一堆凉粉还容易。这时，连我自己都对自身的力量不得不由衷钦佩。当我意识到这多亏平素所珍爱的尾巴时，心想：以后对它可慢待不得，理当顶礼膜拜我这尾巴大仙，由此让猫运长久。

我低头看去，却找不准方向。看来得先对尾巴行三拜之礼。为了望见尾巴，我就得回身，可只要一回身，尾巴就跟着转走；扭头想要赶上，无论怎样努力，尾巴始终保持原有距离跑在前面。果然厉害！天地玄黄，果然是灵物，我不是对手。追逐尾巴七圈半后，我精疲力竭，眼里冒金花，有些天旋地转，一时忘了身在何处。但是区区小事何足挂齿，稍作歇息，我就继续到处乱闯。

忽听纸屏后传来鼻子夫人尖声尖气的说话声。这可是关键时刻！我立刻站住，竖起两耳凝神静听：

"一个穷教员，还很神气哩！"

---

① 冷暖我自知：语出宋朝道元著《景德传灯录》。

“哼！是个神气的家伙！为了给他点教训，先收拾他一通！那个学校里有咱们同乡。”

“都有谁?”

“有津木乒助，福地水乞丐。可以托他们去挖苦那个穷教员一通!”

我不知金田老兄家乡何处，只觉得那里的人尽是些怪里怪气的名字，有点吃惊。金田老板继续问：

“那个家伙是英语教师吗?”

“车夫老婆说，他专教英语入门课什么的。”

“反正绝对不回（会）是正派教员!”

“不回是……”把‘会’说成‘回’，又让我拍案叫绝一回。

鼻子夫人说：“前不久我遇到乒助，他说‘我校有个奇怪的家伙。学生问：老师，番茶①用英语怎么说？他一本正经回答：番茶就是 savage tea，’在教员当中成为笑柄。他说，‘有了这么个教员，搞得大家不得安宁。’他指的大概就是那个家伙吧!”

“肯定是他。看面相就是会说出蠢话那种，还留了一把胡子。”

“混账东西!”

留胡子就混账？那我们猫族可就没一只是好种了。

“还有那个叫什么迷亭还是‘酩酊’的家伙，就是个上蹿下跳的小丑！居然说什么伯父是牧山男爵。就他那副德行也不可能有个男爵伯父。”

“不管哪个蠢货说什么你都信，真笨!”

“骂我笨？你欺人太甚吧?”鼻子夫人觉得非常委屈。

奇怪的是，关于寒月他们却只字不提。不清楚是在我潜入之前就已经评论过了，还是他落选，不值一提？这可有点令人担心，问题是除了使劲去偷听，我可一点办法都没有。不一会儿，隔着走廊从某个房间传出铃声。好像哪出事了。正好，我抬腿直奔那边去。

到了地方一看，原来是一个女人在那自言自语高声讲些什么，声音跟鼻子夫人很像。由此看来，她很可能就是那位让寒月君投河

---

① 番茶：即粗茶，误译为番人之茶，所以成笑话。

未遂的女主角了！可惜了，隔着纸屏没法一睹芳颜，因此我很难判断她的脸上是不是也摆放着一个大鼻子。不过，由她说话的腔调和盛气凌人的语气，综合分析可以得知，即使不像鼻子夫人的，也绝非普通的塌鼻梁。那女子还在喋喋不休，这时候才听出还有另外一个人，这人的应答很是含混不清，我想，这大概就是人常说的“打电话”吧！

“是大和茶馆①吗？明天，我去看戏。给我预订三排的座……听……明白……什么？不明白？哎呀，真讨厌。叫你订一张三排……什么……订不成？怎么会订不成？一定要订……你还呵呵，开玩笑？……什么玩笑……拿人开心呀！你是谁？是长吉？长吉懂个屁！叫老板娘来听电话……什么？你一切事都能办……你太冒失。你知道我是哪一位吗？是金田小姐！呵呵……说什么洞晓一切？你这人真混……一提金田……什么？‘承蒙关照，谢谢！’……谢我什么？不爱听……哎哟，又笑起来了。你简直浑蛋……我说的不对？……太欺负人了，我要挂断电话！放明白点儿，你不怕？……你不说，谁知道……你倒是快说呀……”

估计是那边那个长吉什么的把电话挂断了，没有了回音。小姐发起脾气来，把电话铃按得叮铃响，惊动了脚边那条哈巴狗，汪汪叫起来，这可大意不得，我于是急忙窜出走廊，钻到地板下。

这时候，走廊上传来脚步声和开门声。是谁呢？仔细一听来人说：

“小姐，老爷和太太有请。”好像是丫鬟的声音。

“我不去！”小姐对丫鬟射出了第一颗子弹。

“老爷和太太说有点事，叫我来请小姐去。”

“讨厌！不是说了不去吗？”小姐射出第二颗子弹。

“听说是水岛寒月有点事……”丫鬟一机灵，想起护身甲寒月君。

“什么寒月、冷月的，烦死人。那张脸，像个窝囊废大傻瓜。”这第三颗居然射向的是连门都还没来得及上的寒月兄。

---

① 大和茶馆：是家戏园子里的茶馆。

“哎哟！你什么工夫梳起西式发型?”

“今天。”丫鬟松了口气，尽可能简明扼要回小姐的话。

“真狂！一个臭丫头也敢梳西洋式。”这叫回马一枪，第四颗子弹还是送给了可怜的丫鬟。

“你还带了新衬领?”

“是的。前些天小姐赏给了我，我觉得太漂亮，不好意思戴，就放在箱子里。因为旧衬领全都穿脏了，今天我才找出来换上。”

“我什么时候给过你衬领?”

“今年正月，您去‘白木屋’商号买来的，是茶绿色，还印着角力的图案。您当时说：‘太素气了，送给你吧！’就是这条。”

“烦死人了！你戴着这么合身，恨死我了!”

“不敢当!”

“不是夸你，是恨你!”

“是。”

“那么合身的东西，为什么不吱一声就收下?”

“咦?”

“你用这么好；我用，总不会不好看吧!”

“肯定合适。”

“明明知道我用合适，你为什么不声不响收下，还偷偷戴上?”

这简直就是在扫射。

就在我正静观其变时，对面屋却传来老爷大声呼喊小姐：

“富子！富子!”

小姐不得已应了声，走出电话室。

比我大一丁点儿的哈巴狗，眼睛跟嘴都挤在脸心。它也跟着出去了。我按照惯例蹑手蹑脚，从厨房窜到大街，匆匆回到主人家。这次探险可以看作是初获成功了。

回家才发现，两地方对比起来，简直就是豪华的公馆对上贫民的寒舍，一个天上一个地下，我那心情，也一下子从阳光明媚掉进黑乎乎的冰窟。探险过程中由于过度紧张，没留神细看金田公馆的室内装饰还有窗帘款式等等，但凭感觉就知道跟我住的老师家不能比。现在，我开始对所谓“俗调”的金田公馆有些留恋了。觉得比起教师来，还是实业家了不起。当然我自己也感到这种念头要不得，于是便按惯例竖起尾巴，向它求教。尾巴尖里发出的神谕是：“言之有理！”

我来到室内，发现迷亭先生竟然还没走，抽过的烟头插在火炉里，弄得像个马蜂窝似的。他盘腿而坐，正大发议论。寒月先生也不知道什么时候来了。主人则曲肱为枕，凝视那天花板漏雨的地方。这里依然是一幅太平盛世的逸民欢聚图。

“寒月君！连说胡话都叨咕你的那个女人，从前你保密，现在总可以公开了吧？”迷亭打趣说。

“如果只关系到我个人，说了也无妨。但这会给对方带来麻烦。”

“还说不得？”

“和××博士夫人已有言在先。”

“是绝不泄密的约定？”

“是的。”寒月照例搓弄自己和服的衣带。那条衣带是少见的紫色。

“这衣带的色彩，有点像‘天宝调’① 呀！”主人对于“金田事件”并不关心。

“是的，毕竟不是当今日俄战争年代的货！扎这条带子，不戴上武士头盔，穿上葵记纹章②的开缝战袍，可就不成格局了。想当年织田信长③入赘时，据说头上梳了个圆筒竹刷式发型，系的确实就是这样的带子。”迷亭的话又臭又长。

“实际上，这条带子是我爷爷征伐长州时用过的。”寒月说得像真事儿一样。

“捐给博物馆如何？您可是‘吊颈力学’的专家理学士水岛寒月先生哟！如果打扮得像个过时的封建武将，那可有伤大雅！”

“本应遵旨照办，怎奈认为我最适合扎这条带子的大有人在嘛

---

① 天宝调：天宝是江户末期年号（一八三〇——一八四四），那一时期的俳风低俗，与“俗调”大意相仿。

② 葵记纹章：德川幕府的纹章，三枚带茎的葵花叶绣成金字塔形。

③ 织田信长（一五三四——一五八二）：日本战国末期武将。曾统一大半国土，后被明智光秀所杀。

……”

“谁？说这种不着调的话！”主人翻身厉喝。

“你不认识，所以……”

“不认识有什么关系，到底谁呀？”

“一名永别的女士。”

“哈哈哈，太浪漫了！我猜猜？大概又是从隅田川水下喊你名字的那个女子吧？贤弟何不穿上那件长褂，再跳水装死一回？”

“嘿嘿……她已经不在水下喊我，而在西方清净世界……”

“未必怎么清净吧？她可是有一只不得了的鼻子哟。”

“嗯？”寒月满面困惑地看着迷亭。

“对面巷子的那位大鼻子女人刚闯来过。把我俩吓了一跳。是吧，苦沙弥兄？”

“嗯。”主人躺着喝茶。

“大鼻子，谁呀？”

“就你那位永恒相爱小姐的令堂大人！”

“咦？”

“金田老婆来了解你的情况了！”主人严肃地解释。

我偷偷观察寒月，想看看他是惊是喜还是羞涩。可全都不是，他竟处之泰然，不慌不忙地说：

“反正是劝我娶她家的小姐呗！”说着，又搓起紫色的衣带。

“但贤弟错了。小姐的令堂大人是个伟大鼻子的拥有者……”

迷亭刚刚说了半句，主人竟转移话题：

“喂，告诉你，我为那个鼻子夫人构思了一首新体长调俳句！”

女主人在隔壁房间哧哧笑。

“真够悠闲！想好了没有？”

“想好了一点。第一句是：‘脸上祭雄鼻①’。”

“接下来……”

“在此鼻前供神酒。”

“下一句？”

---

① 祭雄鼻：日语与“浴佛”谐音。

“只想到这些。”

“有意思!”寒月嘻嘻笑着。

“接上‘双孔黑幽幽’如何?”迷亭也来劲了。

寒月说:“再接‘两洞深深毛几许’!”

他们在那正胡言乱语,那边的篱笆墙根附近的马路上,有四五个人七吵八闹开喊了:

“卖今户窑的狗獾子①啰!”

主人和迷亭都一惊,向院外望去,只听那群人哈哈大笑,脚步声渐渐远去。

“今户窑的狗獾子是什么意思?”迷亭奇怪地问主人。

“谁知道呢!”主人说。

“倒新奇!”寒月评论道。

迷亭好像想起了什么,蓦地站起身来像演说:

“敝人年来从美学见地对鼻子进行过研究。现抒己见,有劳二位侧耳静听。”

由于来势迅猛,主人望着迷亭。

寒月先生低声说:“洗耳恭听了!”

“经多方考察,鼻子的起源很模糊。第一个问号:假如它是实用的器官,只要有两个孔也就足够了。根本不需要耸立在脸中央。而且,正如你们看见的,鼻子为什么越来越高了呢?”说着,他捏起自己鼻子给二人看。

主人说:“没翘太高呀!”

“反正也没有凹下去!假如和只有一对窟窿混同起来,说不定会产生误解。因此,首先提请注意……按敝人拙见,鼻子的发达是拧鼻涕这一细小动作的结果。年深月久,才呈现出如此鲜明的形象。”

“真是货真价实的拙见!”主人加一句批语。

“众所周知,擤鼻涕时要捏住鼻子,于是鼻子被捏的局部受到刺激。按进化论的基本原理,这被捏的鼻子局部,经刺激就要比其他部位发达,皮肤更牢固,肌肉也逐渐硬化,转化为鼻梁骨。”

---

① 今户窑:东京分户街有窑,表现丑女人的狗獾子瓷器很有名。

“这可有点……肌肉怎么会那么轻易就变成了骨头呢？”

寒月是个理学士，提出抗议。迷亭不予理睬继续论述：

“噢，您有疑问这也难怪。不过事实胜于雄辩，确有这样的骨头，有什么办法呢？鼻骨已经形成，但鼻涕还是要流。鼻涕一流，就得擤。由此鼻骨左右两侧变薄，变得又细又高，鼓了起来……这结果真是难以置信呀，好比滴水能穿石，佛顶自闪光，异香天来，恶臭畅流，于是，鼻梁变得又高又硬！”

“可你的鼻子怎么又肥又软呀？”

“演说人鼻子的局部构造，是为了回避自我辩护之嫌，才有意避而不谈。下面特向二位介绍金田小姐的令堂大人，她的鼻子最发达，最伟大，堪称瑰宝。”

寒月不禁喊道：“对呀，对呀！”

“不过，事物一走极端，尽管壮观，却总有些令人不敢接近。她的鼻梁够雄伟，可险峻崎岖了些。古人苏格拉底[①]、戈德史密斯[②]，还有萨克雷[③]等人的鼻子，从构造来说，当然谈不上完美。不过恰恰是这不完美，才招人喜爱。所谓‘鼻不在高，奇者为贵’，大约就是这个道理。俗语也说：‘舍其名而求其实。’我认为，从美学价值来说，在下的鼻子最标准。”

寒月和主人笑了，迷亭也开心了。

“却说，书中道罢……”迷亭接着说。

“先生！‘道罢’有点像说书人的用语，俗气，请您免了吧！”寒月趁机报前仇。

“那就洗心革面，重新上场……嗯，以下想就鼻子与脸庞的比例略探一二。假如抛开其他部位单谈鼻子，那位令堂大人算是拥有了一个穷尽天下也难找到的好鼻子；纵使在鞍马山[④]开个展览会，也大

---

① 苏格拉底：古希腊唯心主义哲学家。

② 戈德史密斯（一七三〇——一七七四）：英国小说家、诗人、剧作家。

③ 萨克雷：英国作家，擅于讽刺。著有长篇小说《名利场》《彭登尼斯》。

④ 鞍马山：位于京都市左京区鞍马山背后。自古以来的繁华街。

有可能拔得头筹。问题是她的鼻子完全无视口、眼等，随心所欲就那么长出来。即使是如恺撒那非凡的鼻子，如果用剪子从恺撒脸上剪掉，安在贵府的猫脸上，那也会不成体统！打个比方吧，在猫额那个小小的地盘上巍然耸立个硕大的鼻子，就算是伟岸，也会像在棋盘上摆了个奈良寺的大佛像，比例失调严重，不可能会有美学价值。金田夫人的鼻峰和恺撒同样英姿飒爽拔地而起，可环绕在鼻峰周围的面庞又如何呢？尽管不至于像贵府的猫脸那么面目可憎，也会像患癫痫的丑妇，眉横八字，细眼高吊，这事实，怎能不让人喟叹：'有其面，必有其鼻'呢？"

迷亭的话稍停，房后就传来人声："还在谈鼻子，真是顽固呀！"

"是车夫老婆！"主人通知迷亭。迷亭不管不顾，继续演讲。

"在阴暗处出人意料发现异性偷听者，这是对演说家最高的奖赏。其莺声燕语，仿佛一缕春风，给枯燥的讲坛平添风韵，梦都梦不到的福气。本该尽力讲得通俗易懂些，不负佳人光顾；但因下文涉及力学，一时很难兼顾女士小姐们。请多多包涵。"

寒月听到"力学"一词，又哧哧笑起来。

"我想证明的是：这张脸和这只鼻子无法协调，因为违背了采辛的黄金律①。我现在就用力学公式来给列位演算一遍。请允许我首先以 H 代表鼻高；以 A 代表鼻与脸平面交叉的角度；W 代表鼻子的重量。怎么样，大致懂吧？"

"懂个屁！"主人说。

"寒月兄呢？"

"我也不是很懂呢！"

"这就惨了。苦沙弥情有可原，而你，一个理学士。这条公式是我这场演说的灵魂，如果删掉，就都毫无意义了……啊，没办法，略去公式，只谈结论吧！"

"有结论？"主人惊讶地问。

"当然有。没有结论的演说，犹如没有水果的西餐……好吧，二

---

① 采辛（一八一〇——一八七六）：德国美学家，著有《有关人体均衡的新研究》。黄金律，即黄金分割学说。

位仔细听好了！且说上述公式，如果依据魏尔肖①、魏茨曼②诸家学说，当然无法否定鼻子遗传的结果。但由这鼻子带来的心理现象，就算有科学证明是后天习得，并非来自遗传，也不能否认，在某种程度上依然受到遗传影响。综上所述，有个与其面部不协调的特大鼻子的女人生下的孩子，鼻子也会与众不同。寒月君还年轻，也许不在意金田小姐鼻子构造的异常；但鉴于这种性状遗传潜伏期的长度，一旦气候突变，就会迅猛发展，说不定刹那间膨胀起来，鼻子像她高堂老母一般大。因此，这门亲事按我迷亭的学术论证，还是不要继续的好，否则难保平安。这一点，不仅这家主人，就连睡在那边的猫大仙也不会反对！”

听到此主人翻身而起，热烈强调说：

“那是自然。那种娘们的女儿谁要？寒月，要不得的。”

我为了表赞同之意，也喵喵叫了两声。寒月叹口气说：

“既然两位老兄如此说，我也就死了这心了。只是如果女方又害起病来，我可罪过……”

“哈哈，……可谓‘艳罪’③ 不浅啰！”

只有主人还气哼哼地：

“谁能那么糊涂！那个骚货，她的女儿肯定不是个好玩意儿！初来乍到，就给我难堪！傲慢的东西！”

这时，篱笆墙根那又传来几个人地哈哈大笑声。一个说：“真是个狂妄的蠢货！”另一个说：“幻想住个大房子吧！”还有一个大声说：“可怜，再怎么神气，也‘在家是老虎，出门是豆腐’！”

主人一下子跑到檐廊下吼叫起来：

“别吵了，干吗偏到我家墙根来？”

“哈哈……savage tea，savage tea……”

主人怒发冲冠，操起手杖向马路冲去。迷亭拍手称快：“真好

---

① 魏尔肖（一八二一——一九〇二）：又译微耳和，德国病理学家，细胞病理学说的创立者。

② 魏茨曼（一八三四——一九一四）：德国生物学家，遗传学奠基人之一。

③ 艳罪：原文发音与“冤罪”（即冤枉）音同。

玩！使劲打呀!”寒月依然还是在那搓弄衣带，满脸都是笑。只有我跟在主人身后，穿过墙豁，来到马路上。

马路上连个人影都没有。只有主人拄着手杖，茫然四顾，活像被狐仙迷住了的。

第四章

铃木藤十郎尽管是金田老板的心腹，对我这个镇守在二尺见方坐垫上的猫仙，也还是有点无可奈何。

照例潜入金田公馆。

既然是“照例”，那也就是不止一次，而是很多次，到了可以用“平方”的程度。干过一次，还想再干，一而再，再而三；好奇不只是人类的专利，可以确定的是，至少我们猫族也一样拥有这种天性，也和人类一样，只要是经过三次以上重复的行为，就会成为习惯，习惯了也就成为自然，认定这种行为是本性所必须的。对于我这样反复潜入金田家的行为，有谁要是提出质疑的话，我会反问一句：为什么人要用嘴吸进烟雾，而要从鼻孔里释放出来呢？人类既然能肆无忌惮不知羞耻干这种既不饱肚子，又不强身健体的吞云吐雾活动，那就请您别管我是不是潜入金田家。您就当金田家是我的香烟好了！

“潜入”这个词有点使用不当，听着像是小偷、奸夫似的，我去金田公馆，虽没受到邀请，但也绝非是为了偷点鲣鱼干，或者是去跟那只鼻子眼睛强迫性挤压到脸中心的母哈巴狗幽会。侦探？您别说笑了！您知道在我的职业观中，世界上哪一行最下贱吗？告诉您：那就是侦探和放高利贷！不错，为了寒月，我不惜触犯猫规，一度偷偷去金田家搜集情报。但只此一回，绝没有再干过这种有辱我猫族侠义天性的勾当。我知道您会这样问：既然如此，又为何要用

“潜入”一词？这个要说吗，倒是很有趣的一件事。

照我一向的认识，天空是为了笼罩万物才升上去的，大地刚好在下面托住了万物。对于这点，不管你怎样颠倒黑白，都无法否定。至于开天辟地这事儿，人类又出过多少力呢？难道不是没有过尺寸之功吗？想想看，既然不是自己创造，又要据为己有，这也太无脸无皮，不讲道理了吧！好吧，你占山为王暂且不去纠缠物权归属，可你也没权限制别个进出是吧？我看到人类的自作聪明，他们竟然在这一望无际的大地上筑起一道道围墙，树起一个个木桩，画地为界，把根本不属于自己的瓜分了，然后一点都不知廉耻地你的我的。这简直就像是用一根绳子量一下天，然后拿去备案注册：这段是我的天，那段是他的天。既然大地可以切成小块按亩论价拍卖，那么，空气也理所当然可以切成一尺见方的小块拿去拍卖了。假如既不能零售空气，又不能割据苍天，那么，所谓土地的私有，岂不也是不合理的吗？正因为我具有如此理念、奉行如此原则，就想去哪就去哪。当然，除了那些不想去的地方。而在下心向往的地方，管它东西南北，无不大摇大摆，从从容容前去走走。如金田之流何必客气！不过可悲的是，猫族的实力不足以对抗人类。既然这个世界奉行的是：“强权即公理。”那么，猫微言轻，根本无处说道理。车夫家的大黑冷不防挨鱼贩子的一顿扁担的事，可是殷鉴不远呢。真理在我猫心，可权力握在人的手心。只有两条路：委曲求全唯命是从；背地里我行我素。若问我么，当然选择后者。既然如此选择了，又要随时防备扁担，也就不得不“潜入”。所以我潜入金田公馆。

随着潜入次数的增多，尽管没有当密探的念头，但金田府的全貌却不请自来地进入到我的视野范围，然后一一留在我原本不愿记下的记忆中，我也拿自己没办法呢。诸如鼻子夫人洗脸时总专心致志擦她的鼻子；富子小姐贪吃安倍川汤圆；还有金田老板的脸——此人和太太不同，是个塌鼻子。不单是鼻子，整个脸都是扁的，让人无法不寻思：是不是小时候被厉害的孩子王掐住脖子狠狠往墙上撞过，才成现在这形状？

那是张平坦的脸，一马平川，看不到起伏。很可能是过于平坦，缺少了变化；所以不论怎样喜怒哀怨，都是平滑的。这位金田老板吃金枪鱼生鱼片时，总拍打自己的秃头。他不仅脸是扁的，个子也矮。在任何场合都戴一顶高帽，穿一双高齿木屐。车夫觉得滑稽，将此情此景说给了寄食门下的学生，学生赞赏说："不错，你的观察力很敏锐……"诸如此类。

最近一段时间，我基本是从厨房旁穿过院子，在假山后瞭望。如果房门紧闭，静悄无声，就会悄悄溜进去；如果人声鼎沸，有被客厅里的人发现的危险，就绕到水池东畔，从茅房一侧窜到檐廊。我当然没干过坏事，本来不用这样躲躲闪闪见不得人，但考虑到很可能一不小心，就在哪撞上一个这种莽撞家伙，我认为还是小心为好。假如人都是大盗熊坂长范之类①，我想不论是德多高望多重的君子，也会采纳我的想法。金田老板堂堂实业家，自然不必担心他会像熊坂长范抡起五尺三寸的大刀。但据我所知，他习惯了拿人不当人。既然拿人不当人，自然也拿猫不当猫。这也就是说，身为猫者，不论怎么德高望重，在这家公馆里也绝不可掉以轻心。然而，正是"不可掉以轻心"这点让我兴趣盎然。频繁出入金田家，很可能跟这种兴趣有关呢！这一点，请容我三思后，对猫的思维模式做过深入研究，再向列位一一道来。

也不晓得金田公馆有没有新情况，情况如何。我在假山的草坪上，下巴贴地朝前瞭望，只见三十多平方米的客厅，迎着三月阳春窗门洞开。金田夫妇正和一位客人谈得起劲儿。偏偏鼻子夫人的鼻子隔着池塘，正冲我的额头怒目相向。被鼻子盯住，在我不算长的一生中，这还是第一次。而这时，金田先生正转脸面对着客人，扁脸被遮住了一半，看不分明，他的鼻子下落不明。不过，他那花白胡须在我目力所及范围蓬生，我很容易就得出结论：胡须上端应该有两个窟窿才对。我不免有点思绪缥缈起来：假如总是吹拂这样一张平滑的脸，料想春风也会觉得无聊！

客厅里的三人中，来客的面相最平庸。平庸，也就没有什么值得介绍的。说到平庸，倒也不是坏事；但如果平庸到只能登俗堂入

---

① 熊坂长范：传说为平安末期的江洋大盗。

庸室了①，那也够惨淡之至！注定要有这么一副无聊尊容而降临于明治盛世的那位来客，究竟是何许人也？如不照常钻进檐廊的地板下靠近了仔细听听他们的谈话，是不会清楚的。

“……内人特意到那个家伙家里去了解过情况……”金田老板说话照例粗野。但粗野却不凶恶，他的言谈和他面孔一样庞大而平庸。

“是的，他教过水岛先生……好的，好主意……是的。”

那个满嘴“是的”的人，便是来宾。

“不过，还没弄出个头绪。”

“哦，是问苦沙弥呀，难怪。他以前和我住一个公寓，就是那种蒸不熟煮不烂的家伙，您受委屈了吧？”客人看着鼻子夫人。

“委屈不委屈，我长这么大还没在别人家受过这么大冷落！”鼻子夫人惯例大喘粗气。

“说过不三不四的话吧？他就是这样顽固不化的。看他当教员，十年如一日专讲英语入门课，就可见一斑！”客人说话十分得体。

“是呀，简直不像话！内人问他，他就穷对付……”

“太岂有此理了！本来人有点学问，就容易生傲气；再加上穷，就有了狂气……唉，世上刁棍多着呢！他们不想想自己不干活，硬是对财主们破口大骂，仿佛别人的财产是从他们手里夺了去的，多新鲜哪。哈哈哈……”客人看上去非常开心。

“简直是荒谬！所以如此，全怪他没见过世面，太任性。应该给他点苦头吃，稍微教训一下，所以，轻轻治了他一下……”

“言之有理。他们大概知道厉害了吧？这也完全是为了他们好！”客人也不管是什么教训，先赞同再说。

“不过，铃木兄！他可是个顽固的家伙！听说他到学校后，竟然不理福地和津木。你以为他会默不作声吗？不，据说最近他竟拎着手杖，追赶毫无过错的舍下学生。三十多岁的人真不要脸，这不干出那种蠢事来了吗？简直是有点疯了！”

“咦？怎么又胡闹起来了呢……”这位精明的来宾都搞糊涂了。

---

① 《论语·先进篇》中有：“子曰，由也升堂矣，未入于室也。”一说，所谓“登堂入室”。

“嗨！仅仅因为舍下的学生从他面前走过时说了点什么。于是他突然拎起手杖光着脚板追了出来。就算是嘀咕了几句，也不至于这样。又不是三岁的孩子，你可是满脸胡须的大人，是个教师！”

“对呀！还是个教师！”客人说。

教师不论受到多大的侮辱，也应该像个木雕似地乖乖忍受，这就是三人达成的共识。

“而且那个名叫迷亭的狂妄家伙。没有正经，胡吹乱讲。我还第一次碰上这么个怪物！”

“迷亭？他还是这样喜欢胡扯呀？夫人也是在苦沙弥家见他的吗？叫他缠住可吃不消。他从前也是我一起的伙伴。总爱捉弄人，我常和他干架。”

“像他那路货，换谁也要恼火。有时候撒个谎，倒也情有可原。比如碍于情面不得不迎合几句了，这种场合，谁也会说点违心话的。可那家伙，本来只要不吭声就没他什么事，做什么偏要胡扯？我真不明白他图什么，那么瞪眼说谎，真是活见鬼了！”

“说得太对了。撒谎成了他的嗜好，难缠！”

“你听，我特意去是为了了解水岛先生的情况，可被他搅得一团糟。我又是气又是恨……可人情毕竟还是人情。既然到别人家去，如果对这份人情假装不懂，那是说不过去的。所以，其后我打发车夫送去一箱啤酒。可你猜怎么着？他说：‘我没有理由接受这份礼品，拿回去！’车夫说：‘别这样，一份心意嘛，还是请收下吧！’他却说：‘真讨厌！我天天吃果子酱，从来没喝过啤酒这种苦水！’说罢，转身进屋。你瞧，多不讲理，太没规矩了是吧？”

“这太过分！”客人这次是真觉得过分了。

“因此，今天特邀你来，”金田老板停了会儿说，“那些混账东西，本来暗中捉弄他们一下也就算了，可没想到倒惹出来点麻烦……”说着，金田老板像他吃金枪鱼生鱼片时一样，啪啪拍打自己的秃头。

当然，我在檐廊的地板下，他到底拍了秃头没有，按理我不可能看得见的。但是近来，他那拍打秃头的声音我已经耳熟能详，就好比尼姑熟悉木鱼声一样，我虽然委身地板之下，只要听到那种声音，立刻就能鉴别出。

“因此，才有劳于您哪……”

“只要我力所能及，不必客气请吩咐……不管怎么说，我这次能转到东京工作，全靠您提携!”客人高高兴兴答应了。

听口气，这位客人也是受过金田老板恩惠的人。事情越来越热闹。我只因今天天气好，本不想来却又来了。万万想不到会有这么好的信息到手，真是歪打正着了。

现在我最主要的是要知道金田老板要求来客的目的是什么，我于是安安静静趴在檐廊地板下仔细听。

“苦沙弥这个怪物，不知为什么要给水岛出谋划策，挑唆他不要娶金田小姐……

“岂止挑唆！他还说：‘天下哪里有这样的浑蛋，要娶那个家伙的女儿！寒月兄，娶她可绝对不行！’”

“他是说‘那个东西’？真无礼！他真说这样浑蛋的话了？”

“岂止说过！车夫老婆来一五一十报过信。”

“铃木君，你都听见了。看来要费些手脚。”

“糟糕！这种事和别的不同，外人是不该插嘴的。苦沙弥就算糊涂，这点道理也总该明白呀！到底在搞什么？”

“那么……既然学生时期和苦沙弥住在一起，不管现在怎样，从前总还算亲密无间，所以才拜托你。你见了他，要彻底晓以利弊。行吗？也许他会发火，但那是他的过错。只要他乖点儿，会充分考虑他的个人利益。可以不再去惹他生气。但是，他魔高一尺，我们道高一丈。就是说，再顽固到底，吃亏的只有他自己。”

“是的，您说得千真万确，顽固反抗，吃亏的只有他自己，没有任何好处。我好好劝说劝说他吧!”

“其次，我家小姐求婚的人多得很，不一定非嫁给水岛先生不可。不过，了解到此人学识和品格还都不错；如果他用用功，不久能考上博士，或许有成亲的希望。这番心意，可以自然些透露给他才好。”

“把这番话一说，对他也是鼓励，会用起功来的。好吧!”

“其次，真也怪……我认为这与水岛的身份不符，但是，他却口口声声称苦沙弥为老师。苦沙弥说的话，他好像差不多都听，这很麻烦，唉，好在我女儿也不是非水岛不嫁，所以不管苦沙弥说什么，捣什么鬼，我们也不是很在乎……”

“只是水岛先生怪可怜的。”鼻子夫人插嘴说。

“水岛这个人我还没有见过。反正如能和我家结亲，是他一辈子的福气，他本人自然不会反对吧!”

“水岛先生巴不得要娶，可是苦沙弥呀、迷亭呀，这些怪物总是说三道四。”

“这就不对了。这不是受过教育的人该干的。等我到苦沙弥家去好好和他谈谈。”

“那就添麻烦了，请多多费心。还有，实际上苦沙弥最了解水岛的情况。上次内人去，由于出现了刚才说过的那些乱事，没能很好打听到。希望你这一次去，能把他德才各方面情况都仔细了解一下。”

“知道了！今天是星期六，我如果回头就去，他大概已经回到家里。不知他近来住在哪儿?”

“出门右拐，走到头再往左走一百多米，有一道眼看要倒的黑墙，就是那一家。”鼻子夫人说。

“那就在附近！简单，临走时去看看。看看门牌就大致清楚了。”

“门牌号可时有时无啊。大概是用饭粒把名片粘在门上的，一下雨就掉，晴天再粘上。所以门牌没把握的！他何必找那些麻烦，干脆钉个木牌有多好！真是处处阴阳怪气的。”

“真叫人吃惊！不过，问一下有一面黑墙要倒的那家，就会清楚的吧?”

“对，这条街上没有第二家那么脏，很容易找得到的。啊，对呀，对呀，如果这样还找不到，倒有个好主意，只要寻找房顶长草的那家，保险没错。”

“真是个特征鲜明的人家。哈哈……”

听到这么多应该足够了，我想还是趁铃木光临前返回，不然事情会有些不妙。于是我顺着檐廊的地板往前走，从茅房绕到西边，再从假山后来到大路上，疾步跑回房顶长草的那户人家，没事样转到檐廊。

主人在檐廊下铺了块白毛毯，正趴在上面，好让春天的阳光晒他的脊背。看来阳光是公平的，对房顶上有乱草的破屋跟金田公馆的客厅一视同仁。可惜那张毯毫无春意。记得那毛毯厂家原本是想织成白色，洋货庄也当作白色出售，而且主人也是订购的白色。怎奈那已是十二三年前的事，流行白色的年代早已逝去，如今流行的是深灰色。不知这毛毯能否度过这一历史时期，直到变成暗黑色的年月。难说，那毛毯已经百孔千疮；横纹竖线历历可数，已经名不副实。去掉个“毛”字，干脆叫“毯子”倒还恰如其分。不过，照主人的习性，既然用了一年、二年、五年、十年，那就用上一辈子好了，这凑合没谁了。

且说主人趴在那张历史悠久的毛毯上正干什么呢？他下颚前探，双手托腮，右手指缝间夹着香烟。但也不一定，他那覆盖着头皮屑的脑袋里，不定有宇宙最高真理火轮样在飞旋呢，但看上去只是跟做梦似的。

香烟越烧越短，已经烧到了烟嘴，烟灰有一寸那么长，一下子掉在毯子上，主人理也不理，就死盯住袅袅青烟的去向。烟在春风里忽高忽低，旋绕出一道道烟圈，飘落在他妻子洗后披散着的深紫色发丝上……哎呀呀，本应表一表女主人的，竟忘了。

女主人是把屁股对着丈夫……哎呀呀，她是个没规矩的婆娘？说起来，倒也没什么不规矩的。规矩不规矩，看怎么认识。主人毫不介意贴近妻子的屁股，双手托腮，而妻子也毫不介意将庄严的屁股耸立于丈夫的脸前。不过呢，什么规矩不规矩的！这对结婚还不到一年就抛弃了那些繁文缛节和陈规陋习的，超然物外的夫妻……

好吧，把屁股对准丈夫的这位妻子，今天不知发生什么疯，趁天气晴朗，用海藻和生鸡蛋将一尺多长黑油油的乌发好一顿搓洗，然后就将顺溜的青丝披散到后背，坐那全神贯注缝制婴儿的坎肩。其实，她不过是为了晾干头发，才拿个薄呢子坐垫还有针线盒到檐廊坐下，一不小心就把屁股展示在丈夫面前。谁知道呢，也可能是丈夫故意把脸凑近妻子的臀部。

刚才提过的香烟云雾，就这样竟在乌发上飘呀飘，简直就像一缕缕妖娆闪烁的阳光。主人凝神注视着。只是，烟不会停留在一个地方，它们总是缠绕一会儿就袅袅升起离去。假如主人想饱览青烟缭绕乌丝，就得不停转动眼珠。于是主人就从妻子腰部开始，沿着脊背往上，从肩头到脖颈，越过脖颈慢慢抵达头顶。这时，主人不禁大吃一惊，原来与他订下白头偕老之盟的妻子，天灵盖正中儿竟有好大一块秃癍，而且还反射着春日和煦的阳光。这不经意间居然有如此重大发现。主人惶惑的目光中有了惊诧，也不管阳光耀眼，就那样瞪大眼睛呆呆盯住。

他脑海里最先闪现的是那盏家传神灯的灯碗，在佛坛上不知摆了多少岁月。他全家信奉真宗①。按老规矩，真宗信徒要把不合身份的钱奉献在佛龛上。主人他还记得小时候家里仓房内供着的那个黑乎乎的贴金大佛龛，佛龛里吊着一个黄铜的灯碗，灯碗里的灯火大白天也是点燃着的。在昏暗的仓房内，那只灯碗里的灯光格外分明，他幼小时不知看过多少遍。现在，这本来已经沉下去了的印象，猛然间就被妻子头顶的秃癍唤醒。

回忆中的神灯灯光很快就消失了。主人又想起了观音菩萨的神鸽。观音菩萨的神鸽与女主人的秃癍关系其实并不大。但在主人头脑里，二者却神奇地紧密关联在了一起。也是小时候，他每次去浅草，都要给神鸽买豆吃。那些大豆装在红色瓦碟里，每份两个铜板。那瓦碟无论色调还是大小，都和女主人头顶的秃癍相像。

“真太像了。”主人发出一声惊叹。

“什么太像?”女主人背着身问。

“你头顶上有一大块秃癍呀！你知道吗?”

“知道。”女主人回答，手里的针线活照旧在忙着。看来根本不在乎自己是不是有瑕疵，这样的妻子太坦荡了。

“是出嫁时就有，还是婚后新长的?”主人他嘴上不说，心里却在想：如果是婚前就有，自然是受骗了。

“记不得几时才有。秃不秃的，随便它嘛!”她可倒想得开。

“随便？那可是你的脑袋!”主人动了点肝火。

---

① 真宗：日本佛教的一个派别。

“正因为是我的脑袋，才随它的便呢。”她嘴上这么说，但毕竟还是有些沉不住气了，右手搭在头上，画着圆圈揉搓那块秃癍。“哎呀，长得这么大了！没想过会长这么大呢。”

看来现在她总算认识到，按年龄来说这块秃癍的确有些过大。

“女人一挽发髻，那个地方就被吊了起来，搁谁也要秃的。”她又辩解到。

“若是都这么快就秃，到四十岁非成个秃子不可。那一定是病，说不定会传染，趁早请甘木医生瞧瞧。”主人边说边不停将自己的头顶摸来摸去。

“净挑别人的毛病。你自己不是鼻孔里生了白毛吗？秃癍要是传染，白毛也会呀！”女主人愤愤不平了。

“鼻孔里的白毛看不见，所以无害；而头顶，尤其是年轻女人的头顶，秃成这种样子真难看。是残疾！”

“既然是残疾，为什么娶我？是你自己爱上才把我娶到家，如今又说什么‘残疾’……”

“因为不了解呀！直到今天一直不了解。还很神气呢。那么，为什么出嫁时不让我看看头顶？”

“蠢货，哪有等脑袋检查合格了才嫁的？”

“有秃癍也将就了吧，可你身材特别的矮，看着真不顺眼！”

“身材不是一眼就可以看清的吗？当初不是明知我身材矮也心甘情愿娶我到家的吗？”

“同意倒是同意了的，不过满以为还会长高些，因此才娶！”

“欺人太甚！都二十岁了还能长高？”女主人将婴儿坎肩一摔，扭头对着主人。那架势，看来要是话再不投机，她不会善罢甘休。

“哪有那样的规定，人到二十就不许再长高？我还以为你过门后，吃些补品就会长高点呢。”主人很认真说出一番不讲理的道理来。

门铃突然响起。这时铃木先生一路看着屋顶找乱草，终于找到苦沙弥先生的“卧龙窟”了。

女主人只得暂且压下愤怒，准备改日再和他理论，她挟起针线和婴儿坎肩躲进饭厅。

主人起身，卷起鼠皮色毛毯扔进书房。不一会儿，女仆拿来名片给主人看，主人看了面露惊讶。他嘴说着请客人进来，却手拿名片走进了茅厕。他为什么突然上茅厕？还拿着名片去？反正我是百思不得其解；好在倒霉的是奉陪他去粪坑的名片了。

女仆在壁橱前摆好花洋布的坐垫，说了声“您请”便告退。接着，铃木先生进来了，他将室内巡视一番。见壁橱里挂着一幅假冒木庵[1]的《花开万国春》画轴，还有一个京都产的廉价青瓷瓶里插着春分前后开放的樱花。一一点检之后，低头发现，一只猫往那张女仆拿给客人的坐垫上看了看，居然旁若无人落了座。不消说，那猫正是在下！看到此，铃木先生的心中瞬间掀起了波澜，我想他一定恨不得踢我一脚。在下不否认这个坐垫是为铃木先生准备的。要是为自己准备的坐垫自己还没坐下，就被一个动物毫不客气先坐为主了，在下也会生气，铃木内心里的平静遭到损害那是当然的。另外，假如这张坐垫无人落座，闲在那一任春风拂荡，那么，铃木先生为了略表谦逊之意，说不定会在主人让座前暂且在坚硬的床席上屈尊。问题是这个，不打招呼，旁若无人就那样在坐垫上蹲下的家伙，到底是谁？是人也许还能忍受，可一只猫呀，有点欺人太甚了；所以这使铃木先生更加不快，那么这就是破坏他内心平静的第二个因素。最后，那猫的表情更惹他生气。不仅没一点歉意表示，反而坦然自若蹲踞在坐垫上，还一对猫眼盯着自己的脸眨巴，像是在问：“你什么人？”这构成了破坏了铃木先生内心平静的第三个因素。

如此诸多的不平，理该将我掐住脖子拎走。但铃木先生却默默看着我。想堂堂人类一员，会被猫吓得不敢动手？他为什么不立刻惩治我这猫，以泄心中如此多不平？我看，主要原因是碍于人类要面子的本性。说起诉诸武力来，即使是人类的三尺孩童也能轻易叫我上天入地。但对一个成人，从自尊角度出发，铃木藤十郎尽管是金田老板的心腹，对我这个镇守在二尺见方坐垫上的猫仙，也还是有点无可奈何。再怎背人耳目，和猫争席位也多少有损人类的尊严。

---

① 木庵（一六一一——一六八四）：中国明代僧，一六五五年赴日，开创黄檗山万福寺。善书画。

如果认真和猫争个曲直是非，总是显得滑稽可笑。为了避免丢这份脸，他只得受点委屈了。然而，正因为受了点委屈，他对猫的憎恶也成正比地增加。铃木一再哭丧着脸看着我；而我，却很有兴趣欣赏铃木先生哭丧着的怒脸，在下于是强忍着滑稽的感觉，装作若无其事。

就在我和铃木先生正演着这哑剧的当儿，主人整理好衣服从厕所里出来了，“噢!”一声打个招呼坐下，但手里的那张名片不知去哪了。可见他是对铃木藤十郎的尊姓大名宣判了无期徒刑，将它押进粪坑里了。没容我进一步思考名片，主人一声责骂就出来了：“这个畜生!”他揪住我脖后的毛，把我摔到檐廊。

“喂，铺上它！稀客呀！几时到东京来的?”主人对老朋友劝坐。铃木将坐垫翻了过来坐下。

“一直忙乱，也没打个招呼。老实说，最近我已调回东京的总公司了。”

“太好了。很久不见了。自从你下乡，这还是第一次见面吧?”

“噢，将近十年了。唉，常常到东京来，但一直公务繁忙，始终没来拜访，不要见怪。公司的工作和老兄的职业不同，忙得很!”

“十年中，你变化很大呀!”主人上下打量着铃木先生。铃木君梳的是漂亮的分头，穿的是英国产的毛料西装，系的是华丽的领带，胸前挂一条光闪闪的金链。这风度，这派头，谁也不会相信这就是苦沙弥当年的旧友。

“就连这个，也非戴上不可呢!”

铃木频频引导主人欣赏他的项链。

“这是纯金的吗?”主人问得有点冒昧。

“十八K金的!”铃木先生笑着回答，“你也很见老啊！真的，应该有孩子了。一个?”

“不!”

“两个?”

“不!”

“还多？那么，三个?”

“呃，三个。不知以后还会有多少!”

“还是那么爱逗乐子。最大的几岁?”

“我也搞不清几岁,好像六七岁吧!”

“哈哈……当教师的可真逍遥。我也当个教师就好了。”

“你当当看吧,不出三天就会厌烦。”

“是吗?不是说高尚、快活、清闲,爱学什么就学什么吗?这不很好呀!当个实业家也不坏,但如我者就吃不开。要做就做大个的。个小的不得不到处无聊地逢迎,还不得不接过那些你不情愿的酒杯。”

“我从在校时就讨厌实业家。只要给钱,他们什么事都干得出。借句古语吧,就是:‘市井小人’。”主人这可是在指桑骂槐呢。

“是吗?话也不能说得那么绝。有些地方是有点卑贱。总而言之,如果不下定‘人为财死’的心,是干不来这一行的。不过,这钱嘛,可不是好惹的。刚才我还在一位实业家那听说,要想发财,必须实行‘三绝战术’:绝义、绝情、绝廉耻。多有意思!哈哈……”

“哪个浑蛋说的?”

“那可不是个浑蛋。是个精明强干的人,在产业界颇有名气,你不知道?就住在前面那条胡同。”

“是金田?他算什么东西!”

“好大的火气呀!唉,这算得了什么,不过是开个玩笑,打个比方,意思是连这‘三绝’都做不到,就甭想赚钱!像你那么认真分析,可就糟了。”

“‘三绝战术’?开开玩笑也好!可他老婆的鼻子算什么玩意儿!你既然去过,总该见到过那鼻子吧。”

“金田太太呀,那可是个非常开通的人哟!”

“鼻子!我指的是她的大鼻子!不久前我给她的鼻子写了一首俳句呢。”

“什么?什么是俳句?”

“连俳句都不懂?你也太无知了。”

“啊,像我这样的忙人,对文学之类毕竟是外行!何况从前我就不大喜欢它。”

“你知道查理曼大帝[1]的鼻子长得什么样吗？”

“哈哈……真是填饱肚子没事干！我哪会知道！”

“威灵顿[2]的部下给威灵顿起了个‘鼻子’的绰号，你知道吧？”

“你怎么盯住鼻子了？有什么了不起，管他是圆的还是尖的。”

“绝非如此；知道帕斯卡[3]吗？”

“又是‘你知道吗？’简直像监考的。帕斯卡又怎么了？”

“帕斯卡这样说。”

“说什么？”

“假如克娄巴特拉女王[4]的鼻子稍微短点，世界就会是另一种样子。”

“是吗？”

“因此，像你这样菲薄鼻子，可不行哟！”

“好吧，好吧，今后一定重视。我这次来，是找你有点事。那个，听说原来你教过的那个叫作水岛……水岛……唉，一时想不起。听说常到你这儿来。”

“是寒月吗？”

“对对，寒月。我就是为了解他的情况才来的。”

“是为了一桩婚事吧？”

“沾点边。我今天到金田那……”

“前些天‘鼻子’已经亲自出马了。”

“是呀，金田太太也是这么说的。她想向苦沙弥先生虚心请教，可是赶巧迷亭也在，听说他一通胡扯，弄不出个青红皂白了。”

“就怪她带那么大个鼻子来。”

“唉，她可没有怪罪你！她说上次都因为迷亭在场，不便细问，觉

---

① 查理曼大帝（七六八——八一四）：法兰克王国加洛林王朝国王。

② 威灵顿（一七六九——一八五二）：英国元帅，在反对拿破仑战争中，以指挥滑铁卢战役闻名。后历任首相、外交大臣等。

③ 帕斯卡（一六二三——一六六二）：法国数学家、物理学家、哲学家、散文家。

④ 克娄巴特拉女王（前六十九——前三十）：埃及托勒密王朝的末代女王，以美貌著称。罗马统帅恺撒入侵后，与其生一子。

得遗憾，托我再来详细问问。我还从来没帮过这种忙。假如男女双方不嫌弃，我从中成全一下，倒也不是件坏事。所以我才前来造访。”

“辛苦了！”主人冷冷地说。他听了“男女双方”这个词，不知怎么心竟为之一动，有点像酷热难耐的盛夏之夜，有一缕清风钻进到了袖口里。本来在下的主人是由粗俗、固执和无聊等材料综合而成的，不过话又说回来，他可是跟如今这冷酷无情的现代商品不能同日而语。要知他是何许人，只需看他无端恼火、怒气冲天的样子就行。前些天他和鼻子吵架，仅仅是因为看不惯那只鼻子，可不是对鼻子夫人的令爱有什么不满。他讨厌实业家，无疑也要讨厌实业家一分子的金田，但这与金田小姐本人风马牛不相及。他和金田小姐没有恩恩怨怨，寒月又是自己心爱的门生。正如铃木先生所言，要是男女双方有情有义，即使只是间接去破坏，那也不是正人君子的行为——苦沙弥先生一直都自封为君子——男女双方相爱……不过，问题就出在这。对于这次事件，若想端正态度，首先得从真相入手。

“喂，那个姑娘愿意嫁给寒月吗？至于金田和鼻子，不管了。姑娘本人的心意如何？”

“这个嘛……怎么说呢……据说……哎，大概愿意吧！”铃木先生的回答有些暧昧。本来他是来了解寒月先生的情况，能回去复命也就完事大吉。至于小姐的心愿他还真没想到过询问一下。这有点突然，就算铃木为人圆滑老道，也掩饰不了一时的狼狈。

“‘大概’？太含糊其词！”主人从来就不懂得善罢甘休。

“不对，是我的话有误。小姐确实有意。唉，是真的……嗯？太太对我说过的。据说她也常常骂几声寒月。”

“那个姑娘？”

“呃。”

“还骂人，岂有此理！这不最清楚表明，她对寒月没意思吗？”

“说到点子上了！世上的事跟人就是这么蹊跷，有些人对自己喜欢的人骂得更凶。”

“哪里有这样的糊涂虫？”

在下这主人，看来真的完全不懂人情世故了。

“世上这样的糊涂虫多的是，没办法。刚刚金田太太也是这么解释：‘小姐骂寒月先生是个稀里糊涂的窝囊废，这正说明小姐心里一定是思念着寒月呀！’”

对这番离奇的解释，在下主人十分意外，瞪起眼睛不搭话，像卦摊上的算命先生似盯住铃木的脸。铃木心想：这个家伙！看样子弄不好我会白跑腿的。有了这样的预感，他调转话头，指向连主人也不难做出判断的事物。

“你想想。小姐是富豪之家的小姐，模样又是那么漂亮，天底下想要娶她的人大概是数不胜数。就算是寒月博学多才，很了不起，但他目前的情况……不，说这有点冒失，是说从财产方面来看，两人看着并不是很般配。但小姐的父母还是在想方设法，为了这事不单金田夫人亲自来你这，还特地派我来一趟，这不正说明小姐对寒月是诚意的吗?”尽管有点说客的味道，但铃木的话不能说不在理。

听完铃木一席话，主人仿佛恍然大悟。看到这，铃木总算安心下来，但他明白在这关键时刻如果犹豫不决，仍有突然变故的可能，还是一鼓作气，把这使命完成了为好。免得夜长梦多。

“这事嘛，正像我刚才说的。对方表示，什么金钱、财产的一概不要，但求寒月能够取得个资格头衔。——也就是学位证书与文凭吧！——倒不是说小姐端架子，非博士不嫁。不要误会。上次金田太太来，都是因为那个迷亭兄在场，说些奇谈怪论……噢，这不怪你。太太还夸你是个真诚坦率的好人呢！那一次全怪迷亭……再者，人家说寒月如果成了博士，女方在社会上也脸上有光。怎么样?短期内水岛君不好提出博士论文，争取授博士学位吗?……唉，如果只有金田一家，什么博士、学士的，都不需要，只因有个社会嘛，就不那么简单啰!”

听他这么说，又觉得对方要求有个博士学位也不无道理。既然觉得不无道理，就会同意依照铃木君委托的意思办。那么，主人是死是活，但听铃木先生的发落了。果然，主人是个单纯而又坦率的人。

“那么，下次寒月来，我劝他写一篇博士论文吧！不过，寒月到底想不想娶金田小姐，必须首先盘问清楚。”

“盘问?你态度要是太生硬了，可能不是很好办。还是平时谈话中，有意无意试探一下吧。”

"试探一下?"

"呃!说是'试探'也许有点语病。嗨,不用试探,谈话中自然会搞清楚。"

"你也许清楚,可我,不问个水落石出是不会清楚的。"

"不清楚也没什么。但像迷亭那样惯会乱打岔,破坏人家谈话可不好。这档子事,即使不去成全,也要尊重男女双方的意愿。下次寒月来,尽可能别去干扰。这不是说你,是说迷亭。他若是一搭话,就无论如何也没希望了。"

他正在大骂迷亭,为主人找替死鬼,迷亭先生就春风得意马蹄疾地照例从后门飘然而至。这才是"说神就来鬼"。

"啊,稀客!若像我这样的熟客,苦沙弥总是要慢待,不像话!看样子,苦沙弥家只能十年登一次门。这份点心不是比往日高级吗?"边说迷亭就边把从藤田点心铺买来的羊羹大把往嘴里塞。

铃木先生显得很尴尬,他可没想到迷亭会冒出来。主人则笑笑嘻嘻看着嘴里嚼得咯咯吱吱的迷亭。我在檐廊上目睹这光景,认为完全足以结构出一幕哑剧。如果说禅门的无言问答是以心传心,那么,这一幕无言哑剧也分明是在互递心灵信息。剧短,却极其精彩。

"我还以为你这辈子将曝尸异乡哩,可不知什么工夫又回来了。还是盼着多活嘛!说不定会很走运呢。"

迷亭对铃木也像对主人,根本不懂什么叫客气。尽管从前是一个桶里盛饭的老朋友,但十年没见,总会有点拘束。只有迷亭先生不会因此感到有什么不一样。这是伟大还是愚蠢?我可就不知道了。

"说得多么可怜!可我还不至于那么没出息。"铃木的回答不痛不痒;但总有些心神不安,我看到他搓弄着那条金链很有点神经质。

"喂,坐过电车吗?"主人突然对铃木提了个离奇的问题。

"看来,我今天是为接受诸位的嘲弄而来。我再怎么土里土气,可在市内电车公司还有六十张股票呢。"

"那可小瞧不得!我有八百八十八张半的股票,遗憾的是全被虫子蛀了,如今只剩下半张。假如你更早些到东京来,趁虫子没蛀的工夫,可以送你十张嘛。可惜!"

"还那么刻薄。不过笑谈归笑谈。手里有那种股票是不会吃亏的，股票年年涨价呀。”

“对呀！即使半个股，过了一千年也能盖上三座仓房了。你我干这一行都是无懈可击的当代才子。不过，谈起这些，苦沙弥之流就可怜了。你说‘股’，他说不定以为是骨头的‘骨’——‘肉’的老大哥呢。”

他继续吃起羊羹。主人也在迷亭的影响下，将手伸向点心盘。看来，世界上万事争先的人，都享有做典范的机会。

“股票的事先不管它。我真想让曾吕崎坐坐电车，哪怕只一次。”主人怅惘地看着羊羹上留下的齿痕。

“曾吕崎要是坐电车，一定回回坐到品川下车。还是当他的天然居士，将法号刻在压咸菜缸的石头上安全。”

“提起曾吕崎来，听说他死了。真可怜！他非常聪明，太可惜了。”

迷亭马上接过铃木的话说：

“虽然聪明，但烧饭技术最差劲。轮到他做饭时，我总是到校外去弄点荞面条凑合。”

“真的，曾吕崎做的饭又糊、又夹生，我也吃不下。况且不炒菜，光是给你吃生拌豆腐，冰凉，怎么吃得下？”铃木也从记忆的深谷中唤醒十年前的旧怨。

“苦沙弥从那时起就和曾吕崎成为密友，天天晚上一同出去喝小豆汤，这才做下了病根，现在在遭慢性胃炎的罪。实话吧，苦沙弥是小豆汤喝多了，按理说，更该比曾吕崎早死才是！”

“岂有此理！我吃小豆汤算得了什么。就不想想你自己，美其名曰运动，天天晚上拿着竹刀到校后墓地去敲打石碑。不是被和尚发现，还挨了顿训吗？”主人不甘示弱揭迷亭的短。

“啊，哈哈……对对！和尚说：‘你敲死人的头，会妨害他们安眠。住手吧！’不过，我用的是竹刀，而这位铃木将军却是赤膊上阵。他跟那些石碑摔跤，推倒了大大小小三座石碑呢。”

“那和尚的火气可真大，非叫我原样扶起不可。我说，等我雇几个人来吧！他说‘不许雇人！你为了表示忏悔，必须亲自把石碑扶起，否则就是有拂佛旨。’”

“那时候，你的风采也不见了。上身穿件白细布衬衫，下身扎了个丁字形兜裆布，站在雨后的水坑里吭吭唧唧……”

“你还装模作样给我画什么素描，真不像话！我这个人轻易不大发脾气。可那时心想：这太失礼了。你当时说的那一套歪词我至今没忘，不知你还记得不？”

“十年前说过的话谁还能记得？不过，那座石碑刻的字倒是记得：‘归泉院佛殿黄鹤大居士，永安五年正月。’那座石碑古色古香的。我搬家时甚至想去盗走它！真是座按美学原理修筑的顶拱式石碑！”迷亭又在卖弄他那似是而非的美学。

“那些事算了。问的是你讲过的那套遁词。你当时不动声色地说：‘我是学美学专业，所以必须把天地间一切有趣的事物尽可能全都描述下来，以供将来参考，我这样忠于学业的人可怜呀、可悲呀等等，这样的话怎么可能出自一个勤奋好学之人的嘴呀。’我心想：这家伙简直不通情理，就用泥乎乎的脏手把你的写生册扯碎了。”

“就是从那时起，我那前途无量的绘画天才遭到摧残，从此一蹶不振。都是被你断送了的，我和你有仇。”

“别埋汰人了！倒是我觉得你可恨呢。”

“迷亭从那时候起就爱吹牛。”主人已经趁机把剩下的羊羹吃光了，插言道，“约定的事，他一向不履行，而且一责怪他，他决不认错，一通胡扯搪塞过去。当寺院里紫薇花开放时，迷亭这家伙说：他要在紫薇花飘零前，写出一部有关美学的著作。我说办不到，你写不成的。这家伙却说：别看我这个样，但人不可貌相，我可是条汉子，不信打个赌！我信以为真跟他打赌谁输谁请客到神田区去吃西餐。虽然料到他一定写不出什么著作，但心里还是七上八下，因为我哪里有去吃一顿西餐的钱呀。不过，此公丝毫也没动笔的意思。过了七天，然后是二十天，一篇也没写。紫薇花逐渐飘零，连一片残瓣都没了，他还是没动笔。我心想：这顿西餐算是吃定了，便催他履约。谁知他居然装疯卖傻不理不睬！”

“又胡编些什么？”铃木先生火上浇油地说。

“哼，真是个厚颜无耻的家伙！他还嘴硬说：‘我没别的能耐，论下决心嘛，可不比你老兄差哟！’”

“真的一页也没写？”迷亭先生自己也不记得了。

“那还用说！当时你还说什么：‘就意志而言，我对任何人也当仁不让。然而遗憾的是，在记忆上，我比别人坏上一倍。我想写美学原理的意志很坚定，可这意志对你宣扬后的第二天就忘得一干二净。因此，没能在紫薇花凋零前完成我的著作，这不是意志的过错，而是记忆力的罪过。既然不是意志的过错，也就没有理由请你吃西餐了。’那种理直气壮，让人难以接受了！”

“就是这样。很有意思，这简直就是迷亭兄把自己突出的特征突出到了极致！”铃木先生不知为什么要这样兴趣盎然，说话的口气完全不像迷亭先生没来前，我很怀疑这是不是人类的本性！

“有什么意思？”主人眼看又要发怒了。

“多久的事了，不过还是抱歉啰。我不是为了赎罪，一直都在上天入地为你找孔雀舌吗？息怒，息怒，等好消息吧！不过提起著作嘛，我今天可带来个特大奇闻！”

“你这个家伙，每次来都说有奇闻。别上当！”

“今日奇闻可是货真价实。你知道吗？寒月君动笔写博士论文了。寒月这人总在吹嘘自己满腹经纶，怎么会突然想到要写什么博士论文呢？看来他春心未泯。好滑稽！喂，你一定要通知鼻子夫人，说不定他正在做橡树果博士的美梦呢！”

听迷亭提到寒月，铃木马上一边动下巴一边使眼色暗示主人，那意思就是：别说，不许说！而主人看着像是完全没意会到的。之前他听了铃木的一通说教，暂时对那个金田小姐有了点同情。现在只怪那迷亭一口一个‘鼻子’，又让他记起来前几天跟鼻子夫人吵架，立马觉得‘鼻子’又好笑又烦人，那点同情立刻烟消云散。听说寒月着手写博士论文的新闻，也只有这条新闻迷亭没吹，倒算得上最近最大奇闻！岂止是奇闻，简直就是鼓舞人心的喜讯！主人认为娶不娶金田，先不去管它，反正寒月能当上博士是件好事。他觉得自己就像一个雕刻坏了的木雕，白扔在佛像店旮旯也没人看一眼，唯一的命运就是烟熏火燎，最好被虫子蛀空；但寒月却是一件工艺精湛的佛雕，最好是快点泥金涂彩。

“真开始写论文了？”主人把铃木的暗示抛到九霄云外，热情地问道。

“你总是不相信别人的话……当然，他写橡树果还是论吊颈力学，这还不大清楚。总之，这是寒月的事，一定会使‘鼻子’大吃一惊的。”

铃木每当听迷亭不客气地一口一个叫“鼻子”“鼻子”的，就显得局促不安。可迷亭毫未察觉，说起来十分顺口。

“以后我要继续研究鼻子。最近在《特利斯脱兰·香代》① 这本小说里发现了有关鼻子的论述。假如金田太太的鼻子被斯特恩遇到，一定会成为优质的创作素材！好遗憾！既然鼻子有充分资格名垂千古，竟然如此怀才不遇而被埋没，令人扼腕！等她下次再来，我一定要为她画一张素描，作为美学参考资料保存下来！”迷亭信口开河起来就是这样停不下来。

“不过听说那位姑娘要嫁给寒月。”听到主人提到了这件事，铃木一个劲儿给主人使眼色，他害怕这会惹来麻烦。问题是在下主人像个绝缘体，完全不导电。他竟然把从铃木先前说的复制给了迷亭。

“多新鲜！那种人生下的闺女还会谈恋爱？不过没什么了不起，无非是‘鼻恋’而已吧。”

“鼻恋就鼻恋，只要寒月肯就好。”

“肯就好？前几天你不是大力反对吗？今天怎么又软化了？”

“不是软化，我决不软化！不过……”

“不过，有点被同化了吧？喂，铃木！你也算末流实业家之一，谨进一言与你。话说那位金田某某，想让他的女儿高攀天下闻名的秀才水岛寒月，当上夫人，这简直是癞蛤蟆要升天！我们做朋友的，自然不能坐视不管；即使你这位实业家，也不会反对这个吧？”

“精力还是那么充沛呀。好嘛！老兄和十年前一个样，了不起！”看来铃木是想敷衍过去。

“过奖了，夸我了不起，那我就把我的渊博知识再讲点给你好了，也好让您开开眼界。古希腊人重视体育，所有竞技项目都设有

---

① 《特利斯脱兰·香代》：英国作家斯特恩（一七一三——一七六八）的小说名。

重奖。然而独对学者的知识毫无褒奖的记录，这一直都是一个谜。”

“的确有点奇怪！”不论说什么，铃木只随声附和。

“然而，两三天前在研究美学时，终于被我发现了原因。多年的疑团一旦冰释，犹如茅塞顿开，恍然大悟，到了欢天喜地的妙境。”

迷亭话虚张声势的夸张，大概就连最擅此道的铃木先生也甘拜下风了。看到一场雄辩将要爆发。在下主人赶快把头低下去，用象牙筷子砰砰敲打点心碟。

迷亭对此毫无反应，继续夸夸其谈。

“那么请问，这位辨明矛盾现象、解我千载之谜、从黑暗深渊中拯救我们的是谁？他是号称人类文化史上头一名学者、希腊哲学家、逍遥派始祖亚里士多德。他说过：‘喂，不要敲点心碟，必须洗耳恭听！’他们希腊人在竞技中所获的奖品，远比他们表演的技艺贵重；因此，奖品才能成为表彰和鼓励的手段，被人去追求。但对于知识来说，如果想要给予奖励，那这奖励也一样要比知识贵重才行。”

“然而，世上可有比学识更贵重的东西吗？当然没有。如果所授奖励不足以与知识对等，那只会辱没知识的尊严。当时，人们宁愿堆积万两金箱如奥林匹斯山那般高，倾尽克罗伊斯①之财富，也要奖掖知识。但想来想去，发现没有什么比知识更有价值，根本没法奖励。所以后来干脆就没有奖励。”

“由此可见，金钱比不上学识是不难理解的！我们既然信服这条真理，那就不妨对照一下眼前的事实。金田算什么东西？难道不是个见钱眼开的家伙吗？打个比喻，他不过是张流通券罢了。小姐既然是流通券的女儿，顶多不过是一张邮票！反过来，看看寒月。感谢上帝，他毕业于最高学府，名列榜首。至今也毫不懈怠扎着祖上征讨长州时系过战袍的衣带，夜以继日研究橡树果的硬度。而且他并不满足现状，即将发表力压凯尔文②的高论。他虽然再一次偶尔经过吾妻桥时，不

① 克罗伊斯（Croesus）：卒于公元前546年。吕底亚最后一个国王，因将金银铸成钱币而成为当时最富有的国王。西方谚语有“像克罗伊斯一样富有”。

② 凯尔文（一八二四——一九〇七）：英国物理学家，即威廉·汤姆生。

小心上演了投河丑剧，但这是热血青年常有的冲动行为，丝毫无损于他的学者身份。以迷亭我一流的比拟来形容寒月，他就是一个流动图书馆，是用知识铸成的二十八毫米的子弹。这颗子弹一旦时机成熟，将在学术界爆炸……假如叫它爆炸……总会爆炸的！”

看来他自诩为“一流的比拟”也不过如此，有点俗语说的虎头蛇尾。可他又说：

“邮票嘛，就算有千万张，也炸它个粉碎。因此对寒月来说，这样的女人太不般配了，完全要不得。我不同意！这简直就是百兽中最聪明的大象要和最贪婪的猪崽结婚。是吧，苦沙弥兄！”

迷亭好不容易停下他的夸夸其谈，而主人却照旧无言地在那敲点心碟。铃木先生有点招架不住，他说：“不至于这样吧？”

迷亭来之前，铃木对主人说过很多迷亭的坏话。这时候这样下去，不知道像在下主人这种冒失鬼，还会说出些什么来。铃木现在最想的是不要把事情弄僵了，首先得先避一避迷亭的锋芒，平安渡过才是上策。铃木先生是个聪明人。他认为做人就应尽力避免不必要的对抗；甚至认为毫无意义的辩争那都是封建时代的流毒。人生不是在唇舌间实现的。但凡事情能如愿顺利进展，也就成了目的。最好是尽量不要有无谓的争论与斗气，让事情变得难办。铃木毕业后，就靠这种生活哲学一步步戴上了金表，取得了成功。现在接受金田夫妻的委托，起初也是靠的这种手段说服了一向冥顽不化的苦沙弥。眼看就要马到成功了，鬼知道半途杀出个程咬金来，遇到迷亭这种游戏人生的，完全不按常理出牌的家伙。对于能否不辱使命，现在铃木君越来越没把握。想来发明乐天精神的是明治绅士，实践乐天精神的是铃木藤十郎，而如今使乐天精神陷于困境的，还是铃木藤十郎。

“因为你一无所知，才装模作样说‘不至于这样吧！’破例摆出一副斯文的架势。不过，假如阁下前些天见过鼻子夫人驾到的场面，再怎么想给实业家捧臭脚，也肯定会泄气的。是吧，苦沙弥兄！你不是大战一场了吗？”

“尽管如此，我可比你的名声好听些！”苦沙弥说。

“哈……真是个过于自信的家伙！不然被师生嘲笑‘savage tea’，怎么还有脸在学校进进出出呢？我的倔强绝不比人差，但是厚颜无耻还是做不来的。所以，不胜钦佩之至呀！”

“学生和老师有几句飞短流长有什么可怕！法国圣佩韦①是冠绝古今的评论家吧，但在巴黎大学讲课时，他就很不受欢迎。听说他为了对付学生可能的攻击，外出时袖藏匕首。伯吕纳吉埃尔②也在巴黎大学，他攻击左拉的小说时……”

“可你压根不是大学教授呀！你顶多是个教英语入门的老师罢了。这样引用世界文豪做例子，简直就是‘泥鳅充鲸鱼’，说这种话，越发要遭人耻笑的。”

“住口！圣佩韦和我同样都是学者。”

“呃，好大的学问呀！不过，走路时袖里藏剑可不安全，还是不要模仿的好。如果大学教授袖里藏剑，那么，教英语入门的中学教师，只佩戴一把小刀啰。话是这么说，带凶器还是危险的，不如去地摊买把孩子们玩具气枪，背上走路倒怪招人喜欢。是吧，铃木兄？”

铃木在一旁听着这些口水，感觉谈话已经从“金田事件”这个主题上走开了，不由得松了口气。

“你还是那么天真活泼。十载别离一旦相逢，仿佛从狭隘的小巷来到了辽阔的原野。我和同学们谈话，一点儿也含糊不得。不论说些什么，都必须小心提防着。担心呀，紧张呀，真是苦恼！言者无罪最好。还是从前学生时期学友们交谈无拘无束。今天巧遇迷亭君，真快活。我有点事，就此告辞。”

铃木要走，迷亭说：“我也走。我必须立刻到表演矫风会去一趟，陪你走一段路吧！”

“那最好了。好久没见，就一同散散步吧！”

于是二人携手离去了。

---

① 圣佩韦（一八〇四——一八六九）：法国文学评论家、诗人。

② 伯吕纳吉埃尔：法国文学批评家、文学史家，著有《法国戏剧的诸时期》《法国文学简史》《巴尔扎克》等。

第五章

半夜三更的，撬门扭锁而入，也断然不会是迷亭先生和铃木君，看来很可能是我久闻大名的梁上君子！

把一天二十四小时所发生的事点滴不漏记下，然后再一字一句读一遍，恐怕得再要二十四个小时。我再怎么提倡“写生文”①，也不得不坦承：这毕竟不是猫家敢奢望的！所以呀，尽管我家主人整天都在卖弄精雕细琢的奇谈怪论，我却没本事和毅力向读者做详细报告。就算是深深的遗憾，也无可奈何。

铃木和迷亭君走后，主人家里就像是冬夜里寒风乍住，下起了纷纷扬扬的雪，一下子变得静悄悄了。主人是照例钻进书房，孩子们去了一个十二平方米的小屋并枕而眠。

隔一道两米多长纸壁的坐北朝南的房间里，女主人正躺着给不到三岁的绵子喂奶。樱花时节的云雾天很短，转眼就夕阳西沉，连房前行人低齿木屐的行走声都清晰地在客室传响，邻街一家公寓里笛声时断时续，轻轻在耳鼓上萦绕，屋外大约已暮色苍茫了！晚餐猫家我只喝了半碗汤，吃了点蛤蜊肉，现在又已腹中空空。可无论如何也要休息的。

隐约听过世间有喜欢写所谓《猫恋》这类诙谐俳句与和歌的。

---

① 写生文：俳歌作家正冈子规（一八六七——一九〇二）首倡，诗以写生画的手法如实描绘自然和人生。夏目漱石运用到散文之中。

还听说，早春时节的夜里，街上总有我等猫族们鼓噪狂奔，搅得人难以入眠。可我，还不曾有过这种心境。说起来，爱情本是宇宙的活力之源。上自天神宙斯，下至土里蠕动的蚯蚓、蝼蛄，无不因之心神不宁，情难自禁，此乃万物之天性是也。如此，我等猫辈之春心萌动，一时里放浪形骸，风流快活一下也在情理之中了。回首往事，我也曾苦恋过三毛妹子。“三绝主义”创始人金田老板的千金，那位大吃甜年糕的富子小姐，也与寒月传出过艳闻。因此，普天下的雄猫雌猫，在那一刻千金的春宵里意乱情迷如癫如狂，我可不会将其视作是轻薄无聊看不上眼。至于猫家我，就另当别论了吧，现如今我已是看破红尘，不再为所动。没办法！目前只求休息。这么困倦，怎么谈情说爱？就这样，我慢腾腾转到孩子的被边，美美睡了……

等我再度睁眼时，发现不知道什么时候，主人已从书房来到卧室；又不知什么工夫，已钻进妻子身旁的被窝里。按主人的惯例，睡前要从书房带几本横写的洋文书。但一般来说，躺下以后基本不能连续翻看几页，有时干脆连碰也不碰一下。既然连一行都不看，似乎就没有必要特意带来！然而，这正是主人之所以为主人的独特之处。哪管妻子怎么嘲笑，怎么叫他不要带书，他也绝不肯改变。每晚照例不辞千辛万苦把书搬运到卧房，有时贪心不足，竟然抱来三四本，前些天，甚至将韦伯斯特①主编的大辞典也抱来。这正好像阔家公子不听龙文堂茶壶的松涛声②难得入眠，主人则是没有书本在枕边做伴，便不能入梦。如此看来，对于主人，书本不是供阅读，而是用来催眠的，是活版铅印的催眠剂。

今夜会带点什么书来呢？我大致看了看，其中有一本红皮薄书半打开着躺在紧挨着主人胡须尖的位置。主人左手拇指还放在书页间，没抽出来。由此可判断，他今夜很可能读了五六行。与红皮书并列的那块镍金怀表，闪着有负春色的寒光。

---

① 韦伯斯特（一七五八——一八四五）：美国语法、辞书学家，以各种韦氏辞书而闻名。

② 龙文堂茶壶的松涛声：日本江户末期至明治初期有一著名铁匠，他制的茶壶水沸时，声如松风。

那妻子不知不觉已将吃奶婴儿推出一尺多，枕头也不在脑袋下，正张大了嘴打着鼾。知道人世间最不堪入目的是什么吗？至少我认为，再也没有比张嘴睡觉更不成体统的了。我们猫辈绝不会有这么丢人现眼的丑态。本来，口是用来发声，鼻孔是用来呼吸的。不错，北方人们都很懒，尽量不开口说话。就那么向着省事半闭着嘴哼哼，这样的结果就是出现了用鼻子发音的鼻方言。但紧闭着鼻孔，用嘴代替鼻子呼吸，要比用鼻子说话更不像话。不说别的，要是不小心遇到天花板上掉下老鼠粪来，那岂不是太危险了！

想到此，我觉得该看看那几个孩子怎样？也都睡着了。但样子的难看一点都不亚于她们的老娘。那个姐姐澄子的右手搭在妹妹淳子的耳朵上，就像是在宣布自己的权力："姐姐对你实行占领了！"而妹妹淳子一点都不屈服，干脆把一只脚压在姐姐的肚皮上，仰着傲慢的脸睡。据我观察，双方都比刚睡下时做了九十度的位移。最难以置信的是，双方互不相让，就这种姿势还能睡得这样香甜。

春宵的灯火总是这般不同寻常。在这既天真烂漫却又极不雅观的情境下，幽幽青光仿佛是在反复告诫人们：要珍惜这良辰。都看过了，我现在很想知道是什么时辰，便将室内环顾一番。万籁俱寂，唯有墙上的壁钟在发出嘀嗒声，配合着女主人的鼾声、远处女仆的磨牙声。说起这女仆，别人说她晚上睡觉磨牙，她还矢口否认，犟嘴说："我有生以来，直到今天，从来不磨牙。"她是绝不会说上一句："今后一定改正"，或是"抱歉得很"。的确，熟睡中的事嘛，本人肯定不会知道。但有时候，你不知道事实也依然存在，这就麻烦了。世上竟有这样的人，一面干着坏事，一面却自命为君子。这种人由于自信无罪，倒也天真可取。问题是怎么天真，也没法让别人因此遭受的灾难减少半分。由此我得出结论：这些士绅淑女和那女仆都是一路货色。

有人在厨房的套窗上砰砰敲了两下。咦？这个时候怎么会有人来？十有八九是那些老鼠。假如是老鼠，我已决心不捉，随便闹去吧。

又砰砰敲了两下。总有点不像是老鼠。就算是老鼠，也一定是个谨小慎微的家伙。主人家的老鼠，全都像主人任教那所学校的学生，不论白天黑夜，一心操练行凶撒野，仿佛把惊破可怜的主人的幽梦视为自己的天职。他们绝不会像这时候这个叩窗的不知是人还是鼠的这样文静。再仔细听听，我断定了不是老鼠。仔细分析，这个东西比起前不久那次擅自闯进卧房，咬完主人的塌鼻尖后高歌凯旋的那只老鼠，要小心谨慎。绝不是老鼠！这时，传来钥匙开锁声和自上而下的推窗声。同时，格子门被尽量轻地沿着槽沟滑动。这更证明了不是老鼠而是人！半夜三更的，撬门扭锁而入，也断然不会是迷亭先生和铃木君，看来很可能是我久闻大名的梁上君子！只要是君子，我就都忍不住想要一睹尊容。这时，那君子似乎已经进入到了厨门。我开始数这人的步数。当数到他迈第三步时，传来了咕咚一声，很有可能是摔在地窖盖上了。这突然发出的声响在这深夜里格外响亮。我不由得后背上的毛倒竖，像用刷子逆向梳了一下似的。脚步声停了。看女主人，还是那么张着嘴，尽情吞吐着太平空气。主人大约梦见了他的拇指夹在红色书本里了！厨房传来擦火柴的声音。别看是君子，似乎没长我这么一双夜眼，人地生疏，行动不便需要照明。

我蹲下来琢磨：那个君子会从厨房移到饭厅吗？还是向左转，穿过堂门直奔书房……脚步声伴着推门声在檐廊传响。看来这位君子离书房更近。然后就没有了声音。

这时候我才想到，该趁这工夫快些叫醒主人夫妇。但怎样才能叫醒他们呢？想来想去都是些蠢法子，像水车似在脑海中打转转，却想不出一个好主意。我琢磨着咬住被脚晃动看看，就试了两三下，但一点用也没有。又想，我的鼻子的特点就是冰凉，那我就用鼻尖去蹭主人的脸好了。可主人这家伙仍在梦中，用力把手一伸刚好打在我的鼻尖上，好像还骂了句“滚!”把我一把推开。鼻子嘛，对猫来说也是重要部位。这一下痛杀我也。别无他策，我只好喵喵叫了两声，想叫醒他们。鬼知道怎么了，偏偏这时我喉咙里像卡住个什么东西似的，发不出声来。好不容易喊出声沉闷的低音，反倒把我自己吓一跳。主人还是没醒来，那边君子的脚步声又响了。沙、沙……沿着外廊走近了。到底来了！这下子全都要玩完了。到了此时，我想还是先保存实力吧，免得全军覆没，还是相机而动好，就藏在纸格门和柳条包之间。

君子的脚步声到卧室门前戛然而止。我屏住气息，全神贯注等他下一步的行动。这情形到事后想，我认为自己当是时完全就是“全神贯注”。这要是抓老鼠，指定会一击成功。现在看来还真该谢谢这位梁上君子，终于使我有生以来的茅塞顿开了，幸甚幸甚！

这时候我看见门的第三道格纸好像雨点打湿了的，中心部位变了颜色。透过薄纸，但见一点淡红，越来越浓。终于纸破了，露出一条血红的舌头。少顷，舌头消失在黑暗中，那个洞换上的是一只晶亮的东西。无疑，这是梁上君子的眼睛。怪的是那眼睛并不瞧室内任何物品，却一直盯在我藏在柳条包后的身上。虽然被盯不到一分钟，但觉得再这样被他盯下去，一定会减寿不少。忍无可忍了，决心从柳条包后窜出，可就在这时，卧室的门哗的一声开了，恭候多时的梁上君子终于出场。

根据故事叙述的逻辑次序，我本应该首先荣幸地把这位不请自来的梁上君子向列位做一番介绍性的描述；但在此之前，我还是更愿意做抛砖引玉之举，让列位先在心里有所准备。

古代的那些神，被看作是全能的。尤其耶稣，直到二十世纪的今天，依然披着全能的面纱。然而，凡夫俗子心中的全能，有时也可以解释为无能。这分明是个反论。而道破反论的，开天辟地以来恐怕唯有我这只猫了！想到这里，我也有了虚荣，自己觉得自己原来也不是单纯的猫，对此我必须做一番阐述，用“猫也不可小瞧”这一观念，来改造一下人类那傲慢的大脑！

据说是上帝创造了宇宙天地万物。由此可以推断，人也是上帝创造的！这点在那个《圣经》里有明确记载。关于人，就连人类自己通过数千年的观察，也都感到玄妙和不可思议，因此，自然而然倾向于承认上帝的全能是事实。其他的就不说了，单说这茫茫人海，就找不出两个面孔相同的人来。脸形自然有大致的规格形状，大小也不是区别很大。这也就是说，人都是用同样材料按照相同模式制成的；神奇的是尽管用的是同样材料，同样模式，却无一相貌雷同。真棒！只用那么简单的材料，竟然设计出千差万别的面孔来，不能不佩服造物主的天工智巧。这要是没有丰富和独特的想象力，怎么都不可能有这样无穷无尽的变化。那些画家们，穷其毕生想要描绘出不同的面孔，也顶多画成十二三幅罢了。依此推论，上帝一手承包下造人重任，怎不令人叹服！这毕竟是凡尘中不可能存在的能力，称之为“全能”完全名副其实！在这一点，人类似乎对于上帝由衷地敬畏，诚惶诚恐。当然，这是从人类的立场看，人类对上帝的顶礼膜拜也理所当然。不过呢，站在猫的立场同是这件事，却可以做出不同解释：这一下子就证明了上帝的无能。我想，即使不是完全的无能，也总可以断定他绝不比人类有更大的本事！传说上帝按人数创造了众多面孔，当初他到底是胸有成竹造得千差万别，还是本想不管大郎、二郎都造它个千人一面？是不是想归想，实际操作起来却总是另一回事，所以造一个坏一个，或者说是无心插柳柳成荫，而并非是一开始就是这样设计的呢？这一点尚且未知。人类的面部构造，难道不是既可以当作是上帝天工开物的丰碑，也可以看作是上帝力不从心，然后胡编乱造的劣迹吗？说“全能”当然可以；但称之为“无能”又何尝不可！因为人类的两只眼睛并列在一个平面上，不能左顾右盼，所以，只能看到事物的部分，想起来真可怜。如果换个立场想，这种不能再简单的事实，在人类生活中层出不穷，当局者却头昏眼花，要不就是心神被上帝震慑住了，一直无法看清。如果说富于变化的创造极其困难，那么，彻头彻尾的仿制想做到不差毫厘，也不容易吧！不信就要求拉斐尔①画两幅一模一样的圣母像出来看看，这岂不是等于逼他画两个不一样的玛利亚吗！我想拉斐尔要为难了！不，比起画两种不同的景物，也许画两张完全雷同的景物更难。这就像要求弘法大师②用昨天的笔法再写空海二字，写出来的要跟昨天写的完全一样。人类使用的母语，完全是靠模仿的办法获得。人们向妈妈、乳母或其他人学习日常会话，除了重复去模仿听到的话语外，基本没有别的办法。如此建立在模仿基础上的母语，过十年、二十年，发音自然会发生改变，这就证明人类不具备彻底的复制能力。纯粹的模仿，想复制出先前出现的事物，看来是

---

① 拉斐尔（一四八三——一五二〇）：意大利文艺复兴时期画家。
② 弘法大师（七七四——八三五）：日本真言宗始祖空海的谥号。

难以想象的困难。那么，如果上帝能把人类造得一模一样，像一个模子铸成的玩偶，那才可以证明上帝的全能；否则，像今天看到的这样，胡捏乱造的面孔光天化日之下满世界都是，千姿百态，令人目不暇接，恰恰是上帝无能的铁证。

我竟然忘了自己怎么就会这样大发宏论来了！不过，“忘本”既然人类当成家常便饭，我等猫也自然难免，那就请各位别见怪了吧！要知道这些感慨，全都是当我看见梁上君子拉开卧房的格子门，闪现在门槛前时无缘无故产生的。“为什么”？既蒙下问，只得从头思量一下。对了，理由如下：

平时我就觉得上帝造出来的人这种作品很烂，很可能上帝的成功刚好就是来自现在看到的人的样子，对此我想不出比无能更好的形容了。可当那位梁上君子出现在我眼前时，他面部的特征瞬间推翻了我的成见。其他倒没什么，只是这位君子的面部特征对一个事实展现得过于充分了：那就是眉眼和我们那位亲爱的美男子水岛寒月先生简直是一个模子倒出来的。别以为我认识多少窃贼，更谈不上在他们中有什么知己。但根据平时所闻那些贼盗的残暴行径加以想象，倒也不是完全没在心中勾画过他们的脸谱：通常是有一对朝着左右张开的鼻翼，长着两只一分钱铜板那么大的小眼睛，剃个光头……这大概就是我心目中盗贼的形象吧。问题是现在亲眼目睹了，却有着天跟地这么大的差距。由此可见，任何想象都是不可胡来的。

这位君子身材修长，浅黑色的一字眉，作为贼，倒是气宇轩昂，仪表堂堂。看上去他的年龄也是在抄袭寒月，大约二十六七岁的模样。看到这个贼了，我不再怀疑上帝的全能，否则绝不可能造出如此两个完全一样的人来。老实说，我其实也在怀疑：是否寒月精神失常，深更半夜跑了出来。只因盗贼的鼻下没蓄浅黑色胡须，这才意识到，此公必是另外一位。寒月是个堂堂正正的美男子，是上帝的精制品，能让迷亭称之为“流动邮票”的金田小姐销魂。不过从长相看，这位梁上君子对于女人也一定拥有足够魅力。我想要是金田小姐只对寒月的眼波与嘴角迷恋，却不以同样的热量对这位盗贼倾心，那就太不公道。公道不公道，暂且不提，反正不合逻辑。像金田小姐那么既有才华又很机灵的女子，如此区区小事，即使不向别人请教，也肯定会一清二楚！可见，能差遣这名盗贼代替寒月出场，金田小姐也肯定献出了全部的爱，以期盼得到琴瑟之好的结果。万一寒月先生被迷亭等人说服，破坏了一桩千古奇缘，只要这位盗贼健在，小姐也就不必发愁。我对未来事态的发展做出这样的预测后，才算对富子小姐放下心来。这位梁上君子能俯仰于天地之间，实在是使富子小姐生活幸福得到保障的一大前提。

这位梁上君子身穿蓝地花格布的短褂，臀部扎了条博多产的青灰色绢带，双膝下裸露着苍白的两条腿，一只脚跨进室内。腋下挟着个什么东西。仔细一瞧，原来是主人放在书房的那条旧毯子。

主人一直做梦，多半是大拇指被红书咬住了。突然间，他翻了个身高声大喊："寒月！"把个贼惊得毯子落地，忙用屋内那只脚接住，纸屏上映出两条长腿在微微抖动。主人哼了声，嘟嘟囔囔一把推开那本红皮书，像得了疥疮似的，卡哧卡哧搔他那漆黑的胳膊。后来又安静下来，撇开枕头睡熟了。可见，他呼喊寒月，完全是在说梦话。

君子在长廊下站了一会儿，观察室内动静，当他看清夫妻二人都已酣睡后，弯腰捡起毛毯，将一只脚跨上室内的床席。这回连呼喊寒月的声音都没有。隔一会儿，另一只脚也跨了进去。春宵的一盏青灯，将二十平方米的房间照得朦胧迷离，却被君子的身影劈成两半。那影子从柳条包旁越过我的头顶，直到半面墙壁，挡得一片昏黑，我扭头一看，刚好在墙壁的三分之二那么高的地方，这位君子的影子在晃动着。就算是美男子，假如只看他们的影子，简直像个芋头似的，很是好笑。君子低头看了一眼女主人的睡脸，他不知怎么就笑了。我可以向你们做保证，连这笑容都是从寒月脸上揭下来蒙在他脸上的，太让猫家我吃惊了。

女主人的枕旁，放着一个用钉子钉成的四寸宽、一尺五六寸长的箱子，那是她十分珍爱的，里面装的是家住肥前国①唐津市的多多良三平君，前些日子归省后带回来的土产山药。居然会有人挨着山

① 肥前国：日本古国名，一部分在今之佐贺县，一部分在今之长崎县。

药入梦，简直就是史无先例的奇闻。然而，女主人可是个连炖菜用的上等白糖也往衣橱里放的女人，头脑中可是没有“适材适所”这种观念。想来在她，别说是山药，说不定咸萝卜放在卧室里也满不在乎。然而，君子不是神仙，不可能知道夫人是这么个女人，她既然如此贴身珍藏，那一定是件贵重物品。君子提起箱掂量，觉得很有分量，于是，脸上露出得意的神情。我心想，他竟然偷山药，这么一位美男子偷山药，该有多滑稽。但可不能发出声音，这是危险的，我只得忍住不笑。

那君子开始把山药盒子小心翼翼用主人那条毛毯包起，又扫了一眼周围，估计是想看有什么绳子可以用，这不，正好主人熟睡时解下了绉绸腰带，君子就用这条腰带将山药箱捆得结结实实，轻飘飘扛了起来。我看在眼里，心想这副嘴脸女人可不大喜欢。然后，君子又把孩子的两件外罩坎肩塞进女人的紧腿绒线裤里，弄得线裤的腿部圆鼓鼓的，简直像黑眉锦蛇吞了青蛙一般。不对，最好是用“锦蛇临盆”这四个字，才形容得准确无误！总之，成了个怪物。如果不信，请您有空一试便知。

君子把主人的绒线裤一圈又一圈缠在脖子上。我正在寻思，下一步他准备偷什么？他又把主人的丝绸上衣当大包袱皮摊开，将女主人的腰带、男主人的短褂和背心等，还有别的杂七杂八的东西全都整整齐齐叠好包了起来。对他那熟练、灵巧的动作，我十分钦佩。然后，他用女主人和服上的装饰衣带和整幅布的和服腰带接成一条绳，绑紧这个大包，用一只手拎着。“还有什么可拿的？”他又四下张望，见主人头前有包朝日牌香烟，随手扔进和服袖里。又从烟盒里抽出一支烟来，就着灯火点燃，美美吸一口。喷吐出的烟雾，在玻璃灯罩外缭绕。不待烟消，君子的脚步声已沿着外廊去远。很快就消失了。而猫家的主人夫妇仍在酣睡。这就是人了，都不想说是麻痹大意了。

这一番喋喋不休，身子委实有点受不住了，我还是暂时休息好了。于是酣然大睡。再度醒来，只见三月里的天晴空万里，主人夫妇正在后院便门处与巡警谈话。

“那么，是从这儿进院，溜进卧室的吧！您二位是睡在梦中，压根儿没察觉吧?"

"是的。"主人有点不好意思。

"那么,作案时间是几点?"这巡警简直是岂有此理。假如知道作案时间,那还至于失盗吗?我看主人夫妇一点都没有意识到这一层,竟然在那商量着怎样回答这位巡警:

"是几点?"

"这个……"妻子沉思。她很可能以为自己只要一沉思,就会想得起来。

"你昨晚几点钟躺下的?"

"我睡得比你晚。"

"是啊,我是在你之前躺下的。"

"是几点钟醒的呢?"

"七点半吧?"

"那么,贼闯进来是几点钟呢?"

"总该半夜了吧?"

"谁不知道是半夜?问你几点钟?"

"准确时间不仔细回想一下是不清楚的。"

妻子似乎还要想下去。但巡警不过是走走形式,那贼什么时候闯入,我很为主人夫妇着急,就不如随便说个时间,那巡警也好拿去交差了,可这两位,还要在那左思右想。看得出,那位巡警有些不耐烦:

"那么,是被盗时间不明?"

主人老一套的腔调:"噢,是呀!"

巡警没有笑容:

"那么,请你交一份失盗申报书。写上:'明治三十八年×月×日,闭门就寝后,盗贼拆下××套窗,闯进××室内,盗走××物品。以上属实,特此申诉。'这不是一份报告,是申诉,最好不写收信单位名。"

"被盗物品要每一样都写清吗?"

"几件短袮,不值几个钱的,按这格式作表呈报好了。进屋看了也无济于事,已经是失盗后了嘛!"巡警说得怪轻松,转身走了。

主人将笔墨砚池拿到室中心，唤来妻子，几乎用吵架似的大嗓门儿说：

“立刻写失盗申诉书。你把被盗物品一件件快说！喂，说呀！”

“哟，烦人！还赚了个‘快说’，你这么盛气凌人，谁还肯说？”女主人只把细带子缠在腰上，系也没系，便一屁股坐下。

“瞧你什么样！活像遇到个卖不出去的窑姐！为什么不把腰带子扎好再出来？”

“你嫌这样难看，就给我买一条带子去嘛！什么窑姐不窑姐的，既然失盗，有什么办法！”

“连宽幅腰带也被偷了去？可恶的东西！那就从腰带开始写吧！什么样的腰带？”

“什么样的？还能有多少条？就是那条黑缎子面、绸子里的呗！”

“好，黑缎面绸子里腰带一条！值多少钱？”

“六元左右吧！”

“扎这么贵的带子，太狂！今后要扎一元五上下的！”

“哪有那么便宜的带子！就说你不是个通情达理的人嘛。不管老婆穿得怎么邋遢，你只要把自己打扮得好就行。”

“唉，算了！还丢了什么？”

“缎子褂。那可是河野婶送的纪念品，同样是缎子，和今天的缎子可大不相同。”

“没工夫听你分辩！值多少钱？”

“十五元！”

“穿十五元的和服外褂，太不合身份了！”

“这有什么，又不是要你花钱！”

“还有什么？”

“黑布袜子一双。”

“是你的吗？”

“是你的，两角七分。”

“其次？”

“山药一箱。”

“连山药也偷？他是想煮了吃还是熬汤喝？”

“谁知他想怎么吃，你到贼家去问一问吧！”

“多少钱？”

“山药价钱我可不清楚。”

“那就写上十二元五角上下吧。”

“这不是胡诌吗，就算是从唐津刨来的，山药要是值十二元五角那还了得？”

“你不是说不知道吗？”

“是不知道，不过，说十二元五角太过分了。”

“不知道价钱，可又说十二元五角太过分，这是怎么回事？简直不合逻辑。因此，才把你叫作奥坦钦·巴列奥略[①]。”

“叫我什么？”

“奥坦钦·巴列奥略。”

“什么意思？”

“管它什么意思。你的衣服怎么一件也没有提？”

“我不管是什么。快告诉我‘奥坦钦·巴列奥略’是什么意思？”

“哪里有什么意思好讲！”

“告诉我有什么不好？你欺人太甚！以为我不懂英语就张口骂人。”

“少说蠢话，快些接着说！不迅速交上申诉书，失盗的物品就找不回来了。”

“反正立刻申诉也来不及。比这更急的是告诉我奥坦钦·巴列奥略是什么意思。”

“不是告诉你什么意思也没有了吗？这娘们可真讨厌！”

“那么，失盗物品也只有这些。”

“真是胡搅蛮缠！随你好了。我不再写什么申诉了。”

“我也不再告诉你失盗的东西。申诉书是你自己要写的。你不

---

① 奥坦钦·巴列奥略：本来是君士坦丁·巴列奥略（一四〇四——一四五三）东罗马最后一个皇帝。文中故意将君士坦丁念成奥坦钦，这是江户语“糊涂虫”的意思，即昏君。

写，与我何干！”

“那就算了！”

主人照例忽地站起身走进书房。妻子进了客厅，在针线盒前落座。大约十分钟，二人都什么也不做，只是瞪着纸屏发呆。

寄山药来的多多良三平来了，他推开大门，活力十足走进屋来。跟寒月一样，多多良三平也是这家主人的门生。法政大学毕业后，在某公司的矿山部供职。这位也是实业家的苗子，步的是铃木藤十郎的后尘。由于从前的老关系，这位三平君常常来恩师的草庐造访。碰上星期日，就玩上一整天再回去。他和这一家人关系很是亲近无猜。

“师母，多好的天气呀！”他就那么在女主人面前支起腿坐下，听口音应该是唐津一带的。

“噢，多多良君呀！”

“老师出门了吗？”

“没有，在书房。”

“师母！老师这么用功，会伤身子的呀！好容易赶上个星期天也不休息！”

“跟我说没用，去当着你老师面说说吧！”

“不过……”说到这，三平将室内扫了一眼，“今天连小公主们都不见了？”

话说他这话至少一半是说给师母听的。刚说到，两孩子澄子和淳子就从隔壁跑了出来。

“多多良哥！今天带饭卷来了吗？”姐姐澄子记起了前些天的约定，向三平讨起债来。多多良搔着头坦白：

“记得清清楚楚，下次一定带来！不过，今天忘了。”

“不行！”姐姐一说，妹妹也立刻照着学，“不行！”

女主人渐渐心情好些，有了点笑容。

“我没带来饭卷，可是送来过山药吧？小公主尝过了吗？”

“山药是什么？”姐姐一问，妹妹这回还是照样学说，“山药，是什么？”

“还没吃？快叫妈妈煮呀！唐津山药不同于东京的山药，可甜了!”

三平夸完了故乡，女主人这才想了起来。

“多多良君，上次蒙你关心，送了那么多山药，谢谢!”

“怎么样？尝过了吗？我定做了个木箱，牢牢装好，免得山药折断。大概还保持原来那么长吧?”

“不过，您好不容易送给的山药，昨天夜里失盗了。”

“贼？混账东西！竟有人偷山药?”三平大吃一惊。

“妈妈，昨天晚上进小偷了吗?”姐姐问。

“哎。”女主人轻声回答。

“小偷来……来的时候是一张什么样的脸?”

对于这奇怪的发问，女主人也不知怎样回答才好：

“进门时是一张吓人的脸。”说着看了看多多良。

“吓人的脸，是不是像三平哥那样的脸儿?”姐姐毫不客气地问道。

“不像话！失礼!”

“哈哈哈……我的脸那么吓人吗？糟了!”三平说着搔起头来。

多多良三平的脑后有一块直径一寸上下的秃癍。一个月前出的。虽然找医生治过，但是很难治愈。第一个发现这块秃癍的就是澄子。

“哎呀，三平哥的脑袋和妈妈的脑袋一样亮!”

“不是叫你们住嘴了吗?”

“妈妈，昨晚那个贼，脑袋也发亮吗?”这是妹妹在提问。女主人和三平不由得大笑起来。孩子们太闹，说个话什么的都不便。

“喂，喂，你们到院子里去玩一会儿，妈妈立刻给你们做好吃的。”女主人好歹把孩子们哄了出去，认真地问：“三平先生，您脑袋怎么了?”

“被虫子咬的，不容易好。师母也是?”

“乱弹琴，哪里是虫子咬的！女人嘛，发髻往下坠的地方都会稍有点秃的。”

“秃，就是有细菌呀。”

“我这可不是细菌。”

“师母固执了。”

“不管怎么说，反正不是细菌，英文把秃头叫作什么?”

“据说叫‘包尔德’。”

“不，不是这么说。还有个更长的名字吧?”

“问问苦沙弥老师，立刻就会清楚的。”

“你的老师说什么也不告诉我，所以才问你哪!”

“我除了‘包尔德’，再就不知道。很长?怎么说的?”

“叫‘奥坦钦·巴列奥略’，大概‘奥坦钦’说的是秃，以下说的是头吧。”

“也许是这样。我立刻到老师书房去查查韦氏大辞典。不过，老师也够怪的。这么好天气闷在家里。师母，这样下去，胃病可不会好!还是劝他到上野等地去观赏樱花吧!”

“你领他去吧!因为你的老师决不肯听女人的话。”

“近来还吃果子酱吗?”

“是的。老样子。”

“不久前老师还对我发牢骚。‘老婆总是说我果子酱吃得太贪了，愁人。可我没想要吃那么多呀!是不是计算失误?’我就说：‘那一定是令爱和太太合伙吃掉了……’”

“你这个讨人嫌的多多良!干吗要那么说呀?”

“可就连师母看样子也像是吃过的呀!”

“看样子怎么能看得出?”

“是看不出……不过，难道师母一点儿也没吃?”

“吃倒是吃了一点点。吃点又有何不可?自己家的东西嘛。”

“哈哈……不出所料……不过，说正经的，失盗，可是意外之灾呀!只偷走了山药吗?”

“要是只偷了山药，那就不发愁了。平时穿的衣服都被偷走了。”

“岂不有了燃眉之急?又要借钱了吧?这个猫，如果是条狗就好了……真遗憾。师母，一定要养一条肥狗……猫可没有用哟，光知道吃……它拿耗子吗?”

“一只耗子也没捉过，真是个又懒又不知耻的猫!”

“啊，那可就毫无用处了。赶快扔掉!要不，我就拿走炖肉吃吧?”

“哟，多多良先生还吃猫？”

“吃过呀。猫肉可香呢。”

“真是十足的英雄气概！”

我听过这样的传说：在下等门生中，有些野蛮人吃猫肉。但是，连多多良君这样看上去善良的家伙，竟也是一丘之貉，这是我做梦也想不到的。何况，此公已不再是寄人篱下的穷学生。虽然刚出校门不久，也是堂堂的法学士，还在六井物产供职，这就更让人吃惊了。我对人类越来越失望。

“遇到人首先要防贼。”这句格言已经被那个寒月二世——梁上君子所证实。现在多多良君让我懂得了一条新的格言，那就是“遇到人要防吃猫的家伙”。“见多识广”就会变得精明，精明固然好，但过于精明了，遇到的危险也就多，时时刻刻都不能含糊。人，不论变得狡猾、卑鄙，还是披上表里不一的伪装，无不是因为过于精明。精明，还是年纪的罪孽。要知道一般都说“老奸巨猾”，指的就是这个道理。谁知道呢，说不定像我等猫辈，趁今日多多良君在，还不如进了他的炖锅里陪着葱花香味一起升天了更好。我想着想着，在墙角缩成一团。而适才和妻子吵架后回到书房的主人，听见多多良的声音，又踱进了客厅。

“老师，听说失盗了？真蠢呀！”多多良迎头就是一棒。

“闯来的贼才蠢！”主人以圣贤自居。

“偷的愚蠢，被偷的也不聪明。”

“还是多多良这号人最聪明吧？反正也没什么好偷的。”妻子这回算是助了丈夫一臂之力。

“不过，最蠢的还是这只猫。真是的，它安的什么心？不捉耗子，贼来也装不知道……老师，把这只猫给我好不？留在家也没用。”

“也行。拿去做什么？”

“炖了吃！”

主人听了这句恶狠狠的话，立刻隐隐作呕，露出胃病患者的病态笑容，但没说什么，多多良也就没表示非要吃了我不可，真是万幸。一会儿主人话锋一转：

"猫嘛，不去谈它。可衣物被盗，冷得受不了呢。"主人样子很沮丧。

的确，怎么能不冷？以前，主人身穿两件棉衣，而今天只穿了件夹褂和半截袖的衬衫，从清早就一动不动闷坐斗室，本来就不足的血气，现在很可能都去他的胃里了，那么手脚自然就滴血难至了。

"老师！看来这教师当不得的了！稍一失盗就混不下去，还不如去当个实业家，您说呢？"

"你说了也是白说，你老师讨厌实业家。"女主人插嘴说。当然，女主人是巴不得丈夫成为实业家。

"老师，您毕业几年了？"

"今年是第九个年头吧。"女主人回头瞅了丈夫一眼，丈夫未置可否。

"九年还不长薪水，也没人说个好。真是'郎君独寂寞'① 啊！"多多良将中学时期背熟的一句诗朗诵给女主人听，女主人不懂，因此默不作声。

"教员嘛，自然不爱当；实业家呢，更不想干。"主人好像心里在盘算到底干什么呢？

"老师讨厌一切，所以……"

"不讨厌的只有师母？"多多良开了个不合身份的玩笑。

"最讨厌！"主人的回答干脆。

妻子转过脸去，沉默片刻，又扭过头来看着丈夫，想彻底制服主人：

"恐怕你是连喘气都厌烦了吧？"

"倒也不怎么稀罕。"主人回答得意外从容，妻子也就束手无策。

"老师，您不如轻松些，出去散散步。不然会搞坏身体的……并且，您当个实业家吧！赚钱，实在是轻而易举的事。"

"可你并没有赚到几个钱呀。"

"我去年刚进了公司嘛。即使这样，也比老师多点储蓄。"

"存了多少？"女主人热心起来。

---

① 鲍照诗《咏史》：君平独寂寞，身世两相弃……

“已经有五十块了。”

“你月薪多少?”女主人又问。

“三十块。每月在公司存款五块。准备一旦有事时用。师母，您也用零钱买点环城路电车股票吧?从现在起，只要三四个月，就能翻一番。稍有一点钱，很快就可以涨两三倍。”

“有那么多钱，即使失盗也不至于犯愁了。”

“因此，最好当个实业家。假如老师是学法律的，在公司或银行里做事，如今每月会有三四百元的收入。太可惜了……老师，您认识工学士铃木藤十郎吗?”

“嗯，昨天来过。”

“是吗。前些天在一次酒宴上遇到，提起老师来，他说：‘原来你是苦沙弥兄的门生?从前我也曾和苦沙弥兄在小石川寺一同起过伙。下次你去，给我捎好，就说我不久要去拜访他。’”

“听说他最近到东京来了?”

“是的。以前他一直在九州煤矿，近来调到东京。混得很好。他拿我也当朋友……老师，您猜他每月挣多少钱?”

“不知道。”

“月薪二百五十元。年中年末还分红，平均起来要挣四五百元。像他那号人都拿这么多钱，老师可是教英语入门课的专家，却混得‘十载一狐裘’①，太傻啰!”

“的确很傻!”

在猫家我看来，像主人这样超然物外的人，其实对金钱的看法跟普通人没有多大区别。说不定正因为穷，对于金钱的渴求更厉害呢。

多多良大肆宣扬了一番干实业的好处，接下去不知道还有什么好说的，就对女主人说：

“师母，有个叫水岛寒月的人到老师这儿来过吗?”

“常来的。”

“是个什么样的人物?”

---

① 《礼记·檀弓篇》:“晏子一狐裘三十年。”

“听说很有学问。”

“是个美男子吗?”

“哈……和您差不多吧?”

“是嘛,和我差不多?”多多良的态度很严肃。

“你怎么知道寒月这个名字?”主人警惕地问。

“不久前有人托我了解一下。可寒月是个值得了解的人物吗?”多多良不等问个究竟,摆出一副凌驾寒月之上的派头。

“此人远远比你了不起!”

“是吗,比我还了不起?”多多良一点都不生气,他这人最大的优点就是这个。

“近日能当上博士吗?”

“据说目前正写论文。”

“又是个傻子。写什么博士论文!我还以为是个人物哩。”

“你的见解总是这样不同凡响呀!”女主人笑嘻嘻说。

“有人说什么:只要当上博士,姑娘就嫁他什么的。岂有此理!为了讨老婆才当博士?我告诉他说,姑娘与其嫁给那号人,还不如嫁给我更好些。”

“对谁说的?”

“对求我了解一下水岛寒月的那个人。”

“是铃木?”

“哪里,这种话,还不能对他明讲,因为他是我上司!”

“多多良原来是背后的本事呀!到我家来神气十足;可一到铃木面前,立马变小不点儿了吧?”

“是的,不然那就要岌岌可危了!”

“多多良!散步去吧?”主人突然问。天气现在很有些冷,而他只穿着一件夹袍。估计他是想活动一下也许会暖和些,才破天荒第一次提出这么个建议。多多良自然不会犹豫。

“好呀!去上野?去芋坂吃饭团吧老师!你吃过那里的饭团吗师母!也去尝尝。又软又便宜,还给酒喝。”多多良在那喋喋不休,主人已经戴上了帽子去换鞋了。

有关主人和多多良在上野公园干些什么,在芋坂吃了几盘饭团这类事情，我既无侦查的必要，也无跟踪的勇气，那就干脆在家趁机休养好了。休养本来就是苍天赋予万物的基本权利。但凡身负生息之义务者，要是想要为苍天尽生息繁衍之责，那就得休息好才行。假如神明这样说："汝等为劳作而生，非为睡觉而活。"那我就要毫不客气回敬："所言甚是。我为劳动而生，故也要为劳动而休息。"即使像主人那样整天牢骚满腹的家伙，不也在星期天之外，常常安排自己休息吗？像我这般多愁善感、日夜劳神，纵然是猫，需要比主人更多的休息那是理所当然。只是刚刚多多良君那样辱骂我，说我是个除了偷懒便一无是处的废物，深深刺激了我脆弱的心。总之，天底下凡夫俗子们，除了寻求感官刺激外对其他一概不知；因此，他们在评价他人时，除了这臭皮囊外，别的一概不知，真是让人讨厌。他们可能认为，要是不能撅起屁股，头朝地背朝天一身臭汗，就不算是劳作了。据说达摩祖师①面壁苦修时，坐到双脚溃烂，藤蔓从石缝中长出来长到他嘴巴上，把嘴跟眼睛都封住了也一动不动。他可不是死了或者睡着了，他的脑瓜半刻也没停下来过，就那样还在不停思索"廓然无圣"② 这类的玄奥禅理。据传儒家也有打坐静修一说。但也不是闭关深居，修炼安闲与跪坐，而是为了让思想不受约束活跃起来，其实所耗精力远超常人。不过是表面上看起来很少运动，天下的凡人很难理解，才以为这些伟大的巨人是昏睡假死的泥胎，为此嘲讽他们是废物、饭桶等等。这类凡人，有眼无珠，根本不可能懂得除了吃喝拉撒外，还有别的奥秘存在，多多良三平这类家伙，正是这类庸夫俗子中的翘楚。因此，他把猫家我看成百无用处那样理所当然。可恨的是，就连略知古今诗文、稍识事理真相的主人，竟也不问青红皂白就赞同浅薄的多多良三平，对多多良"炖活猫"的倡议并不阻拦。

退一万步想，人这样蔑视我，倒也不无道理。所谓"大声不入于俚耳③"，"阳春白雪，曲高和寡"④ 是也。要一个眼里只能看见外

---

① 达摩和尚：禅宗始祖，生于南印度，曾在中国少林寺坐禅九年。
② 见《碧岩录》，达摩答梁武帝，意为无圣无凡，一切无差别。
③ 见《庄子·天地篇》。
④ 见《宋玉对楚王问》。

表的家伙，来看到我内在灵魂的光辉，简直就是在要秃子扎辫子，让金枪鱼演讲，要电车脱轨，劝主人辞职，叫三平不想赚钱，这完全是在强人所难。

但即使是猫，也是社会动物。既然是社会动物，不管如何自命清高，也不可能完全断掉与社会的联系。主人、太太以及女仆、三平之流并不能公正对待我，这固然遗憾，但对此我也只能不去计较而已。假如因为人类的愚昧无知，就去冲动了胡作非为，不小心被扒了我皮，卖给做三弦琴的；剁了我的肉做多多良的盘中餐，那事情可就严重了。

猫家我乃奉天命下凡，靠运筹而远谋，古今中外第一猫是也。这肉身尽管是皮囊，却也十分珍贵。应了那句古语："千金之子，坐不垂堂[1]。"如果不时刻谨慎行事，徒招风险，不仅危及自身，也有悖于天意。看看那些威风不可一世的猛虎，被关进动物园了，也只好与猪猡比邻而居；那志存高远的鸿雁，若落入猎人罗网，也只落得个与鸡鸭共釜俎而亡。我既暂时落魄，不得已与庸人混在一起，那就不得不退而求其次为庸猫；既是庸猫，那就不能不捕鼠……怎么回事？我终于决定要捕鼠了。

听说日本和俄国在打一场大战。在下既然是日本猫，自然偏袒日本。恨不能组织一支猫兵混成旅，去挠死那些俄国兵。由此想来，猫家我既然精力充沛，捉那么一两只老鼠嘛，只要想，闭上眼睛也不费吹灰之力。从前有人问一位著名法师："怎样才能达到菩提？"据说法师颇风趣地回答说："要像猫扑鼠那样。"这意思就是说，只要像猫扑鼠那样专注，什么样的老鼠也爪下难逃。虽有"女子无才便是德"的古训，却从还没有过"猫不扑鼠便是德"的警句。由此看来，不论在下如何儒雅贤明，也没理由不抓鼠，更没有理由抓不到老鼠。之所以至今没有捉到，不是不抓，而是不想抓！

像昨日一样，今日也春日西沉了。习习晚风那个吹，于是落英缤纷，从厨房门的破洞中飞进；漂在桶里的水面上，被厨房昏黄的油灯照得白花花的。我决心今夜便去立下赫赫战功扬名立万，让看

---

① 见《史记·袁盎传》。

扁我的人类大吃一惊。鉴于此，有必要先巡视战场，熟悉地形。战线当然不要拉太长，那个没铺地板的厨房，要是铺席子大约可铺四张。在一张草席那么大的一块地方，中间被隔开；一半是水池，一半用来和饭馆、菜店伙计们谈生意。这件厨房里的炉灶豪华得与贫家厨房很不相称，紫铜水壶锃亮。右边到板壁间有二尺地盘，是我日常存放蛤蜊壳的地方。挨近饭厅的六尺之地放一柜橱，装些碗呀、盘呀、钵呀什么的，小小厨房被弄得更加窄小。柜橱紧挨着一个和它一般高的简易横格架子，架子上口朝上放着一个研钵，钵里有个小桶，桶底儿正对着我，并排挂着萝卜泥擦板和研钵杵，一旁还有个孤零零的灭火罐。熏得漆黑的椽子上在交叉处正中位置，悬着个铁链吊钩，平时就挂着个平底大竹筐，不时任风摇曳随意晃动。至于吊起一个竹筐的原因跟目的？猫家我刚来到这家时，对此百思不得其解。但后来我终于知道这是专为防备我辈，存放食物的后，不禁为人类的心术不正与狭隘感到痛心疾首！

好了，现在就开始拟订作战计划。首先是在具体战场所在，我首选了老鼠出洞的地方。但地理环境优势只是备战所需条件之一，如果我一直都守株待兔，那也就算不上真正的一场战争。因此，研究一下老鼠出入鼠洞的线路就大有必要。于是乎在下就站在厨房正中，四顾八荒一顿，很有点东乡大将①指挥若定的感觉。

当是时，女仆去了浴池还没回。孩子们睡得正熟。主人在芋坂吃罢饭团回来，惯例闷坐书房。太太嘛，不知在干什么，多半是在打瞌睡，梦见了山药吧？门前不时有人力车跑过，太冷清了。不论是我的决心、勇气还是厨房的氛围，都让我有了风萧萧的感受，那个悲壮呀，当然，我更觉得自己应该是猫中的东乡大将。此情此景，使猫家我又紧张又激动，简直就是猫同人心。不过，我发现在我激动的深处，也有些担忧了。

既然做好了与鼠作战的计划，那就不论来多少只老鼠也并不可怕。担忧的主要是，如果摸不清老鼠的路径，那就十分被动。通过

---

① 东乡大将：即东乡平八郎（一八四七——一九三四）。甲午战争任浪速号舰长。日俄战争中日本联合舰队司令官。后升元帅。

我认真观察获取了第一手资料，再周密思考后得出结论，老鼠出洞有三条路线：第一，如果是地沟里的老鼠，一定是顺着下水道到水池，再转到炉灶的后面。这时，我就藏在灭火罐后断其归路。第二，老鼠也许向地沟进军，从已放掉洗澡水的浴盆的白灰洞里钻进去，绕过澡堂，出其不意侵入厨房。如果是这样，那就在锅盖上以逸待劳，老鼠一出现立刻居高临下，出击捉拿。为万无一失，我再度巡视一周。果不其然，发现柜橱右下角有个被咬成个月牙形的洞，我疑心这是否便是老鼠的出入之处。凑近一闻，还真有老鼠的味儿。那么，假如老鼠从这儿冲上来，我便靠柱子掩护，放它过去，再从后突然给它一爪。

假如从天花板下来呢？我抬头朝上看，上面被油烟熏得漆黑，在灯光照耀下，真像是把地狱倒悬起来了。按我这点本事，可是上上不去、下下不来的。但想来那老鼠也没胆量从那么高地方跳下，那么，这条线路就暂且不设防好了。但即使是放弃了那条线路，我还是处在三面受敌危险中。要是鼠兵只是从一个方向攻来，我闭一只眼睛也能击溃它们。即使是夹击我，我也有自信有办法打败它们。可问题是如三面受敌，那我也只能束手无策认输，这跟是不是有强烈捕鼠欲望与勇气无关。想到这里，我再一次想起了车夫家大黑，开始犹豫是不是向它求援？但又碍于颜面。如何是好呢……绞尽脑汁，就算是我这样旷世难见的奇猫，也想不出一条妙计能安天下了。

这当儿，最能让心绪平静下来的，就是当这样的事没发生过；或者对无能为力的事视而不见。环顾这茫茫世界：昨日刚娶的新娘，谁也保证不了今天就不会与世长辞。那新郎却满心都是什么花好月圆，天长地久，面上岂不毫无忧色吗？面无忧色，并不等于不担心，而是因为再怎么担心也没用。这样一想，我觉得也可以毫无根据断言：三面夹攻的事绝不会发生，无非是一旦认定了不会，我这忐忑的心就会安稳下来。世间万事万物，哪个不渴望得到安心呢？那么就这样决定了，三面来攻之事绝不会发生。

尽管如此，还是有点放心不下，怎么回事？左思右想，原来三个方案选择哪一个才是上策还没确定。这个问题，无论如何苦思冥想也得不出了若指掌的结论，我当然烦恼。鼠兵从壁橱攻来，我自有对策；从澡堂攻来，我自有计谋；从水池发起攻击，我也胜券在握。但要确定一条战线，那就不那么容易了。据说当年东乡大将，对于俄国的波罗的海舰队究竟是会穿过对马海峡而后出现在轻津海峡？还是远绕宗谷海峡？心里完全没底。今天我按自己的处境设身处地感受东乡大将当时的心情，顿时感同身受起来。我不仅看来和东乡阁下身份地位相似，而且遭遇也相似，真是苦煞了东乡阁下和猫家我了。

在我正全神贯注研究战略战术的当口，那扇破格子门突然被拉开，女仆的一张脸闪现。说她只露一张脸，并非说她没有手脚，而是因为她别的部位用夜眼看不清，唯有脸儿光彩照猫映入我眼帘。沐浴后归来的厨娘红脸蛋比平日更鲜艳。她顺手把厨房门关严实，昨夜那件事对她也是一个教训。

忽听书房里主人在喊，叫把手杖放在他枕旁。真不明白，为什么要把手杖放枕旁呢？量他总不至于异想天开，扮演易水壮士①倾听横笛悲歌吧！昨日山药，今日手杖，不知明天又会是什么。

夜未浓，老鼠们估计还没出洞。大战当前，我得先好好休息会儿养精蓄锐。

这厨房没有气窗，只是在客厅靠近门楣的地方开了个一尺见方的洞，用来冬夏通风，也代替了气窗。一阵风儿携了早樱的落花钻进洞内。这风声突如其来把我惊醒。举目看去，却已是月上梢头，炉灶的影子斜斜地映照在地板盖上。我担心睡过头了，用力抖动两三下耳朵，打起精神凝神静气察听屋内动静，屋内只有那架挂钟和昨夜一样嘀嘀咕咕。我寻思这时辰老鼠也该出洞了吧！但会从哪儿来呢？

壁橱里有了咯吱咯吱的响声，仔细听很像是用爪子在挠碗碟的边，一定是正偷吃里面的食物。好，看来是准备从这里出来了！说时迟那时快，我赶忙过去蹲在洞旁守候，可半天也没看到它出来。碟子里的响声很快就没了。现在好像在咬一个大碗，声音比刚才沉

---

① 易水壮士：荆轲欲刺秦始皇，在易水岸边与燕太子丹告别，歌曰："风萧萧兮易水寒，壮士一去兮不复还。"

闷很多；而且就在柜门边，跟我的鼻尖相距不到三寸。虽然听到老鼠的爪步声有时靠近洞口，但来来回回很快又退回去很远，一只也不肯冒出来。只隔了一层柜门，敌人就在柜门后面横行，可我却只能乖乖守在洞口，这滋味真叫猫难受。我现在听到了老鼠正在那只旅顺产的碗里开盛大舞会。这时候要是女仆能把柜门开条缝，让我钻进去，那该多好！真是个没头脑的乡下女人。

炉灶的背后属于我的蛤蜊壳传来嘎嘣响声。敌人竟然窜这儿来了。我蹑手蹑脚走过去，只见两个水桶间有条尾巴晃动了一下，马上钻到水池下边去了。又过了一会儿，澡堂的漱口杯撞在了铜脸盆上，咣当一声。敌人就在身后。我扭头看见一个五寸长左右的家伙撞翻牙粉，逃到外廊去了。“哪里逃！”我追了出去，但它早就没了踪影。看来，捉老鼠远比想象的难。也许我先天缺乏捕鼠本事哩。

我转到浴池，鼠兵从壁橱逃掉；我在壁橱站岗，鼠兵从水池下窜出；等我在厨房中心安营扎寨了，鼠兵却在三面骚动。不好说它们这是肆无忌惮还是胆小如鼠，反正不是君子的对手。我十五六次东奔西跑，耗尽精力，但一次成功也没有。可怜！看来，跟这样的屑小打仗，就算是威风凛凛的东乡大将也无计可施。开始时，我信心百倍，勇气十足，甚至都有点壮士一去兮不复还的悲壮，不过最终换来的只有这恼人的懊丧、疲惫跟困乏，我干脆不再跑来跑去，就蹲在厨房中心一动不动。虽然不动，却装作眼观八方，认为这样渺小的敌人，不足以成大患。原以为是对手，没想到全都是胆小鬼，这战争的光荣感突然消逝，剩下的只有厌倦。过度厌倦了，意志就消沉；消沉的后果，就是轻蔑从而随便了，反正也干不出大的事来；就这样一轻蔑，我就开始昏昏欲睡。终于困倦。我睡了。即使身临前线，也不可不休息。

那个檐下亮板横着开的气窗，又飞入几片落英。我刚觉得寒风扑面，竟从橱门蹦出一个枪子儿似的小东西，我完全没做好准备，它就风似地扑过来咬住我的左耳。又刚觉得一个黑影窜到我的身后，还来不及想，它就已经吊在我的尾巴上。这全都是刹那间发生的事。于是我发自本能毫无目的纵身一跳，将全身之力集中于毛孔，想抖掉这两个怪物。咬住我耳朵的那家伙失去平衡，长拖拖悬在我的脸上，他那胶管似的柔软尾巴竟然插进我嘴里。哎呀，天赐良机呀！咬住不放，左右摇晃，咬烂它。天知道怎么回事，只剩下一点尾巴尖留在我门牙缝里，而那家伙的身子摔在了旧报纸糊的墙上，又被弹到地窖盖上。它刚要站起，我立刻扑了过去。但是，像球似的，那家伙竟掠过我鼻尖，跳到架子边儿上蹲着。从架子上居高临下俯视我，相距五尺，我从地板向它仰视。而这时候，月光如洗，斜洒进屋内。我聚集全身力气在前爪奋力一跳。好尴尬，前爪搭在了架子边，后腿悬在空中乱蹬；而这时刚才咬住我尾巴的那个黑不溜秋的东西还在咬，那意思好像是我就是不松口你能把我怎么办的。不妙呀，我现在身处危境了！力气不够了，得换一只前爪。问题是只要我换爪，尾巴上的重负就会让我往下掉一点，长此以往，要不了多久我就会摔下去了。

真是千钧一发呀！我听见我的爪子发出的嘎吱声。玩完！在我倒换左爪一瞬间，由于没有抓牢，只剩右爪搭在架子上，全身悬空。加上尾巴上的重量，我的身子吊在半空打转起来。架子上那个看着我的小怪物，趁此机会跳到了我的额头上，那一下简直就是一块石头，疼死我了。我前爪立马失爪，头顶、尾巴、加上我自己，纠缠成一团在月光下朝着无底深渊坠落。与此同时，架子下一层上的研钵还有研钵里的小桶加上被吃光了的果子酱的空瓶，还有那个灭火罐也加入到这个月夜的坠落中来；最后，所有这些东西一半栽进水缸，一半摔在地板上，在这夜深人静的时候发出惊心动魄的巨响，就连正在垂死的我也胆战。

“贼呀！”主人的公鸭嗓凄凉传来，他从卧房跑出来。一手提灯，一手持杖，睡眼蒙眬也一样炯炯发光。

我在蛤蜊壳堆旁静静蹲着。两个怪物已经踪迹全无。主人怒气冲冲问：

“怎么回事？谁搞出的这么大声？”

月儿西沉，清光如练，但已瘦削了，像半裁信纸。

第六章

比起猫来，人类是过分清闲了才会无聊，想着法子折腾自己来开心。

这天热得，猫都受不了。听说英国有个叫什么锡德尼[1]的，他叫苦说："恨不能把皮剥了、把肉挖了，只留骨头好凉快凉快。"其实也不需要那么劳神费力，只要把我这身浅灰色带花纹的皮毛拆洗一下，暂时送进当铺也行。

在人类眼里，我们猫一年到头总是一副嘴脸，春夏秋冬同是一张皮，过着最简陋、平静、最不需金钱的生活。他们不知道也不想知道，我们猫也知道冷暖。不是不想偶尔洗洗澡，完全就是无奈这身皮毛水洗了，再想弄干可就不容易。这才是我这猫不得不忍受一身臭汗味，没进过澡堂子的门的原因。

说实话，不是我不想拿把扇子扇，问题是我没法握住扇柄！想起这些，就为人类的不懂得珍惜感到痛心疾首。比如本来应该生吃的东西，偏要煮呀、烧呀，添油加醋多费手脚。

还有穿戴。对人类这种生来就有缺陷的物种，要求他们像猫这样一年四季不换装有点过分。但何必非把那么多玩意儿套在身上呢？弄得那些羊呀，蚕呀不胜其烦，连像我这样的一点清闲都没有。我想对此只能说：无能。

---

① 锡德尼（一七七一——一八四五）：英国牧师、作家。

衣食之类，我觉得最好是睁一眼闭一眼，得过且过最好。难以理解的是，其实很多东西根本不影响基本的生存，可人类也要弄得无比烦琐，真是让猫家我费解。首先我们来说说头发，头发是自然长起的，所以，我认为任其生长，大约是最符合自然规律，也是对头发的主人最有利的；但是人类却挖空心思，折腾出千奇百怪的发式。我记得有一种发式，人们自称为光头。脑袋上寸草不生。太阳大了就撑起伞来遮住；天冷了就缠上头巾。既然如此，那你干吗要把头发剪掉，还刮得锃亮？简直就是岂有此理。这还不算，人用个像锯条似的无聊玩意儿，叫什么“梳子”的，把头发左右两分。还有一堆分法，什么四六、三七、二八的，把好好一个天灵盖划成两片。有人还让分界线穿过旋涡，一直通到脑后，活像芭蕉叶的伪劣假冒。还有人把头发剃成平平，两边急剧下降；让个好好的头颅看上去像个锅盖，简直就是一幅杉木篱笆的写生画。对了，我还听说有留什么五分发①、三分发、一分发的。鬼知道将来还会流行什么款式，指不定哪天疯了，就把头发朝头盖骨里剃进去，出来个负一二三分哩。总之，人们呕心沥血，真不知在折腾什么。总是无事找事，简单方便的不去要，一定要复杂了才好。就拿这脚来说吧，明明长着四只，偏要只用两只，另外两只又不用来走路，真是暴殄天物！用四只脚走路多方便！人类偏要只用两只，另两只像送礼的鳕鱼干悬在身上，真难看。

由此可见，比起猫来，人类是过分清闲了才会无聊，想着法子折腾自己来开心。最可笑的是，这帮闲人一见面就大肆宣扬：“忙得很呀，忙得很呀！”你要是只看脸色，还真像是很忙。一群小心眼的家伙，真让猫担心会不会忙死了去。有人见了我常说什么：“像猫那样多快活啊！”想快活就快活呗，谁也没求你们没日没夜蝇营狗苟的呀！自作孽了，又还要叫“苦啊，苦啊”。好比自己燃起一堆火，又喊叫“热呀，热呀”。我想，就算是我等猫辈，等哪天要是也发明了二十多种发型，大概也会不再像如今这般逍遥了。学学我好了，夏天也始终一件毛衣……可话是这么说，还真有点热。夏天穿毛衣，

---

① 五分发：头发留下五分那么长。

也不咋的。

这天气热得，我连睡觉也没法睡了。

难道就没点新闻吗？我懒得去看世间久矣。今天本想再去欣赏一番人们奔波劳碌的样子，偏偏主人在睡眠这点上酷似于我，贪午睡不比我差，尤其放暑假后，有点人样的事他一点都不做，所以，再怎么观察，也只有扫兴。想想要是迷亭能来，主人被消化不良弄得晦暗呆滞的肌肤也许会有点反应。我正在这盼着迷亭先生，那边不知何人在澡堂里哗哗作响。不仅浇水的声音，还不时传来插话“噢，好呀！”“太舒服了！”“再来一勺”等等，叫喊声响彻全宅。在主人家能这么鬼喊鬼叫、肆无忌惮的，只能是迷亭。

他终于来了。一想到迷亭先生，就觉得今日剩下的半天好混了。不一会儿，就见迷亭先生擦完汗，把两条鳕鱼干伸进衣袖里，大摇大摆走进客厅。

“嫂夫人！苦沙弥兄在干吗？”他大呼小叫，把帽子扔到床席上。

女主人在隔壁，正伏在针线盒旁睡，一阵吵嚷，几乎把耳鼓震破。她被惊醒来，努力睁开睡眼往客室一瞧，可不就是迷亭，穿着萨摩产的上等麻布衫，手不停摇着小扇占据了上座。

“您来了！”女主人觉得有点尴尬，“我一点都不知道呢。”她也不知道擦流到鼻尖上的汗珠。

“没什么，刚来一会儿。在澡堂里求女仆给浇点冷水，好歹算保住命了……天太热呀！”

“这两三天，纹丝不动还冒汗。太热了……可，您好吗？”女主人继续不擦鼻尖上的汗。

“谢谢。热个一星半点儿，身子倒不会出什么毛病。不过，热到这种程度可是意外。四肢无力呀。”

“我一向没睡过午觉。可这么热……”

“睡了吧？好哇！白天晚上都能睡，那可再好不过了。”

迷亭又开始信口开河。可看起来他还觉得不够劲，就说：

“我这号人就不犯困，体质决定的。每次来看见苦沙弥兄酣睡，真羡慕呀！当然，这么热，胃病患者熬不住很正常。即使健康人，像这样天气，肩膀上扛个脑袋都累得慌呢。话说回来；既然长了这么个脑袋，就不好把它拧掉！”迷亭终于发现了，有了苦于无法处理人头的烦恼。“像嫂夫人，头还顶着个东西怎么坐得住。光是那个发髻的分量，就叫人必须要躺下睡。”

女主人以为是发髻露马脚了，让迷亭看出她一直在贪睡，就一边说：“呵呵……嘴太刻薄！”一边摆弄发髻。

迷亭可不在乎。

“嫂夫人！我昨天在房顶上进行过煎鸡蛋试验！”

“怎样煎？”

“我看房瓦滚烫，热量十足，觉得这能源白白浪费太可惜，就把牛油溶解，又打了鸡蛋。”

“我的妈！”

“不过，太阳光还不够厉害。半熟也煎不成。我从房顶下来，正在看报，有客人来，就把房瓦煎鸡蛋的事给忘了。今天早晨忽然想起，心想煎得差不多了吧？上房一看……”

“怎么样？”

“哪有半熟，全流了。”

“哎呀呀！”女主人皱起眉头，感慨不已。

“不过，三伏天那么凉爽，从现在起又这么热，岂不怪哉？”

“可不是么。前些天光穿单衣还觉得冷。说热就热起来了。”

“正是螃蟹横行时嘛。今年的天气简直是开倒车。说不定是在预言：‘倒行逆施，其无止境乎？’”

“你说什么？”

“啊，没什么。是说气候反常，倒像海格力斯①的牛呢。”

迷亭得意忘形，越说越离谱。嫂夫人现在是莫名其妙了。只因刚被“倒行逆施”那句话弄得尴尬，她这回才只“咦”一声，不再反问。既然她不反问，迷亭的这番用典也就毫无用处。他专门提醒一句：

“嫂夫人！你知道海格力斯的那头牛吗？”

“我可不知道什么牛。”

---

① 海格力斯：希腊神话中的大力神，英雄。

“不知道？那我讲给你听？”

这嫂夫人也碍着面子，就含含糊糊“呃”一声。

“从前有个叫海格力斯的，他牵了一头牛。”

“海格力斯是牛倌？”

“他可不是牛倌，更不是那牛肉铺的老板。那时候，希腊连一家牛肉铺也还没有哩。”

“希腊的故事吗？可你干吗不直说呢！”女主人这会可是知道有希腊这么个国家。

“我不是告诉你海格力斯了吗？”

“海格力斯就是希腊吗？”

“哪里，海格力斯是希腊的一位英雄。”

“难怪我不知道。他怎么样了。”

“他呀，像嫂夫人一样犯困，就呼呼大睡……”

“不好听！”

“他正酣睡，巴尔干的儿子来了。”

“巴尔干是什么？”

“巴尔干是个铁匠呀。他儿子偷走了那头牛。因为这小子是扯着牛尾巴往后拖的，海格力斯睡醒后到处找：‘我的牛啊，我的牛啊’，就是找不到，他也不可能找到。他是顺着牛蹄印往前找，可小偷是拉着牛倒退走的！铁匠的儿子太聪明了。”迷亭忘了天热，接着说：

“苦沙弥老兄近来可好？照例睡午觉吗？要知道在汉诗里，午睡还蛮风流哩。不过，像苦沙弥兄天天按部就班睡，就有点俗气了。每天无所事事，有时像个死人。嫂夫人，麻烦你叫醒他不好吗？”

这一催促，女主人才想起来：

“的确不像话。不说别的，只怕身子会搞坏呢，他刚吃过饭。”

女主人走了，迷亭喊着：

“嫂夫人！提起吃饭，我还没用膳哩！”迷亭的脸一点都不红。

“哎呀，都忘了是吃午饭的时候了。那可没什么好的菜，将就吃点茶泡饭？”

“不，茶水泡饭就别吃了。”

“反正没有你可口的东西呀！”女主人话里带刺儿。迷亭这才恍然大悟：

“好好，茶水泡饭也罢，开水泡饭也罢，全免。刚才路上，我顺便在饭馆叫了些饭菜，就在这儿享用了吧！”这话说得！外行人真是干不来。

女主人啊一声。这“啊”把惊讶、不快和因免掉麻烦而谢天谢地种种意思都包含了进去。

这时候，主人也被迷亭的大喊大叫吵醒，摇摇晃晃走出书房。

“你这人总是七吵八闹。好不容易睡一觉可……”主人哈欠连连，哭丧着脸说。

“你醒了？惊破鸳梦，十分惭愧！不过偶尔为之，不算不赦之罪吧！喂，坐下。”

真叫喧宾夺主。主人则默默落座，从各种材料拼成的烟盒里抽出一支“朝日”牌香烟，开始吧嗒吧嗒抽。看见滚落在地板上的迷亭的那顶草帽：

“你买帽子了？”

迷亭立刻将草帽捡起来，举在男女主人面前炫耀：

“怎么样？”

“呀，漂亮！格细，柔软！”女主人接过去摩挲。

“嫂夫人呀，这帽子可是万宝囊啊！你叫它怎样就会怎样。”迷亭攥紧了拳头，用力打在巴拿马草帽的侧面。果然不差，草帽遵旨，瘪了拳头那么大个地方。

“哟！”女主人惊叫一声。说时迟，那时快，迷亭又把拳头伸进帽里，用力一拳，那帽盔又鼓了起来。接着，他双手捏住两边的帽檐，用力压扁。压扁了的草帽活像用擀面杖滚压过的荞面饼。再把它像卷席子似从一端一圈一圈卷了起来。

“瞧，就这样。”说着，将卷成一团的草帽揣进怀里。

女主人仿佛看了“归天斋”的正一①变戏法，感叹说：“太神奇了！”

迷亭装模作样，把从右边塞进怀里的草帽，特意从左边袖口

---

① “归天斋”的正一：生卒不详，传说是日本西方魔术的鼻祖。

掏出。

“哪儿也没坏。”说着让草帽恢复原状，用拇指顶住帽子滴溜溜地转。你以为他就此结束了吗？没呢。他又将草帽啪一声扔到身后，一屁股坐在帽子上。

“喂！没事吧？”连主人都不安了。女主人更是担心地警告：

“好容易买一顶出奇的帽子，弄坏了那还了得！我看你还是见好就收吧！”

欣喜若狂的是草帽的主人。

“要知道，就因为弄不坏，它才出奇呢！”说着，他把坐得没了外形的草帽从屁股下拽出，也不整理一下就戴头上。真出奇，那草帽竟立刻恢复了原状。

“真是个结实的帽子。怎么回事？”女主人越来越佩服。

“啊，没什么，本来就是这么一种帽子嘛！”迷亭戴上帽子自得地说。

“你也买一顶帽子多好啊！”隔了一会儿，女主人劝丈夫说。

“不过，苦沙弥兄不是有顶漂亮的草帽吗？”

“可你听呀，前些天孩子把它踩碎了。”

“哎哎，真可惜！”

“因此想，再买一顶像您这顶这样结实的就好了！”女主人不了解巴拿马草帽的价钱，再三劝丈夫：

“就买这样的吧！嗯？喂！”

迷亭又从右袖筒里掏出一个红盒，盒里装着一把剪刀，拿给女主人看。

“嫂夫人，洋草帽嘛，就介绍到这里。请看这把剪刀。这也是非常贵重的宝器，有十四种用途哩！”

我可是看明白了，要不是迷亭亮出这把剪刀，主人一定会因为巴拿马草帽遭到妻子的唠叨责难。幸亏女人都特别好奇，喜欢刨根问底，他才免去了一场浩劫。说是迷亭机智，不如说纯属侥幸。

“这把剪子为什么会有十四种用途？”女主人满面都是困惑。迷亭得意扬扬开始解释：

“现在，就听我一一说明。看到这个月牙形的洞眼吧？把烟卷往这儿一放，嘎嘣一下就切断。你再仔细看，这刀把上是不是有些装饰？就在这儿咔咔地剪铁丝。把它弄平放在纸上，可以用它画线。还有，刀背上有刻度表，可以当格尺用。这面有一把小挫，可以用来磨指甲。好吧，把这个尖儿插进螺丝口，使劲一拧，就是一把螺丝刀。还能代替小锤。把这一头插进去一撬，一般铁钉钉的木箱不费吹灰之力就能把箱盖撬开。再看，这个刀尖还可以当锥子用。这还有呢，能当橡皮擦擦写坏了的字。全都卸开，就是一把刀。最后，喂，嫂夫人，这最后一件太有趣了。这儿有个苍蝇眼珠那么大的圆球，您上眼看看。”

“不，您又该拿我开心了。”

“不信任我可不好。你就权当再上一次当，请往里边瞧。嗯？不肯？只瞧一眼。”说着，把剪刀递给了女主人。

女主人疑疑迟迟接过剪刀，眼睛贴在苍蝇眼珠的地方不住往里瞧。二人不断一问一答：

“看见了？”

“一片漆黑呀！”

“漆黑还了得！您再稍微面向纸格门，别把剪子放倒……对了，对了，这就看见了吧？”

“啊，是照片呀！怎么能把这么小的照片贴上了呢？”

“妙就妙在这里。”

主人一直默默无言。这时，似乎想看一眼那张照片。

“喂，让我也看看！”

女主人却把脸贴着剪子上，不肯交出去。

“太漂亮了！是裸体美人！”

“喂，不是叫你给我看看吗？”

“等等。头发多美呀，搭到腰部了。微微扬起脸来，身材太高了。不过，是个美人哟。”

“喂，叫你给我看看！看一会儿就够了，给我看看。”主人急了，教训起妻子来。

“哎，让您久候了。就请瞧个够吧！”

当妻子将剪刀递给主人时，女仆从厨房走来说：客人预约的饭菜到了。她将两笼荞面条端进客厅。

“嫂夫人！这是我自备的饭食。对不起，就在这儿吞下了！”迷亭装模作样客套几句。

听起来像真事，又像开玩笑，女主人无言以对，只好低声说：“呃，您请！”然后眼看着他吃。

主人终于目光从照片上移开：

“迷亭，大热的天，吃荞面伤胃！”

“唉——没事！爱吃的东西轻易不会做病的。”说着，他揭开笼屉盖。

“好面！幸运，幸运。荞面条切得太长，人活得太蠢，从来都是没有出息！”说着，把佐料放进汤里，胡乱搅了一通。

“你放那么多姜末，可辣哟！”主人担心地提醒他。

“荞面嘛，就是蘸汁拌山姜吃的。你不爱吃荞面条吧？”

“我爱吃馄饨。”

“馄饨是马夫吃的玩意儿。再也没有比不知荞面味的人更可怜的了。”说着，把杉木筷子随随便便往笼里一插，夹了不能再多的荞面条，挑起二寸多高：

“嫂夫人，吃荞面条也有各种派头呢。初次吃面的人，一味蘸汁，吃到嘴里吧嗒吧嗒不住嚼。这样就吃不出荞面味儿了。总得这样挑起一筷子吃！”他边说边将一大团长长的面条挑起一尺多高。看看差不多了。可往下一看，还有十几根尾巴还留在笼屉里，正和竹帘缠绵。

“这面可真够长！这个长度看见了嫂夫人！怎么样？”迷亭找女主人做对手。

“是够长呀。”女主人面露钦佩。

“最讲究的吃法，是把这长长的面条三分之一蘸上汁了，一口吞下去。不能嚼，一嚼，荞面就走味了。得囫囵吞下去才带劲！”

说着，他高高举起筷子，等笼屉里的面条全都离开了，这才把面条往左手拿着的碗里缓缓放，让面条的尾部沾上了汁。按阿基米德原理，荞面放进去多少，汁就涨起多高。然而问题是碗里原本就装了八分满，还不等迷亭手里的面条放进四分之一，碗里的汁就要溢出来了。迷亭的筷子夹着面，在高出碗五寸上下的地方突然停下不动。难怪，他现在只要一动，汤汁就会水漫金山了。迷亭的表情看上去有点犹豫不决，突然他低头以脱兔之势把嘴靠近筷子，说时迟那时快，还没等人看清，那筷头上的荞面已经不见了，只看见迷亭的嘴塞得鼓鼓的，喉头在上下急速蠕动。迷亭君眼角淌下两滴泪水，流向面颊。到底是姜汁，还是狼吞虎咽噎住了呢？不得而知。

“竟然一口吞下。”这次主人是彻底服了。

“真带劲！”女主人满脸都是钦佩。

迷亭却一言不发，放下筷子拍拍胸脯：

“嫂夫人，一笼大约三口半或是四口就下肚。细嚼慢咽，就没味道了。”他掏出手绢擦擦嘴，歇息了会。

这时，寒月君不请自来了。真奇怪，天这么热，寒月君却戴着棉帽，两脚泥乎乎的。

“啊，美男子驾到！我正在用餐，暂且失陪！”迷亭在众人环座中，毫不脸红荡平了另一笼荞面。这回他没有像刚才那样狼吞虎咽，也没有不成体统用手绢擦嘴中途歇气儿，而是把荞面轻松吃掉，表现还算不错。

“寒月君，博士论文已经脱稿了吧？”主人问罢，迷亭紧跟着说：

“金田小姐等急了，快些交卷吧！”

寒月有些胆怯地说：“罪过！我也想早交稿叫她安心。可问题总归是问题，要费心血研究哩。”看他一嘴的违心话，说得却像肺腑之言。

“是呀，问题总归是问题，事情不能以‘鼻子’的意志为转移。当然，好大的鼻子，倒也值得仰其鼻息的哟！”迷亭学着寒月的口吻，拿腔拿调说。还是主人没调侃。他问：

“你论文题目是什么？”

“是《紫外线对于青蛙眼球电动作用的影响》。”

“妙啊！不愧是寒月先生！青蛙的眼球，好离奇！怎么样？苦沙弥兄！在论文脱稿前，先把这发明报告给金田公馆吧？”主人不理睬迷亭的动议，继续问寒月：

“你的研究很苦吧？”

“是的。非常复杂。最大的难题是，青蛙眼球上的晶体构造并不那么简单。因此，必须进行种种实验。首先，要做一个玻璃球，然后才能进行研究。”

“做玻璃球还不容易！到玻璃店去一趟就完事嘛！”主人说。

“不，不！”寒月挺起胸膛说。

“原来，圆呀，直线呀，都是些几何学上的术语。至于理论上完美的圆与直线，在现实世界不存在。”

“既然不存在，又何必苦追求？”迷亭插嘴。

“所以我想，先试制一个可以对付试验的玻璃球，前些天已经开始了。”

“做成了吗？”主人问得可倒轻松。

“怎么能做成呢？”寒月说，又觉得前言不搭后语，就解释道：“很困难。要一点一点磨。刚觉得这边的半径过长，稍稍磨去一点。呀，不得了！另一边的直径又变长了。再费九牛二虎之力，好歹磨去了一块，这下子，整个变成椭圆了。好容易把椭圆矫正过来，直径又不对了。开始磨的时候，那圆球足有苹果那么大，可是越磨越小，最后只剩杨梅果那么小了。我仍然坚持磨下去，磨得像颗豆。即使小得像豆，也磨不成纯粹的圆。可我还是热心地磨……从今年正月到现在，已经磨废了大小六个玻璃球。”这些话真假难辨，反正只有寒月一个人知道。

“你在哪儿磨了那么多呀？”主人问。

“在学校的实验室。清早就开磨，吃午饭时休息会，再一直磨到天黑。很不轻松呢！”

“那么你近来总说忙啊忙啊的，连星期日也到学校去，就是为了磨玻璃球？”主人问。

“正确！眼下我从早到晚，整天磨玻璃球。”

“正如那句台词：磨球博士‘混进了。’[1] 不过，如果鼻子夫人听说你这么刻苦，再怎么也会感激吧？老实说，前些天我有点事去

---

① 混进了：指的是近松半二等创作的“净琉璃”《本朝廿四孝》的第四场一句台词：“种花人混进了！”

图书馆。要离开了刚跨出门，就遇见了老梅。此公毕业后还跑图书馆，我觉得非常奇怪，便敬佩地说：‘真用功啊！’而他却做了个怪脸，‘哪里，我不是来看书的。刚才从门前路过，突然想小解，这才进来借地方方便一下。’说完哈哈一笑。老梅则正好是反例，请无论如何收进《新撰蒙求》① 这本书里吧！”迷亭照例做了又臭又长的说明。

主人严肃地问：“你每日磨球，倒也可以。不过到底想几时磨成功呀？”

“按目前情况，要十年吧！”看样子寒月比主人沉得住气。

“十年？再快些磨成多好哇！”

“十年还是快的。弄不好，要二十年呢。”

“这还了得！那么，很不容易当上博士啰？”

“是呀。但愿早一天磨成，好随了金田小姐心愿。可总而言之，不把玻璃球磨成就不可能进行试验……”寒月停了会儿骄傲地说：“用不着那么担心。金田小姐完全了解我在一心一意磨球。老实说，两三天前去的时候，已经把情况说清楚了。”

这时，听不懂三人对话的女主人奇怪地问：

“可金田小姐不是从上个月就全家出动，去大矶了吗？”

寒月有些招架不住，但装聋卖傻起来：

“那就怪了。怎么回事？”

每当这时，迷亭就成了活宝。不论是谈话间断，还是羞于启齿，打瞌睡以及陷于僵局等任何情况，他都会斜刺里杀出。

“本来上个月去大矶，可硬说两三天前在东京相遇。够神秘的，妙！这大约就是灵犀一点通吧！相思最苦的时候，常常出现这种情景。乍听来像是在做梦。但就算是梦，这梦境也远比现实真切。拿嫂夫人来说吧，竟然嫁给了并没有思念你也不曾被你思念的苦沙弥家，一辈子也不知道恋爱是怎么回事，那么，你不理解，是自然的啰……”

“哟，你说这话有什么根据？真把人瞧扁了。”女主人这下子不

---

① 《新撰蒙求》：唐李瀚著启蒙课本。

答应了。

“你不也没害过相思病吗？”主人正面出击，助夫人一臂之力。

“唉，我的风流史嘛，不管有多少，无奈都是旧闻了，也许在你们的记忆中荡然弗存了……说真的，我一把子年纪还过着单身生活，也是谈恋爱的后果呀。”说着，迷亭依次察看每张脸。

“呵呵……有意思！”女主人说。

“又寻开心了！”主人看向庭院。

只有寒月笑眯眯地说：“为了有助于后进，但愿领教您的往日艳史！”

“我的故事都很神秘，如果说给已故的小泉八云①听，他一定会大加赞许。遗憾的是先生已经长眠了。老实说，我已经没兴致讲它。不过盛情难却呀，我就实话实说了吧！有个条件，列位必须一直听完。”他约法在先后，才言归正传。

“回想起来，不知不觉距今……啊……是几年前呢……也记不太准了，那就算是十五六年前吧！”

“开玩笑！”主人很不以为然。

“记性太坏了。”女主人奚落说。

只有寒月严格遵守约定一言不发，盼着尽快听到最后一句。

“就算有这样一个冬天好了！那时我从越后国，经过蒲原郡的笋谷登上蛸壶岭，眼看要到会津境内了……”

“怎么这地方这么怪。”主人又在打岔。

“请你静静听！有意思呢。”女主人脸也不转就制止说。

“这时，天黑，路生，肚子饿，没办法，看到山腰一户人家就去敲门，把情况对他们说明一番后，请求借宿一夜。里面有人回话：‘这事不难，请进！’我举头一看，举着蜡烛照我的，是张姑娘的脸，我可就哆嗦起来了。我那时才真切感受到了爱这个妖怪的魔力。”

“哎呀，我不听！那有个深更半夜半山腰里，有户人家，还有美女？”女主人抗议起来。

---

① 小泉八云（一八五〇——一九〇四）：文学家。原是英国人，生于希腊，明治二十三年赴日。著有《心》《怪谈》《灵的日本》等。

“别管是山是海，夫人，我真想让你看看那位姑娘。梳着高高的发髻哟！”

“咦？”女主人听得出神了。

“我进屋一瞧，八张床席的中间，横着一个炕炉，炉旁围坐着姑娘的爹、妈。他们问我：‘喂，大概饿了吧？’我恳求说：‘什么都行，请快些给我点东西吃吧！’于是老人说：‘既然贵客临门，就做一顿蛇饭吧！’喂，眼看到失恋的时候了，可要竖起耳朵听呀！”

“先生，竖起耳朵听不是不可以。不过那是越后国，恐怕冬天没有蛇吧？”

“言之有理！不过，这么诗意盎然的故事，就不该抠死理了。在泉镜花①的小说里，不是说雪里还有螃蟹吗？”

寒月只说：“不错！”便又开始洗耳恭听。

“当时，我是个什么都敢吃的吃货。什么蝗虫，蛐蜓，蛤什蟆也算是刚好吃腻，吃顿蛇饭倒也别有风味。我就对老人家说：‘那就速速品尝吧！’于是，老人家把锅放在炉膛上，倒些大米，咕嘟嘟煮了起来。奇怪的是，一看锅盖，有大小十个窟窿，从窟窿眼里呼呼冒出热气来。真是有创意！一个乡下人也能叫人佩服！这时，老人家忽然起身不知去了哪里。过一会儿他回来，腋下挟着个竹篓。他把竹篓随手搁在炉旁。我往里这么一瞧，乖乖！那些长长的家伙，大概是太冷，扭成一堆，滚成一团哟！”

“免了，免了，叫人听得难受！”女主人立马制止。

“为什么？这可是造成我失恋最大的因素，免不得的。不多一会儿，老人左手提着锅盖，右手将那些盘在一起的家伙抓起，扔进锅里，再盖上锅盖。连我当时也吓得喘不上气来。”

“不要讲下去了，瘆人。”女主人都是在央求了。

“眼看就到失恋那段了，再忍忍。不到一分钟，从锅盖窟窿眼里突然钻出个小蛇头，把我吓一跳。我刚想说钻出来了，另一个窟窿

---

① 泉镜花（一八七三——一九三九）：小说家，原名镜太郎。作品《银短册》台词中有：“这是尊贵的客人。螃蟹如有心，说不定会在雪中的。”

又钻出个蛇头来。我说：‘又钻出一条！’话音未落，又一处也钻了出来。终于锅盖上一片蛇头蛇脸！”

“为什么都钻出头来？”主人问。

“因为锅里热，想钻出去呀！不多时，老人家说：‘好了吧，开拽！’老妈妈说：‘知道了！’姑娘也回答：‘哎！’于是，一人抓住一个蛇头，用力一拔。这一来，蛇肉都留在锅里，蛇骨全都拔出，一拽蛇头，骨架越拉越长，真有趣。”

“这就是剔蛇骨吧？”寒月笑问。

“一点不错，是剔蛇骨。干得漂亮吧？然后揭开锅盖，用勺子把米饭和蛇肉拌匀，对我说：‘喂，请啊！’”

“你吃了？”主人冷冷问，女主人哭丧着脸说：

“不要再讲了。太恶心，怎么也不会吃得下的。”

“嫂夫人没吃过蛇饭，因此才这么说。你吃一回试试，那味道终生难忘呀！”

“唉，受不了，谁肯吃它？”

“于是，我吃得饱饱的，不觉得冷了，又可以有精力欣赏起姑娘的芳容。这时忽听：‘请安歇吧！’只好客随主便。也许由于旅途劳累，我一头倒下就睡得死死的。”

“后来又怎么样？”这回，倒是女主人催他讲下去。

“第二天清晨一醒，就开始失恋了。”

“怎么回事？”

“噢，倒也没有什么。清晨起来，吸着香烟，从窗户往外一看，对面引水的竹管旁，有一个秃子在洗脸。”

“是老头，还是老太婆？”女主人问。

“当时我也分不清。瞧了一阵，待到秃头扭过脸来面向我时，不禁大吃一惊，原来正是我昨晚开始暗恋的那位姑娘！”

“可你开头不是说，这姑娘头梳高高的发髻吗？”

“头天晚上的确是梳的高高发髻呀，而且是漂亮的岛田发式。①

---

① 岛田发式：日本未婚女子或做新娘时梳的发髻。有说起源于静冈岛田妓女的发型；也有人说源于宽永年间歌舞演员岛田万吉。

谁知道第二天早晨变成了秃子。”

“又是拿人开心吧?”主人把眼看着天花板。

“没有，当时我太意外了，内心开始有点害怕。但我还是偷偷从旁观察。秃子洗完了脸，把放在身旁一块石头上的岛田式发套忙乱扣在头上，若无其事走进屋来。我这才明白，于是，从此我终于失恋，沦为哀叹命途多舛的人。”

“竟有这样无聊的失恋。寒月君！正因为无聊，他才失恋，也还是这么兴高采烈、精力饱满!”主人看着寒月评价迷亭的失恋。

寒月却说：“不过，假如那位姑娘不是秃子，有幸带她来东京，迷亭先生说不定更加神采焕发。总之，难得一遇，却是个秃子，真是遗恨千古！不过，那么年轻的少女，怎么会掉光了头发呢?”

“我也对这件事捉摸不透。我想，一定是蛇饭吃太多。蛇饭这玩意儿毒火攻头呀!”

“但是，你可哪儿都没事，完整无缺。”

“我万幸没有秃头。不过，从那以后变成了近视眼。”说着，他摘下金边眼镜，用手绢小心擦了擦。隔了一会儿，主人猛然想起什么来:

“到底有什么神秘可言?”

“那顶发套是从哪买来的？还是拣来的？我百思不得其解，这一点就很神秘!”说着，迷亭将眼镜戴上。

“简直像听单口相声!”女主人这样认为。

迷亭的胡扯到此告一段落。你以为他会住口吗？不，这位先生只要不堵住他的嘴，就不会住嘴。马上他又讲起另一件事，自以为高明地说:

“要说是失恋，我这也算是有痛苦的一次经历；可如果这样想，要是当时没发现她是个秃子，稀里糊涂娶了她然后就得天天看见她的秃头。所谓一失足成千古恨哟！结婚这事嘛，到时候才会发现在意料不到的地方隐藏着伤口。因此，我奉劝寒月君不要朝思暮想、神魂颠倒折磨自己，还是赶快收心，磨你的玻璃球去吧。”

寒月装出一副犹豫不决的样子说:

“是啊，我也想一心去磨玻璃球。可对方不答应，真麻烦。”

“是啊！你是被对方纠缠。可有的人就滑稽了。提起跑进图书馆解手的那位老梅，那才真正出奇。”

“他干了什么？”主人对此来了兴趣。

“唉，是这么回事。这位先生曾在静冈县东西旅馆住过一晚，就一晚。当晚就向一位女仆求婚。说起来我就够没心没肺的了，可也没到他那种程度。那家旅馆里有个出名的美女叫阿夏。那晚到老梅的房间来侍候的正是她。这就难怪了。”

“岂止难怪！这和你到什么岭去，不是一模一样吗？”

“有点相似。老实说，我和老梅不相上下。总之，老梅向阿夏求婚，不等回话，又想吃西瓜了。”

“怎么？”

主人莫名其妙。不仅主人，连女主人和寒月，也不约而同一脸懵懂地看着他。迷亭却满不在乎，口若悬河地讲了下去。

“老梅叫来阿夏，问她静冈还有没有西瓜？阿夏说，静冈再怎么不好，西瓜还是有的。于是阿夏就端了满满一大盘子西瓜给老梅吃。他一个人把一盘子西瓜全吃光了，等阿夏的答复。可答复没等到，他肚子就开始痛了。痛得乱喊乱叫，叫来阿夏问她静冈有没有医生？阿夏还是跟西瓜一样的说法：‘静冈再怎么不好，医生总还是有的。’于是请来了德库特尔医生。这名字像从天地玄黄，宇宙洪荒那个千字文里抄下来的。到了第二天早晨，谢天谢地肚子不疼了。临出发前十五分钟叫来阿夏，再次问求婚的事。阿夏边笑边说：‘我们静冈，西瓜也有，医生也有，就是没有一夜成亲的新媳妇！’说罢，拂袖而去，据说再也没见到过她。就这样，老梅和我同是失恋沦落人了，除了小便，再也不到图书馆去。仔细想，女人真是祸害呀！”

这次不同寻常，主人竟接受了这个观点。

“一点不假。不久前读缪塞[1]的剧本，书中人物引用罗马诗人的一段话：‘比鸿毛还轻的是灰尘，比灰尘还轻的是清风，比清风还轻的是女人，比女人还轻的是虚无……’说得精辟。女流之辈真没办法。”

主人在这稀奇古怪事情上大发谬论。女主人可不干了。

---

① 缪塞（一八一〇——一八五七）：法国浪漫主义作家。有诗剧《酒杯与嘴唇》、长诗《罗拉》、自传体小说《一个世纪儿的忏悔》等。

"你说女人轻了不好，请问，男人重了是件好事？"

"重，什么意思？"

"重就是重呗！像你一样。"

"我怎么重了？"

"你还不重吗？"

一场奇谈怪论又开始了。迷亭听得津津有味。最后，他开口了。

"这样面红耳赤相互攻讦，正是夫妻关系的真实写照！从前的夫妻，一定是索然无味的。"

他的话模棱两可，不知是在奚落还是赞赏。说到这，本应适可而止，可他又以他那种貌似高深的语气发挥起来：

"传说古时候女人都不会跟丈夫顶嘴。真要是这样，那不等于是娶了个哑巴？这我一向认为不足取。倒是巴不得像嫂夫人这样偶尔呵斥几句：'你还不够重的吗？'娶个老婆要是隔三岔五不吵一架，那真的会把人郁闷死的！拿我妈来说吧，在老爷子面前唯唯诺诺。并且，共同生活了二十年，据说老两口除了参拜神社，竟然没有一同跨出大门一步，这也太过分了点吧？要知道多亏妈妈，我才记住了列祖列宗的戒名。男女之间就是这样：我们小时候毕竟不可能像寒月君那样跟意中人琴瑟合曲了，心有灵犀了，到那梦一般朦胧的地方神会了……"

"可怜！"寒月垂下了头。

"的确可怜！而且，那时候的女人未必就比现在的女人品行好。嫂夫人，近来盛传女学生堕胎等等。这算得了什么，早些年比这严重得多哩！"

"是吗？"女主人很认真。

"是呀！证据确凿，我不是胡说。苦沙弥兄，你也许还记得，直到我们五六岁的时候，还有的女孩像茄子似的被装进笼子里，用扁担挑着四处叫卖。是吧，老兄！"

"我可不记得那些事。"

"你家乡情况我不知道，静冈确实有过这样的事。"

"这可是不敢想……"女主人小声说。

"真的？"寒月也大为吃惊。

“真的。我爸爸就讨价还价过。那时我好像差不多六岁。我和爸爸从油街去通街散步，迎面有人高声叫卖：‘谁买女孩！谁买女孩！’刚好我们走到二号街的拐角，在‘伊势源’成衣铺门口和卖孩子的撞上了。那时的‘伊势源’有十间铺面，五间仓库，是静冈县最大的服装店。至今也还保持得完完整整，那些门市真是漂亮。掌柜的叫甚兵卫。他总是那样坐在账房里，哭丧个脸，像刚死了娘的。他身旁坐着的那个二十四五岁的年轻徒工我还记得，叫阿初。这小子面色苍白，活像云照大师①的徒子徒孙，三七二十一天就只喝荞麦汤似的。阿初身旁那个账房先生，活像家中夜里遭了火灾好不容易才跑出来的。一脸苦相地坐在算盘前。挨着账房的……”

“你到底是讲服装店的故事，还是讲卖小孩的故事？”

“是是，我是讲贩卖人口的故事。说真的，‘伊热源’成衣铺也有好多奇闻哩。今天先放下不表，单讲贩卖人口的事吧！”

“我看，卖孩子的事也别说了吧。”

“为什么？这对研究二十世纪的今天和明治初年女人人格，可是很有价值的参考资料，怎么能轻易不讲……且说，我和我爸爸来到‘伊势源’门前，那个人贩子见了我爸爸就拦住我们说：‘老爷，这还有点货底子，两个女孩削价处理，你就买下吧！’说着，他放下扁担，擦了擦汗。我一看，前后两个筐各装一个小女孩，都两岁上下。爸爸对他说：‘便宜些倒可以买下。只有这么点货？’人贩子回答：‘哎，赶巧今天都卖了，只剩这两个。’人贩子像拿茄子似的把两个女孩举到爸爸眼前：‘要哪个都行，尽你挑。’我爸爸啪啪敲了几下两个女孩子的脑袋：‘嗬，声音很响呀！’接着果然开始讲价。一番你来我往地讲价结束，我爸爸说：‘买下倒也可以。不过，货可地道？’人贩子说：‘地道！前边那个我始终看在眼里，不会有问题。挑在后边那个我没长后眼不敢打保险，往坏处想，也许有点毛病。那就价钱少算②。’这番对话至今我记忆犹新，所以，在幼小心灵中

---

① 云照大师（一八二七——一九〇九）：日本真言宗的和尚。出云国生人。姓渡边。现东京有“月白僧园”。

② 语出法国作家拉伯雷，见《巨人传》第十五章结尾。

就有这样的念头：‘女人，真是不可慢待呀！’然而到了明治三十八年的今天，再也没有人干挑着女孩沿街叫卖这种蠢事；再也听不到‘眼睛看不见，后筐里的女孩不保险’之类的话了。因此，我认为，多亏了西方文明，女子的品格也有很大提高，这是毋庸置疑的。你同意吗，寒月君？”

寒月在回答之前，先认认真真清理了一下喉咙，然后用低音故作庄重地述说了如下见解：

“今天的女性，在往返学校的途中，在音乐会、慈善会或游园会上喊：‘请买下我吧！’‘什么？不喜欢？’……她们自己拍卖自己，再也没必要雇那些难缠的商贩，干那种下贱的沿街吆喝什么‘谁买女孩啰！’的叫卖。人一旦意识到了自己的独立性，这就是必然的结果。那些老人总是在那杞人忧天，指指点点说三道四。但这是社会文明发展的趋势，是应该大大去高兴看到的好现象，该深表祝贺哩！像从前那样，买主敲敲脑壳，问问货色地道吗？放心好了，如今再也不会有人说出这种蠢话。今天我们都身处这样一个时代，要是手续还是过于复杂，估计想要婚嫁那可就永无尽期了。女人恐怕五六十岁也嫁不出门吧！”

寒月不愧为二十世纪青年，大谈其当代思潮，将敷岛牌香烟的云雾往迷亭的脸上喷。迷亭可不是敷岛牌就能够呛晕的。

“仁兄所言甚是。如今的女学生们、小姐们，从她们的自尊自信，直到她们的身体肌肤，处处都不愿意受男人的支配，实在令人钦佩。就拿我邻居的女学生来说吧，很不简单哟！穿件短袖和服，吊在铁杠上，我算服了。每当我从二楼的窗子看她们做体操，就不免开始缅怀起希腊妇女。”

“又是希腊！”主人冷笑着。

“凡是给人以美感的，多半都来自古希腊，没办法！美学与希腊难分难解嘛！尤其是那位黑皮肤女学生，看她专心致志练体操，我总要想阿喀洛狄丝①的趣闻。”迷亭又开始胡诌。

---

① 阿喀洛狄丝：即 Agnodice，约公元前 4 世纪出生于雅典。历史上第一位女性助产士，女性医生。

“又一个古怪的名字！”寒月依然笑眯眯地。

“阿喀洛狄丝可是一位了不起的女人！我佩服得五体投地。按当时雅典的法律，禁止妇女助产的，这太不方便。阿喀洛狄丝认为这很不对！”

“什么？你刚才说……”

“女人！是个女人的名字。这个女人左思右想，女人不能当产婆实在可悲，极其不便。她想当产婆。一连三天三夜在那思考：难道就没有个捷径当上产婆吗？刚好恰是第三天拂晓，她听到邻家出生的婴儿的第一声哭叫，她恍然大悟。随后她剪掉长发，女扮男装，去听希洛菲勒斯①讲课。听完全部课程，她认为学得差不多了，就开始开业帮人接生。不过嫂夫人，当时生意可真兴隆哟！东家婴儿刚呱呱坠地，西家婴儿就哇的一声降生，全都是托阿喀洛狄丝的福。因此她发了一笔大财。然而，人间万事犹如塞翁失马，福不双至，祸不单行。终于秘密暴露，说她触犯了法令，被从严惩处了。”

“简直像单口相声！”女主人说。

“很动听吧？不过，雅典的妇女们联名请愿，官长们又不好敷衍了事，才把这名女产婆无罪释放，甚至发了公告：从此女子也有选择产婆职业的自由。幸哉，幸哉！一场风波，总算平息了。”

“你知道的事可真多，令人佩服！”女主人说。

“是的，天上地下，大概都知道点。不知道的，只有自己干的那些蠢事。但连这也略有所知。”

“嘿嘿……净逗乐子！”女主人笑得前仰后合。这时，隔扇上的门铃儿和新安装时一样清脆地响了。

“又来客人了。”女主人说着起身去迎接来客。和女主人前后走进客厅的你猜是谁？原来是列位有点熟悉的那位越智东风。

连东风君也到场了，那么，经常出没于苦沙弥家的怪物，虽不敢说齐聚一堂，也可说是悉数不差，头数不少，足够慰藉我的寂寞

① 希洛菲勒斯：古希腊著名医生，西方现代解剖学奠基人。公元前300多年他通过解剖认为人的意识来自大脑而不是心脏。他发现了大脑与小脑的区别。

了。如果这还不满足，那就太不知满足。假如运气不佳，我是被饲养在别人家里，说不定会致死也不知人类中竟有如此人物，岂不枉过我猫的一生。幸而我为苦沙弥先生门下的猫，朝夕服侍左右，因而不要说苦沙弥，躺着就能够欣赏大东京都屈指可数的迷亭、寒月以及东风这些以一当十的英雄豪杰们谈笑风生，这在猫家我来说，实乃三生有幸！大热天的，还真多亏了他们，才使我暂且忘了毛皮裹身之苦，得以开心消磨半日时光，真是不胜感激之至。既然群英云集，决不会淡淡收场的。我不免从纸屏后屏息观瞻之。

“久疏问候，少见了！”东风先生弓身一拜。只见他的头仍然梳得油光锃亮。如果单以人头论，他倒很像个唱小戏的戏子。但看他煞费苦心穿着小仓布外褂，装腔作势、一副道貌岸然的作态，又不能不以为他是榊原健吉[①]家的弟子。因此，东风的身体像点平常人的部分，只有从肩头到腰那部分了。

“呃，大热的天，难得你能来。喂，进来呀！”迷亭像在自己家里似的。

“迷亭先生久违了。”

“是呀，今年春天搞朗诵会后就再也没见。提起朗诵会，近来也还热闹吧？你后来又扮过宫小姐吗？你演得真棒！我好一顿鼓掌。注意到了吗？”

“是啊！蒙您捧场，我才鼓起勇气，一直演到最后。”

“下一次几时公演？”主人插嘴问。

“七、八两个月休息，九月份想大干一场。有什么好题材吗？”

“啊……”主人漫不经心地回答。

“东风君！把我的作品公演一下吧？”寒月这时冒出来搭话了。

“你的作品一定很有趣。不过，到底是什么作品呀？”

“剧本！”寒月尽量加重语气这么一说，全场人无不目瞪口呆，齐齐看向迷亭。

“剧本可了不起！是喜剧，还是悲剧？”东风君追问，寒月先生十分镇静：

---

① 榊原健吉（一八二九——一八九四）：日本著名剑术家。

“哪里！既不是喜剧也不悲剧。近来旧剧呀、新剧呀好不热闹！我也想出个新花样，写了一出俳剧。”

“俳剧是什么剧？”

“就是‘俳句风格的戏剧’，简称为‘俳剧’。”

连主人和迷亭都有点听得入迷了，亟待想要听个究竟。

“那请问是什么风格？”还是东风君在问。

“因为源于俳风，如果冗长无聊就不好，所以，写成了独幕剧。”

“原来如此。”

“先从道具谈起吧。最好也简单些。在舞台中央插棵柳树，从树干向右方横出一枝，枝头上蹲着一只乌鸦。”

“乌鸦一动不动才好呢。”主人不大放心，喃喃自语地说。

“那不难。用线绳把乌鸦的腿绑在树枝上。在树下放一个澡盆，盆里侧身坐着一位美人，正用毛巾搓澡。”

“这可有点近似于颓废派了。首先谁来扮演那位女人？”迷亭问。

“这个简单呀。雇一名美术学校的模特儿！”

“那警察厅可要找麻烦了。”主人在担心。

“只要不是公演那就没关系。要是计较这些，学校里的裸体写生课可就不能开了。”

“然而，那是为了教学呀！不同于供人们观赏哟！”

“只要先生们这样讲一天，日本就一天不会好。绘画也罢，演戏也罢，同样都是艺术。”寒月君气势汹汹起来。

“好吧，不争论这个。说说接下去又怎么样？”东风君好像随时准备了会用寒月的剧本的，急着想了解一下剧情。

“这时，俳句诗人高滨虚子[1]登场。他要手拿文明杖，头戴防暑帽，身穿薄纱袍，足登短腰靴，萨摩[2]碎银花的衣襟掖在腰间。从观众席走出。他衣着很像陆军的军需商人。不过呢，因为是个俳坛诗人，必须要显得从容不迫、潜心推敲的神态。当他穿过观众席，将

---

① 高滨虚子（一八七四——一九五九）：本名清，爱媛县松山人，主编俳句刊物《杜鹃》，成为日本派俳句的中心人物。

② 萨摩：即今鹿儿岛。

要跨上舞台时，忽然抬起凝思中的亮眼，朝那棵巨柳看去；只见柳荫下，有一位正在沐浴的白净美女，他不由大吃一惊。再向上看，看到窈窕婀娜的柳枝上蹲着一只乌鸦，正俯视着美女沐浴。于是，虚子先生诗兴大发，此处应该沉思五十秒钟，接着便高声吟出：'美人浴，呆了枝头鸦不去。'以此为信号，一声梆子，大幕落下……怎么样？这风格，您还中意吧？东风君！你与其扮演宫小姐，还不如扮演高滨虚子哟！"

东风君的表情似乎还有点不满足，他很严肃回答：

"简单了，好像缺点什么，还不够过瘾。再穿插点富于人情味的情节才好。"

这阵子的迷亭倒是安安静静，这可不像是他。

"不过俳剧不够劲。据说上田敏①先生认为所谓俳风、滑稽戏都是很消极的靡靡之音，是商女不知亡国恨。不愧为上田敏，说得多好！这么无聊的俳剧，试试看，上田先生不嘲笑才怪。首先，正剧呀闹剧呀什么的，难道不是有点太消极、太莫名其妙了吗？对不起，寒月还是到实验室去磨你的玻璃球吧。至于这俳剧，你就是写它一百、二百篇，也都是亡国之音，没用！"

寒月有点恼火："真那么消极吗？我可是想叫它发挥积极作用的。"他继续做些无谓的争辩。"虚子先生说：'美人浴，呆了枝头鸦不去。'然后捉住乌鸦，叫它别迷女人，我想，这不就是积极因素吗？"

"此说倒新鲜，务请详论！"

"站在理学士的立场考虑，乌鸦迷上了美女，这不大合情理吧？"

"对呀。"

"把这种不合理的事信口道出，听来却又不觉得不合理。"

"是吗？"主人用难以置信的口吻从旁插嘴。问题是迷亭才不管这一套。

"要是问听着为何并不觉得不合理，这得从心理学角度加以分

---

① 上田敏（一八七四——一九一六）：东京大学英语系毕业。搞文学评论，翻译，也写诗和小说。

析。老实说，是否迷得发呆，这都是诗人本身的感情，与乌鸦无关。因此吟成‘美人浴，呆了枝头鸦不去’。并不是说乌鸦如何如何，归根结底是诗人自己看呆。高滨虚子自己见了美女入浴，从惊喜的一刹那起就开始了一见钟情。的确，就因为他是用钟情的目光在观看枝头正俯视的乌鸦，这才产生了错觉：‘哈哈哈，乌鸦竟也和我一样倾心了。’这无疑是种错觉；但也正因为是文学，才有积极的意义。把自己的感受安到乌鸦头上而又自以为是，这岂不是很大的积极精神吗？如何先生？”

“的确是高见。假如高滨虚子听了，一定会惊若天人。你讲得倒很积极，只怕实际表演这出戏的时候，观众一定要变消极的。是吧？东风君！”

“是啊，总觉得过于消极呢。”东风严肃回答。

主人似乎想要把谈话的范围扩大一些。便说：

“怎么样？东风君，近日可有杰作？”

“哪里。没有什么值得先生过目的。不过近来想出一本诗集……正好带了稿子在，请诸位多多指教！”东风从怀里掏出一个紫绢包来，从中取出五六十页诗稿，放在主人面前。主人装得很正经：“那就拜读了。”只见第一页写了两行字：

“莫效世人。应纤纤而读。

献给富子小姐！”

主人露出奇怪的表情，他把第一页看了多时。迷亭从旁说：

“什么？是新体诗吗？”说着，他也扫了一眼，然后夸赞起来说：“噢，‘献给’！东风君，横下一条心献给富子小姐，了不起！”

主人仍然纳闷：

“东风君，这富子小姐确有其人？”

“是的，是以前我和迷亭先生邀请出席朗诵会的那位女士。就住在这附近。坦率说，我本想给她看看我的诗集，到她家去过，可惜她上个月就去大矶避暑去了。”东风一本正经。

“苦沙弥兄！如今是二十世纪了，别那么一副表情。快些朗读杰作吧！不过东风君，你‘献给’的手法不大高明。这文绉绉的‘纤纤’二字，究竟寓意何在呀？”迷亭问。

“我想，是表示‘轻盈’和‘仔细’的意思。”寒月抢着解释。

“当然，不是不可以这么用。但问题是这个词应该表达的是不牢固这种意思。因此，如果是我，不会这么用。”

“怎么写才能更富于诗意呢?”

“如果是我就这样写：‘莫效世人。应摇摇欲断而读。献于富子小姐鼻下。’出入只两个字。但是有没有‘鼻下’二字，给人的感觉可不大相同哟。”

“不错!”在猫家我看来，这东风完全就是在不懂装懂。

主人一声不响，总算掀过一页，读起卷头第一诗章。

“倦怠、郁香的烟雾袅袅，

有你的芳心与情丝缭绕。

啊，我呀，在这凄苦的尘寰。

唯有这猛吸时火热的一吻最甜。”

“这我可有点不敢领教。”主人叹息着将诗稿递给迷亭。

“未免有点新过头了。”迷亭又将诗稿递给寒月。

“是有那么点。”寒月把诗稿还给东风。

“先生，您不懂这首诗不奇怪的，因为如今诗坛不比十年前，已经面目全新了。现在的诗，不是躺在床上或蹲在车站就可以读懂的。就连作者如果受到质问，也常常会没法为自己辩解。因为那都是灵感来了的产物，此外，诗人不需要负任何责任。注释和训诂，那都是学者们的事，和我们诗人无关。不久前我有个朋友送籍①，写了《一夜》这么个短篇小说。谁看都稀里糊涂不得要领，于是有人就去见作者，盘问《一夜》的主题思想是什么。作者说，连他自己也不知道，根本不予理睬。的确，我想这大概正是诗人的本色。”

“也许他是个诗人。不过，可是个特号怪物。”主人说。

“是个蠢材!”迷亭干脆枪毙了送籍。

东风君觉得评得不够全面：

“送籍个人，就连在我的伙伴中也是不被理睬的。还是请诸位稍微细心些谈谈我的诗吧！请特别注意‘凄苦的尘寰’和‘火热的一

---

① 送籍：日文读音与漱石同。夏目漱石确实写过同名短篇小说。

吻’，采取了对仗的笔法，是我心血的结晶。”

“可以看得出，你煞费苦心了。”

“‘甘甜’与‘凄苦’反义对称，简直是‘十七香’① 了，有趣得很！这简直就是东风君独特的艺术技巧，佩服得五体投地！”迷亭专爱针对老实人插科打诨。

主人突然起身去到书房，没多大工夫拿着一张纸条出来。

“诸位已经拜读过东风君的大作。现在我来读一段短文，请诸位指正。”他煞有介事地把那张纸条举到眼前。

“如果是天然居士的墓志铭，我可已经恭听两三遍了。”

“喂，东风君，别多嘴！这可不是我得意之作，不过是即兴吟咏而已，有劳尊耳了。”

“领教，领教。”

“寒月君也顺便听听。”

“要听何必‘顺便’。不是长篇大论吧？”

“仅仅六十多个字。”

苦沙弥先生终于开始读他的亲笔大作。

“‘大和魂！’日本人喊罢，就开始像肺病患者咳嗽了。”

“简直就是文起突兀！”寒月夸奖说。

“‘大和魂！’报贩子在呼喊。‘大和魂！’三只手在呼喊。大和魂一跃就远渡了重洋！在英伦列岛做大和魂演讲；在德意志演大和魂戏剧。”

“果然远胜天然居士。”迷亭先生挺起胸膛。

“东乡大将有大和魂；鱼铺阿银有大和魂；骗子、痞子、杀人犯，也都有大和魂！”

“先生，请补上一笔我寒月也有大和魂。”

“假如有人问：‘何为大和魂？’我会回答说：‘就是大和魂！’说罢离去。于百米之外，且听‘哼’一声。”

“妙！绝妙好辞！你这文采是没谁了。下边的呢？”

---

① 十七香：本是七种香的佐料，因俳句是十七个字，所以作者故意说成十七香。

“大和魂是三角形，还是四角形？大和魂果如其名是魂。因是魂，才恍恍惚惚。”

“先生，写得有意思。是不是‘大和魂’这个字眼用得多了点吧？”东风提醒。

“赞成。”喊出这一声的自然是迷亭。

“没人不念叨它，但却没人见过它；没人没听说过它，但却没人遇上过它。大和魂，恐怕是吞日的天狗之类吧！”

读完，主人本以为会余音绕梁；只是这奇文太短，主题又不是那么清楚，三人就都以为还有，等主人读下去。可等了半天也再没有了个声。过一阵子还是不见主人说个青红皂白，最后寒月等不住了问：

“就这些？”

“嗯。”主人点点头，显得很是轻松。

奇怪的是，迷亭对于这篇妙文竟没有像往常那样冷嘲热讽。过了会儿，他转脸问主人：

“你也把你这类短篇收集成册，然后奉献给谁如何？”

“那就献给你？”主人信口道。

“你还是饶了我吧，实难从命！”迷亭说罢，拿起刚才对女主人吹嘘的那把剪子剪指甲，弄得咯吱响。

寒月问东风：“你认识那位金田小姐？”

“今年春天请她参加朗诵会，就开始相处亲密了。之后一直有往来。我见了她不知为什么，总会有感情冲动。相当长一个时期，不论是写诗吟歌，都非常愉快，基本都是一挥而就。这本诗集之所以爱情诗居多，我想，可能就是因为从异性朋友那里得的灵感吧。所以，我必须对那位小姐诚恳表示谢意，借此机会献上我的诗集。自古以来，没有女性亲友的人，大概是写不出绝妙好诗的。”

“是呀！”寒月忍住笑道。

古往今来，无论怎样的雄辩家聚会，从来就不会持续多久。终于，大家有些索然了。我可没义务一定要每日洗耳恭听他们这些老生常谈，只好失陪了，自己到院子里找螳螂去了。

夕阳把梧桐的绿叶照得疏影横斜。蝉儿在树干上吱吱呀呀叫个不住。今夜说不定会有一番风雨哩。

第七章

据说人关于爱的法则头一条就是："于己有利时，不需要爱别人。"

我近来开始做运动了。但对此有些人却不做区别一概加以冷讽热嘲，说什么："一个小猫而已，还搞什么运动，真是不知天高地厚！"我在此很愿意对这些家伙进一言。说出这番话的衮衮诸公，几年前不是还不知运动为何物，把山吃海喝，吃了就睡视为自己天职的吗？应记得，正是这些人，从前倡导"平安即是福"，把袖手闲坐、烂了屁股也不肯起身离席看作是权贵标志。而如今也是这些人，却开始大喊大叫什么运动吧，喝牛奶吧，洗冷水澡吧，游海去吧，一到夏天，这些人就会去自己的山间别墅避暑，美其名曰餐风饮露……这就是近来由西方传染到神国日本的一种疾病，可与霍乱、肺病、神经衰弱等疾病等同视之。

我不否认我去年降生，今年才一周岁。记忆中并不存在当年人类染上这类疾病时的样子。而且可以肯定，当时的我基本没可能卷入这尘世风波中去，不过有一点需要强调，那就是猫活一岁，等同人活十年。猫的寿命尽管比人的要短一半以上，但猫在相对短的生命周期中，比起人类来要发育得更为成熟。依此类推，把人类增寿跟猫辈的生命历程等价齐观，就大错而特错了。别的不说，只要看看我才一岁零几个月，就有这么多的见识，便可窥其一斑了。那主人的三女儿，虚年已经三岁了吧？说到智力发育，哎哟，那可是一个慢呀。整天除了哭鼻子抹眼泪，就是吃奶、尿床，什么也不懂。跟我这愤世嫉俗的猫比，她简直就微不足道。那么，在我心灵中贮有运动、海水浴以及转地疗养等知识，也就不足为怪了。对这明摆着的事，假如还有人质疑，他一定是凑不上两条腿的蠢材。

说起蠢来，人类自古就是些蠢材。因此，直到近来才开始知道运动的好处功能，知道海水浴的效益，仿佛是自己的一项了不起的发现似的大吹大擂。可我，没出生就已经对这些了解得一清二楚。首先，要问海水为什么可以治病？只要到海边去一趟不就立见分晓了吗？在那辽阔的大海中，究竟有多少条鱼？这可不知道；但是，我了解没有一条鱼害病找医生，无不都健壮地在潜泳遨游。鱼儿假如害病，身子就会失灵；假如失灵，就会漂到水面。因此才把鱼死称为“漂”，把鸟亡称为“落”，人类谢世却要称为“升天”。不妨问问那些横渡印度洋去西方旅游的人们，问他们可曾见过鱼死？我认为任何人都会肯定告诉你没见过，他们也只能这么回答。因为不论在海上往返多少次，也没人见过任何一条鱼在波涛之上停止呼吸；不对，呼吸属于我用词不当。鱼嘛，应该是“吞吐”。在茫茫大海上，任凭你昼夜兼程、燃起火把、查遍八方，古往今来也没有一条鱼漂出水面来吞吐的。依此类推，完全不用研究就能得出结论：鱼，一定是非常结实的。假如再问：为什么鱼那么结实？这还不不言自明！很简单了，就是因为吞波吐浪，永远都在海水浴。对于鱼来说，海水浴的功效显著。既然对鱼功效显著，对人类也必然奏效。一七五〇年，理查德·拉赛尔①博士大惊小怪动用广告宣称：“只要跳进布莱顿②海里，四百零四种疾病保您当场痊愈。”

说出这样的话来也不怕贻笑大方。告诉你吧，时机一到我们猫也要全体出动，奔赴镰仓海岸的。但目前还不行。任何事都得相机行事。明治维新前的日本人从生到死一辈子都没能享受海水浴，今天的猫也还没有机会裸体跳进大海。性急吃不了热豆腐。今天，我们猫只要被

---

① 拉赛尔：英国医生。

② 布莱顿：英格兰东南部城市，滨于英吉利海峡，是英国最大的海水浴场。

扔到荒郊野外，也没法平安找到回家的路。在这种前提下，要是还胡思乱想什么海水浴，那可是要不得的。进化的法则告诉我们，我们猫类直到对狂涛巨澜有一定抵抗力的那一天，换句话说，在不再说猫“死”，而普遍用猫“漂”这个词汇以前，是轻易不可从事海水浴的。

那么，海水浴就推迟进行吧！决定第一步先开展“健身运动”。都二十世纪了，不搞点运动健身会被看作是贫民的，名声不大好。假如不运动，就不会认为你是不运动，而是断定你不会运动，因生活窘迫没时间运动。正如古人嘲笑运动员是奴才，而今把不运动的人看成下贱。世人褒贬，因时因地而不同，像我的眼珠一样变化多端。我的眼珠不过忽大忽小，而人间的评说却从来就是在颠倒黑白，颠倒黑白也行，因为事物本来就有两面和两头。只要抓住两头，对同一事物就可以翻手为云覆手为雨，这是人类权变的拿手好戏。将“方寸”二字颠倒过来，就成了“寸方”。这才好玩。从胯下倒看“天之桥立”①，定会别有一番风趣。想一想千万年后，还是只有一个莎士比亚，那该有多没意思。我可以断言，如果没人去从胯下倒看一眼哈姆雷特，因而否定他，文学就不会有进步。因此，贬斥运动的人突然变得喜好运动，就连女子也手拿球拍往来于长街之上，这就不足为奇了。只要不讥笑我们猫搞运动“太逞能”，那也无所谓。

说到这，也许有人纳闷，想知道我的运动属于哪一类？好吧，猫家我也不保留，就给大家交代一下吧！众所周知的是，不幸的我没法拿任何器具，因而，不论对球还是球棒，无不想要运用而不得其门。其次就是囊中羞涩点，舍不得去买。由于这两个主要原因，我选择的运动项目属于分文不花那类，也不需要使用器具。我想，对此一定有人会以为我无非踱踱方步，要不就叼着金枪鱼片狂奔之类。且慢，如果你要是以为我就是这样，根据力学原理转动四脚，充分利用地心引力而纵于大地，那就太小看猫家我了，这也未免太简单、太没趣。像主人经常进行的那种读书等纸上谈兵的所谓运动，那统而言之都是有辱于运动的神。

---

① 天之桥立：日本京都府与谢郡风景区，被称为日本三景之一。系一狭长沙滩伸入大海，滩上青松，倒映水中，宛如天桥入海。

当然，在单靠运动刺激，也不是没有人干钓木松鱼和捕大马哈鱼竞赛这类的事，这当然不错，但都是因猎物诱惑所致。如果没有了猎物的刺激，就会索然无味了。假如没有悬赏的刺激，那我宁愿做点讲究技巧的运动。为此我做了各种探索。例如，如何从厨房的檐板跳上屋脊，如何四条腿站在屋顶的梅花形脊瓦上，如何走晾衣竿——这件事终于不成功。竹竿太滑溜了站不住。只能偶尔抽冷子从小孩身后扑上去——这些倒是饶有趣味的运动；但常干就要倒霉。因此，顶多一个月玩那么两三回。

再就是让人把纸袋扣在我头上——这种玩法很不好受，也是十分无聊的一种游戏。尤其没有一个人搭伴就不可能成功，所以不行。

另外，还可以在书本的封面上挠——前提是不能被主人发现，否则一顿暴拳难以避免，而且这也只能体现爪尖的灵敏，对全身肌肉没多大锻炼效果。以上，是我说的旧式运动。

新式运动中，最有趣的当属捉螳螂。捉螳螂不需要拿耗子那么大的运动量，同时也没有那么大风险。从仲夏到盛秋，所有我玩的游戏中，这种玩法最为上乘。至于怎么个捉法，也就是先到院子里找到一只螳螂。遇到猫品爆棚，发现它一只两只的也不费吹灰之力。发现了螳螂，我就会风驰电掣般扑到它身旁。于是，那螳螂妈呀一声，扬起镰刀型的手。别看是螳螂，却非常勇敢，完全不管不顾，也不量力而行就想反扑，真有意思。我用右脚轻轻弹一下它的镰刀，那昂起的镰刀头立马就软瘫瘫地向旁弯了下去。这时，螳螂仁兄的表情非常逗人，一副呆相。我接着就窜到仁兄身后，从它背后轻轻搔它的翅膀。那翅膀平常是精心折叠起来的。被狠狠一挠，便唰的一下展开，中间露出类似吉野纸似一层透明的裙子。仁兄即使盛夏也千辛万苦，披着两层当然很俏皮的衣裳。这时，仁兄的细长脖子一定会扭过来。有时面对着我，但大多是愤怒将头挺立，仿佛是视死如归，等我痛下杀手。假如对方一直坚持这种态度，那就构不成运动。所以又延长了一段时间，我又用爪扑了它一下，这一爪，有点见识的螳螂一定会逃之夭夭。可有些就会是在这时跟我蛮干，真是个太没教育的野蛮家伙。这时候，最好是等它靠近，狠狠地给它一爪，总会扔出二三尺远吧！但是，有时候这仁兄却文静倒退。让我心生怜悯，等我去在院里的树上像鸟飞似跑了两三圈，再来看，这仁兄还没逃出五六寸远。它既然已经知道我的厉害，便没勇气再较量，只是东一头西一头的，逃无所逃。而我也就假装是面对最厉害的对手，左冲右突逼着它让我跟踪追击。仁兄终于受不住了，扇动翅膀想要最后一搏。螳螂的翅膀和它的脖子很般配，都是又细又长。据博物学说，其实只是装饰品，像人世学说英语、法语和德语一样，毫无实用价值。因此，想这样一套毫无实际中看不中用的玩意儿，想和我大战一场，简直就是笑话。说是战斗，其实不过是在地上爬来爬去。对此我虽然有点可怜它，但为了我的运动，也只好舍弃这佛祖的慈悲了。我迅捷地跑到它的身前。由于惯性原理，螳螂无法急转弯，只能继续朝前。我打了它的鼻子一下。这时候，这位仁兄通常都会张开翅膀趴在地上一动不动。我就用前爪将它按住，稍事休息，随后放开它，再按住，如此这般七纵七擒，用诸葛孔明对待孟获的战术制服它。按照接下来的程序，这个过程大约需要持续达三十分钟，直到这位仁兄完全不再做挣扎，我就将它一口叼在嘴里，晃几下，然后把它吐出来。这下子它才是真不能动了，我再用另一只爪推它，等它垂死挣扎往上一窜时按住它。最后，运动也运动了，玩也玩腻了，就狼吞虎咽把它送进肚里。顺便想对没吃过螳螂的人略进一言：螳螂并不怎么好吃，而且，似乎也没有多大营养。

捉螳螂之外，就是捕蝉运动。飞蝉并不只是一种。人有“碎嘴子”“唠叨鬼”“叽叽鬼”，蝉里也有油蝉、蛁蝉、寒蝉。油蝉叫声“絮絮叨叨”，烦人；蛁蝉叫声“哇了哇”的，受不了；捉起来有趣的只有叫声“知了知了”的寒蝉。这家伙不到夏天快结束不出来。非要等到主人念叨什么秋风总从和服腋下的破绽往里钻，自作多情抚摸人的肌肤，让人受风寒打了战的时候，这寒蝉才竖起尾巴开始放声悲鸣。要说它可真能叫喊。依我看，它的天职就是吵闹和做捕猎对象。初秋季节我就捕这些家伙，称之为捉捕运动。

这里我想要向列位声明：既然小名叫飞蝉，就不是在地面爬的，假如落在地面上，就会被一大群蚂蚁围起来叮咬。我可不会去跟蚂蚁争抢，那都是尘埃里打滚的角色们的事，我是专门捕捉那些蹲在高高枝头，“知了知了”叫个不停的家伙们的。对了，借此机会，想向博学之士讨教一二，到底是“知了知了”？还是“了知了知”？我看人类对此似乎见解各异，要是确定了究竟是哪种，我想会对蝉学的研究产生很大影响。关于这，要说清楚，以便表明我们猫的诚实与坦荡。人之所以胜于猫，就在这一点，人类自豪的，也是这一点。假如不能立刻回答，我不会在意，可以在那慢慢想。说起来捉蝉运动也简单，只要听叫声找到它，然后爬上树去，趁它在那闭着眼死命叫时，一个腾跃猛扑过去就行了。然而这看来简单的运动，实际上做起来很耗体能。在大地上奔跑，我的四条腿比起任何其他动物都不逊色。至于两条腿和四条腿之间，按照数学法则运算，四条腿的猫也不输给人类的。但说到爬树，却有很多比我们高明的动物。别说以攀爬为职业的猿猴，就是这猿猴的远亲人类，也有些家伙不可轻视。本来爬树违反地心引力，属于违背自然规律的行为，这样看就算不会爬树也不羞耻，但这却会给捕蝉运动带来诸多不便。好在我有猫爪这个利器，好歹算能爬得上去；不过，这可不像那些看热闹的感觉上那样轻松。而且要知道蝉是会飞的。和那螳螂仁兄不同，假如它一下子飞掉，最终就白费力气，和没有爬上去一样，还说不定遇上倒霉时候，被浇一身蝉尿。对了，不知道为什么，蝉尿好像专门就是冲着我的眼睛来的。我求求你蝉兄，你要飞走就飞走，千万别撒尿行不？真搞不懂是什么心理状态影响了生理器官？难道是痛苦的副产品，就像人的眼泪？总不至于是一种计谋好借机逃跑吧？要真是，那就太厉害了，简直就能跟乌贼吐墨、瘪三破口大骂时出示文身，还有我家主人卖弄拉丁语媲美了。看来蝉学是一门学问很深的学问，值得去用心研究，写一篇博士论文。

书归正传。蝉最爱集结——如果“集结”用得不够准确或者别扭，那就改用“集合”；不过思量一下，“集合”二字又过于陈腐，那还是用“集结”吧！至于蝉最爱集结的地方，非青桐莫属，这种树木在汉语里据说叫作梧桐。青桐叶子多，而且一片片都像团扇那么大，如果长得太多了，就几乎看不见树枝，这种结构很不利于捕蝉运动的开展，增加了太大难度。我甚至怀疑“但闻其声，不见其身”这句民谣，是否是在我来到这个世界很久前，因为预测到了我的将会到来而作。没办法，只好以蝉叫声为方向，循声而去。爬上去五六尺，于是梧桐树就变得很让我舒心了。遇到枝分两杈，就在这儿小栖片刻，从树叶下窥探蝉之所在。当然也有过这样的事：等我辛辛苦苦爬上树的工夫，已经有个性急的家伙嗡嗡飞走。要提醒列位一下，蝉这玩意儿只要有一只飞，其他的就会接二连三全都飞走。在行为的模仿与一致性这一点上，蝉的愚蠢几乎不亚于人类。可怜我好不容易爬上树杈，却一下子了无蝉声，满梧桐静悄悄的。我曾经有过好多次这样的经历，爬到此处，不论怎么东张西望，摇头晃脑，就是看不到一个蝉影。再爬一次吧，又嫌麻烦，那好吧，就歇息片刻吧。我便在树杈上安营扎寨，等待第二次机会的到来。困了，就神不知鬼不觉地走进了甜蜜的白日梦之乡。一觉惊醒时，却不知何时，我已从两棵树杈的国度，扑通摔在了院子里的石板地面上。哎，做猫也苦呀。

不过大体来说我每次上树进行捕蝉运动，总多少会有所收获，基本能保证捉到一只蝉。让我扫兴的是你在树上时，得把蝉叼在嘴里。所以每次下到地面，吐出来时，它大多已死了。很多时候我不相信它是真死，就会逗它、挠它，但很失望，通常都没有反应。捉蝉的妙趣在你不声不响溜到它身后，在蝉兄快乐地鸣叫时，它会把尾巴一伸一缩，这时候你就可以前爪逮住它。这时，蝉兄会发出哀号，那声音动人心弦，透明的羽翼不住左右乱晃，看上去真是细腻，难怪有薄如蝉翼这个成语。蝉翼动起来的速度，频率可说堪称完美，实为寒蝉世界一大奇观。不开展捕蝉运动是不可能知道的。每当我摁住一只“知了”时，总要请求蝉兄为我表演这手绝技。等玩腻了，那就对不起，把它塞到嘴里吃掉。有的蝉直到进嘴，还在继续表演。

除了捕蝉，再就是滑松这项运动。对这项运动我想没必要赘言，略做描述即可。有人也许望文生义，以为是在松树上滑行。尽管这也是爬树。不同在于，捕蝉是为了捕蝉而爬树，滑松是为了爬树面而爬树。看来我交代得不是很清楚。这样说好了；原来松树常青，自从北条时赖①最明寺饱餐之后，松树才这样长得粗糙不平，那之

① 北条时赖是日本十三世纪（镰仓时期）的执政官。传说他出家后冒雪遍游。在佐野源左卫门的家里时，主人烧了珍藏的梅、松、樱盆栽为他取暖饱餐。

后，再也没有像松干那么不光滑的树干了。松树最大的弊端是在于你无处下爪，也找不到落爪的位置。这样你就需要首先找到可以搭爪的树干，然后一鼓作气爬上去。爬上去，再奔下来。奔下来有两种方法：一是倒爬，即头朝着地面往下爬；二是姿势不变，爬上去后尾巴朝下倒退。在这里我诚恳求问天下有识之士，有谁能说说，哪一种下法更难？按人肤浅的见识，一定认为既然是往下爬，还是头朝下舒服吧？这就错了。这些人恐怕只记得源义经翻下鹎越古栈①的故事，以为既然源义经头朝下下山，那么，猫嘛，自然充其量不过是头朝下爬树罢了。不能这么小瞧，你知道猫爪的生理构造吗？那可都是口朝后的。是跟鹰嘴钩一样，钩住什么东西了只能往后拽，往前推完全使不上力。我现在飞快爬到树上了，而我是地面生活的动物是吧，按理我不能一直就留在树上，即使是松树之巅也不可久留。也就是说我必然要下来。如果头朝下往下掉那有点太快；所以，必须采取什么办法来减速，让掉落变成下降。别看都是指的往下，其实差别大到生死之别了。减缓些就是下降，加快些就是掉落。我当然不会喜欢从松树上往下掉落，因此，减缓速度以便降下来，就是必须要做的了。这么说吧，就要用一点什么减缓落下的速度。我的爪如上所述，是朝内弯曲的。假如头朝上往下，那么就能够利用脚爪的力量控制下落的速度；于是，掉落就一变而为下降，这实在是极浅显的道理，无须我反复讲解。反过来，就是学习源义经头朝下爬松树试试看。虽然有爪，却不顶用，会哧溜溜一下滑下来，完全找不到着力点支撑身体的体重。这时，虽然满心想下降，却一定会变成掉落。想学源义经翻越鹎越古栈是困难的。在猫当中会这本事的恐怕只有我。因此，我才把这叫作滑松。

最后就是跑墙运动。主人家的院子是用竹篱围成的长方形，和檐廊平行的那一边有五六丈长。而左右两侧长度则不过两尺五。我说的跑墙运动，就是在这篱笆上跑上一圈不掉下去。虽然有时也会失足。但只要能顺利跑完，那可别提多开心了。尤其是沿途都立着

---

① 鹎越古栈：神户兵库区横断六甲山地的古道。当年源义经协助其兄源赖朝灭平家军于一谷。义经曾摔下古道。

烧断根的松木杆，我可以随时歇息一会，这运动既能锻炼身体，又能解闷。今天成绩不错，从早到晚跑了三圈，越跑越熟练，越熟练就越有趣，终于开始跑第四圈。跑到一半时，三只乌鸦从邻舍的屋脊飞来，在对面六尺多的地方列队站立。这些不请自来的家伙，就不知道这样影响了主人我的运动！而且这些乌鸦还来历不明，身份不清，怎能随便就落在别人家的墙上？想着想着我喊："快闪开！别挡了我的路！喂，闪开！"

最前边的乌鸦嬉皮笑脸地看着我。第二只在向主人院里瞅。第三只在墙根的竹子上蹭它的嘴，肯定是刚吃了些什么吧？我站在篱笆墙上，等着它们的回答，我决定给它们三分钟考虑时间。据说乌鸦叫作"丧门神"，一点不假。我很绅士在那等，这些家伙却不搭理我，更不飞走。没办法，我只得慢慢向前。那头一名乌鸦张开了翅膀，我还以为它是被我的威风震慑了，想要逃走！谁知道它只是改变了一下姿势，把面朝右改为面朝左。这些杂种。若是在地面，那副熊样我才懒得理睬。谁要我现在是在走都很难的篱笆上，基本没有精力去和它们说理！可我又不甘心站在那傻乎乎等这三只鸟知难而退！第一，这么等起来腿很快就没力气了。有翅膀就不同，习惯这样站在这种地方，因而愿意逗留多久都可以。而且我还跑了四圈，够累的了，要知道这可是比起走钢丝在难度上不差多少的运动，对技能要求很高。就算没有任何障碍，也难保一定不会摔下去！偏偏还有三个黑衣歹徒挡住去路，真是险恶。

等到最后，我经过深思熟虑，决定停下运动。于是我跳下了篱笆。看这几个家伙就是难缠的，那也只好如此了！敌人也不是单个，尤其是来路不明，一个个尖尖的嘴怪里怪气，活像天狗的私孩子！反正一定不是好东西。好汉不吃眼前亏。如果太靠近，万一摔下去，那就更丢人。这时候，面朝左的那只乌鸦叫了一声"阿——愚"，第二只也学着叫声"阿——愚"，第三只郑重其事"阿愚，阿愚"的连叫两声。我再怎么宽宏大量，也不能闻而不问。首先，在自己家居然受起乌鸦的侮辱，这就跟名声有关了。如果说我还没名没姓，谈不上与名声有关，那也跟颜面有关吧！不能就这样退却，那可真就是灰溜溜了！俗语也说"乌合之众"嘛，虽然它们是三只，谁知道是不是没有什么能耐呢？想到这里，我马上壮起胆子，慢慢地走近。我看这些乌鸦就是在装模作样，看也不看我一眼，自顾自在那说些什么。要是墙头再宽五六寸，一定叫它们吃不了兜着走。很遗憾，无论我怎样恼火，也只能慢慢走。总算走到距乌鸦的排头五六寸地方。刚想歇一气，那些机灵鬼忽然不约而同扇动起翅膀，飞了一二尺高。一阵风扑到我的脸上，我一惊之下一脚踩空，啪的摔了下去。这下子惨了，从篱下仰望，三只乌鸦又站回了原处，并裂长嘴居高临下看着我。真不要脸！是可忍孰不可忍呀，我瞪了它们一眼，发现毫无效果。就弓起背来，发出低低的怒吼，还是不管用。正像俗人不懂神奇的象征诗，我对乌鸦表示愤怒，也就是在对鸦唱歌。想一想，也不无道理。问题出在我一直拿它们当猫。假如是猫，来那么一手肯定有效。可偏偏它们是乌鸦。它们可是传说中的机灵鬼乌鸦呀，这就很像是实业家焦急地要制服我主人苦沙弥；源赖朝①曾经送给西行和尚②一只银制的猫；估计乌鸦也在西乡隆盛③的铜像上拉过屎。好吧，我这可不是见风使舵，我这是君子不立危墙之下。那我就溜之大吉好了，反正又没有别的猫看见。于是我干净利落地溜进檐廊去了。

运动固然好，过度也不行。已经是吃晚饭的时候。身子像散了架似的，绵软无力得很。这初秋时节，运动时我这一身毛皮大衣，大概是吸足了夕照的阳光，身子热得受不了。从毛孔里渗出汗珠，真盼能流下去，要不就挥发掉，可它粘在毛根上黏糊糊的。后背也疼，是出汗发痒还是跳蚤钻进毛里发痒，这个我大致能分辨。本也知道：大凡嘴能够得到的地方可以咬，爪能伸得到的部位可以挠；但现在痒的部位是脊梁骨纵轴的正中，那就力不从心了。又不能见到一个人就在他身上乱蹭，也只好利用松树皮演练一下摩擦术。否则会一夜难眠。

人嘛，全是些蠢货。只要我娇声娇气叫几声就行。按理，这娇

---

① 源赖朝（一一四七——一一九九）：镰仓初期将军。武家政治和镰仓幕府创始人。

② 西行（一一一八——一一九〇）：镰仓时期歌人，二十三岁出家。传说源赖朝送他一个银制猫，他出门就送给小孩了。

③ 西乡隆盛（一八二七——一八七七）：日本明治维新时期的政治家。维新后任参议。一八七七年叛乱未成，自杀。今上野公园有他的铜像。

声媚气本来该是人为我而发的。假如能站在我的立场想想，就会明白那不是我们猫在对人献媚，而是猫被人的娇声诱发了媚态——反正人嘛，都是些蠢货。我被诱发出娇媚声，就会往人腿上一靠。这时候人们会误以为我这是爱上他或她了。不仅任我亲昵，常常还爱抚我的头。只是近些日子来，因为我皮毛里开始滋生一种叫跳蚤的寄生虫，于是只要一靠近人，肯定会被掐住脖子扔出去老远。就为了那么个不一定看得见的小虫子就嫌弃我，这正所谓“翻手为云、覆手为雨”。不过就那么一二千只跳蚤，至于吗！人这势利眼。据说人世爱的法则头一条就是：“于己有利时，不需要爱人。”

既然人们对我风云突变，身上再怎么痒，也不能指望靠人解决。只好采取第二种方法——松树皮摩擦，也没有别的好主意了。那就去摩擦一会儿吧！我刚要从檐廊跳下去，又转念一想，这可是个得不偿失的笨法子。原因无他：松油。松油的粘着力特别强，一旦沾在毛梢上，哪怕雷轰，哪怕波罗的海舰队①苦战得全军覆没，它也决不肯脱落。而且，如果粘上五根，很快就会蔓延到十根。刚刚发现粘上了十根时，就已经粘住了三十根。想我一向恬淡风雅，这种腻腻歪歪、狠狠歹歹、黏黏糊糊、磨磨叽叽的玩意儿真让猫扫兴，有损观瞻呀。纵然绝代美猫我都不睬，何况松脂乎？松脂和车夫家大黑迎风流下的眼眵不相上下，让它来糟蹋我这身浅灰色毛皮大衣，岂有此理！关于这点，松脂稍微想想就会明白。但是那家伙看不到一点眼色。只要脊背往树皮上一靠，肯定立刻被它粘住。和这种不知好歹的蠢货打交道，不仅有损于我颜面，而且也有害于我的皮毛。再怎么痒得难受，也只好忍着点儿。然而忍也不是个办法，还是得另外想法，总这样又痒又粘，说不定就会生病。如何是好呢？正弯着后腿打主意，忽然想起一件事来。

我发现我家主人常带上毛巾和肥皂出去，每次都要过三四十分钟才回来，不知晃去了什么地方。每次出去后回来，他那张阴沉的脸面色就会有了点生气，不再那么灰不拉几的。对此我很是好奇。如果有什么东西对我家主人这种脏不拉几的人都有点作用，对我肯

---

① 波罗的海舰队：俄国三大舰队之一。日俄战争时败于日本海。

定就会更有用。比起我家主人，我可是天生丽质。自然我没想过做一个花花公子，靠颜值为生；单想想最近这种状态，万一身染重病，享年一岁零几个月而夭折，那将何以告慰天下苍生！

听说那地方是人类为了消磨时光而设计出来的，叫什么澡堂。既是人类所造，肯定不含糊。反正没事进去看看也未尝不可！即使不奏效，顶多洗手不打湿头。不过，还不知人类是否足够宽宏大量，肯在为自己设计的澡堂里容纳异类的猫，这还是个问号。但连主人这样的都能大模大样跨入，料想也没有理由将我拒之于门外。不过万一有点什么，传出去毕竟丢脸。那么，先去侦查一下，看情形还行，再叼条毛巾窜进去也不迟。主意拿定，便徐步向澡堂进发。

出得小巷左拐，迎面一个东西高高站立在那，像竹筒，筒尖上冒着烟雾，我想这就是所谓澡堂了。我绕到后门，悄悄溜了进去。千万别信什么"从后门溜进是胆小""是外行"之类的话，这都是那些只能走正门的人嫉妒才会这样说的。自古从后门出其不意而闯入的名人志士不胜枚举。《绅士养成法》的第二卷第一章第五页上就这样写着。在下一页的背面，绅士遗书中就说了"后门乃修身明德之门也"之类的话。作为二十世纪的猫，这点教养还是有的。别太看扁我！

接着说我溜进去后，看见左边是堆积如山锯成八寸长的松木棒，紧挨着是堆积成岭的煤堆。我想到了会有人问："为什么松木为山，黑煤似岭呢?"倒没什么重大意义，不过是为了对仗工整，临时凑合着山岭二字分而用之罢了。人类又是吃米，又是吃鸟兽虫鱼，吃尽种种乱七八糟的东西，结果堕落到吃起煤炭来。有点惨不忍睹！

尽头有一扇六尺多宽的门大敞着。室内空荡荡，没有一点声息。但对面传来很多的人声。由此足以可以断定所谓的澡堂子，就是在发出人声那一带了，于是我穿过木炭和煤堆间的深谷，再左拐，发现右边那扇玻璃窗，窗外有圆形小桶堆成三角形，就是所谓的金字塔形。想想看，这些小圆桶被堆成三角形是何等忍辱负重啊！我心里很是同情圆桶诸兄了。

小桶南侧四五尺宽的地板，像专为欢迎我而设。地板约高于地面三尺，想跳的话，可是个很不错的跳台，我边喊着"好哟"，一边纵身一跳。于是乎澡堂子就在我鼻下、眼下和面前乱晃。问天下何事最有趣？莫过于吃没吃过的、看没看过的开心了。列位如果像我家主人那样，一周三次到这个澡堂来混三四十分钟，那就没的说；假如跟我一样从未见过澡堂，最好快来看看。宁肯爹妈临死不去送终，这情景也不该错过。都说世界大着呢！但如此奇观绝无仅有。

要是你问我“什么奇观”？我实在有点说不出口。人们在玻璃室里一堆堆的，赤条条吵吵嚷嚷，简直像台湾的土人，二十世纪的亚当。翻开人类服装史——这扯得太远，还是不谈罢了，这个还是让给托衣退菲尔斯特莱克①去翻吧——人类全靠穿衣打扮来提高身价。十八世纪英国的理查德·纳什②，为巴斯温泉制定了严格的规则：在浴池内，不论男女，从肩到脚都要着装。距今六十年前，英国的古都曾经设立过绘图学校。既是绘图学校，买些裸体画、裸体素描或者模型，四下陈列起来本是件自然的好事。可当开学典礼时，从那些官员到教职员，都感到尴尬。开学典礼嘛，邀请名媛淑女那是不可或缺的。可按当时贵妇人的流行观点：人是服饰的动物，不是一身毛皮的猴子猴孙。人不穿衣，就像大象没鼻子，学校没有学生，军人没有武器，完全失去了人的本性。既然失去了人的本性，那就不是个人而是野兽。就算是素描或模型，但如果跟兽类一样，当然会有损于女士的观瞻。因此妻妾们才会说“恕不出席”。

而在那些教职员们看来，这些女人简直就是不可理喻。只是女人是作为一种装饰品，在东西各国是相同的。她们虽然一不会舂米，二不当志愿兵，但在开学典礼上却是不能没有的道具。没办法，学校只好到布店去买了一丈二尺八分七厘的黑布，给那些人像穿上了衣服。又生怕冒犯哪一位，煞费苦心把脸都遮了。开学典礼这才顺利举行。由此可见，服装对于人的重要性。

近来有些老师，不断强调画裸体，但他们错了。依我有生以来从未裸体过的猫的观点来看，这肯定错了。裸体本为希腊、罗马遗风，因文艺复兴时期兴起的淫奢之风而盛行于世。在古代希腊与罗

---

① 退菲尔斯特莱克：英国哲学家克莱尔（一七九五——一八八一）的《服装哲学》一书中虚构的人物。

② 纳什：英国十六世纪“大学才干派”著名作家之一。著有英国第一部流浪汉小说《倒霉的旅行家》。

马的人们见惯了裸体，多半不会认为裸体与风气有什么利害关系。而北欧寒冷。连在日本也常说：“不穿衣服怎能出远门。”如果是在德国或英国光着身子，只有冻死。死了白搭一条命，还是穿衣服好。于是都穿起衣服来，人就成了着装的动物。一旦成为这样的动物，偶然遇上裸体，就不承认是人、认为是兽。因此欧洲人尤其北欧人将裸体画、裸体像视为兽类，是可以理解的。视为不如猫的兽，也无可厚非。美？美就美吧！不妨视为“美丽的野兽”好了。

也许有人要问：“你见过西方妇女的礼服吗？”

在下不过是一只猫，哪能见识到西方妇女的礼服？但听说她们穿的衣服袒胸露肩，光着胳膊，还把这样的衣裳叫礼服。荒谬绝伦！直到十四世纪，女人们的衣着打扮还没有这样荒诞不经，穿的还是普通人的装束。后来怎么就变得像下流的杂技演员了？由于这事考证起来过于烦琐，此处略过不表好了。反正知之为知之，不知为不知，也就算了吧！历史暂且还是不提。她们尽管打扮得怪里怪气，也只是在夜间得意扬扬，但是内心里似乎多少还有点人味。一到白天，就会盖上肩头，遮住胸脯，包紧胳膊，不仅全身不外露，而且哪怕被人看见一个脚趾，也认为是奇耻大辱。由此可见，她们的礼服只用来掩耳盗铃，好一个傻子跟浑蛋想出来的主意。如果有人觉得这话说得叫人委屈，那么，何妨不大白天露出肩膀、胸脯和胳膊来试试？裸体崇拜者也不例外。既然裸体那么好，怎么就不叫自己女儿赤身露体，顺便你自己也脱得精光，到上野公园去走走？做不到？要我看不是做不到，大概是因为西洋人不这么干，你才不肯的吧？现在不是正有人穿着这样别别扭扭的礼服耀武扬威跨进帝国饭店吗？问他道理：无非是西洋人这样打扮，他们也就穿穿罢了。大概认为西洋人优秀，哪怕生硬、愚蠢，也觉得不模仿就不舒服。常言道：见了长的必须短，见了硬的必须软，见了重的必须扁。按这一连串的“必须”，岂不成了傻瓜！如果认为当傻瓜也没法子，那就忍着点吧！那就别再以为日本人怎么了不起。学问也是如此，只因与服装无关，下文略去。

衣服之于人类，关系如此重大，几乎说不清人就是衣服，还是衣服就是人。我甚至想说：一部人类史，既不是肉的历史，也不是骨的历史，更不是血的历史，而是一部服装的历史。因此，见了不穿衣服的人，就会觉得他不像个人，简直像妖魔鬼怪。假如全体人类约定了一齐变成妖魔鬼怪，也就不存在所谓妖魔鬼怪了。因此，是妖怪也无妨。不过，这一来，人类本身可就烦恼无边了。

远古时期，大自然平等造人。任何人出生时都是赤裸裸的。假如人的本性安于平等，就该始终裸着活到今天。然而有一个裸体人说："这样人人毫无差别，会丧失上进心，显示不出努力的成果。但愿想个办法突出个人，我就是我，谁看也是我，而不同于别人；要是我穿上点什么，很可能别人见了就会大吃一惊。难道就没有什么窍门吗？"他想了十年，发明了裤衩，立刻穿上，心想："看看，服气了吧？"于是他骄傲地走来走去。这也就是车夫的祖先。仅仅发明个简单的裤衩需要花费十年光阴，很可能人们会觉得有点奇怪吧？不过，这是因为以今天的眼光，看远古蒙昧世界得出的结论。在当时，这可是前无古人的伟大发明。笛卡儿①说："我思，故我在。"这点三岁孩子都懂的道理，据说他花了十几年功夫才想出。一切真理在探索过程中都是很费力的。发明裤衩用了十年，但按车夫的智力来看，不能不说是难能可贵了。

接着说裤衩。这裤衩一问世，社会上一开始就只有车夫最神气。他们穿着裤衩，在天下所有的大路上横冲直撞。这样就有个妖怪不服气了，于是他用了六年时间，发明了叫作短褂的玩意儿。于是就导致裤衩的势力衰减了，人的社会进化到短褂全盛时期。鲜货庄、药材店、裁缝铺，都是这位大发明家的后代。跟着裤衩、短褂时期接踵而来的，是裤裙时期。这是因为有些妖怪看着不服气，决心"不养成穿短褂的习惯"于是设计出来了的。古时候的武士和今日的官员，都和这些妖怪属于同类。那之后妖怪们就开始争先恐后标新立异，以致相继出现各种奇怪的发明，最终出现了燕尾服这种畸形的装束。回头去溯本求源，就会发现这都绝不是胡闹、漫不经心导致的，全都是争强好胜的结果，这种争强好胜也就转化为各种奇装异服，被人穿在身上，取代前个时期的服装大摇大摆走来走去，好

① 笛卡儿（一五九六——一六五〇）：法国哲学家、数学家，开拓了近代哲学，首创了解析几何学。

像在说："我和你不一样！"

从这种心理出发，有了一大发现，不外乎是：如同大自然忌恨真空，人类也厌弃平等。然而，在这厌弃平等，把衣服视同骨肉而穿在身上的今日，如果要人们将已经成为自己属性的衣服扔掉，回到一切平等的原初，那简直就是疯子的行为。就算甘愿当个疯子，也不可能回到原始时。在文明人眼里，凡是回归原始的人们都是怪物。有人认为，把世界几亿人通通带到妖怪的国度去，就能实现平等自由了。理由是大家都是妖怪，不以为耻，于是心安理得。这还是不行，因为全世界的人都成为妖怪的第二天，又会开始妖怪间的竞争，不能穿上衣服竞争，那就会以妖怪本色来竞争。裸体就裸体，一样能制造出差别来……由此可见，衣服还是暂时脱不得。

可现在在我面前这伙人，竟然把不能脱的裤衩、短褂甚至裤子全都扔在衣架上，毫不知羞以原始丑态于众目睽睽之下，而且还在那谈笑风生。前文所谓"一大奇观"，大概指的就是这种场面。敝猫能在此见此奇观，并为列位文明君子描述一二，实属三生有幸。

突然一阵嘈杂声传来！真不知从何处下笔。妖怪们的行径没有规律，因而，为了井然有序记载下证实材料，不免要费在下些力气，还是先从浴池说起吧！一时半会找不到很好的，那就且叫它作浴池吧！三尺宽，九尺长，隔成两半，一半是乳白色的热水。听说是什么"药物浴池"，好像是把石灰溶解在里边。不单是混，还油汪汪、沉甸甸的。仔细一打听，难怪像腐臭了似的，原来一周才换一次，边上是普通澡堂，但我敢打赌，绝对够不上晶莹透明。水色已经告诉我们了：像搅浑了的消防水桶里的积水。

下文是对妖怪的记述。这要费点笔墨。两个年轻人相对而立，站在类似消防水桶的那个池子里。他们互相往各自肚子上腹部哗哗浇水，看上去怪开心的。大哥别说二哥，二人都长得漆黑。我边看边想："这妖怪长得真魁梧！"不一会儿，其中一人开始用毛巾反复搓胸，一边搓一边问同伙：

"阿金，这块儿疼得厉害，是怎么了？"

"那是胃。这玩意儿可要命呢！小心着点，危险！"阿金警告说。

"不，是左侧！"他指着左肺。

“那是胃，左边是胃，右边是肺。”

“是吗！我还以为胃在这儿呢。”

他又敲了敲腰部给另一个人看。阿金说：

“那是疝气呀。”

这时，一个蓄小胡的小伙子扑通跳进水里，看着二十五六的样子。擦在他身上的肥皂沫与泥垢一同漂起，就像在有铁锈的水上能看到那样的“闪光”的亮晶晶。挨着他的那个秃顶老头儿，缠住一个蓄长发的人争论不休。二人都只露出个脑袋。

“唉，这么大年纪，不中用了。人一老就比不得年轻人啰！不过，只有洗澡，至今也还是水不烫不好受。”

“你老人家算是结实的呀！精神头很不错。”

“哪有精神。只是没病。人哪，只要不干坏事，能活一百二十。”

“咦？能活那么大？”

“能。保你活一百二十。明治维新前，牛込区有个叫曲渊的武官，他手下一个仆人活了一百三十岁。”

“可真能活！”

“唉！活得太长，后来都忘了自己的年龄。听说只能数到一百岁，再多就记不住了。我给他记到一百三十岁，可一百三十岁还没死，后来就不知道了，说不定还活着哩！”说着老头儿出了浴池。留胡子的人好像往身边撒了些云母片，自己在那傻笑。

接着跳进来的这个可不同于一般妖怪，这个脊背刺了文身画。那画看着像是岩见重太郎①正抡起大刀杀巨蟒。可惜这文身没有完成，到处找不到那条巨蟒。看上去那个重太郎先生有点扫兴。这个怪物边跃入浴池边说：“妈的，不凉不热的。”

这时又闯进来一个。

“啊，够受！再不凉点……”他龇牙咧嘴受不住烫的样子。一见“重太郎”，叫了声“老板”。“重太郎”哼了声，过一会儿才问：

“阿民怎么样？”

“怎么样？就是爱要钱呗！”

---

① 岩见重太郎：日本十六世纪传说中的豪杰。

“不单是爱要钱……”

“是吗，他是个心眼不正的人……怎么说呢？都不喜欢他……怎么说才好呢……反正都不相信他。一个手艺人，不该这样！”

“是呀！阿民不谦虚，趾高气扬的，所以都不相信他。”

“说得对。总以为自己有两下子……终归还是自己吃亏。”

“白银街的老人也都去世了。如今，只剩下桶匠铺的元兄、砖瓦铺的掌柜和师傅了。咱们都是土生土长。像阿民，谁也不知道他是从哪儿来的？”

“是呀！可他还是那个小样呢！”

“哼！怪事儿，都不爱搭理他。是因为他不和人们来往？”就这样，二人毫不留情攻击了阿民。

“防火水桶”里的风光描绘就此打住。再往白浆水那边去看看。那里也人满为患；与其说人进池里，不如说水漫人群更确切。而且都优哉乐哉，有进无出。照此下去，估计过一个星期，水不脏都是奇迹。再往浴池中仔细瞧，竟是苦沙弥先生，被挤在左边角落，泡得红赤赤的缩成一团。看着真可怜！若是有人让条路就好了。可没人动，主人似乎也无意挤出来，就那样一动不动泡着，真够遭罪的。他大概是想充分利用这二分五厘的票价？我是忠于主子的猫，不免在窗框上担心起来：再不上来，怕要发高烧的呀！

这时离主人六尺远漂着的那个人，眉头皱成八字说：

“这水热过头了。后背辣辣的直冒火呢！”他边说边往四下看看，想来是想在周围的妖怪中找同情。

“哪呀！正好呢。药物池水不热没效验，在我们家乡，水要比这热一倍才肯下去哪。”有人自豪地说。

“究竟这种水能治什么病？”一个人叠上毛巾，遮在凹凸不平的头上向众人请教。

“效力可大了，听说能治百病！真厉害。”

答话的人瘦瘦的，面孔太像一条黄瓜了。问题是既然药池这么灵验，这家伙应该比现在看着要健康才对。

“投药后三四天最好，今天洗澡就正是时候。”

这个说话的像个明公，肥嘟噜的，身上污垢太厚？

"喝下去也有效吗?"不知哪儿冒出的尖叫声。

"水凉后喝一杯再睡觉，神奇得很，不起夜呀！不妨喝点试试。"不知这话从哪张嘴蹦出的。

好了，浴池风光片到此播放完毕。下面是冲洗室。天，那里面密密麻麻的全都是亚当们，一个个横七竖八在那随心所欲洗自己随心所欲的部位。最出奇的两位亚当一位仰面朝天躺着，盯着高高的天窗发呆；一位趴着望着下水道发愣。这两位似算是悠闲的亚当。有一个秃子面对石墙蹲着，由另一个小秃子不停敲他的肩。大概是师徒关系，小秃子代行搓澡人的职务。可真的搓澡人就在边上，但看上去多半是感冒了，这么热还穿着坎肩。他正从一个袖珍书大小的小桶里沾水，往那个师傅肩上浇。此人右脚拇指缝里夹着条羊毛搓澡布。这边有个小伙子，耀武扬威霸占了三个小桶，劝挨肩的人用他的肥皂:"用吧！用好了!"还在滔滔不绝长篇大论。仔细一听说的是:

"从前只有对杀对砍。火枪大炮这玩意儿是从外国进口的。外国人胆子小，所以造出那种玩意儿。不是中国造，是外国人造的，和唐内①时代还没有。和唐内就是清和源氏②，据说源义经③从虾夷国④去满洲时，带去了一个非常有学问的虾夷人，源义经的儿子那时正在攻打明朝，担心打不过，派出使臣去见三代将军⑤要求借兵三千。三代将军却扣留了那个家伙。那使臣叫什么了？……扣留二年，最后在长崎给他讨了个女人，生了个儿子就是和唐内。后来回国一看，大明朝已为国贼所灭……"不知所云，简直听不懂。

他身后那个面色阴沉二十五六的男人，正一言不发在用白浆热水搓自己的胯裆。很有可能是胯裆生了个疥子什么的，好像很难受。他身旁是个十七八岁的小伙子，一口一个"你小子""老子我"，满

---

① 和唐内：近松门左卫门的净琉璃《国姓爷合战》的主人公，说和唐内就是郑成功。

② 清和源氏：日本第五十二代天皇。

③ 源义经（一一五九——一一八九）：平安末期武将。协助其兄源赖朝打天下。后被源赖朝流放，终自杀。

④ 虾夷国：指日本古时奥羽至北海道一带。

⑤ 三代将军：即德川三代将军家光（一六〇四——一六五一）。

嘴跑火车的，大概是附近哪家寄人篱下的学生吧？接下去，是一个奇怪的脊梁，活像从屁股插进去一根紫竹，脊梁的骨节一清二楚。而且脊背左右有四个像儿童棋子的圆点，整整齐齐的。“棋子儿”烂得通红，有的周围还流脓。

要写的事太多，不是我这点本事能做到的，太多遗漏也就在所难免。正在那懊悔自己干吗要揽下这桩子吃力不讨好的事儿，就见门口出现一位身穿浅黄棉衣，年近古稀的秃子。他对那些裸体妖怪毕恭毕敬鞠个躬：

“承蒙各位天天关照，多谢了！今天天气有点冷，请各位慢慢洗……到白浆水那去几趟，从容暖暖身子……掌柜的！看洗澡水凉热怎样？”

掌柜应了一声：“嗳！”

“和唐内”对老头儿大加赞赏：“多么会来事儿！不这样就做不好生意呀！”

突然见到这个奇怪的老头儿，我感到有些惊奇，只好暂停上述这类记录，专门观察一下这个秃头佬。老头儿看一个大约四岁的孩子走出浴池，就伸出手去：

“小宝宝，到这儿来！”

那孩子见老头儿的面孔活像一张豆馅年糕被踩扁了的。大概这一吓非同小可，哇一声大哭起来。老头儿有点意外，叹息道：

“哭了！怎么了？爷爷很可怕吗？唉，这是哪跟哪呀。”

孩子还是哭个不停，见状老头儿话锋一转，对孩子的老子说：

“敢情是源先生！今天有点冷啊。昨夜溜进近江铺子的那个小偷，是个什么名字的混蛋？把那家的便门给开个四方口子。后来说什么也没拿就走了。大概看见巡警或是查夜的人了吧？”他开始嘲笑起小偷，多半是觉得这小偷有勇无谋。接着他抓住另一个：

“喂，喂，好冷！你还年轻，不觉得冷吧？”因为他是个老头儿，所以只有他一个人怕冷！

我被老头儿吸引了，不但把其他怪物都忘了，就连在那个角落里受苦受难的主人也忘掉。突然在搓澡和冲洗之间的地方发出一声巨响。一点都不意外，就是苦沙弥先生。这一次主人沙哑的声音响亮又刺耳，这不是从今天才这样的。但总得分个场合，因此我才大吃一惊，很快我就做出鉴定：主人一定是在热水中咬着牙泡太久，上火了。假如因为病魔所致，倒也没什么；然而他尽管上火，也不肯失本性，这一点，等我说明他这样大呼小叫的原因了，你就会明白。

他是和一个穷学生像小孩似吵起来了。

“往后点！不许往我的水桶里淋水！”吼叫的是在下主人。

看问题嘛，不同眼光，看到不同的东西，公说公有理婆说婆有理。所以也没必要全都上升到上火的结果上去，说不定万人之中就有那么个人，会觉得说他这一声怒吼堪比那高山彦九郎①怒斥山贼哩！说不定主人还真是这个主意才演了这么出戏。遗憾的是对方完全不认为自己就该扮演山贼，主人肯定就不会收到预期效果。

学生回过头和气地说：“我原来就在这儿！”

这句回答无非表达不肯移动的决心，尽管很平常，却有拂主人的意愿。但我觉得吧，他大可不必像对山贼那样破口大骂，这一点，主人再恼火也应该一清二楚。问题就在这里。主人发火并非对学生占位置不平，好像还是因为刚才两个小伙子满口大话，不懂装懂；主人听在耳里，十分恼火。所以，虽然对方谦恭赔礼，主人也不肯就此罢休，又喝道：

“干吗，有你这样的吗？畜生！让脏水哗哗往别人的桶里淌！”

我也觉得这名学生有点烦。不禁心里暗暗喊：“痛快！”不过转念一想，作为一名教师，主人这样有点失体统吧？在下主人就是这样鸭子死了嘴硬，像煤矸石样又尖又硬。从前汉尼拔②跨过阿尔卑斯山时，据说在路当中就遇到一块巨石，阻碍了军队的前进。于是，汉尼拔就往这块巨石上浇醋，用火烧，烧得软了，再用锯拉，像切鱼糕似锯得平平整整，大军顺利通过。像我主人，在这么灵验的药汤里煮泡了这么久，也丝毫不见功效，恐怕也非得用醋浇火烧不可了。否则像这样的学生，即使上百人用上几十年，也治不好主人的顽固症。

---

① 高山彦九郎（一七四七——一七九三）：江户后期的勤王派。名正之，上野人。当时被称为三怪之一。后自刃。

② 汉尼拔（约公元前二四六——前一八三）：古迦太基著名军事家。

不论漂在浴池里，还是躺在冲洗间里，人一旦脱光文明人必备的服装，就是一群妖怪，自然不能以常理视之。在这地方人们可以为所欲为，随意胡扯一些“肺里有胃”“郑成功是清和源”“阿民信不过”……一旦跨出冲洗室来到更衣处，就不再是妖怪了。走进人生息的尘世，穿上文明必备的服装，也就不得不像个人样行动。

主人正在跨门槛——那是冲洗室与更衣室的分界线，也就是“嘻嘻哈哈、你好我好”的世界与胡扯八道妖怪的世界之间的。就连这当儿，主人依然是那么顽固，可见，对于他来说，顽固这病一定是深入骨髓了。既然是顽症，当然不大容易治愈。以猫家愚见，这种病只有一副药可以治，那就是请校长革他的职。主人是死心眼儿，一旦革职，会走投无路；一旦走投无路，必然饿死在路旁。换句话说，革职将成为主人死亡的主因。主人爱闹病，还很享受，但怕死。他是希望能害点不致命的病，比如人们常说的富贵病之类，可以小病大养悠闲着。因而，你如果吓唬他说：“你再闹病就宰了你！”主人胆小，肯定会浑身发抖，而浑身发抖时就会没病了。如果这样还不见好，那只能是病入膏肓。

再怎么糊涂和患病，主人毕竟是主人。有诗人曰：“一饭君恩重。”我虽然是猫，也是有情操、有气节的猫，因此不会不在意主人的命运。也正是因为同情太多了，被吸引去了全部精力，以至一时间忽视了对冲洗间的观察。这时候，突然传来了对着白浆水浴池的叫骂声。那里也吵架了？回头一看，妖怪们把浴池门口挤得水泄不通。满眼都是有毛的小腿和没毛的大腿。

至此孟秋，暮色已沉。冲洗间被直到天棚的热气笼罩着，妖怪们拥挤的样子依稀可辨。“热呀，热呀”的喊叫震耳欲聋，让我脑子嗡嗡乱响。那声音各种颜色叠加，组成没法说清楚的音响，把浴池弥漫了。这些声音除了混乱，什么用也没有。我被这光景迷得出神，茫然伫立窗框上。一会儿后，叫声混乱到了极点，再也不可能更加混乱。突然发生了推搡挤压，人群中直挺挺站出一条大汉。只见他的个头高出三寸上下。扬起他那不知是脸上长胡子，还是胡子包住了脸的赤红面子，发出敲起破钟般的吼：“加冷水，加冷水！太热，太热！”

只有那声音，那张脸，在熙熙攘攘的人群中高高冒出。看上去似乎整座澡堂里只有一个人头。“超人”！这便是尼采①的超人！是魔鬼的大王！是妖怪的头领！正想着，有人在浴池后应了一声：“嗳！”我一惊，往那边一瞧，只见朦胧中那个穿坎肩的搓澡人喊了声：“烧啊！”将一锹煤投进灶里。关上灶门时，那锹煤燃烧得嘎巴嘎巴响，将搓澡人的半个脸照亮。同时，搓澡人背后的砖墙像起火似的通亮，撕破了夜幕。我有点恐怖，急忙从窗户跳下，回家去了。

在回家途中，我边走边思考：人们脱掉短褂，脱掉裤衩，赤条条地奋勇争取平等。可在赤条条的人群中，又跳出来个赤条条的豪杰，制服了所有的赤条条。可见，不管怎么赤条条，也不可能有平等的。

到家一看，主人比我先一步到。天下太平。主人出浴后面若桃花，奕奕有光，正在用晚餐。他看我从檐廊走来：

“这猫可真逍遥。这工夫跑哪儿溜达去了？”

一看几上菜肴，本来没钱，偏摆了两三样。其中还有条烤鱼。我叫不上这条鱼的名称，大约是昨天在东京湾炮台附近抓住的吧！我曾说鱼儿健壮。但再怎么健壮，也顶不住这样又煎又煮的，可怜的鱼儿。还不如病魔缠身、苟延残喘。想着想着，我就不小心坐在了饭桌旁，想着找机会弄点吃的，但表面上要装作似看非看。要是不这样装模作样，想要吃到香喷喷的鱼，那还是死了这条心的好！主人夹了点鱼，表情是不大好吃的样子，又放下筷子。妻子坐在对面，正聚精会神观察主人上下挥舞筷子还有双颚开合的模样。

“喂，敲两下猫头！”主人突然对妻子说。

“打它干吗？”

“爱干吗就干吗，先打它几下！”

原来如此。妻子于是就用巴掌拍我的头，一点也不疼。

“没叫唤！”

“是的。”

“再打它几下！”

“打几遍，也还是那回事！”

妻子又用手心拍了我一下，还是不疼，我端庄而坐。然而，心

① 尼采：德国唯心主义哲学家，唯意志论者。他提倡主观能动，鼓吹超人、强者创造历史哲学。

里在琢磨干吗打？我虽足智多谋，也还摸不着头脑。如果知道，就能想出点办法的。可主人不问青红皂白，光是命令妻子打，这样一来，不仅动手打的女主人为难，挨打的我也尴尬。主人一看不能打得叫他称心，有些急不可耐地说：

"狠点，打哭它！"

"干吗打哭它？"妻子厌烦地边问边打我一下。

这下子我算明白主人的意图了。不就是叫一声吗？就当是哭好了，您满意就好。主人真蠢，还讨厌。想听我哭，那就该把"哭"这一目的说出来，用不着三番两次大费周折。本来一次就可饶命，何必重复好多次呢？命令"打"，除非以打为目的，否则不该这么说的。打，是你们的事；哭，是我的事。他从一开始就成心想听我哭，却只命令"打"，以为一个"打"字就将属于我自由的哭声囊括起来了，真不懂礼貌！太不尊重别人的猫格！是欺负猫！假如是那个被主人视为蛇蝎而深恶痛绝的金田老板，也许能干得出来；可一向作为自诩儒雅清白的主人这么干，就显得太卑鄙。不过说真的，主人还不是那么的小人；因此，发出的这道命令还不能说是出于登峰造极的狡诈，我想，更有可能是智商不足而产生的一些蚊子崽念头。他大概轻率地断定：吃饱饭，肚子肯定鼓起来；划个口，血肯定冒出来；杀一刀，肯定一命呜呼；所以才匆忙断定：打一巴掌，肯定会哭！对不起，这可不合逻辑。依此类推，会得出这样的结论：掉进河里，肯定要死；吃炸虾。肯定要泻肚；拿工资就肯定上班；读书，肯定有出息。如此"肯定"下去，有人就会吃不消。假如"打一巴掌肯定要哭"能成立，我可就麻烦了。如果把我当成一敲就响的报时钟，可就枉我生而为猫了。我先在内心把主人驳斥一通，然后遵命，"嗷"地哭了一声。

主人问妻子："现在哭了。嗷的一声，这是感叹词还是副词？"

问题提得唐突，妻子一言不发。老实说，我认为主人大概是洗澡导致的内火还没消失！本来就被左邻右舍认为是个驰名的怪物，甚至断言他是神经病患者。然而在下这位主人自信满满。坚持说自己："我没有神经病！世上人才是神经病！"邻居们叫他"狗、狗"的，主人却声称："这都是为了维护正义所必需"，反口叫邻居们"猪呀，猪呀"的。实际上主人真是想到处维护正义。那他真没办法。既然是这么一种人，对妻子提出这么个问题，也就不足为奇了，权当是早饭前一段小小插曲罢了。但却有点疯人疯语。于是妻子云里雾里，一句话也说不出，我更无言以对。这时主人大喊一声：“喂！”

妻子慌忙答道：“嗳！”

“这声‘嗳’是感叹词，还是副词？”

“谁知道！真无聊. 爱是什么是什么！”

“爱是什么是什么？这可是眼下国语学者头脑中的重大问题哟！”

“哎呀呀！指的是猫叫声吗？烦人！可那猫叫声也不是日语呀！”

“因此嘛，才是一门艰深的学问！这叫‘比较研究’。”

“是呀！”妻子是个聪明人，不和这种麻烦问题打交道。“那么，到底是什么，弄清楚了吗？”

“重大问题嘛，不会那么快就弄清的。”说着，主人将那条鱼吧唧吧唧嚼了。顺手把挨着烤鱼的炖猪肉和芋头塞进嘴里。

“这是猪肉吧？”

“嗳，是猪肉。”

“哼！”主人以极大轻蔑的口吻将猪肉咽下，又拿起酒杯：“再喝一杯吧！”

“今晚你都醉醺醺了，满脸通红。”

“喝嘛……你知道世界上最长的单词是什么？”

“是前任关白太政大臣吧？”

“那是人名。说的是最长的单词，你知道吗？”

“词？是横写的洋文？”

“嗯。”

“不知道……酒，就算了吧，请用饭。嗯？”

“不，还喝！告诉你最长的单词吧！”

“说完就吃饭。”

“就是 Archaiomelesidonophrunicheratao”①

“胡说是吧？”

“怎么胡说了？是希腊语。”

“什么语？用日语来说。”

---

① 是古希腊早期喜剧代表作家阿里斯多芬的作品《蜂》里的一句台词，意为可爱的人。

“不知什么意思，只知道怎么写。如果写得长些，可达六寸三左右。”

假如是其他人，这应该是酒桌上的玩笑话。可他却蛮正经，真是一大奇观，怪不得今夜想要贪杯。平时规定只喝两盅，而今已四杯下肚了。喝两杯他都脸红，现在多了一倍，脸像烧红了的火筷子似的，够遭罪的了。可他还想喝，伸出杯来说：

“再来一杯！”

妻子怕他过量，板着脸说：

“别再喝了！好吧！自己找罪受。”

“嗯，就算是遭罪，今后你也得学着点。大町桂月①怎么说：‘喝吧！’”

“桂月是个什么东西？”看来就算是最著名的桂月，碰上女主人也一文不值。

“桂月是当代一流的批评家。他说‘喝吧’那就准没错！”

“混话！桂月也好，梅月也好，叫人喝酒受罪，真是多此一举！”

“不仅叫人喝酒，还叫人们多交际，嫖女人，常旅行。”

“这不是更要不得吗？那号人还算一流批评家？哟，真要命！竟然劝有妇之夫吃喝玩乐……”

“吃喝玩乐也不坏嘛。即使桂月不劝，只要有钱，说不定我也要干呢。”

“没有那种事多幸福！你若是今后也吃喝玩乐！我可受不了！”

“你说受不了，那就不去吃喝玩乐。不过条件是：你必须更小心地侍候丈夫。而且，晚上要再加点菜。”

“现在已经够努力了。”

“是吗？那么，等有了钱再去吃喝玩乐。今晚的酒到此为止吧！”说着他伸出饭碗。

他好像一连吃了三大碗茶水泡饭。而我那天夜里享用了三片猪肉和一个盐烤鱼头。

---

① 大町桂月（一八六九——一九二五）：文学家，名芳卫，高知县人，作品多是叙事、纪行、修养等文章。

第八章

对面有棵扁柏树吧？它妨碍视线就砍掉它。可这一来前边的旅店又碍事了。把旅店推倒，再前边那户人家又碍眼。任你推倒多少，也是没有止境的！

在讲述跑墙运动时，我就想过把主人家的这道竹篱描绘一番的。你要是以为主人的竹篱紧挨着邻居，比如南邻有个二郎之类，那可就是天大的误会。这座宅子房租便宜，这符合苦沙弥先生的特色。

先生从来也没和“小”呀、“阿”呀什么的打过交道，比如“阿与”“小二”等等；也不曾隔着篱笆跟邻家结下过亲密友谊。竹篱外三四丈宽空地，空地尽头五六棵扁柏，从檐廊望去，是茂密的森林。先生的住所是荒野孤家，令人觉得是一位伴无名一猫安度岁月的江湖隐士。

其实那扁柏并不像我吹嘘的那么茂密。那所徒有其名，雅号“群鹤馆”的廉价旅馆的廉价屋顶，从扁柏枝叶的空隙就能一览无遗。因此，要想象出苦沙弥先生的风姿，那可是很费力的。不过既然那家旅店号称“群鹤馆”，而先生的居室则完全配得上“卧龙窟”这个名号。好在名堂不用纳税，大家随便起好了。

这三四丈宽的空地，沿着竹篱按东西方向跑出十余丈，忽然拐了个生硬的弯，一下子就围住了卧龙窟的北侧。这北方可是个祸乱之源。

房屋两侧本来都是空地，甚至可以自豪地说：“走完一片空地，还是一片空地。”不说卧龙窟主人，即使我这卧龙窟的猫怪，眼望这片空地也要发愁。如同南边的扁柏声势浩大，北边的七八株梧桐也严阵而立。梧桐已经有一尺粗，只要把木屐商领来，指定能卖个好价钱。然而这就是租户的可悲之处：心有余而力不足！对主人来说，这也够惨的。

前些天校方来了名杂役，砍了一根枝儿去，二次光顾时便穿上了崭新桐木大号木屐，不打自招吹嘘新木屐就是用上次砍走的梧桐树枝做的。狡猾的家伙！

这里梧桐树对我和主人全家来说，却是一文不值。古语有：“怀璧其罪”① 一说，那么说主人“守着梧桐受穷”，也还顺溜吧！这就是说：守着宝藏受穷。其实真正愚蠢的不是主人，也不是我，而是房东传兵卫。梧桐是一再催促传兵卫：“怎么木屐商还没来?”可他却装作不懂，就知道催要每月那点房租。鉴于我的品格，我与传兵卫无冤无仇，就不多说他坏话。书归正传。刚才介绍过，“这块空地是祸乱之源”，这话可决不许向主人透露，听过就当风刮过的。

说到这片空地，最大的麻烦是没有围墙。一大片空旷之地，任由风来风去，不受约束，更不需要谁的恩准。随便带来些这，带走些那。所以就此而言，要是简单只说：“是”一片，好像不准确，风呀、叶子呀之类的会说我在撒谎。看来应该说：“曾经是”才对。但是，任何事情要是想弄个明白，那都要追溯历史；而要是不明真相，即使是妙手也难开出妙方来。这还得从我家主人迁来这里说起。

虽说“风儿畅游”，夏天倒是凉爽；至于戒备，想来教师这样贫寒之家，盗贼还不至于感兴趣吧。因此，大凡影壁院墙以及木栅栏、枣刺网之类，对我家主人来说，既没有必要，也就免其麻烦了。不过，这也不能由我家主人，更不能由我来决定，而是得由对面住的人家，还有周边居住的那些动物来决定。

为此，就得先摸清盘踞在周围的君子人等的底细。在没有弄清楚他们是人还是动物前便称为“君子”，似乎有点太莽撞。不过大抵是些君子，这是不会错的。不是一直都把盗贼称之为“梁上君子”

---

① 见《左传·桓公十年》：“周谚有之：‘匹夫无罪，怀璧其罪。’”

的嘛！对了，首先可以断定的是，对面那些君子不会找警察麻烦。不过，对面这所号称“落云馆”的私立中学，人数不少，密麻麻的。据说正努力把八百人培养成君子。为此，每月征收两元学费。但要是以为取个“落云馆”的名字，就一定是文雅君子，这也就不对了。千万不要相信名号，这是历史可以验证的，例如“群鹤馆中无鹤立”，反倒是“卧龙窟里有猫来”，这个暂且不提为好。从我家主人苦沙弥这样的疯子，就能了解那些号称学者、教师的人是些什么东西。这样你就能对落云馆里的君子人等有所了解。如果实在不能感同身受，那就请来在下主人家住上三天，你就知道梨子的滋味了。

综上所述，总而言之就是刚搬来时那片空地上就没有围墙。落云馆的诸君子像车夫家的大黑猫似的，随意随时闯进梧桐树林，谈话呀，吃饭呀，在嫩竹上打滚儿呀……总之比在自家还随便了。还把饭盒的尸首、竹皮、废报纸、废草鞋、废木屐之类的，凡带个“废”字的一概扔在这儿。主人反正也习惯了不修边幅，自然是能泰然处之地打发着时光，真不知他是不知道，还是明知却不想责怪。不过，那些君子随着在学校接受教育的程度加深，渐渐像真正的君子，阴谋逐步从北向南蚕食。假如“蚕食”与君子的雅号不大相称，那就不用也罢。然而，实在是找不到恰当的词儿。还不说这些君子像逐水草而居的游牧民，离了梧桐就奔向扁柏。扁柏是位于主人房屋的正面。非胆大包天的君子，是不敢入侵的。但天长日久，见主人家毫无动静，他们也就变成“大胆”了。

说到当今社会的效应，再也没有比教育更惊人的了。这些对面接受教育的家伙，渐渐不仅逼近了房屋，而且还在那唱起歌来。歌名是什么记不得，但绝不是三十一个字的和歌之类，而是更活泼、更容易入耳的歌，据说叫“流行”。说起来有点丢人，不仅主人，就连我这猫也逐渐佩服起这些君子的才华，不由自主竖起了耳朵。我想读者也不至于不清楚“佩服”与“骚扰”的区别，它们经常是对立的。但再次这两者居然珠联璧合起来，今日回想，还感到遗憾。大约主人也是引以为憾，不得已从书房闯出去，赶他们两三次，说：“这儿不是你们厮混的地方，滚远点！”然而，那是些受过教育的人，这么几句吩咐是不会乖乖听的。刚被赶走，他们又回来，回来就唱欢快的歌，高声谈话。而且既然是君子之言嘛，自然别具一格，诸如“你小子”“不摸门儿”等等。这类话，据说明治维新前原是引车卖浆者流的专用行话，到了二十世纪，成为受教育的君子们的标准语言。有人解释说：这与“常人所轻视的运动如今大受欢迎”同出一辙。

这一会儿主人又从书房跑了出来，捉住一个最会说“君子语言”的学生，盘问他“为什么到这儿来?”君子竟然忘了“你小子”“不摸门儿”等“高雅”语言。说出了极端下流的话语：“以为这里是学校的植物园哩!”主人告诫他下不为例，放了他。

说“放了”，像放了只小乌龟的，不大妥当。实际上主人是揪住了君子的衣袖进行谈判。主人心想，把君子这么收拾一通，他们总会规矩些的。主人哪知道，从女娲补天以来，从来事就是与愿违的。主人又一次失败。君子们转从北侧横跨院庭，从正门穿过。

大门哐啷一声开了，主人以为是有客临门，却听到桐树园里发出的欢声笑语。才发现形势不妙，教育的功效这时候就愈发显现了。

可怜的主人，回到书房死守，并毕恭毕敬给落云馆校长修书一封，恳请管束席下弟子。校长郑重复函，声称立刻高筑墙。不多时三四名工匠就来了，半日工夫就在主人房屋和落云馆边界上筑起三尺许的四道墙来。主人那个高兴，这下总算放心了。不过，蠢货就是蠢货呀，主人完全想不到，这等低矮的墙，又怎能阻挡住君子所为?

捉弄人倒是一件有趣的事儿。连我这猫都常常捉弄家中的小千金玩呢。所以落云馆的君子们，捉弄昏庸的苦沙弥先生可是一万个应该。对此鸣不平的，恐怕只有被捉弄的人自己了。

从心理学层面分析一下捉弄人者的心理吧，两个要素：一、被捉弄的人不能满不在乎；二、捉弄人的人，不论在力量还是在数量上必须占优势。

前几天主人去了一趟动物园，回来后就常提起一件使他深受感动的事。原来是看见大骆驼和小狗崽打架。小狗崽在老骆驼周围快如疾风转着圈叫嚣，骆驼却不介意，依然在背上鼓起驼峰，站住不动。小狗崽号叫得都发疯了，大骆驼还是不理睬，终于，狗崽厌倦，不再奔跑号叫。主人笑那骆驼真是感觉迟钝。这个例子用在此很恰当。不管多么会捉弄人的高手，如果对方像骆驼，那就没法捉弄。并且对方过于凶猛，像狮子和老虎，也不会成功，不等捉弄，就被撕得粉碎。最开心的是：一捉弄，他就龇牙瞪眼；干瞪眼，却不敢奈何于我。只有在这种情况下，捉弄人才乐趣横生。为什么说有趣儿？原因是多方面的。首先可以消磨时光。要知道寂寞起来了，甚至想数一下胡须多少根。传说古代坐牢的囚徒，烦闷之余，竟在墙上反复画三角形熬岁月。

哎呀，说实话吧，这世上再也没有比寂寞更难耐的了。生活要是没有点刺激，也够乏味的。活着可真苦啊！

捉弄人，是一种很刺激的娱乐。但要是不能让被捉弄的人有些恼火、焦急或尴尬，就不会有刺激。因此，自古以来，热衷于捉弄人的只有那些昏官样的不懂关爱、看不起人的无聊透顶的家伙，要不就是头脑简单，只顾自己快活的纨绔。

其次，对于那些想要证明自己权威、优越的人，捉弄人是最简便的方法。当然，杀人，伤人或害人，也能验证。但目的就不一样了，捉弄人对他们来说，只是为杀人、伤人和害人这一目的服务的手段，仅仅只是为了证明自己的强大，是采取手段后必然出现的结果罢了。因此，要想显示自己的优势，又不太加害于人，捉弄是最好的方法。当然，要是完全不伤害对方，就不能证明自己优越，就算捉弄过后心安理得，也会失去乐趣。人都是自负的。不对，不该自负时也忍不住自负。因此，他们一定要把自己的自负表演给人看。不然就会难受，会欲罢不能。那些不明事理的家伙，那些缺乏自信沉不住气的人，会利用一切机会，达到这种目的。反正就是要证明自己比别人强。有些会点柔道的家伙就是这样的，他们时刻想着有机会把人摔倒在地，哪怕一次也好，是个外行也行，一定要摔倒。他们在街头走来走去，就是为了达到这个可恶的目的。

此外还有各种各样的，但说来话长，还是就此打住的好。如果还想听，你可以带上一匣鱼干向我请教，我会随时传授。

依在下拙见，后山的猴子还有对面学校的教师，是最佳捉弄对象。当然，拿学校教师跟后山毛猴子相提并论，的确有失体统——

不是对毛猴子，是对教师而言。可二者既然如此相似，那我也没别的办法！

众所周知，现在后山的毛猴都被铁链锁着了，所以张牙舞爪也伤不了人。那些教师，比如在下主人这样的，虽然没有铁锁在身，也被月薪捆着，任你怎样捉弄都行，绝不会辞职后去打学生。假如是个能有勇气辞职的人，当初就不会去当孩子王。我家主人是教师。他虽然不是落云馆的教师，毕竟也是教师，这毫无疑义。要想找到一个捉弄对象，我家主人是最适合、最简易、最保险的对象。落云馆的学生都是少年。捉弄人可以提高他们的身价，因而他们把捉弄人看成教育成果而理直气壮提出要求，甚至认为是应有的权利。不仅如此，这些家伙不捉弄人的话，就会不知道怎样安放他们充满朝气的四肢跟脑瓜，漫长的假期也会因此无聊死。以此类推，在下主人是最合适了的，不被这些学生捉弄，也会被另外的人捉弄。与其舍近求远，还不如就让他们来捉弄好了。不论叫谁来说，这简直就无可厚非到了无可厚非。主人对此发怒，恐怕是混蛋已极，愚蠢透顶吧！下面谨将落云馆学生如何捉弄我家主人，我家主人又如何的糊涂透顶，一一描述了敬请诸公过目。

列位都清楚"方格篱笆"是什么玩意儿。那是个通风良好的简易墙，我们猫可以自由自在从格眼里走来走去。其实有没有花格子篱笆，对我们猫来说都是一回事。落云馆的校长建造方格篱笆自然不是为了防备我们猫，他是为了防止自己培养的君子钻来钻去，才请工匠来编制而成的。当然，通风再怎么良好，人也钻不过去。这种用竹子编成的四寸见方的格子，纵使大清国的魔术师张世尊，也会束手无策。因此，这道篱笆对于人来说，倒是充分发挥了隔离的作用。主人一看篱笆墙修来了，就以为从此天下太平。他这也不无道理。然而主人的理论有个大漏洞，比方格眼儿更大，简直连吞舟之鲸都能溜掉。主人是从"垣墙不可逾越"这一逻辑假定出发的。按他的推导，既然是学生，不论怎样的垣墙，只要名之为墙，就绝不用担心他们会逾越。接着，主人又暂且推翻这一假定，得出如下论断：也罢；即使有人擅自闯入也不要紧。不论多小的毛孩子也没有可能从格子眼里钻进来。由此得出他武断的结论："绝无闯入之忧。”不错，只要他们不是猫，就不可能从篱笆的方格眼穿过，想穿过也办不到。但是跨过，跳过，却不费吹灰之力，甚至是一项很不错的运动，还很有意思。

从筑起篱笆的第二天开始，君子们跟以前一样跳到北侧的空地，只是不再深入到宅子正面。他们来前就利用自己的优势做了测算，算好遭到追击所需的逃走时间。因此，预先计算好了逃跑所需的时间，然后没有被抓的后顾之忧，在空地那四处流窜。他们究竟在干些什么，住东厢房里的人一目了然。想了解他们在北侧空地上的活动情况。只用打开栅门，从相反方向拐个生硬的弯笔直看就是：要不就从厕所的窗口，透过篱笆墙眺望，这样，那里发生的一切就尽收眼底。不过，就算发现几名敌人也不好捉拿，只能从窗格里骂几声。假如从栅门处迂回奇袭敌阵，那些君子们只要听到脚步声，不等你出现早就一溜烟逃到篱笆外去了。这简直就是那些无视“海狗禁捕令”的渔船，朝着海狗晒太阳的地方径直开去。

在茅房里放哨这种事主人自然是不会干的，也没想过打开栏栅，一有风吹草动立刻就窜出。真想这么干，那就只能辞掉教员，专干这种营生，否则是追不上的。主人的不利是：在书房里，只能闻其声而不能见其人，在茅房窗下，只能见其人，却又奈何不得。对方看来是掌握了主人的这些不利条件，采取了策略如下：当他们探知主人是在书房闷坐，就放开胆了尽情叫嚷，自然会冒出来些骂大街的话讥讽主人。而且声音的来处很难确定。乍一听，很难断定是在篱笆内，还是在篱笆外。主人只要一出来，他们要不就是逃之夭夭，要不就是像一直在竹篱外似的。主人如厕时（前文频频使用“厕所”这一脏字眼，非我怎么引以为荣。老实说，是叙述这场战争的必要，才不得已而为之）他们会在梧桐树林那徘徊，故意让主人看见。等主人从厕所里发出响彻云霄的高声怒吼了，敌人才开始从容撤退到自己的根据地。敌人的这种战术，让主人狼狈不堪。当他以为敌人侵入了，操起文明杖冲出去。却发现静悄悄没有一个人影。以为没人了，从厕所窗子一看，那不就有一两名学生在那吗？主人一会儿绕到后面看，一会儿从厕所里看，转来转去，总是那么回事；可还是要重复下去，我看那个“疲于奔命”指的就是主人这种样子。主人越来越恼火，于是就开始忘记了自己的职业究竟是教师呢，还是战争。这样的结果就是最终惹下这样一场风波。

“上火”嘛，如字面所示，就是火往上攻。关于这一点，不论是盖伦[1]，还是巴拉塞尔苏斯[2]，甚至陈腐的扁鹊[3]，都没异议。只是火攻何处，却存在着问题；并且到底是什么往上攻，这也是争论的焦点。据古时欧洲人的说法，人体内主要循环着的是四种液体。一是“怒液”，它要是上升呢，人就会大发雷霆；二是“钝液”，它一旦上升了，感觉就会迟钝；三是“忧液”，它多了人就会抑郁；最后是“血液”，它关系到人的活力跟灵敏。传说随着人类进化，怒液、钝液、忧液不知不觉消失了，只剩血液还在人体内循环。因此，如果一个人“上火”，就只有血液。可血液的量因人而异，各不相同。但大约每人也就平均为2．7公升。假如这2．7公升的血液开始倒流，那么，只有血流到的部位活跃，其他部分则因缺血而冷却。打个比方吧，这就好比警察局失火了，警察们都赶回局里救火，街上就看不到警察的影子。在医学上，这就叫作“警察上火”。要想治好这种病，必须使血液均匀地在全身流动。那就得让火退下去，方法多种多样。据说主人的祖先们，采用的是湿毛巾敷头，身子贴在火炉上。《伤寒论》中也有如是说：头冷脚热，乃益寿祛灾也。因此，湿毛巾作为延年益寿法，一日也不可或缺。要不就试一下和尚的方法：“定无居所的沙弥，云游四方的行僧，眠于树下石上。”所谓“眠于树下石上”，跟苦修不相干，据说是禅宗六祖[4]边舂米边想出的法子，是用来消火退热的。在石头上坐一下，臀部发凉是吧？臀部一凉，火气自然下降，这也是自然规律，完全不容怀疑。如此古往今来，已经有太多除火退热的妙法被发明了出来，但遗憾的是，至今仍未想出引发上火的良策。一般来说，“上火”是有害无益的，

① 盖伦（一二九——一九九）：古罗马医师，自然科学家和哲学家。

② 巴拉塞尔苏斯（一四九三——一五四一）：原名冯·霍恩海姆。瑞士医学家、化学家。提倡将化学应用到医学上。

③ 扁鹊：中国战国时代的名医。

④ 禅宗六祖（六三八——七一三）：中国禅宗的第六祖（从达摩算起第六代）慧能。

但有些时候，也不一定都是有害无益的。比如有的专业上火就很重要；如不上火就会一事无成。其中最典型的是诗人。诗人之需要火气，犹如轮船之不可缺煤。哪怕一天停止供火，诗人只得垂手待食，重新回到凡夫俗子状态。因此，上火就是发疯的别名。不发疯，就支撑不住家业，名声会不大好听。但诗人毕竟是诗人，煞有介事商定了一个“灵感”的名字。这样一来更容易蒙骗世上那些缺乏智慧的人们。其实那就是上火。柏拉图①曾经捧诗人臭脚，把上火称为“神圣的疯狂”。然而再怎么神圣，既然“疯狂”人们就不会理睬；因此，还是像新发明的药名那样，称为灵感对于诗人们更好用一些。但鱼糕的原料是山药，观音菩萨像的素材是一寸八的朽木，鸡丝汤里是乌鸦肉，牛肉锅里是马肉，所谓灵感，就是上火。所谓上火，就是发疯，那些还没有进巢鸭②疯人院的人，因为是临时性的发疯。不过，临时性发疯的制造比较困难，反倒是真疯癫要容易很多。要想只在对纸挥毫时的时间段里发疯，这是不管什么神仙鬼怪，花多大精力也很难制造出来的。既然神鬼不给造，只好自谋生路。于是从古至今，上火术和消炎术一样使学者们耗尽精力。有人为获得灵感，每天吃十二个涩柿子。这种办法是基于下述逻辑：吃了涩柿子就要便秘，便秘了火就会上攻。还有人拿着滚烫的酒壶，跳进滚烫的澡堂。他们认为在热水里饮热酒，肯定火气上升。按这种学说，如果还不成功，那只要把葡萄酒烧开了跳进去，估计能奏效。可钱是个大问题，此人因为没有钱，终于事未竟而身先死，怪可怜的。

最后有人想出个主意，觉得模仿古人也许能激发灵感。其理论上的根据是这么一种学说：只要模仿某人的举止风貌，天长日久，心理状态也必然酷似。就好比像醉鬼那样唠唠叨叨，不知不觉的情绪自然也会像醉酒一样。坐禅能坚持一炷香工夫，就会觉得自己变成了和尚。那么，模仿古代的名家名作，肯定也会变得像那些作古

① 柏拉图（前四二七——前三四七）：希腊哲学家，苏格拉底的大弟子。

② 巢鸭：东京都丰岛区东部。

了的先辈。传说雨果[①]曾躺在一艘快艇上构思作品；因此，只要坐在船上凝视苍天，就能跟雨果一样激情四射。又传说史蒂文森[②]趴着写小说；因此，只要趴着握笔，头脑就会发热。诸如此类，各种不同的人等，想出了各种不同的办法；之所以至今还没有一个人成功，主要是因为如今人为的激情已成为不可能。真很遗憾，又无可奈何。但不要紧，迟早自由激起灵感的时机会到来，猫家我为了人文的未来，殷切盼望这一天尽早降临。

关于上火，那就暂且讨论到这里好了！下文是有关事件叙述的经过。要知道任何大事件发生前，一定有个小风波。只谈大事而忽略小事，这是自古以来史学家们的通病。我家主人就每当碰上个小风波，头脑就更加发热，惹出大乱。因此，不按事物的发展顺序一一道来，就难于理解主人究竟是怎样上火的。既然难于理解，主人上火就只落个徒有虚名，说不定世人会白他几眼说："未必属实吧?"主人难得上一次火，如果不被人们称赞一声"绝妙的上火"，那岂不太让人泄气了吗？首先声明，下述所说事件无论大小，对主人都不大光彩。既然不大光彩，一旦上火了却又上得地地道道，不比任何人逊色，那就一定有其独特之处，需要加以说明才行。在下主人本来就乏善可陈，要是连上火都不吹嘘一番，可就一无是处不值一提了。

聚集在落云馆的敌军，近日发明了达姆弹[③]，于课间休息的十分钟里要不就是放学后，冲着北方阵地开炮。那达姆炮弹俗称棒球，玩法是这样的：拿一根类似特大研磨棒的大棒，向敌阵一阵猛挥射出球去。管它达姆不达姆，因为是从落云馆的运动场发射，自然不须担心会射中躲在书房里的我家主人。即使敌人，也不是不知道这样射程太远。这自然是出于战略上的考量。既然传说在旅顺战斗中全靠海军间接射击而获巨大成功，那么，落到北方阵地上的虽说是

---

① 雨果（一八〇二——一八八五）：法国浪漫主义作家，主要作品有小说《巴黎圣母院》《悲惨世界》等。

② 史蒂文森（一八五〇——一八九四）：英国小说家。主要作品有小说《金银岛》《化身博士》《诱拐》等。

③ 达姆弹：枪弹的一种，因由印度达姆市的兵工厂发明，故名。

球，也不会不奏奇效。更何况每发一炮，全军便嗷的一声发出惊天动地的巨响乎！惶恐之余，主人手脚里流通的血液不得不收缩；烦闷之至，淤积的血液自然要倒流，应该说敌人的计策十分巧妙奏效。

据说古希腊有位剧作家叫埃斯库罗斯，他有一个学者和作家并存的脑袋。我所谓学者和作家并存的脑袋，意思就是说秃头。为什么头秃了呢？没理由不是头部营养不良，不能兼顾到头发的生长。学者和作家都太费脑细胞，很穷是大概率，这是注定了的。因此，学者和作家的头颅都营养不良，都光秃秃的。

那么伊索克拉底斯[1]也是作家，自然也要秃头。他有一颗耀眼的金橘头。有一天，这位先生跟往常一样顶着那个脑袋（他的脑袋平时不戴帽，外出不换冠，当然还是那个脑袋了），摇摇晃晃，晃晃悠悠，在阳光照射下走在长街上。他铸成大错的根源就来自这。远远看去，日光下的秃头比日光还亮。树大都招风，何况是一颗耀眼的秃头。于是，伊索克拉底斯头上盘旋的一只老雕，爪子上还抓着一只不知在什么地方活捉的乌龟。乌龟、老鳖之类当然美味可口。但是，到了希腊时代时，无缘无故长出了一层硬壳，这个谁都知道，再美味有了硬盖，也就难得品尝。带皮烤大虾倒是有的，而时至今日还不曾有过带壳炖小乌龟，这在当年那个古希腊时代，更是没有的事了。

这头凶猛的老雕抓着一只乌龟正不知在哪儿落脚，朝下一看看见一个光闪闪的玩意儿，心中一喜：妙啊！如果把爪里这只小乌龟往下面这个光闪闪的小东西上一摔，乌龟壳不就摔碎了？那东西一碎，我就可以俯冲下去享受乌龟肉大餐了，真是个好主意，得来全不费功夫。老雕打定主意，连个招呼也不打，就把小乌龟从空中向伊索克拉底斯的秃头扔了下去。现在谁都知道作家的脑壳没有乌龟壳硬，自然脑瓜就被砸个稀巴烂，著名的伊索克拉底斯也因此呜呼哀哉。最令人难以理解的是老雕的居心。它究竟是明知那是作家的头才摔下乌龟的，还是误以为是石头才摔下的？因答案不同，既可以拿老雕和落云馆的学生们做比，也可以说不能相提并论。

---

① 伊索克拉底斯：古希腊修辞家。

主人的头并不像伊索克拉底斯或著名学者的那样闪闪发光。但是，虽然只有六铺席子大，但既然号称书房，虽然总是打着盹，但既然把脸埋在的是一堆深奥的书里，那也只好把他看成近似于学者或作家。看来主人的头之所以没秃，是因为他还没有取得秃头的资格。“不久也要秃的。”这是即将降临的主人的命运吧！可见落云馆的学生们以主人的头为目标，集中火力进攻，其战术，不能不说是相当优秀成功。假如持续两个星期进行这样的攻击，主人的头由于攻击带来的持续恐惧和烦闷，必然会引起营养不良，变成金橘、茶壶或铜壶那是很容易的了！再连续吃两周的炮弹，金橘也要粉碎，茶壶也要漏水，铜壶自然出现裂缝。居然连显而易见的结果都视而不见，反倒一心要决一死战的，除了苦沙弥先生，也没有谁了。

一天下午，我在檐廊下睡照例的午觉，梦见自己变成一只老虎，正虎视眈眈看着主人说：“拿鸡肉来!”主人诚惶诚恐遵命说：“是!”战战兢兢拿来鸡肉。

迷亭先生也来了。我说：“你去飞禽餐馆叫一道雁肉来！我现在想吃。”迷亭就照例开始胡扯八道：“把酱菜和咸煎饼掺合起来，就有雁肉味。”

我张开大口吼一声，吓得迷亭脸白了：

“山下做雁肉火锅那家已经关门，这可如何是好?”

我说：“那就将就点来点牛肉。快到西川肉铺去拿一斤牛肉里脊来！快去快回，不然先把你吃了。”

迷亭掖起大襟跑步出发。我突然体魄变大，一躺下，把整个檐廊都占满了。正在等迷亭归来，屋内突然发出声巨响，惊醒了我牛肉大餐的美梦。

主人刚刚还一直在给我叩头，现在想不到他竟从厕所里窜出，照我的小肚子一脚。我嗷地叫了一声，他已经趿拉着轻便木屐从栅栏门绕过去，向落云馆奔去。我迅速缩小了身子，重新变回猫，有些沮丧，有点好笑。但主人气势汹汹，小腹又被他踹了一脚，疼死了，老虎、大雁肉、牛肉里脊全都飞向了九霄云外。并且，主人正出马和敌人交战，那可比什么都有意思！于是我忍痛跟上，走出便门。这时，只听主人一声断喝：“强盗!”但见一个十八九岁戴学生帽的小子正往篱墙外跳。我心想："他算跑不掉了！"可那小子跑起来像飞毛腿韦驮天王①，嗖一下就跑回根据地去了。主人以为大骂"强盗"获得大捷，便又吆喝着"强盗"，跟踪追击。不过很显然，想要追上敌人就必须跳过篱笆。一旦超过范围，追强盗的主人也就成了强盗。如上所述，主人是个出色的上火专家。他似乎以为穷寇很容易追，看上去大有一副老夫宁可为寇，也要宜将剩勇用完的气概。他毫无鸣金收兵之意，直冲到篱笆根下。就在这千钧一发之际，蓄着稀疏蓬乱小胡的将军从敌军中大摇大摆地出马。于是，二人以篱笆为界进行谈判。仔细听，原来是如下无聊的争辩：

"他是我校的学生！"

"他哪像个学生！为什么擅闯他人住宅？"

"不是，是刚才球飞过去了。"

"为什么不先打招呼就进来拿球？"

"今后注意。"

"那，就算了吧！"

本以为将会是一番龙争虎斗，鬼才会想到竟然以散文式的谈判草草收场。看来主人不过是虚张声势，一旦交锋，自然就是这样了结，太像我从"梦中虎"还原为醒来猫了。我所谓"小小风波"，正是诸如此类。小风波既已叙罢，按顺序，势必要来一桩大事件了。

主人敞着客室纸屏趴在床上，看上去像是在思索什么。大约是在苦思冥想对敌之策吧！落云馆正在上课，运动场空旷安静。校舍的某室在讲授伦理学，声音清晰可辨。听那铿锵悦耳的声音、条理清晰的口才，正是昨日敌营出马担负谈判重任的那位将军。

"……所以，讲公德，至为重要。西洋不论法国、德国或英国，没有一个不讲公德；而且，不论多下流的家伙，都没有不重视公德的。在这一点，我们无法跟这些国家比，这真是可悲！也许你们中间有人以为公德是新近从外国输入的。这种想法大错而特错。古人

① 韦驮天王：护佛驱魔的快腿神。

云：‘夫子之道，一以贯之，忠恕而已矣。’[①] 其中的‘恕’字，正是指的‘公德’。我也是人，有时也很想纵情唱一下歌或者别的，读书时，听到邻室高歌，就没法读下去，这是我的性格造成的。因此，每当觉得高声吟咏《唐诗选》才开心时，心里就想：假如隔壁住的也是个像我一样怕吵闹的人，这样岂不是打搅了人家，于是就会心生愧疚。这时候，我总是要克己的。依次类推，诸君也应尽量遵守公德。假如自己觉得是有碍于他人的事，就决不要去做……”

主人在那洗耳恭听。听到这里，不禁哧哧笑了。这里有必要对主人嗤笑的含义做点交代。如果讽刺家读了这段文字，一定会以为这嗤笑有冷嘲的成分。主人可不是品格很坏的人，说坏还不如说他智力不够发达。主人为什么笑？就是因为高兴。多亏伦理学老师这番谆谆教诲，今后一定可以再也不用被达姆弹扫射。那么脑袋暂时也不用秃。虽然上火的毛病无法立刻根除，但总会逐渐康复！这一想，多半就算不头蒙湿毛巾顶在暖炉上，也不睡在树下石板上，也不会有什么事了。因此才哧哧笑了。到了二十世纪的今天，在下主人还认为“欠债必还”。想到这，就能理解他为什么认真听完上述讲话。

看来是下课时间到了，讲话声停了下来。我发现所有教室都是一起下课，所以才会在短时间内突然出现这样像是八百雄兵齐声呐喊着冲出校舍的奇观，简直就像是打掉了树上一个马蜂窝，呜呜、嗡嗡……从所有的门，一切的敞开的，蜂拥而出。大乱就是由此开始的。

先从马蜂窝说起。以为这种战争还需要什么阵地，那就大错特错。提起战争，一般人嘛会以为那只是在沙河、奉天[②]或旅顺，似乎除此之外便无战事。至于爱好史诗的野蛮人，一味联想那些夸大渲染了的战斗场面，什么阿喀琉斯[③]拖着赫克托尔在特洛伊绕城三匝了，燕人张飞站在长坂坡桥上横起丈八长矛，喝退百万曹兵。随他

---

① 见《论语·子仁篇》：“子曰：参乎，吾道一以贯之。曾子曰：唯。子出，门人问曰：何谓也。曾子曰：夫子之道忠恕而已矣。”

② 沙河：辽宁省旧名。奉天，今沈阳。

③ 阿喀琉斯：希腊神话中的英雄。

们去联想好了。可以为再也没有别的战事那就有点不公平。

在蒙昧时期有过上述那种荒唐的战争。在太平盛世的今天，在大日本国京城的中心，那种野蛮行为已经不可能出现。学生们如何骚动，其凶狠也不会比火烧警察署厉害吧。照此看，卧龙窟主人苦沙弥先生和落云馆八百健儿的战争，忝列东京城有史以来大战之一，并不过分。

既然左丘明写鄢陵之战①，从敌军营寨下笔。而且自古以来精于记叙的大师都用这种方法。因此，我首先来描述下敌军排兵布阵，也就无可厚非了吧！

那么，首先是敌方，在篱墙外排出一列纵队，想来这是先锋诱饵，任务是诱我主人跨入战斗圈。敌人吵吵嚷嚷："不服？""不服，不服！""糟了，糟了！""他不出来！""没溜吗？""不会溜的。""叫两声给他听听！""嗷，嗷！""汪、汪、汪"……随后是全体一片呐喊。

右边操场上，有炮队选了个险要之地设阵。一名将领手握大号研磨棒，面对卧龙窟伺机出击。隔三丈多远他对面站着一个人；研磨棒后面朝卧龙窟也笔直站着一个人。这些可能都是炮手吧。据说，这是在练习棒球，不是做战斗准备。我是个球盲，不知棒球为何物。不过，据悉是从美国进口的一种游戏，在中学以上的学校，目前是最流行的体育项目。美国是个花花点子超级多的国家，很可能觉得把这种容易被看成是炮弹，而且侵扰四邻的游戏教给日本，才显得有感情哩！还有，美国人是把这当成一种运动和游戏，既然游戏都具有如此强大的扰民威力，那要是炮弹，威力可想而知。据我观察的结果来看：美国人是想借此运动之名，收炮击之功。人嘴两层皮，怎么说都有理。既然有人能借慈悲之名，行欺诈之实，口说灵感，实则上火，那谁也保证不了这玩棒球不会爆发战争。别人指的是世上普通的棒球运动，而我前边叙述的炮战，是特殊场合下的棒球，

---

① 左丘明写鄢陵之战：左丘明，中国春秋时鲁国太史，双目失明。相传著《左传》。鄢陵，春秋时鄢国之地，今河南鄢陵西北。公元前五七五年，晋军大败楚军于此，史称"鄢陵之战"。

即攻城炮战术。

下文再介绍一下达姆弹的发射方法。一字排开的炮兵行列中，有一人右手抓着达姆弹，向拿大棒的人发射过去。至于这达姆弹用什么材料制成，局外人不得而知。它是用皮革精心缝制而成，像个坚硬的石球。炮弹一旦离开炮手的手，就风驰电掣般飞了出去。站在对面的人使出吃奶的力气抡起那根研磨棒，将炮弹击回，有时打不中，炮弹就越过这人飞了过去。但通常都能砰一声将炮弹击打回去，飞回的炮弹来势更猛，我看用来敲开我家神经性胃炎主人的脑瓜，倒是轻而易举。

炮手们的发射与击打已经足够让我家主人受了，再加上一大群凑热闹兼援兵的家伙们。每次木棒打中那个圆球发出砰的一声后，就会鼓掌叫嚣震耳欲聋："好哇，好哇！""打中了吧？""还不够劲儿吗？""不害怕吗？""认输了吗？"

要是仅仅是这样，问题还不是很大。问题是被打回去的炮弹，三发必有一发飞进卧龙窟院内。看来他们是把这卧龙窟当作是目标了，飞不进去就是没有击中。近来各地都在制造达姆弹，价格十分昂贵。虽然是战争期间，也很难大量供应；大体上一个炮队发给一至二个，这么贵重的炮弹当然不能随便就消耗掉。于是，他们又专门成立了一支"拾球部队"，负责把炮弹捡回。假如球落的地点好些，拾回倒也不费力气；一旦落在草原或院落里，那就不那么容易了。平时练习时君子们总是尽量让球落在容易拾到的地方，而此时，因为球手之意不在玩，而在于战。所以他们故意把达姆弹射进主人院落。既然球射进了院内，自然要进院拾球。进院最简便的办法就是翻过方格篱笆，只要他们在方格篱笆之内喧哗，主人就非发火不可；否则就只能认输告饶；劳心过度，头也就日渐变秃。

刚刚敌军发出的一炮，就准确越过方格篱笆，打落梧桐树一片叶子，命中第二道城墙竹篱。发出的声音很大。牛顿的运动定律第一条是：如无外界阻力，一旦飞出的物体就会以平均速度不停飞行。假如这棒球的动态只受这定律的约束，那么主人的脑袋，此时此刻就已经遭到了伊索克拉底斯的头同样的命运了。幸而牛顿在规定了第一定律的同时，又规定了一个第二定律，才使主人的头免于破裂之灾。牛顿运动第二定律是："物体运动的变化与所受外力成正比，方向跟外力的方向相同。"这究竟说的是些什么？有点深奥了，恕在下很难弄懂，不过，那达姆弹倒的确没有穿过竹篱、撞破纸屏，砸碎主人的脑袋。由此看来，只能是牛顿的功劳了。

不多时，敌军果然有人跳进院内，用棒子四处敲打竹叶："是这儿？""更靠左些？"……如果敌军是倾巢而出，跳进院来找达姆弹，一定会大喊大叫。悄悄进来，悄悄拾球，那是达不到主要目的的。达姆弹珍贵，可捉弄主人更珍贵。他们已经听到达姆弹撞击竹墙的声音，判断出击中的部位，大致确定了弹着点。因此，如果想规规矩矩地拾弹，要拾多少都不难的。按莱布尼茨①的定义："空间是为了显物质之间的秩序。"一、二、三、四、五……总是依次排开。柳树之下，必有泥鳅；蝙蝠之上，当然是弯月。至于墙根有球，也许不大协调吧。但在这些天天往主人院内发射达姆弹的人们眼里，已经习惯如此排列的空间。那么，故意这样闹得人声鼎沸，就只能是在向主人发起挑战。

既然这样，主人只得出马应战了。刚才还是听着伦理课哧哧笑的主人，此时愤然而起，猛冲前去，活捉了一名敌兵。这在主人可是一件奇功倒是不用说了；可问题是一看，原来是个十四五岁的孩子，列为长胡子主人之敌，未免有点不伦不类。不过呢，在下主人也许觉得再也无法宽容了。就把一再道歉的孩子硬是拉到檐廊下。

在此有必要对敌人的战术做一下分析。敌军昨天见识过主人的嚣张。认为今天也一定会亲自出马。那时，万一来不及逃走，被抓住也不过是个孩子，他们一定是想，派个一年级或二年级的孩子去拾球更能避开我家主人雷霆之怒的锋芒吧。而且，就算小孩被主人抓住，唠唠叨叨纠缠不休，对于落云馆的名声也伤害不大。可主人就会落得个大人欺负小孩子的笑名。作为普通人这样设想，倒也不无道理。不过，敌人忽略了对手不是个普通人这一事实。主人如果具备普通人的那么一点常识，昨天就不会跳出来。历史经验告诉我

---

① 莱布尼茨（一六四六——一七一六）：德国自然科学家、数学家、唯心主义哲学家，和牛顿并称为微积分的创始人。

们，上火，能使普通人变成非凡者，将常识变为荒唐。当人分得清谁是女人、小孩、车夫、马夫时，还不足以以“上火”炫耀于世。假如不是像主人这样老谋深算，活捉一名中学一年级学生当人质，是不足以跻身上火专家之列的。可怜的是俘虏。不过是遵命充当拾球的杂役，而不幸遭到神经异常的敌将上火天才的穷追猛打，以至于来不及逾墙而逃被俘拖到庭前。这一来，敌兵如何也不能眼睁睁看着自己战友受辱。他们争先恐后翻过方格篱笆、从木栅门闯进院子。人数约有一打，排在主人面前。有的穿白衬衫，挽起袖子，叉着胳膊。有的光脊梁，将绒衣搭在肩上。光着脚穿鞋，裤腿挽得高高的，看来像是要到近处救火似的。个个都像以一当十的勇将，肤黑气壮，筋肉发达，仿佛在说：“吾乃丹波国好汉，昨夜自笹山来也①”。其中还有个漂亮小伙，白帆布上衣镶着黑边，前胸正中绣着黑色花纹。把这些人送进中学，叫他们求学，太可惜了。我想，让他们去做渔夫或水手，大概更利国利民吧！这些人他们在主人面前列队而立，一言不发。主人也不开口。一时双方怒目而视，目光都带着几分杀气。

“你们是强盗?”主人气势汹汹大喝道，那样子就像是刚用大牙咬响了冲天炮，烈火正从鼻孔往外喷，所以鼻翼猛烈煽动。越后地区的狮子头像的鼻子，大约就是照人发怒时的样子设计的。否则不会那么吓人。

“我不是强盗，是落云馆的学生!”

“胡扯！落云馆的学生，岂能擅自侵入他人住宅?”

“我戴着制帽，有校徽呀!”

“冒牌吧？既是落云馆的学生，为什么擅自侵入?”

“因为球飞进来了。”

“为什么叫球飞进去?”

“可它就飞进去了嘛。”

“混账东西!”

---

① 丹波国：日本古国名，今京都府及兵陈县一部分。笹山，古丹波国境内。自笹山来，成为山中粗野人初次进城的代名词。

“下不为例，这一回就饶了我吧！”

“对来历不明的人翻墙入室，会轻易放走？”

“我是落云馆的学生，这是没错的。”

“既是落云馆的学生，你几年级？”

“三年级。”

“说准了？”

“是的。”

主人回头朝屋里喊道：“喂，来人，来人！”

埼玉县出生地的女仆拉开纸格门，“嗳”了声走出。

“到落云馆去带一个人来！”

“把谁带来？”

“谁都行，给我带来！”

女仆虽然应了一声“是”，但看光景奇怪，出使的目的不明，当然还是事件的经过自始至终都太无聊，她就一下子坐卧不安起来，只好嘻嘻笑着。主人却在想来一场激烈的大战，把这上火的本事充分展示一下。关键时刻，自己的佣人当然应该同仇敌忾。但她不仅不以严肃的态度对待，反而在一旁哧哧笑，这让主人想不烈火攻头都不行。

“不是告诉你了，谁都行，叫一个来！听不懂？管他校长，干事，还是首席教师……”

“把校长先生……”女仆只知道有校长。

“不是告诉你了吗？管他是校长，干事，还是首席教师！听不懂吗？”

“要是谁都不在，叫个杂役来也行吗？”

“胡说！杂役懂个屁！”

事已至此，女仆见箭在弦上不得不发，便应一声出发了。只是出使的目的终于是不明不白的。主人正担心可能只能叫来个杂役，却见那个讲伦理学的老师出现在正门外。主人请他入座，等他安然落座了就立刻开始谈判。

“适才这小厮擅入敝宅……”用的是《忠臣榜》戏曲里的古老道白，略带讥讽收尾说：“确实是贵校的学生吧？”

伦理课教师毫无惧色，泰然自若将站在庭前的勇士们扫了一眼，又将眼珠对准主人，做了如下答辩。

“是的，都是敝校学生。我们一直教育学生不要这样，可他们总是不听话……你们为什么跳过墙来?”

学生毕竟是学生。面对伦理课老师都规规矩矩地挤在院落的一隅，一言不发，像羊群遇上了大雪。

主人说：“球飞了进来。倒也是难免的事嘛！既然与学校比邻，总要不时有球飞进院里来的嘛！不过……他们太凶了。即使翻过墙来，也别出声，偷偷把球捡去，也还可以饶恕……”

“所言极是。敝校尽管一再告诫，怎奈人多手杂……今后加倍注意。如果球飞进了院子，必须从正门进，打个招呼再去拾球。听见了吗？……学校太大，总是叫人操心，没办法。不过，运动是教育上必需的课程，总不好禁止的。可是一允许，就惹出麻烦来。这一点，无论如何请多多原谅。另一方面，今后一定从正门进院，打个招呼再拾球。”

“好，既然这么通情达理，那就好说。不论投进来多少球都无妨的，只要从正门进来，给个知会，也就算不了什么。那么，这名学生交给你，托你带他回去吧！噢，有劳大驾，对不起了！”

照例是致歉，照例是虎头蛇尾的言辞。伦理课老师带着丹波国的笹山好汉从正门回到落云馆。

我所谓“大事件”，至此告一段落。如果想笑：“这算得了什么大事件?”那就笑好了。顶多说这不是笑的人的大事件。可我叙述的是我家主人，大事件也是属于他的，而不是笑的人的。要是谁骂主人“虎头蛇尾”“强弩之末”，我这里可要奉劝他不要忘记，这正是主人的特色；更不要忘记，主人之所以能成滑稽小说的主人翁，也正是因为具备这样的特色。如果批评主人竟和十四五岁的孩子较量太愚蠢，这我也是同意的。大町桂月就曾抓住主人说：“你还没有去掉孩子气?”

我既写完了小风波，现在又写完了大事件，下面想叙述一下事件的余波，作为全篇的结尾。

我所记录下的这些，读者也许会以为是信口开河！但我保证，我不是个轻佻的猫。如果你认真仔细去品读，就会发现我这字里行间，处处藏着宇宙的巨大哲理，这无须赘言。看看这字字句句，井然有序，首尾之呼应，前后之对照，认为是琐谈闲话而随手翻阅的读者会精神为之一振，发现成了难懂的经典之作。前提是决不容许躺着或伸着腿一目十行这样的丑陋表演，据说柳宗元每读韩愈的文章，都会先用蔷薇花泡水净手。那么，但愿读者至少能掏腰包买本刊登我这文字的杂志，千万不可做那种没规矩的事，从朋友那借书看。

接下去的我称为“余波”。假如有人认为“既是余波，自然无聊，不须卒读”，他一定会追悔莫及。必须从头至尾，细心精读才是。

发生大事件的第二天，我想散散步，来到门外。只见金田老板和铃木藤十郎先生在对面巷角站着谈话。大致的前因后果是这样的：金田老板驱车回府，铃木先生访金田未遇准备离开。两人就在那巷子角落邂逅了。

近来金田府上平安无事，因此我很少去走走。刚才一见熟人的面，又有些怀念。铃木先生是阔别已久的，不妨暗随了好一睹尊颜。决心已下，我便徐徐靠近二公伫立之处，他们的对话自然都传进了我的耳鼓。这可不是我的罪过，全都是他们谈话的内容不好。金田老板既然是个“有良心的人”，能派密探去侦查主人的动向，那么我偶然窃听他的谈话，他还不至于为此恼羞吧？就算是恼羞了，也只说明他对“公平”二字不甚了了。

总之，我听了二位的谈话。这里需要申明一下，不是想要听才听的。压根儿没想听，是那谈话自己钻进我耳朵的。

“刚才去过府上。真是巧遇！”藤十郎先生毕恭毕敬弯腰施礼。

“是吗！说真的，我正想见见你呢。来得好！”

“咦？真巧。有何吩咐？”

“哪里，没什么大不了的。不过，这事虽说怎么都行，可除了你，别人是办不成的。”

“只要我力所能及，一定效命！什么事？”

“唔……这……”金田老板在思索。

“要是不便说，那就在方便的时候我再来拜访。哪天合适?”

“没什么太大的事……那么，既然难得谋面，就有求于你了。”

“请不要客气……”

“就是那个怪人！你的老友，是叫苦沙弥吧……”

“是的。苦沙弥怎么了?”

“不，怎么也没怎么。只是闹那个事件之后，我心绪不太好。”

“说得对。这全怪苦沙弥太傲慢……本应该看清自己的身份，可他简直就是老子天下第一!”

“就是啊。说什么‘不向金钱低头’‘实业家算个屁’等等，种种狂话，我想，那就让他尝尝实业家的厉害！他这一阵子被治得收敛些了，但还很顽固，真是头犟骡子。”

“对对，就是个不识好歹的家伙，不过是在逞能罢了！他很早就有这毛病，自己吃了亏也一点都不知道，真是不可理喻。”

“啊，哈哈哈……的确是不可理喻。我变换着法，叫学生们熊了他一通。”

“这主意妙！效果如何呀?”

“好像那个家伙很尴尬？不用多久，肯定会告饶的。”

“那才好呢。再神气毕竟寡不敌众呀!”

“是。孤家寡人，怎么抵挡得住！因此，他似乎有所收敛。不过，究竟如何，我想求你去看看究竟。”

“噢，这不难，立刻去一下。情况嘛，回来向您报告。那么顽固的人居然意气消沉，一定是大有看头。”

“好，回头见，我等着你。”

“那么失陪了。”

嚯，这阴谋，实业家果然势力大。不论是让最近形同枯槁的主人上火，还是让主人苦闷得脑袋变成苍蝇都会失足的危险之地，要不就是主人的头颅遭到伊索克拉底斯同样的厄运，无不展现出实业家的威力。我不太清楚使地球旋转的究竟是什么力量，但知道使社会运转的的确是金钱。熟悉金钱的功能并能自由发挥金钱威力的，除了实业家，恐怕再没有别人。连太阳能够东升西落，看来也都是托了实业家的福。我一直生活在一个不谙世事的穷酸夫子府上，对实业家的功德一无所知，自己也开始觉得是一大憾事。不过我想，就算顽固不化的主人，这回也不能不多少有所醒悟。如果还是顽抗到底，那可就危险了，连一向最珍惜的生命可要难保。不知他见了铃木先生说些什么。闻其声便自然可知其觉醒程度。别啰唆！在下虽然是猫，对主人却十分关心。那这就告辞铃木先生，先行一步回家去了。

铃木先生是个擅于周旋的人。今天他对金田老板吩咐过的事只字不提，兴致勃勃拉起了家常。

“你面色可不大好，没什么不舒服吧？”

“没什么不好呀！”

“苍白呀！不当心点可不行，时令不好嘛！夜里睡得着吗？”

“嗯。”

“有什么挂心事吧？只要我能办到，一定效劳！别客气，那就说出来！”

“挂心事？挂心什么？”

“没有才好，我是说假如。忧虑最伤身体呀！人世间在笑声中快快活活过活为上策，我总觉得你有点消沉。”

“笑也最伤身子。有的人因为狂笑送命了呢。”

“别开玩笑！俗语说：‘笑门开，洪福来。’”

“你恐怕不知道，古希腊有个名叫克里西帕斯①的哲学家。”

“不知道。他怎么了？”

“他笑死了。”

“咦？新鲜！不过，这是早先年的事……”

“早些年也好，如今也好，还不一样？他看见毛驴吃银碗里的无花果，觉得滑稽，忍不住大笑。他怎么也不能让自己不笑，于是笑死。”

“哈哈……不过，他还真是不该那么不节制大笑。微笑……适当地……这才最快活。”

铃木正在研究主人的神情，正门突然哗的一声开了。以为是有

① 克里西帕斯：古希腊哲学家。

客登门。

“球落进院子了，请允许我去取。”

女仆从厨房里应了一声：“请!”学生便绕到后门去。铃木愣着问：“这是怎么回事?”

“是房后的学生把球打进院里来了。”

“房后的学生？后边有学校吗?”

“有一所叫落云馆的学校。”

“学校呀。吵闹得很吧?”

“提什么吵闹不吵闹！很难看得下书去哟。我如果是文部大臣，早就下令关闭它了。”

“哈哈哈，火气不小呀！有什么伤脑筋的事吗?”

“还问呢。从早到晚一直是生闷气!”

“既然那么招人烦，那就搬家好了吧?”

“鬼才搬家呢。岂有此理!”

“对我发火有什么用！唉，是些小孩子嘛，置之不理就完事了。”

“你行，我可不行。昨天找他们的老师来谈判过了。”

“这可太有意思。他们害怕了吧?”

“嗯。”

这时，门又开了，又进来个学生说：“球落进了院子，请允许我去取!”

“啊，来得真勤。喂，又是球。”

“哼，约定他们要走正门来捡的。”

“怪不得来得这么勤。懂了。”

“懂什么?”

“就是懂了！来捡球的原因。”

“今天到现在是第十六次了。”

“你不嫌麻烦？不叫他们进来多好!”

“不叫他们进来？可他们要来呀，有什么办法!”

“既然没办法，不提也罢。不过你别那么固执了。人一有棱角，在人世上周旋，又吃苦又吃亏呀！圆滑的人滴溜溜转，转到哪都吃得开；而有棱有角的，不仅累，而且转动一次，就要磨得很疼。世界毕竟不属于个人专有，别人不会让你事事如意呀！不管怎么说，跟有钱人作对总要吃亏，只能伤身，搞坏身体，没人说个好，人家还满不在乎，坐在家里支个嘴儿就把事办了，俗话说‘胳膊拧不过大腿’。有点固执倒也没什么，但顽固到底就会影响自己的生活、工作，到头来就是个自讨苦吃！”

“对不起，刚才球飞进来了，我转到便门去捡球可以吗？”

“呵，又来了！”铃木笑了起来。

“真无礼呀！”主人气得满脸通红。

铃木感觉自己差不多完成了使命，就起身告辞：“那么告辞了。有空来串门。”跟着进门的是甘木先生。

自古以来，鲜有自称“上火专家”者，主人感到“有点不对头”时，火已经越过了高高的悬崖。在昨天的大事件中，主人的上火已经登峰造极。尽管后来的谈判虎头蛇尾，但总算收了场。那一晚上他在书房思量，终于发觉事情有点不大对头。当然，是落云馆还是自己不对头，还是问号。但事情不大对头，是无疑的。他想：尽管跟这中学比邻而居，像这样不停惹事让自己上火，好像不简单了。既然不对头了，就得想个主意，可想什么主意也没用，只得服下医生给的药，对制造肝火的制造商贿赂一下，聊以抚慰。念及此，就想到了请甘木医生。贤愚姑且不论，他意识到自己已经上火，还想到了治疗，只此一点，其志可嘉，其意难得。

甘木医生惯例面带笑容，十分沉稳：“怎么样？”医生大抵都要问这样一声“怎么样”的，我可信不过那些不问“怎么样”的医生。

“怎么也不见好哟！”

“嗯？怎么会呢？”

“医生给的药到底有没有效？”

甘木医生也有点吃惊。他可是位温厚长者，缓缓说：

“不会没有效力的。”

“可我的胃病，不论吃多少药，也还是那么回事呀！”

“绝对不会！”

“不会？那就是稍微见效？”

胃病长在自己身上，却问起别人来。

“不会好得那么快，慢慢会好起来的。现在就好多了。”

“是吗?”

“又动了肝火?”

“动了。连做梦都生气。”

“稍微运动运动才好。”

“一运动，更火上浇油!”

甘木医生目瞪口呆：

“喂，让我瞧瞧!”

检查开始了。好半天不见完事，主人等得不耐烦，突然高声问：

“医生！前些天我读了介绍催眠术的书，书上说：采用催眠术能治好手不老实的毛病，还有很多别的病，是真的吗?”

“是啊，也有那么治的。”

“现在也在这么治?”

“呃。”

“催眠术难不?”

“容易。我也常催。”

“先生也常催?”

“呃，要不给你也试试? 按理说，人人都必须接受催眠术。只要你同意，就催一催!”

“有意思。那就给我催一下吧。我早就想催。不过要是催完醒不过来可就糟了!”

“没事！那么开始吧!”

谈判的结果，主人接受催眠术。我还从没见识过催眠，不免有点心里痒痒的，赶忙蹲在墙角看热闹。医生催眠从主人的眼睛开始。具体方法是：将上眼皮从上往下揉。尽管主人已经闭上眼了，医生还是朝一个方向揉弄他的眼皮褶皱。一会儿后医生说：

“这样一摩挲眼皮，渐渐眼皮沉了吧?”

主人回答：“沉了。”

医生继续摩挲主人眼皮：

“眼睛就沉了。没事吧?”

主人也许真被催眠了，一句话也不说。同样的按摩术又进行了三四分钟。最后甘木医生说："眼睛睁不开啰！"

可怜的主人！眼睛终于死死闭住了。

"再也睁不开了？"主人问。

"嗯，再也睁不开了。"医生说。

主人闭着眼。起初我以为主人的眼睛瞎了。可隔了会医生说：

"能睁开你就睁一下试试。可毕竟是睁不开的呀！"

"是吗？"不等主人的话音落地，他眼睛像平常一样睁开了。

主人笑说："催眠不成功啊！"

甘木医生也同样笑说："是的，不成功。"

催眠术终于失败，甘木医生走了。

甘木医生刚走，就又接着来了一位。主人府上从没来过这么多的客人，这在跟人没有来往的主人家来说，真不敢相信。然而这次来的客货真价实，还是稀客。接下来我没漏掉稀客的一言一行，这不光是因为他是稀客。综上所述，我是在记录那大事件的余波，而这位稀客却是在提供事件余波的素材。不知道他叫什么名字。只大致描述下这是个长脸、留两撇山羊胡、四十岁上下的男子，也就够了！与迷亭这位美学家比，我要称他为哲学家。为什么？我可不像迷亭那样胡吹，只是看他和主人谈话时的风度，让人觉得他像哲学家。好像也是主人的老同学，看二人对话十分融洽。

"提起迷亭嘛，他像喂金鱼的麸子，在池面上飘摇。前些天他领个朋友，路过素昧平生的贵族家门前，他进门去讨碗茶喝，硬把他那位朋友也拖了进去。够大大咧咧的了。"

"后事如何？"

"后事如何？我可没有问过。是啊，大概是个天生怪人吧！不过没有思想，空皮囊一副，是喂金鱼的麸子。铃木？他来过？嗨！这人不明事理，人情世故倒圆滑，是个戴金壳表的材料。但太浅薄，不稳重，废料一块。他常说要圆滑些、圆滑些。可何谓圆滑压根儿不懂。如果迷亭是喂金鱼的麦糠，铃木就是用草绳绑的凉粉，滑得很，还总哆嗦个没完。"

主人听了似乎觉得精辟绝妙，破例哈哈大笑起来。我都不记得上一次这样大笑是何时了。

“那么你是什么?”

“我?像我这样的……充其量不过是个野生的山药蛋,长大埋在土里。”

“你好像一直怡然自得,优哉游哉,真叫人羡慕啊!”

“哪里!和平常人一样,没什么可羡慕的。值得庆幸的是我无心羡慕别人,唯这一点还好。”

“手头还宽裕吧?”

“哪里,还是老样子紧紧巴巴的。不过,没有饿肚子,死不了,不要大惊小怪哟!”

“找不痛快,闷气难忍,看什么都有牢骚。”

“牢骚也好嘛!如果有牢骚就发,一时心情会好些的。人嘛,各有千秋。即使哀求别人都变成你那样的人,也不可能。虽说要是不跟别人一样拿着筷子就吃不成饭,但面包还是自己切的最好吃。在高级服装店定做衣服,会做一身穿上就合体的;在普通服装店定做,不将就着穿段时间就不行的。不过,社会可是件做得很精致的服装,穿来穿去,西服就主动适应了人的身材了。假如是上等爹妈,本领也还强,把我们生得适应这个社会,那就幸福了。如果生得不合要求,那就只有两条路:或者自愿与世格格不入,或者忍受到跟社会合拍时为止。”

“但如我者流,永远也不会与社会合拍,真可怕。”

“太不合身的西装,如果硬穿就会撑破。吵架了,自杀了,暴动了。不过拿你来说,只是感到无聊而已,不会自杀;连吵架的事也不会有的,还算混得下去呀。”

“可我现在正整天吵架哩!即使对方不出来,只要生气,就算是吵架吧!”

“的确,这叫单人吵架,有意思,吵多少次都无妨的。”

“我有些腻了。”

“那就不吵为好。”

“对你说吧!我自己的心,可并不怎么听我的话。”

“唉,到底什么事使你这样牢骚满腹?”

主人把落云馆事件说了，接着把今户窑的狗獾子、津木乒助、福地水乞丐，还有其他一大堆的不平，通通倒在了哲学家面前。哲学家沉默听着，终于开口对主人作如下说：

乒助和水乞丐们管他说些什么，佯作不知就行了嘛，反正够无聊的。至于中学生，不屑一顾嘛。怎么？害着你了？可是谈也好，吵也罢，妨害不是依然没解除吗？就这点来说，我觉得古代日本人比西洋人要伟大得多。西洋人最近流行这么一句话："积极"，但是这有很大的不足。首先说什么"积极"，那是没边儿事呀！任凭你积极干多久，也达不到如意或完美。对面有棵扁柏树吧？它妨碍视线就砍掉它。可这一来前边的旅店又碍事了。把旅店推倒，再前边那户人家又碍眼。任你推倒多少，也是没有止境的！西洋人的干法，全是这一套。拿破仑也好，亚历山大也好，没有一个人胜了一次便心满意足。瞅着别人不顺眼。吵，对方不沉默，到法院去告。官司打赢了，以为这下子会满足，错了。任凭你苦苦追求"心满意足"，有如愿以偿吗？寡头政治不好，就改代议制。代议制不好，就再换个什么制。河水泛滥了，就架桥；山挡路，就挖个洞；交通不便就修铁路。可人类能多大程度满足自己的欲望呢？西方文明也许是积极进取的，但那毕竟是终身失意的人创造出来的文明。至于日本文明并不以改变外界事物以求满足。日本和西方文明最大的不同点就在于：日本文明是在'不根本改变周围环境'这一假设的前提下发展起来的。父亲和子女处不来，不能像西洋人那样改善关系，以求安康。亲子关系必须保持固有状态，不可改变；只能在维护这种关系的前提下，谋求安定。夫妻君臣之间的关系，武士与商人的界限以及自然观，莫不如此……高山挡住了去路，去不成邻国，那就不要去想着推倒这座大山，而是磨炼自己不去邻国，也能混下去的功夫。所以佛家也好，儒家也好，都是抓住这个根本不放的。

"不管你怎么了不起，世上毕竟不可能都万事如意。既不能使落日回升，又不能使加茂川倒流，能约束自己的唯有自己的心灵了。只要努力使自己平心静气，落云馆的学生再怎么吵闹，也无奈你何！即使今户窑的狗獾子，只要满不在乎，也就完事了吧？关于乒助之流，如果说了什么蠢话，心想他是个大浑蛋，装没听见，也就没事了！据说从前有个和尚，刀按脖子了还风趣幽默说：‘电光影里斩春风。’① 如果修身养性到家，消极到了登峰造极的地步，说不定就会这样收放自如。我这号人不懂那些玄妙道理。不过，我总觉得一味鼓吹西洋人那种积极进取精神，是不大对的。眼下你不论怎么积极争取，学生们还是要来捉弄你，岂不徒唤奈何吗？假如你有权封闭那所学校，或是学生们干了足够报警的坏事，那自当别论。既然情况并非如此，你再怎么积极地跑出去，也不会获胜。跑出去，就会碰上金钱问题、寡不敌众的问题，换句话说，你在财主面前不得不低头；在恃众作恶的孩子们面前不得不求饶。像你这样的穷汉子，而且还要单枪匹马去斗架，这正是你心中不平的祸根！怎么样？懂了？”

主人听了，不说懂也不说不懂。送走了稀客回到书房，不看书，在那沉思。

铃木藤十郎先生告诉主人的是：要屈从于钱多、势众；甘木医生奉劝主人的是：要用催眠术镇静神经；最后这位稀客说的是：以消极的修身养性求心安。究竟选择哪一学说，那是主人自己的事。不过，照惯例会行不通。

---

① 电光影里斩春风：无学禅师（一二二六——一二八六）宋末被蒙兵所获，问斩前说了这句，大意是：虽然杀我肉体，却杀不死我的灵魂，不过像一溜光斩春风，无济于事。蒙兵闻言，吓得逃窜。故事见日文泽庵和尚著《不动智神妙录》。

第九章

没有比承认自己愚蠢更高尚的了。在自知之明前，一切自命不凡的人都是要低下头来，甘拜下风的。

据说明治维新以前麻脸很时髦，主人就是个麻脸。但在缔结了日英同盟的今天，这副尊容不免有点落伍。麻脸的衰退与人口繁殖成反比，因此，不久的将来麻脸总会绝迹。这可是医学在统计基础上精密计算得出的结论。高见，连猫家我也找不到可以怀疑的漏洞。试看今日环球，到底还有几个麻脸在，我不清楚。不过，在我的交际范围内算算，猫里没有，人里只有一名，那就是我家主人。真够可怜的！

每当我看见主人，就会这样想：主人究竟造了什么孽遭到如此报应，才长了这么副怪脸，居然还厚颜无耻呼吸着这二十世纪的空气？我不知古代的麻脸是否显得更气魄，但在一切麻点都被勒令退到双臂的今日，麻点还依然盘踞在鼻头、面部，这很有点损麻点的体面，还是想法趁早除掉为好。我看麻点自己都有些不好意思呢。也许主人这点麻点，是想要在这“麻党”威风扫地时，挽落日于中天吧①。不然为何要蛮横地占据主人整个脸。照此看来，对麻点万万不可掉以轻心。很有可能就是那抵抗滚滚俗流的千古长存之坑洞联

---

① 挽落日于中天：传说平安朝末期武将平清盛掌权时，要把京城迁到他的别墅。因营造误期，为使天长，曾将落日又提回中天。

军，是值得吾等无麻者敬仰的坑洼。唯独有点脏是美中不足。

听说主人小时候，牛込区的山伏街住着一位叫浅田宗伯的汉药名医。这位老人出诊时一定要坐慢腾腾的轿子。宗伯老人谢世后，到了他的养子那一代，用人力车代替了轿子。想那养子死后，要是有养子继承家业，说不定葛根汤也会变阿司匹林。坐上轿子在东京游行，即使在宗伯老人活着时也并不怎么雅观。肯这样我行我素的，只有那些亡灵、装上火车的猪猡和宗伯老人家了。

在不光彩这一点，主人的麻脸和宗伯老人的轿子足以分庭抗礼。旁人看在眼里也许觉得可怜。可主人的顽固不亚于宗伯，至今也还将孤城落日般的麻脸昭示于天下，天天去学校教英语入门。

主人就这样满脸上个世纪的遗迹站在教坛之上。这对于学生来讲一定是授业解惑之外又一教益。与其说他反复讲解英语课本中的“猴子有手”，不如说他就是在对“麻点对于面孔的影响”这一重大问题，做深刻的讲说，默默给学生以答案。假如没有主人这样的教师，学生们为了研究这个课题，就要跑图书馆或博物馆，那就要耗费我们靠木乃伊去想象埃及人一样的精力。这样说来，主人的麻脸反倒是功不可没了。

当然，主人并不是为了功德才弄得满面痘疮。据说他是种过痘的，只是不幸本该种在手腕，却天知道怎么就到了脸上。当时年小，不像今天这样讲究什么颜值。他那时一边唠叨着“痒呀，痒呀”，一边往脸上乱抓。那情景简直就似爆发中的火山，熔岩流得遍地都是，活把他爹妈赋予他的那张脸弄得面目全非。主人常对妻子说：他没长痘疮前是个白玉般的美男子，甚至夸自己小时候漂亮得像浅草寺庙的观音像，迷得洋人都回眸。也许是真的，只是没任何证人，这很遗憾。

不管如何做了功德，又垂训于人，但肮脏毕竟是肮脏。长大成人后，他对这张麻脸犯愁，用尽了方法要消除这种丑态。然而这跟宗伯老人的轿子一样，尽管讨厌，也不可能立刻甩掉，所以就清晰地留在脸上。这清晰的麻点总是让他沉不住气。走在大街上，大概总在数麻脸。诸如今天遇见了几个麻脸，是男还是女，地点是小川街的摊贩街，还是上野公园，统统写在日记里。

他确信自己关于麻脸的知识不逊于任何人。前不久一位留洋回国的朋友来访，主人甚至问：“喂，西洋人有麻脸吗?”朋友说：“这个么……”摇头思忖了好一阵子才说：“很少!”主人叮问了一句：“很少，就是说还有吧?”朋友无可奈何地说：“有也是叫花子，或是苦力；有教养的似乎一个也没有。”主人就说：“是呀，这和日本不大相同呢。”

遵照哲学家的意见，主人不再和落云馆学生争吵，躲在书房里，沉湎于思索。也许是想试试哲学家忠告的，在静坐中养浩然之气！但心胸狭小的人，一味这样死气沉沉枯坐，通常都不会有什么好下场。尽管提醒过他，还不如把英文读本送当铺去，然后跟歌女学学《喇叭小调》更好些。自然这种性格乖张的家伙不会听从敝猫的劝告。那就悉听尊便吧！这五六天来，我干脆离他远远地打发时光。

从那天算，今天是第七天了。禅宗说：人死后第七天才能成佛。于是，有些人就不要命地打坐，我心想主人也不至于例外。死也好活也罢，总该有些头绪了吧？于是我就慢条斯理从檐廊来到书房门口，侦查一下室内的动向。

十二平方米的书房坐北朝南，在阳光充足的地方放了一张大桌子。说大桌子还不够具体，准确说这张桌子长六尺，宽三尺八寸，高度也还合适。当然不是件正规产品，而是跟就近木器店商量后特制的一张卧铺兼书桌，是件绝世珍宝。主人为什么新做这么个大桌子，又为何起念要睡在桌上？我不曾向主人讨教，也就一无所知。说不定是一时鬼迷心窍，他才想出了这么个馊主意。要不就是像常见的神经病患者那样，把风马牛不相及的两件事生拉硬拽扯到一起，反正就是把桌子和卧铺胡乱搅合起来吧。言而总之总而言之，就是标新立异，不过，缺点过于张扬了，只有新奇却不顶用。

我就亲眼见过主人躺在这张桌子上午睡时，摔到檐廊里过。那以后，他似乎再也不把桌子当卧铺。

桌前放着薄纱的坐垫，被香烟烧了三个窟窿，可以看见里面黑乎乎的棉花。现在这个脸背着我正襟危坐的正是主人。一条脏得成了灰色的腰带打了个死结，两边余下的耷拉在脚背上。这阵子我一抓带子玩总要突然被他敲一下头。看来这条带子可不是随便可以靠近的。

我看到主人还在想。想起有人打的那个比喻："傻想就会想傻。"我从他身后偷偷一瞧，只见桌子上有个崭新的玩意儿，不由一连眨了两三下眼睛。真是个奇怪的玩意儿！我忍受着晃眼的强光，定睛看那个发亮的东西。这时才看清，光亮原来是从桌上晃动的一面镜子发出来的。主人为什么在书房里摆弄起镜子了呢？提起镜子，一定是洗澡间里的。我今天早晨就在洗澡间见过。所以强调指出"那一面"，是因为主人家里除此之外再没有第二面。主人每天洗完脸梳分发时也用这面镜子。也许有人问：像主人那路货还梳分发？告诉你说吧，主人干别的事都无精打采，唯有梳起分头来最用心。从我来到这户人家直到今天，不论多么炎热的天气，主人都没剪过短发，一定要留二寸长，不仅从左边装腔作势分开，还把右边的头发往上抿，抿得服服帖帖。说不定这也是神经病的症状之一。我心想，这种哗众取宠的梳法，和那张桌子丝毫也不协调，但却因为是于人无害的小事，别人也就不说什么，他本人也很得意。

还是先把关于主人分发赶时髦的事放下。要是想知道他为什么留长发，原因很单纯，如天花不仅损害了脸，还侵蚀了他的天灵盖。因此，像一般人那样把头发剪成半寸或三分，短发发根就会暴露那上面的几十个麻坑，那些坑坑洼洼可是怎么也弄不掉的，好像在荒郊野外放了些萤火虫，风雅的人自然觉得风雅哩！而他妻子不中意，这是不消说的。既然留下长发就不至于露出马脚，谁又会自揭短处！我倒真愿意他的毛发再长些，干脆把脸盖上，那些麻坑也可以朦胧起来。想不通为什么这自然生长的毛发，要花钱去剪短，这不等于是向人们宣布："瞧呀，我已经水痘升天了！"

以上所述就是主人蓄长发的理由，而蓄长发又是主人梳分头的原因，梳分头自然就要照镜子，当然洗澡间就要放一面镜子了，也便是只有一面镜子的缘故。

既然本该是在洗澡间，而且是唯一的镜子现在竟然出现在书房，则，要不是镜子灵魂出窍自己跑来的，就是主人从洗澡间拿来的。因为"无为静养"的需要！听说从前有过一位学者来访。那位和尚朋友正脱光了膀子磨一片瓦。问他磨瓦做什么，回答说："唉，我正使大力气要把瓦片磨成一面镜子呢。”于是学者大惊，说：“任你是什么样的高僧，怕也磨不成镜子。”和尚哈哈大笑道：“是吗？那就算了吧！这就跟任你读破万卷书也不会得道大概是一个道理吧！”[①]说不定主人就是根据这么点道听途说，就把镜子从浴池中拿了出来，摆出扬扬自得的样子反复照自己。这下子可有热闹瞧了。我偷偷往里看。

主人不知有猫在偷看，于是在那全神贯注凝视唯一的宝贝镜子。本来镜子这玩意儿怪吓人的。不信你试试深夜秉烛，在空空的房间里独自对镜，这大概要有很大勇气。我第一次被东家小姐用镜子照时吓坏了，差不多围着房屋跑了三圈。那么多阳光灿烂的白昼，谁像主人这样死死盯着镜子里看，也都会被自己的脸吓死。更何况主人的脸只要看上一眼，就会认出不是张能让人赏心悦目的脸。主人还偶尔自言自语：“真是一张脏脸。”能知道并承认自己的容貌丑，倒不失是一个让人佩服的行为，所谓自知之明是也。他的举止越来越像个疯子，可他的话越来越接近真理。估计接下去就会开始害怕自己的丑貌。人要是不能入骨三分地认识到自己是个可怕的浑蛋，就够不上饱经风霜。不饱经风霜，终究得不到解脱。既然这样，主人本应顺口回答自己说一句：“啊，吓人！”但他怎么也不肯说。说完“真是一张脏脸”，不知又打什么主意，将两腮高高鼓起，用手心拍了两下，我很想知道这是在念什么咒。突然，我发现有个东西近似于这脸，细思量，原来是女仆那副面孔。

正好，一直都没好好介绍女仆，顺便就把女仆的面孔介绍介绍好了。说起这个女仆的脸，哎呀呀，简直是肿胀。前些日子有人从东京羽田区的六守神社，送来了河豚型的灯笼，如果你见过这种灯笼，女仆的脸就不用亲眼见到了，就是那个样。由于太过于臃肿，以至眼睛都失踪了。是的，河豚也臃肿，却是通体浑圆；而女仆的骨骼本来就张牙舞爪，挂上一身膘，那就成了一座浮肿的六角钟了。不行，这话如果被她听去，那是指定要恼羞成怒的。那就打住，回到主人身上来。主人就这样吸入全宇宙的空气鼓起腮帮，如前所述，

---

① 故事出自《江西马祖道一禅师语录》（即《马祖录》）。

用手心边拍打，边自言自语说："把脸皮绷得这么紧，有麻子也看不见了。"

主人又扭过头，让被阳光照到的半个脸出现在镜子里。他似乎激动了起来："这一来，麻子更显眼。还是正冲着阳光的一面显得平整。真是奇妙。"然后他伸出右手，尽可能将镜子放得远些仔细端详，仿佛豁然开朗地说："这个距离也看不见麻子了。还是近了不行……不仅仅是脸，一切都是如此。"后来他突然将镜子横放，把眼睛、前额和眉毛全都朝着鼻根挤去。可能自己也意识到了，这样子太难看："这招使不得！"便立刻停止。"干吗长了这么一张凶恶的脸呢?"他有些奇怪，将镜子收回到离眼睛三寸多远的位置，用右手食指刮了一下鼻翅儿，往桌上的吸墨纸上使劲儿一抹，被吸住的鼻涕圆圆鼓鼓留在吸墨纸上。接下来他玩了很多小把戏！比如把抹过鼻涕的那只手指调转方向，去翻开右眼的下眼皮，这就是俗语说的"鬼脸吓人"，他表演得十分精彩。问题是他究竟是在研究麻子，还是在和镜子做"瞪眼比赛"，恕在下不得而知了。看来我错了，主人原本是个妙趣横生的人嘛！对镜独览，就能想出这么多花花点子。不，不是这么回事。假如善意解释为《魔芋问答》[①] 精神，那么，说不定主人正是为了便于醒心悟道，才这样以镜子为对象作种种表演哩。

人类学都是为了研究自我。什么天地、山川、日月、星辰，都不过是自我的别名。任何人也找不到舍我而他的研究对象。假如人能超越自我，那么，当他超越的瞬间就会失掉自我。而且，研究自我，除非研究者自己，是不会有人愿意为之付出的。再怎么想研究别人或盼着别人研究自己，那都是无稽之谈。因此，自古英雄靠自己。假如靠别人就可以了解自我，那就等于求别人替自己吃牛肉。却能像自己吃了一样，辨别出牛肉的嫩与老硬，所谓"朝知法，夕闻道"，"案前灯下，手不释卷"，都不过是认识真正自我的便利手段而已。从他人所述之法，他人所论之道里，或者是堆积如山的虫蛀

① 《魔芋问答》：日本相声一题名。故事说：一个卖魔芋的店主与行脚僧做盘道问答，全是所答非所问，但却使行脚僧佩服得五体投地。

书堆里，是不可能找到你自己的。就算有，那也只能是自己的幽灵。是的。有些时候，有幽灵也许胜于没有。死劲追影子，未必就撞不到这东西。多数影子还是离不开实体。从这个意义来说，我主人摆弄镜子，还算得上通情达理，比那摆出学者架势、死搬硬套爱比克泰德学说的人高明多了。

镜子是酿造自鸣得意的机器，同时又是自我吹嘘的消毒器。假如怀着浮华与虚荣念头对此明镜，再也没有比镜子对蠢物更具有煽动力的了。自古太多不懂装懂而害人害己的史实，其中三分之二是镜子造成的。法国大革命时，有一名好事的医生发明了“改良杀头机”，犯下滔天大罪。同样，第一个发明镜子的家伙，料想他也梦魂难安的吧！然而，每当厌弃自己，或者自我萎靡时，再也没有比照一下镜子更有益的了。镜子能立马美丑分明。照的那家伙一定会发觉：呀，这么一副尊容，竟趾高气扬活到了今天！注意到这一点，才是人生最可贵的。没有比承认自己愚蠢更高尚的了。在自知之明前，一切自命不凡的人都是要低下头来，甘拜下风的。尽管他主观上还是想声色大动对对方轻蔑冷嘲，但在对方看来，他那声色大动，已经表明了低头服输。主人倒未必是个“对镜知愚”的贤者；但还算是个能公平读懂刻在自己脸上的天花瘢痕的男子。承认自己的颜值低劣，也许就能成为认识自己灵魂卑鄙的阶梯。看来他是个前途光明的人！说不定这正是被那位哲学家批判的结果呢。

我在那浮想联翩着，不小心又留意了下主人的动态。主人对我这些想法目前还一无所知。他还在那面对镜子尽情玩“鬼脸吓人”的游戏，然后说：“好像严重充血；又是慢性结膜炎！”说着，他用食指的侧面用力揉充血的眼睑。大概他眼睑发痒吧。然而，不揉，它都红得厉害，怎能受得住这么一揉？用不了多久就会像咸加吉鱼的眼珠一样烂掉！

不一会儿，只见主人睁开眼睛对镜子看。果然，他的眼睛像北国的寒空，阴沉得混浊了。平日里他一双眼就不清澈，夸大点形容就是两眼混浊，一片模糊，分不清白眼球和黑眼珠。这与他精神恍惚，一贯地不着边际极其协调；他的眼睛就那样暧昧不清永远漂在眼窝深处。有人说这是胎毒所致；也有人说是痘疮的余波。听说小时候为他治病，伤害了无数柳树虫和哈士蟆。然而可怜母亲的努力毫无回报，直到今天，两眼还像从前一样模模糊糊。我暗自想：这种状态绝不是胎毒和痘疮所致。他的眼珠之所以彷徨在如此混浊的苦海里，完全是由于他那混浊的头脑所致；并且其影响已经达到了暗黑溟濛之极度，自然要反刍于外形，给浑然不知的母亲带来不必要的忧愁与劳苦！冒烟，就知道有火；眼球混浊，就证明是个糊涂虫。可见主人的眼睛是他心灵的象征。他的心像天宝年间的铜钱一样有个中空的洞，由此得知，他的眼睛也一定像天宝铜钱一样，虽然大，却不中用。

主人又捋起胡须了。那胡须本来就不整齐，长得七扭八歪。虽说这是个人主义盛行的年代，但这样乱纷纷的极端自由，给主人带来的麻烦可想而知。为此，主人近来大加操练，尽可能将胡须做系统化的处理。功夫不负苦心人，胡须稍微步调一致些了。对此主人都自豪地说：从前的胡须是自然生长，现在的胡须是叫它生长。有成效，就受鼓舞。主人认清自己胡须的前途光明，便朝朝暮暮，只要得闲，就要开始鞭挞它们。按他的野心，是想要学那德国皇帝，长一撮向上心切的翘胡。因此，哪管毛孔是横还是竖，不管三七二十一，抓住就往上揪。问题是胡须受活罪，胡须的主人也自然会疼呢。然而这是操练，管它愿意不愿意，往上揪就是！局外人看着觉得莫名其妙得无聊，而本人却当成天经地义；正如教育家枉自违背学生的本性，却还夸口："瞧我这两下子"，同样很难找到责难的理由。

主人正满腔热情操练胡须，女仆支棱着肥硕的面孔从厨房飘来，说："来信了。"一如往常，通红的手突然伸进书房房门。主人依然右手抓着胡须，左手拿着镜子，回过脸来向门口望去，脸儿支棱的女仆一见那被迫听命成倒写八字状的胡须，急忙跑回厨房，趴在锅盖上哈哈大笑。主人可是稳重的人。他放下镜子，拿起信笺。头一封信是铅印的，全是些严肃字句，读之如下：

"敬启者。谨祝日益康健。回顾日俄战争，以破竹连捷之势、获恢复和平之功，我忠勇刚烈之将士，大半已在'万岁'声中凯歌高奏而归泰半，万民欢腾，难以尽述。忆及宣战大诏颁发之初，义勇之将士久驻万里之歪疆，茹苦含辛，竭诚战斗，为国捐躯。其至诚之心，必将铭刻不忘。且勇士凯旋本月将告终。据此，本会定于十五日，代表本区全体居民，为区内千余名出征将士召开盛大之凯旋庆祝会，并借以抚慰军人家属，故特竭诚欢迎军属莅临，以聊表谢忱。如蒙诸位大力相助，盛典得以顺利召开，则本会无上之光荣。为此，敬请赞助，踊跃捐款，不胜翘盼之至。

谨启”

寄信人是一位贵族老爷。主人默读一遍，随即将来笺装进信封，若无其事。捐助嘛，怕是不肯的。前些天他拿出两元还是三元，作为赈济东北灾区的捐款，逢人就大肆宣扬：“我被敲竹杠赈灾了！”既然是赈灾，自然是主动掏钱，绝不是敲竹杠。又不是遇上了强盗，说什么“敲竹杠”，自然是词不达意。要是动点硬的，那又当别论；就凭这么一纸铅印信，任你说什么“欢迎军人”“贵族募捐”，也看不出要他掏钱的可能。按主人的意思，欢迎军人之前首先应该欢迎他。然后欢迎其他的人么倒无妨。而他日夜操劳中，欢迎一事也只好有劳贵族大人先生们了。

主人拿起第二封信说：“啊？又是一封铅印信！”

“当此寒秋，谨祝贵府兴旺。

敬启者：敝校之事，一如所知，自前年以来，被二三名野心家所扰，一时陷于极大困境。窃以为此乃不肖‘针作’无德之所致，深以为戒。兹经卧薪尝胆，苦心筹划，我校将采取依靠自力、符合理想之新建校舍筹措经费方案。方案无他，即出版定名为《缝纫秘法纲要特刊》。本书乃不肖针作遵循工艺学之原理，多年来苦心研究之结晶，不愧为心血之作。深望一般家庭普遍购买，敝人只在成本费外略收薄利。但愿此举既能为发展缝纫技术尽绵薄之力，又能积薄利以应新建校舍经费之所需。不胜万分惶恐，特请购买敝人印行的《缝纫秘法纲要特辑》一册，不妨赐给女仆，以表赞助之意，权作对敝校新建经费之捐款。百拜求援，匆匆谨启。

大日本女子裁缝最高等大学院

校长缝田针作
三拜九叩”

如此郑重的书信，主人竟揉成一团，啪一声扔进废纸篓里。可怜！针作先生难得三拜九叩与卧薪尝胆。全都付诸废纸篓中。

再看第三封信。第三封信有点耀眼。信封上是红白二色的横纹图案，很花哨，你见过卖棒棒糖的招贴画就知道我说的样子了。正中用八分楷大笔特书：“珍野苦沙弥先生帐下。”这看起来倒是华丽，至于信里会不会蹦出个什么大人物的名字来，这个我可不清楚。

“假如由我管天管地，我会一口喝干西江之水；假如由天地管我，我只能做是阡陌上一粒尘埃。当然要这样问：天地与我又有何干？……最先吃海参的人，其胆量委实可敬；最先吞河豚的汉子，其勇气自然可嘉。食海参者如亲鸾[1]再世；吞河豚者似日莲[2]化身。如苦沙弥之流者，只品尝了葫芦干里的酸酱，岂可自誉天下名流？没见过也……

亲友会出卖你，父母也有私心，爱人也会抛弃你。富贵从来如过眼云烟，功禄会一朝尽失。你头脑中秘藏的那点学识会发霉。试问，汝所恃者何也？俯仰于天地间，将何所依？其神乎？

神佛者，人类苦痛之余所捏造之自慰泥偶矣，人类粪便汇聚而成之臭屎堆而已。寄希望于渺茫，说什么心安理得。嗟乎，醉汉！言危言耸听之昏乱狂妄之语，蹒跚向坟茔。油枯而灯灭；财竭而何所遗？苦沙弥先生！且进清茶，呜呼尚飨！

不把人看成人了，则何所畏惧？试问不把人看成人的人，却对不把我看成我的社会愤怒，那将怎样？飞黄腾达之士，视其不以人为人为至宝，只在别人对其视而不见时才勃然色变。管他色变不色变，混账东西……

当我把人看成人，而当他人不把我看成我时，鸣不平者便爆发

---

① 亲鸾（一一七三——一二六二）：镰仓初期的高僧、净土真宗的开山祖，谥号见真大师。

② 日莲（一二二二——一二八二）：亲鸾同时的高僧，日莲宗的开山祖，谥号立正大师。

式自天而降。此爆发名之曰革命。革命并非鸣不平者之所为，实乃权贵荣达之士欣然造成者也。

朝鲜人参多，先生何故不用？

天道公平再拜于巢鸭”

针作先生都“九拜”了，这家伙竟然仅“再拜”。就是没有要募捐，一下子就勾销了七拜。这封信虽非募捐，但非常难懂。向任何刊物投稿都有充分的资格遭到废弃，因此，想我这以头脑不清而扬名立万的主人，是要将它撕得粉碎的。鬼才知道怎么了，他倒是翻来覆去地读个没完。说不定他认为这种书信有什么含义，决心要把它刨出来呢。天地间未知之事多如猫毛，你尽管对它信口开河好了，都无一不可。再念不通的东西，只要想解释，都不难。说人愚蠢也行，说人聪明也行，反正费不了多少唇舌。岂止此！即使想证明“人是狗”“人是猪”，也不是多么难。说山是洼地也可，说宇宙狭窄又何妨。说乌鸦白、小町[1]丑、苦沙弥先生是君子，也没什么不通。因此，即使这封毫无意义的信，只要绞点脑汁，给它安上点什么，那就爱怎么讲就怎么讲去吧。尤其主人，一向善于对自己不懂的英文胡乱讲解，那就更是爱牵强附会了。学生问：“明天天气不好，为什么还说‘早安’？”主人连着思考七天。又问：“哥伦布用日文怎么说？”主人又用了三天三夜苦苦思索。尝了葫芦干里的酸酱就自以为是天下名流，吃了朝鲜人参便以为要闹革命。像他这号人，随便想安点什么含义，自然都左右逢源。

隔了一会儿，主人像对待“姑德毛宁”一样，似乎对这些难懂的胡扯八道名言也大有所悟。他赞赏道：“意义深远。此人应该是个对哲理颇有心得的人。高见，高见！”由此可见我这个主人有多么蠢。不过，反过来看也还算精辟。主人习惯对那些没影而自己不懂的事大加赞美。这恐怕不单是主人的嗜好吧。既然是不清楚的，那就自然藏着神秘了，莫测才能高深，空洞才得以神圣。因此，凡夫俗子们惯于不懂装懂；而学者惯于把懂了的事讲得叫人不懂。大学课程中，那些把未知事情讲得滔滔不绝的大受好评，而那些讲解已

---

① 小町：小野小町，平安朝有名的美人。

知事理的却不受欢迎，由此可见一斑。

主人敬佩这封信，同样也不是看懂了信中内容，而是捉摸不透主题，是看到里面一会儿海参，一会儿臭屎。因此，主人尊敬这封书信的唯一理由，如同道家之尊敬《道德经》、儒家之尊敬《易经》、禅门之尊敬《临济录》，简单说就是自己一窍不通。当然，承认自己一窍不通又说不过去，于是就胡乱注释，装成懂了的样子。不懂装懂，而且表示尊敬，自古以来都是件快事。于是主人毕恭毕敬地把八分书的名家书帖卷了起来，放在桌上，袖起手陷于遐思冥想。

“劳驾，劳驾！”正门有人高声求见。听声音像迷亭，可又不像。这人在不停叫门。主人在书房早就听见了，但他还是袖手旁观，充耳不闻。也许他这是打定主意，迎接客人不是主人的任务，一向都是这样，这位主人从来不在书房里答话。女仆出门买肥皂去了。妻子要回避。于是，应该出去迎接客人的只有敝猫了。我也懒得去。于是客人从换鞋处跳上台阶，敞开屋门，大摇大摆跨进来。主人纵然妙计千条，来客也有应对之方。这人刚一进屋，就把纸屏两三次拉开，又两三次关上，现在正朝书房走来。

“喂，开的什么玩笑！干什么了？来客人了！”

“噢，是你呀！”

“什么‘是你呀！’既然坐在那儿，就该吱个声！简直像到了废墟。”

“噢，我在想心事。”

“就算想心事，说声‘请进’，总还不耽误很多吧？”

“倒是能说的。”

“还是那么沉得住气！”

“从前些天开始致力于修养精神了。”

“蹊跷了！精神修养就不能答话，那等你修成了，来客可就遭殃了！太沉着了可受不了哟！老实说，不是我一个人来，还领来了好多客人。你出去见一见！”

“领谁来了？”

“管是谁，出去见一见！他们一定要见见你。”

"谁呀?"

"管他是谁，站起来!"

主人仍然袖着手，蓦地站起说:"又想捉弄人吧?"

他从檐廊漫不经心走进客厅。看见一位老人面对六尺壁龛正襟危坐在那。看见这个不期而至的老人，主人从袖筒里抽出手来，一屁股坐在隔扇旁，和老人坐了个面对面。这两人谁也不行礼，也不能打招呼。一点也不像过去的正人君子，完全没有礼貌。

"噢，请到这边来!"老人指着壁龛催主人坐过去。还是两三年前，主人认为在客厅里坐哪都一样。后来听一位先生讲解一番，才明白壁龛那是由贵宾席演变而来的，过去是钦差御使落座的地方。那之后他就再也没靠近此地。特别今天这样，见到一位素昧平生的长老气呼呼地坐在那，他不仅坐上座，连请安都懒得说出口。听到对他说话，干脆低下头来照抄对方的话，重复说:

"噢，请到这边来!请这边来!"

"那就不便请安了。还是您请到这边来。"

"别……还是您请……"主人信口鹦鹉学舌着。

"哪里。这么客气，那可不敢当。我怎么好意思。还是请您别客气。噢，您请……"

"这么客气……那可不敢当……还是……"主人满脸通红，嘟嘟囔囔，看来这阵子的精神修养并无功效。迷亭君站在纸屏后笑着观赏，觉得已经瞧够了，就从后推了主人屁股一下，插嘴说:

"喂，滚吧!你紧靠着纸隔门，我没有座位了。不要客气，到前边去!"

主人迫不得已，往前蹭了几步。

"苦沙弥先生!这位就是我时常对你提起的从静冈来的伯父。伯父!他就是苦沙弥先生。"

"啊，初次相逢!听说迷亭常来打扰。老朽早就想登门造访，当面聆听雅教。今日幸得从不远的地方路过，特来致谢，并拜会芝颜，今后请多关照。"一口古老的腔调，说得很顺当。

主人是个交际不广、口齿不清的人，也没见过这种旧式的老人，有点怯阵。正畏缩不前，听老人家滔滔不绝来这么一大套，什么朝鲜人参，什么棒棒糖幌子似的信，全忘得干干净净，带着哭腔应答些莫名其妙的话。

“我……我……本应登门拜访……请多海涵……”说罢，从床席上抬起头来，见长老在叩头，吓了一跳，慌忙又头拱床席了。

老人见机行事，抬起头来说：

“往昔寒舍也曾忝列此地，久居天子脚下。江户幕府倒台那年才迁居静冈。其后，几乎不曾来过。今番重游，完全迷失了方向。如不是迷亭带我，那就一事无成了。真所谓‘沧海变桑田’啊！自德川家康①将军受封以来三百载，就连那样的将军府……”

迷亭先生觉得啰唆了，打断老人：“伯父，德川将军也许值得感谢，但明治时代也还好嘛。从前并没有红十字会吧？”

“那是，压根儿没有红十字会。尤其能够瞻仰皇族仪容，这除了明治时代是做不到的。老朽幸而长寿，就这副样子也出席了今天的大会，并且恭聆皇族殿下的玉音，如此，死而无憾了。”

“啊，仅是久别后重游东京，这就够福气的了。苦沙弥兄！伯父嘛，因为这次红十字会召开全体大会，他特地从静冈赶来。今天我陪他去过上野，刚刚回来。所以，你瞧，他还穿着我从白木裁缝铺定做的那身大礼服呢！”迷亭提醒主人。

还真是，他穿着礼服，但一点儿也不合体。袖子太长，领口也大敞着，后背凹了进去，腋下吊了上来。就算是故意往坏处去做，也很难煞费苦心做到如此一塌糊涂。那白衬衫和白衬领还各自为政，只要老人一抬起脸，就会露出喉骨。看看那个黑领结，完全不清楚是打在衬领上，还是打在衬衫上。

大礼服总还算对付，可那个白发小髻就算是天下奇观了。那把驰名的铁扇呢？仔细一找，可不就在老人膝旁贴身放着嘛。

主人这时才神志清醒过来，开始把这些日子修炼的精神修养功夫用在老头儿的服装上，不免吃惊。原以为老头的大礼服总不至于像迷亭说得那么不成体统；见面一看，比说得更严重。假如自己脸

---

① 德川家康（一五四二——一六一六）：丰臣秀吉灭北条氏，封给德川家康关东八州，一六〇三年任征夷大将军，开创江户幕府。

上的麻子可供做历史研究的材料，那么这老头儿的小髻和铁扇，历史价值就更大。他很想打听一下铁扇的来历，又不便刨根问底；谈话中断吧，又有些失礼，于是就随便问道：

“很多人吧？”

“噢，人山人海！那些人还都死盯着我……唉，如今的人越来越好奇了。从前可不是这样……”

“是的，从前可不是这样。”主人腔调像个长者。这多半不是假充行家，是他糊里糊涂随口冒出的那么一句。

“还有，人们都盯住我这把铁扇。”

“那把铁扇很重吧？”

“苦沙弥君，你拿下试试！重得很呢。伯父！让他试试！”

老头儿拿起铁扇递给主人说：“您受累！”

主人接过铁扇，就像在东京黑谷神社参拜的人接过莲生和尚①当年用过的大刀似的。他拿了一会儿，说了声“的确是”，便还给老人。

老人说：“都叫它‘铁扇’‘铁扇’的，其实这玩意儿本来叫‘劈盔刀’，和铁扇两码子事儿……”

“唔？这玩意儿是干什么用的？”

“用来砍敌人的盔甲……当年趁敌人两眼昏花的工夫得到了这件宝，听说从楠木正成②时期一直留到今天……”

“伯父，是楠木正成用过的劈盔刀吗？”

“不是！不知是什么人的。不过，年久月深，说不定是建武时代③的东西呢。”

“也许。不过，寒月君可大吃苦头啰！苦沙弥兄！今天开会回来路过大学，真是个好机会，就顺便去了理学部，刚刚参观过物理实验室。因为这把劈盔刀是铁的，害得试验室里的磁力装置全部失灵，惹了大乱子了。”

---

① 莲生和尚（一一四一——一二〇八）：原名熊谷次郎直实，源平时代武将，后出家京都黑谷的金戒光明寺，改名莲生。

② 楠木正成（一二九四——一三三六）：南北朝时期的武将。

③ 建武时代（一三三四——一三三八）：即南北朝时期的年号。

“且慢，此话无理！这是建武时代的优质铁，怎么会有此风险！”

“再怎么是优质铁也不行。寒月兄刚说过，没有办法！”

“寒月，就是磨玻璃球的那个人吗？年轻轻的真可怜！总该干点什么正经营生嘛。”

“真可怜！那也算‘科学研究’！只磨光个玻璃球，就能成为了不起的学者了！”

“要是磨光玻璃球就能成非凡的学者，那谁也能吧？老夫也行。玻璃铺掌柜更不用说。这行当，在汉人那里叫‘玉石匠’，身份极低下。”老头儿边说边看主人，那意思就是喜欢得到主人的赞同。

“这话不假！”主人诚恳地说。

“学问如今以形而下学为主，看起来很不错，不过有事了却不大顶用。从前武士们干的是玩命营生。他们平素就在于养心，一旦有事，绝不慌张。您大概也知道，这可绝不是磨个球，搓根铁丝什么的不要花力气的小事！”

“说得对！”主人照旧诚恳。

“伯父呀！养心是不是不用磨球，只把手袖起来打坐？”

“叫你一说，那可就不好了。绝不是轻而易举的。孟子都说：‘求其放心’①。邵康节②说：‘心要放。’还有佛门有个中峰和尚，他告诫人们：‘绝不退缩！’都不是很容易弄懂的。”

“说归说，一点都不懂！到底该怎么办呀？”

“读过泽庵禅师的《不动智神妙录》吗？”

“没有，没听说过！”

“心者，置于何也？置于敌之所动，则为敌之所动制；置于敌之剑，则为敌人之剑所取；置于杀敌之念，则为杀敌之念所摄。置于己之剑，则为己之剑所得；置于己不欲为敌所杀之念，则为不欲被杀之念所缚；置于他人之形，则为他人之形所惑。总之，心也，无所留存之处。”

---

① 求其放心：《孟子·告子篇上》说：“学问之道无他，求其放心而已矣。”

② 邵康节：北宋儒者，名雍，字尧夫。“心要放”与孟子的“求其放心”相反，重视心灵的驰骋。

“一句不漏全背下来了？伯父记性真好。多长啊！苦沙弥兄，听懂了吗？”

“的确。”主人又用一句“的确”应付。

“喂，问你嘞，是不是这样？心者，置于何处也？置于敌之所动，则为敌之所动制；置于敌之剑，则为敌人之剑所取……”

“伯父！苦沙弥兄对这种事很内行！近来常在书房养心！连来客了也不去迎接，把心搁在什么地方了。所以，他没事。”

“啊，真是佩服，佩服……你也一同修炼就好了！”

“呵呵，没工夫啊。伯父因为自己一身轻闲，所以认为别人也都在玩吧？”

“你不是在玩吗？”

“不过是‘闲中有忙’呀！”

“你真粗心，就凭这点儿，我说你非修养不可。成语是‘忙里偷闲’，没听过‘闲中有忙’。”

“是的，闻所未闻。”主人说。

“哈哈，这下子我可招架不住了。伯父，好久没尝了，偶尔去吃顿东京的鳝鱼如何？再请你喝几杯。从这儿坐电车，转眼就到。”

“吃鳝鱼倒是好事，不过，今天约定去见杉原，我就不奉陪了。”

“是杉（shan）原吗？那位老爷子还硬朗吧？”

“不是杉（shan）原，是杉（sha）原。你竟胡扯，真糟糕。念错别人的姓名是失礼的。以后要注意！”

“不是明明写着杉（shan）原吗？”

“是杉原，可要读成杉（sha）原。”

“真奇怪。”

“哪里奇怪了？古已有之的习惯读音嘛，蚯蚓的和式读法就是‘mimizu’，这就是习惯读法，跟‘瞎眼睛’读音相同；癞蛤蟆就读成‘kaeru’，一个道理。”

“高见！”

“把癞蛤蟆打翻在地，它就仰下巴，仰下巴读音就是‘阿欧牟气尼卡衣路’，习惯上就叫癞蛤蟆‘kaeru’。还有好多了！把杉（sha）原读成杉（shan）原，那是乡下人的读法。会被人家笑话的。”

“那么，现在去杉（sha）原家吗？真麻烦。”

“怎么？你不想去也行，我一个人去。”

“你一个人能去吗？”

“走去困难。给我叫个车，从这儿坐车去吧！”

主人唯唯诺诺，立刻派女仆去车夫家。老头儿道起别来没完没了，好不容易才终于把圆顶礼帽戴在小髻上。

“他是你伯父吗？”主人问迷亭。

“是我伯父！”

“好嘛。”主人又开始在坐垫上打坐，袖着手陷入沉思。

“哈哈，是个豪杰吧？我也以有这样一位伯父而荣幸。不论带到什么地方，总是这样一副派头。吃惊吧？”迷亭觉得让主人吃惊非常开心。

“没怎么吃惊。”

“连这都不吃惊，你可真够沉着了。”

“不过，你伯父有些地方看来很了不起。比如提倡精神修养就是，值得敬佩。”

“值得敬佩吗？如果你六十岁了，很可能和我这个伯父一样成落伍者呢。加油吧！轮着班当落伍者，那就太死心眼了。”

“你总担心落伍。但在一定时空中，落伍者反倒更了不起！首先如今对知识的索求，只知道向前，没有止境，永不满足。这样看来，东方的哲学是消极了点，但更有韵味，就是因为强调精神修养。”主人把从哲学家那听来的，当作自己的东西说给了迷亭。

“你可真了不起！怎么，好像讲起八木独仙的学说了。”

八木独仙这个名字让主人一惊。前几天来卧龙窟造访，对主人说出一番道理后飘然而去的那位，正是八木独仙。主人刚才一本正经宣传的一套，刚好是从八木独仙那现买现卖的。迷亭以为主人不知道那位哲学家，猛然间说出这位先生的名字，让主人有点被拆穿的尴尬吧。

“你听过独仙的讲演？”主人有点心慌意乱，叮问了一句。

“听？从十年前在学校直到今天，他的学说就没变过。”

“真理不会变来变去的，也许正因为不变，才值得信赖哩！”

“就是因为有人捧场，独仙才混得下去啊！首先，八木这名字起得好。他那胡须简直就跟山羊的一个样；从寄宿求学到现在，一直是照老样子长。独仙这个名字也够劲。过去，他每次到我那去投宿，照例大讲特讲精神修养。因为他翻来覆去说个没完，我就说：‘也该休息了吧？’这位先生说：‘不，我不困！’就继续在那一本正经讲他的消极论，烦人呀。没办法，我求他睡吧。我说：‘怎么办！你大概不困，可我困死了。还是睡吧！’可那晚上老鼠出了洞，咬了独仙先生的鼻子，深夜里大呼小叫起来。这位先生嘴上讲看破死生，其实骨子里很在乎！他怪我说：‘鼠疫会传染，那可不得了！你要想个法子呀！’我真是服了。后来，我就到厨房，在纸片上粘些饭粒来糊弄他。”

“怎么糊弄？”

“说‘这是洋膏药，最近德国的一位名医发明的。印度人一被毒蛇咬伤，用上立见功效。’我对他说：‘贴上这帖膏药，保你平安。’”

“你是从那时起，深得糊弄人的诀窍了？”

“……独仙先生真是个大好人，听我这样一说，就安心酣然大睡了。第二天起来一看，膏药下边拉出来一些线头，原来是把山羊胡给粘住了，真有意思！”

“但是，现在的山羊胡可比那时更神气了。”

“你最近见过他？”

“一个星期前来过，谈了很长时间才走。”

“怪不得！我说你怎么卖弄起独仙的消极论来了！”

“说真的，当时我很感动，也发奋要修养一番呢。”

“发奋是对的。可太把他人的话当真，会受罪的哟。你这家伙太容易相信人，这不行。独仙不过是嘴上的功夫，一到要紧关头，跟你我没两样。喂，还记得九年前的大地震吧？当时，从宿舍二楼跳下去摔伤的，就他一人。”

“那件事，他本人不是振振有词吗？”

“是呀！要他本人说，那件事他很幸运。‘禅机玄妙呀！到了十万分火急之刻，能迅速做出反应，其他人听说是地震，都吓蒙了，只有我知道从二楼窗户往下跳，说明了修炼的作用。真高兴……’说着还一瘸一拐，喜不自胜。真是个嘴硬的家伙！说到底，再也没见过那种一开口就是禅呀、佛呀的人了。”

“是吗！”苦沙弥先生有些丧气。

“前些天他来，一定对你讲了些和尚道士们常说的鬼话吧？”

“他说：‘电光影里斩春风’，说完就走了。”

“‘电光’这一套，真好笑，都是他十年前的拿手戏了。那时候，一提起无觉禅师的‘电光’，宿舍里无人不晓。而且这位先生一着急，就把全句错念成‘春风影里斩电光’，真逗！他下次再来，你不妨试试，单等他慢条斯理宣讲时，从各方面进行反驳。瞧好吧，他立刻就会颠三倒四，说得驴唇不对马嘴。”

“碰上你这样捣蛋的，谁受得了？”

“真不知道是谁捣蛋！我非常讨厌那些禅和尚，还有什么‘得道的’。我家不远就有个南藏院，南藏院有个八十来岁的和尚。前些天下暴雨，一个雷打在院内，把院前一棵松树劈倒了。听说那位和尚若无其事，安然无恙。仔细一打听，原来他是个聋子。自然泰然自若啰。大抵这么回事。独仙要是只管自己悟道也就算了，可动不动就去诱惑他人，所以不好。有两个人就是在独仙影响下成了疯子。”

“谁？”

“谁？一个是里野陶然。拜独仙所赐潜心修禅，去了镰仓，在那儿变成了疯子，丹觉寺门前有个铁路的岔路口知道吧？他就那么在路轨上打坐。张牙舞爪要挡住对面开过来的火车。火车是刹住了保住了他的命。可从此，他就开始称自己是什么金刚不坏，又跳进寺内的荷花池里，灌得咕噜噜的满肚子水。”

“死了？”

“又万幸了，赶巧去做道场的和尚路过，救了他。后来他回到东京，终于患腹膜炎死了。致命的是腹膜炎，但造成腹膜炎的原因，是在佛堂吃大麦饭和咸菜。归根结底是独仙间接杀了他。”

“看来，死认真，也好也不好啊！”主人有些沮丧。

“就是！被独仙坑害的还有一名同学。”

“危险了！谁？”

“立町老梅呀！也是在独仙怂恿下张口就什么‘鳝鱼升天’，最后，成了真事儿。”

“什么真事儿？”

“终于鳝鱼升天，肥猪成仙了。”

“这是怎么回事？”

“既然八木是独仙，那么，立町便是猪仙了。没有人像他那样没脸没皮贪吃。因为太贪吃再加上出家人坏心肠的综合征，这就没救了。刚开始大家也没注意，现在回头想，当时那些事也是够奇怪的了！他一到我家就说什么：‘那棵松树下难道没有飞来炸肉排吗？’‘在我家乡，鱼糕都坐在木板上游泳嘞！’他满嘴不着边际的胡话。不但说，还催我‘到门外脏水沟去挖地瓜面馒头吧！’我算是服了。两三天后，他终于成了猪仙，被关进巢鸭疯人院。本来猪是不够资格得神经病的，这都是托独仙的‘福’，他才到了那地方。可见独仙功力的强大了！”

“现在还在巢鸭？”

“在，气焰嚣张，更狂妄哩！说什么立町老梅这个名字不好，就自号天道公平，以替天行道为己任。可凶了，喂，你去瞧瞧！”

“天道公平？”

“天道公平！别看他是个疯子，可起了个漂亮的名字。有时他也写成‘孔平’。说世人多陷于迷津，他要普度众生。给朋友们写些乱七八糟的信，我也收到过四五封，有些又臭又长，都因为超重我被罚了两次款。”

“这么说，寄给我家的也是老梅的啰！”

“也给你寄了？也是红色信皮吧？”

“嗯。中间红，两边白，别具一格。”

“那种信封据说是特意从清国进口的，寓意了猪仙的：‘天道白，地道白，人在中间放光彩’……”

“原来还大有来历！”

“正因为发疯，才考究。不过，尽管发疯，贪吃还是初衷不改，据说每信必写用餐之事，真是出奇！给你的来信里也写过这些吧？”

“嗯嗯，写了海参。”

“老梅喜欢吃海参。难怪！还有呢？”

“还写些河豚和朝鲜人参什么的。”

“河豚配朝鲜人参，妙！他的意思大概是吃河豚中了毒，就煎朝鲜参汤喝！”

“好像不是这样。”

“无所谓，反正是个疯子。就这些？”

“还有这样的句子：‘苦沙弥先生！聊备清茶，呜呼尚飨！’”

“哈哈……‘聊备清茶，呜呼尚飨’，这太刻薄了！他一定是成心要治你一下。干得好！要山呼天道公平君万岁！”

迷亭先生大笑起来。可我家主人就糗了，之前他满怀敬意捧读的书信，原来是个疯子写的。想到自己的虔诚与敬意，就这样变成笑话总会有不甘，生自己的气也正常；当然，想到自己把疯子的胡言乱语当作绝妙好文品味，自然有些脸红；最后，联想到自己对狂人妄语会这样喜欢，担心自己是不是也有点神经异常了？就这样，愤怒、羞惭、疑虑合在一起，主人一时间有些坐立不安起来。

就在这时，门外传来重重的脚步声，走到了门口。接着有人在门口喊着：

“劳驾，劳驾！”

主人屁股一向沉起不来；倒是迷亭先生沉不住气，不等女仆去迎客，就大声询问“谁呀”，只两步就窜出堂屋，跑到门口。迷亭是个很有趣的家伙，通常来访也不叫门，总是大摇大摆进来，显得很没规矩；可一旦进门了，就会承担书童的迎来送往任务，算是将功抵过好了。不过毕竟是客，也不能太过随意；这样让客人去迎客，作为主人的苦沙弥先生纹丝不动，太岂有此理了！换个人都会自己去，可他却偏不，这才是苦沙弥先生的本色。他就那样与己无关地稳坐坐垫上。“稳坐”与“安居”，其意相似，实则大不相同。

迷亭到得门口，连珠炮似和谁争辩些什么。过一会儿，朝屋内嚷嚷：

“喂！有劳大驾了房东大人！出来一趟。你不出场解决不了问题。”

主人起身来，十分不情愿地袖着手慢腾腾走出去。看见迷亭正拿着一张名片蹲着和客人应酬，点头哈腰的很有点低三下四。主人看看名片，写的是警视厅刑警吉田虎藏。和他并肩而立的是个二十五六岁、高个子、穿一身进口条纹服的英俊男子。奇怪的是他和主人同样袖手默默站立。这人总像在哪见过。我仔细一看，才发现岂止是见过，正是那个前些天深夜来访、拿走山芋的梁上君子。天，莫非这回又是在光天化日下要公然从正门光临吗？

“喂，这位是刑警，逮住了前些天行窃的小偷，特来通知你出面的。”

主人似乎这才明白刑警来干什么。他低着头，对那个君子毕恭毕敬行礼。很有可能是他觉得这位梁上君子比虎藏先生长得还要一表人才吧，于是就错把他当成刑警了。我看小偷都大吃一惊了，又不好意思直说：“我是小偷！”装出一副无辜的样子，袖着手站在那。这个也不能怪他了，他戴了手铐呢，叫他拿出手来也办不到。如果人正常点，也能明白个七八分的。可我家主人可不是一般人，他有个毛病，就是害怕当官的和警察，一见到威风凛凛的大官儿就恐惧不安。不错，他也清楚这个道理：警察等人不过是包括自己在内的人花钱雇来看门的；但是只要面对了，他还是一样唯唯诺诺。很可能是因为主人的老子过去做过乡村的村长，习惯了对上司点头哈腰，多半是把这种德行遗传给了主人这个儿子。我看着都可怜他。

刑警感到主人很滑稽，笑眯眯说：“明天上午九点前，请到日本堤警察分局去一趟。失盗物品都是些什么？”

“失盗物品有……”主人刚开了头，就什么都不记得了，只还记得有多多良山平的山芋。尽管心里在想：山芋什么的提不提倒没什么。但刚说“失盗物品有……”就不知道接着说什么了，那样子呆头呆脑，不成体统。要是别人家被盗，猛然间有可能说不清；但自家被盗，居然都没法说清被盗的物品，这会被当成未成年的证据。有念及此，主人才横下一条心来：

“失盗物品有……山芋一箱。”

这时，偷儿弓起身来把脸埋在了衣襟里。

迷亭哈哈大笑：

“好像丢了点山芋，非常心疼呀！”

只有刑警听得格外认真。

“山芋是弄不回来了。其他物品差不多都到手了。好吧，你去看一下就清楚了。还有，退还时要写一份收条，去的时候别忘了带图章……一定要在九点前到日本堤分局，是浅草警察署管辖内的日本堤分局。那么，再见！”

刑警一通哇了哇了，说完转身带上那个小偷走了。小偷走出去后手被铐着，没法关门，门就只好那样敞开着。看到走了，主人一改先前的诚惶诚恐，表现出了不满，鼓起腮帮砰的一声把门关了。

“哈哈哈……你对刑警真是尊敬有加呀！你要是总这样谦恭，倒也是个好男儿。可你除了对刑警毕恭毕敬，别的这就不怎么样了。”

“人家可是费心费力来通知的嘛！”

“通知怎么了？那是他的职责！平平常常接待，就蛮够意思了！”

“这不是一般的职责嘛！”

“当然，这不是一般的职责，而是所谓侦探这种不招人喜欢的职责，比通常的职责还卑劣！”

“喂，说这话你可要倒霉的！”

“哈……那你就不要再骂刑警了！不过，你还知道尊敬刑警，总算说得过去，至于你尊敬盗贼，就让人不得不吃惊了！”

“谁尊敬盗贼了？”

“你呀！”

“我什么时候结交过盗贼？”

“结交？刚才你不是对盗贼客客气气的吗？”

“什么时候？”

“就刚才，是不是有点卑躬屈膝了？”

“胡说！那是刑警呀！”

“刑警能是那派头？”

“正因为是刑警，才是那种派头！”

“真顽固！”

“你才顽固！”

“好吧好吧，首先请问：刑警到别人家，难道就那样袖着手，直挺挺站着？”

“谁敢说刑警都不能袖着手？”

“你那么凶，我可有点害怕。在你客套过程中，他可是一直站着不动的！”

“刑警嘛，也会有这种姿态的。”

“真够主观，怎么说也不听。”

“就是不听！你不过嘴皮上说什么‘偷儿’‘偷儿’的，可你并没有当场见过那个偷儿破门而入。只是凭空想象，片面一口咬定。”

迷亭已经绝望了，他好像再也拿我这个主人毫无办法，一反常态不再作声；主人还以为是自己这次说服了迷亭，真是难得少见，当然十分得意。在迷亭眼里，主人顽冥不灵的人品都掉格了；可是主人却以为自己是有主见，所以比迷亭高出一个等级。如此咄咄怪事人间少见世上不多。就是有些人会把顽固不化看作是自己的优点，完全不知道在别人眼里，自己就是个笨蛋。奇怪的是，通常冥顽不化的人都会对面子看得比什么都重，反倒是对将来是不是被人看不起，现在有没有人搭理自己毫不在意，估计是想都没想到过，说起来这也算是一种憨人憨福。据我所知，这种被命名为“猪猡的幸福”。

“好吧，明天你去吗？”

“去呀！叫我九点以前到，我八点就出发。”

“学校怎么办？”

“停课呗！学校算个什么。”主人一下子豪迈起来，一切都不在眼里了！

“好大的口气！你说停课就停课？”

“没事儿！我们学校是发月薪，不会扣我工资的。”主人倒是坦率。这人很奇特，你要是说他很圆滑，他就真还有点圆滑；但你要说他没脑子，也就真没脑子。

“喂，你认识路吗？”

“不认识。坐车去就不难了吧？”主人信心满满地说。

“您是个‘东京通’，不亚于静冈那位伯父，佩服！”

“佩服嘛，还是多多益善！”

“哈，日本堤分局，可不是个寻常地方哟！在吉原！”

“什么?”

“在吉原。”

“是有妓院的那个吉原吗?”

“是呀。东京只有一个吉原。怎么样?还想去吗?”迷亭先生又开始捉弄主人。

主人听吉原这个地名,感觉是犹豫了一下。“怎么在那种地方!”

他突然像是改了主意,逞起威风来:

“管它是吉原还是妓院,说去,就一定去!”

在这类事上虚张声势是蠢货的专长。

迷亭说:“啊,那就去吧,一定很有意思。去开开眼!”

刑警风波到此算是告一段落。接下去照例就是迷亭的胡扯,直到天快黑了才说回太晚了伯父要发火,于是走了。

迷亭走后,主人匆匆吃罢晚餐,照旧是回到书房袖起手来,他的思绪如下:

“按迷亭的说的来看,尽管我钦佩八木独仙,但像是个不值得学习的人。而且,仔细想想,发现他所倡导的学说有些不合逻辑,正如迷亭指出的,多半属于疯癫之语。没想到他居然还有两个神经病的徒弟,那就是太危险了!如果过多往来,说不定自己就会被拉入到那个神经病圈子里去。至于天道公平——真名立町老梅,读他的文字时,我竟以为他是有深刻思想的伟人。谁知道是个疯子,还住进了巢鸭疯人院。迷亭说话,自然有些信口开河夸夸其谈,但想来立町在疯人院里沽名钓誉,以天道主宰者自居,恐怕还是属实吧?这么一看,很可能我自己也有点疯癫的趋向哩!常言说‘人以群分,物以类聚’。想我既然对狂人之说心悦诚服——至少是对狂人的文章与言辞表示了同情——恐怕离疯癫也不远了!就算还不算一路货色,既然择狂为邻,比室而居,那就迟早会推倒墙壁,同聚一室,然后促膝谈心的了。这还了得!仔细回想,这样的思维活动,连自己都要吃惊,真是奇上奇,怪上怪。先不谈脑浆一勺的化学变化,就说意志变成行动、声音化为言辞,很多地方已经有失中庸,太不可思议了。虽然舌上无甘泉,腋下少清风,但牙根总有恶臭,筋头常生呆气,如之奈何?看来是不太妙了!这样下去,我会不会真成了十足货真价实的神经病患者？好在目前还没伤人，危害社会治安，多半是因此才没被赶出城市，还能当一个东京居民。这可不是什么‘消极’‘积极’之类的说说而已的事，必须先从脉搏进行检查。但脉搏好像没什么异常。要不就是头部发热？看上去不像火往上攻之类。哎，总让人不放心呀！”

一个人要是总拿自己跟疯子比较，在身上找相似点，多半离成神经病不远了。怪只怪出发点有问题。一个人如果用疯子作为标准来看自己，得出的结论就会跟疯子差不多；反之亦然，要是以健康人为标准，那么就会把自己当健康人看待。好吧，那就换一个法子，先从进出着手看看。首先是那个今天登门的穿礼服的伯父怎样？他说：‘心者，置于何处也？’……这一套也有点不大正常。那就换成寒月？他从早到晚带着饭盒，没完没了磨玻璃球。这家伙也该纳入疯子行列吧。那么迷亭呢？这家伙嬉笑怒骂，以恶作剧为职业，算是个无疑快乐的疯子。下一个就是鼻子夫人了。她心肠之恶毒，早已超出常态，也只能是疯子才有。金田老板。没见过也一样，看他对老婆低三下四、妇唱夫随的样子，完全可以看作是一个不同凡响的人物。不同凡响就是疯子的别名，和疯子划为一类名副其实。其次嘛……对了，还有落云馆的诸君子。从年龄来看，还都嫩得很；但在躁狂这点上，完全符合目无一切的暴徒特点。这样一算，基本所有人都可以归类到疯人类，这倒叫主人意外地心安理得起来。说不定整个社会就是由疯子构成的呢。疯子聚在一起，互相争吵、叫骂、争斗、残杀。像细胞之于生物一样沉沉浮浮、浮浮沉沉？说不定其中有人头脑清晰，能分辨对错好坏反倒成了另类，才需要创建了疯人院，把那些人关了进去，不让他们再见天日。如此说来，被幽禁在疯人院里的才是正常人，而留在疯人院外的倒是疯子了。这也就是说，当只有一个疯子时，谁都看他是疯子；一旦全都成了疯子，成为一个很大的群体了，也就成了正常人。大的疯子滥用金钱与势力，管理很多的小疯子，奴役驱使，结果成为：“杰出的人”，这种事是屡见不鲜。真把人搞糊涂了！

以上，是我对主人当天夜晚孤灯只影沉思默想时的所思所想的如实记录。我家主人的昏庸愚蠢，由此可见一斑，就算他蓄着德皇恺撒式的八字胡，也是个呆子，分不清正常人与疯子。更何况他好不容易想到了这么个问题，但苦思冥想得不出结论，半途而废。对了，这一点以前一直忘了提及，那就是他这个人任何时候任何地点，都不具备持续思考的能力。通常从他这个脑瓜里踅摸出的结论，都属于虚无缥缈类型的，像他从鼻孔里喷出的朝日牌青烟一样。一定不要忘记，这就是他思维方式的基本特色。

在下是猫。也许有人怀疑：一只小猫，怎么能把主人内心世界描绘得如此绘声绘色？这就是你的孤陋寡闻了。对于猫来说，这等区区小事，完全不够挂齿！何况猫家我学过解心术。“什么时候学的?”这种念头，最好还是不要有！总而言之我就是擅长，每当我趴在人们膝上，只要柔软的毛皮轻轻贴在人们的肚皮上，说时迟那时快，人们的心理活动就立马昭然若揭，了然于我的眼帘。前些天甚至发生过这样的事：当时主人正温存地抚摸我的头，他心里居然冒出这样一个大逆不道的念头：“要是剥下这张猫皮，做件坎肩一定暖和。”我瞬间冒了一身冷汗。真可怕！当天夜里主人脑洞稍微打开，泛起的思维涟漪我这里有幸能向诸公描绘一二，实属猫家我三生有幸了。但主人却想：“一切都搞糊涂了。”然后酣然大睡。到了明天，究竟原来都想了些什么，他自己指定忘得一干二净。其后，如果想要再思考疯子问题，自然只能重新来过。至于那时他究竟走哪条思路，是否还会得出“一切都搞糊涂了”的结论，谁也无法知道。但有一点是可以明确告知的，那就是不论他再重想多少遍，也不论他沿着哪条思路想破脑袋，最终得出的结论只能是：“一切都搞糊涂了!”

第十章

我很怀疑人类是自己说的那样深情，那样富于同情心的动物，更多还是生成了是个人，流几滴泪或是装装同情，不过是一种义务，为了交际才不得不做做样子罢了。

妻子隔着纸屏在喊：“七点了，喂！”

主人是醒还是在睡？他背过脸去不予理睬。

有问不答，这又是我家主人的一个特点。除非是不得不开口，他才会“哼”一声。就连这“哼”也不轻易发出。一个人如果懒到连回答都嫌麻烦了，那也算是一种风格吧，问题是这号人没有一个是讨女人喜欢的。现在，连身边的妻子似乎对他都不大敬重了，至于其他人，说“可想而知”也没多大出入！常言道：“见弃于亲兄弟的人，怎能得到陌生美女的怜爱？”既然连妻子都不敬重他，我家主人怎么会得到女士们的垂青呢？这倒也不是说想借机揭一下主人在异性中毫无魅力的老底。只是主人总是生出一些荒谬的念头，还找出一堆理由来为自己辩护。比如他就说妻子之所以不喜欢他，是因为他年事已高。这简直就是昏聩嘛。所以，我这只是出于关心，想要警醒一下他，说说自己的看法。

既然遵命在指定时间通知主人到点了，主人就不该当耳旁风；既然背过脸去，也不哼一声，女主人断定错在丈夫而不在妻子，也就理所当然了。于是她一副“通知到了，误事了与我无关”的神情，扛起笤帚和掸子向书房走去。

不多会，书房就传出叮当山响的敲打声。例行公事的清扫工作开始了。清扫的目的究竟是运动还是为了游戏？我不负清扫之责，自然无须过问，装作不知便是。不过，像女主人这种清扫法，很难说是有意义的。为什么说没有意义？那我就告诉你好了：原因是女主人是在为扫除而扫除。她把掸子往纸屏上一碰，将笤帚往床席上一晃，这就表明清扫工作完成。至于清扫的效果之类，看上去就与她毫无关系了，责任吗，自然也是免的。因此，干净的地方每天都干净，不干净的位置每天照样不干净。古有“告朔饩羊”① 的故事嘛，说不定比根本不扫要好些。但扫不扫除，对主人并没什么益处。既然无益，还要天天按部就班去假装扫一下，这正是女主人的非凡之处。妻子与扫除这两个词，按多年的社会习俗，已是固定联系到了一起的。至于扫除的实效，你就这样想吧：女主人没出生，笤帚和掸子没发明，想一想还真是，两者的关系，大概像形式逻辑命题中的名词一样，不问内容，只管结合在一起。

和主人不同，我习惯了早起。此时，肚子已经饿得受不住。但这家里连人都还没用餐，凭猫家的身份，哪有可能得到早点享用呢？这正是为猫的可悲之处。不过，我心想：蛤蜊壳里说不定正袅袅腾起香喷喷的热气呢！于是，再也等不下去了。当你明知希望渺茫，却还要去追求这渺茫的希望时，最好只把这追求在心里描画一番，平心静气一动不动。问题是我可做不到，是定要把“事与愿合”实践一遍才行的。即使明知实践不可能出真知，也是要等撞南墙再回头。我饿得受不住，爬进厨房，先向锅台后的蛤蜊壳瞅一眼。果不其然，昨晚舔干净的地方，在从天窗里倾泻而入的初秋阳光下，不动声色闪烁着奇异光辉。

女仆已把煮好的米饭倒进饭桶，现在正在火炉上锅里搅拌。饭锅周围溢出来的米汤已经结痂了。粘在饭桶上，活像粘上了棉纸似的。饭菜也都做好，大概可以进餐了吧！这节骨眼上还客气什么，即使不能如愿以偿，也吃不了什么亏，下定决心，催她快吃早饭好

---

① 告朔饩羊：“朔”，每月初一，饩（音戏），活牲畜，按周礼，诸侯每月初一要用活羊祭祖庙，后流于形式。见《论语·八佾篇》。

了。我再怎么是个吃闲饭的，也一样知道饿！拿定了主意，我就用猫语开始喵喵叫起来，尽量媚气点，好让人听起来如诉如泣。女仆却干脆不理。她生来就喜欢摆臭架子，早就知道她不近人情，但叫得动听，唤起她的同情，这可是我的拿手好戏。我继续试探着喵哟喵哟地叫。那带几分凄楚悲切的叫我故意叫得有气无力，连自己都确信一定能让天涯游子肝肠寸断。

这个女仆真是铁石心肠吗，全然不睬。这女人很可能是个聋子。但聋子不可能当女仆。也许只是听不见猫叫声？世上有人是色盲。尽管本人认为自己视力很好，但叫医生说，则是个“睁眼瞎”。而这位女仆，大概是声盲吧？声盲也是残废。残废还那么傲慢！夜里不管我憋得多难受要去方便，她也不给开门。偶尔放我出去，又不准回屋。即使夏天，夜露也会很恼人，更何况秋霜？在那屋檐下彻夜蹲着，等待日出，其中的凄苦可想而知！前些天我吃了闭门羹后，甚至发生了遭到野狗袭击的事件，眼看就要一命呜呼，幸亏我灵机一动，跑到一个仓房的屋顶上去了。可整夜都在发抖。这一切的不幸，都是女仆的不通人情酿成的。看来，面对这么个女人，纵然哭诉，也是无济于事的。然而“饿极拜佛脚，贫极起盗心，爱极写情书”，这种时候，什么事都得干干才知道行不行。

我“喵哟，喵哟!”叫第三声，特意用了复杂的奏鸣法来引起女仆的注意。我确信自己的声音优美，不亚于贝多芬的交响乐。可对女仆简直就是在对牛弹琴，丝毫也不起作用。她突然跪下，掀起一块活板，抓出一根木炭，然后在火炉边地上敲断成三截，周围被炭粉弄得乌黑，还有一点很可能飞进菜汤里去了。女仆是个不拘小节的女人，立刻从锅后将三截木炭投进火炉，依然不肯侧耳聆听我的交响乐。没办法，我只好蹑足回客厅去。路过洗澡间时，看见三个女孩正在洗脸，十分热闹!

两个大的才上幼儿园，三号更小，只能跟在姐姐身后转，因此，说是洗脸，不可能正规洗和灵巧化妆。最小的竟把湿抹布从水桶里捞出来在脸上擦来擦去。用抹布洗脸，我不清楚是不是舒服。可要知道地震时，每当大地颤动，她就会大声喊叫：“太有意西（思）了!”像这样的孩子，用抹布擦脸这点小事，又何足为奇。说不定她比八木独仙要懂事得多。大小姐不愧是长女，担负起姐姐的职责，哐啷一声摔了自己的漱口杯说：

“丫蛋！那是抹布呀！”她急忙来夺抹布。

丫蛋也是死犟，不会轻易听姐姐的话。

“烦你，嘎咕！”说着又抢回那条抹布。

这“嘎咕”二字，究竟是句什么话，语源为何，无人知道。只知道这位小姐发脾气时，就会时而用之。

抹布被姊妹二人你拉我扯，水从水分最多的中段滴答滴答往下滴，冷静漠然滴在小妹脚上。如果只是脚上倒也罢了，把双膝也淋得湿漉漉的。小妹这时还穿着元禄杉。什么是元禄杉？我听来听去才明白，大约是把带花纹的布衫都叫作了元禄杉，不知是谁教给她的。

“丫蛋！元禄杉湿了，算了吧！嗯？”

姐姐说得很温柔，可她这位万事通近来竟把“元禄”跟“双六”[①] 念混了。

提到这元禄让我想起一件事来，顺便啰唆几句。这位小姐说错话的时候太多，经常叫人晕头转向。例如：“着火了，直飞蘑菇丁（火星）！”“到御茶酱汤（御茶水）女子学校去上学了！”有时会把财神爷和厨房搞混。有一次还说：“我可不是草绳铺生的。”仔细一打听，原来是把“草绳铺”和“小胡同”读串了。主人每次听到都发笑，但他自己在学校教英语时，可能教给学生的那些英语，错得比这更可笑，不也一样认真地讲给学生们听了！

丫蛋（本人并不这么叫，而总是叫丫丫）发现元禄湿了，哭着说：“布衫狼（凉）！”

布衫凉，那还了得！女仆从厨房里跑了出来，拿起抹布给她擦。

在这场风波中比较镇静的是二小姐淳子。淳子把从架上滚下来的扑粉瓶盖打开，在那自己给自己不停化妆。她先用手指伸进瓶里，然后拿出来在鼻尖上抹一下，立刻出现一条竖道，于是鼻子的轮廓有些清晰了。接着又用抹过鼻子的手指往脸上抹一下。那里又白花

---

① 元禄：日本年号。也是指布料上的一种花纹。按日文，二者发音近似。

花的一块。打扮刚完，女仆进来擦完丫蛋的布衫，顺手给淳子揩了脸蛋。淳子显得怏怏不乐起来。

我观看了一会儿，就从客厅到了主人的卧室，想看看主人起床没。然而，到处不见主人的头颅，只见一只高脚背的八寸半大脚从被子里露了出来。他大概是讨厌别人叫他起床，干脆把头缩进被窝里去了，简直跟乌龟一样。这时候，照例打扫完书房的妻子，扛着笤帚和掸子走了进来，再一次在门口喊："还没起来？"

她站了会，看那个不露人头的被窝无反响。就两步跨进门来，通一声把笤帚一顿，再次催促："还不起来？喂！"

主人已经醒了。正因为醒了，为防备妻子袭击，才把脑袋钻进被窝里。他大概以为只要不露出头来，就会躲过了。正满怀侥幸，没想到妻子却决不肯饶。第一次妻子是在门口喊。他心想：至少六尺远，没什么了不起。当妻子嗵的一声顿笤帚时，距离已经只剩下三尺左右，他这才吓了一跳。尤其是第二次问他"还不起来吗？喂！"时，不论从距离还是音量来判断，都在可攻击范围内了，他明白已是山穷水尽，小声应道：

"嗯！"

"不是说九点钟前去吗？不快些，要来不及的。"

"你不说，我也要立刻起来的。"

他从睡衣的袖口里答话的样子，真乃一大奇观。妻子常常上他的这份当：以为他会起床，就放下心来离开了，谁知他又酣然入睡。这次妻子觉着不可轻信，又催他：

"喂，起床吧！"

本来说了就起床，还叫喊什么起床起床的，真烦人！对主人这种任性的人来说，就更感到别扭。也就是这时吧，主人把蒙在头上的被子一下子掀开。睁圆两只虎眼喊：

"吵什么？我说起床自然会起床嘛！"

"你嘴起床，可身子就是不起呀！"

"我什么时候扯过这样的谎？"

"任何时候都在扯谎！"

"胡说！"

“不知道是谁在胡说!”

妻子嗵的一声将笤帚一顿，往主人枕旁一站，那姿势，威风凛凛。

这时，房后车夫家的孩子阿八突然哇一声大哭起来。是车夫家老板娘下的命令：只要主人发火，阿八丫头就一定要大哭。因为这样，她很可能会收到一点赏钱吧！不过，这可难为了阿八。有了这个娘，需要从早哭到晚。假如主人对此能稍微体谅些，也就会控制一点火气，阿八的寿命也就会延长些。然而话说回来，无论金田先生怎么恳求，车夫老婆都还是干出那种糊涂事来，可见她比天道公平更险恶。

如果只是在主人发怒时叫八丫头哭几声，那还不算太过分。可金田先生雇用了近邻的几个小流氓，每当他们扮丑女人的鬼脸时，阿八就一定要哭。这是在不知道主人是否动怒时，估计这么做他一定会发火，阿八才提前哭上几声的。于是，也就弄不清到底主人气阿八，还是阿八气主人。若想捉弄主人，也就无须费什么周折，只要把阿八臭骂一通，便等于轻而易举地打了主人的嘴。传说古时候西方的犯人如果临行前逃亡国外，未能逮捕归案，便制造一个偶人作为本人的替身予以火葬。可见金田公馆里大概也有通晓西洋故事的军师，传授过巧计。落云馆也好，阿八他娘也好，对于毫无本领的主人来说，大约都是些难于对付的敌手吧！此外还有形形色色的强敌，也许全街人都是他的强敌。不过，这暂时还跟本文无关，是随手插入的，那就断续介绍好了！

主人听见屋后传来的车夫家八丫头的哭声，一大清早就大动肝火，一下子蹦起来，又一屁股坐在被褥上。这时候呀，精神修养、八木独仙，全都不见了。他一边往起起，一边使劲抓自己的头皮，险些把头皮扒下一层来。攒了一个月的头皮毫不客气落到脖子和睡衣领上，那可真是壮观。一瞧他的胡须，让人吃惊：怒发倒立。想是那胡须，也觉得主人发怒了，如果这时自己还无动于衷，那就有些愧对主人，因此才根根奋起，以迅雷不及掩耳之势，朝着四面八方挺进。昨天是因为照过镜子，这些胡子都井然有序顺服地排列在下巴上。就像在德皇恺撒的脸上一样。但只过了一夜，先前的操练都白费功夫，又恢复了乌合之众的面目。这跟主人那速成的精神修养一样，都是过一夜就消失。这样粗野的男人，蓄如此粗野的胡须，居然能在教师职务上盘踞如此之久。由此可见日本之大。正因为大，金田老板跟他那些走狗们，才都算得上是个人而横行于世！只要他们能算个人而横行于世，那么就没有理由革他的职。估计主人就是这样推理的。可以给巢鸭疯人院写封信，请教天道公平先生一下，大概就能迎刃而解。

我昨天介绍过主人的混沌太古双眼，现在他又把它们怒睁起来了，正盯着对面的那个壁橱。这个壁橱高六尺，分成上下两层，各带一个门。下边那个门几乎是紧挨着主人睡觉的棉被的，主人坐起来睁开眼睛，第一个看见的就是这个门。这次主人看见裱糊的花纹纸已经破旧不堪，里面的各种各样的糊纸，像被开肠破肚了露出的肠子。有印刷体，有手写体，横七竖八粘在上面。当主人瞧见这些“肠子”，他想看看上边写些什么。本来是怒火中烧的暴起，想冲出去一把将车铺老板娘抓住，然后把她那副嘴脸在松树上摩擦。但现在突然又想读这些废纸上的字。看起来这种行为的变化很不合逻辑，不过你只要想到这是一个喜怒无常的人，就能理解了。等同于小孩哭起来了，分给他一个豆包就破涕为笑。

从前主人在一个寺庙里住过，只隔了一扇纸屏，隔壁就住着五六个尼姑。尼姑嘛，本来就是坏心肠女人中心肠最坏的。据说有位尼姑摸透了主人的脾气，她经常会边敲饭锅边唱：“乌鸦刚才在哭，现在乌鸦笑了。”就这样反复唱。看来主人讨厌尼姑，应该就是从这时开始。你还真别说，可厌的尼姑说得还真准。主人就是这样哭笑无常，情绪多变的家伙，什么心情也不会维持很长就要变。说实在的，他这种多变，喜怒无常。翻译成白话就是他不过是个浅薄，习惯于胡搅蛮缠的赖皮。既然是个赖皮，那他这样愤怒暴起了要冲出去干一架，起来了马上就想要看那些“肠子”，就都是顺理成章的。

首先看到的是两脚朝天的伊藤博文①，上端标有“明治十一年九

---

① 伊藤博文（一八四一——一九〇九）：明治维新功臣，山口县人。曾任第一任日本首相、枢密院议长、贵族院议长以及韩国统监、日清战争议和全权大使等，后在哈尔滨被朝鲜人安重根暗杀。

月二十八日”。足见这位朝鲜总督，从这时开始就紧跟政令行事了。主人心想：不知大将军此时任何职？他往下找，看见有了“大藏卿”① 三个字。真了不起！尽管两脚朝天，也还是个大藏卿！向左移动目光，又是一个大藏卿，这个是躺着在午睡。难怪，拿大顶终归是坚持不长的。下面有木版印刷的“尔等”两个大字，他想往下看，可赶巧那一段肠子没露出来。下一行只露出“迅速”二字。本来很想看清，无奈只露这么点也就没法成句了。假如主人也是警察厅的侦探，那就算是别人的东西，他也很可能会随便撕开看了再说。侦探这一行，因为没受过高等教育，为了拿到真凭实据，什么事都干得出，真拿他们没办法。但愿他们能稍微礼貌些。要是不懂礼貌，就不准取证，这样就对了！据说他们甚至罗织和捏造罪状诬陷良民。良民花钱雇来的人，竟然构陷雇主，真是太疯狂了。

主人眼珠又转动了一下，这次是看向了中心区域。那里有翻着筋斗的“大分县”三个字。连伊藤博文都拿大顶，大分县翻筋斗也不是不可以的。主人突然握紧双拳，向天井伸去。他这是准备打哈欠了。

主人打出像鲸鱼喷水式的哈欠，发出的声音稀奇古怪。他打完这个哈欠，终于开始慢条斯理换上衣服，换好了就到洗漱间去洗脸。早等得不耐烦的妻子，愤愤然叠好被子，卷起床褥，例行公事开始扫除。跟女主人的扫除一样，主人的洗脸也是例行公事，十年如一日。记得前些天我介绍过，就是那样“啊、啊”“嘎、嘎”不住叫唤。不一会儿洗完脸，分完头发，毛巾往肩上一搭就驾临客厅，在长方形火炉旁悠然落座。说起这个长方形火炉，想来有些读者的脑海里会浮现这样的情景：火炉是山毛榉鱼鳞花纹木和全铜镶的里子，女人披散着刚洗过的长发，支起一条腿来，将长烟袋在柿木的炉边上敲打……至于我家苦沙弥先生的长方形火炉当然没有那么的排场。它很典型，但是是用什么材料制作的，常人很难判断。一般来说长方型火炉应该被擦得锃亮，可主人的这个货色看不出究竟是山毛榉、樱木，还是桐木的。还根本看不出有擦过，因此看着脏兮兮的。问：

---

① 大藏卿：相当于财政大臣。

“这玩意儿从哪儿买的?”答:“记不起来了。”问:“那么是不花钱得来的?”他又好像不记得有人送过这玩意儿，如果继续问:“难道是偷来的?”说不清为什么，每次遇到这样的提问，主人总会态度暧昧。从前亲戚中有个老太太，去世前曾求主人看过一段时间门。后来主人自己成家，很可能从老太太家搬走时，这个长方形火炉就被顺手牵羊带走了。怎么觉得有点品性问题了?但想想也正常，人世上这类事司空见惯。据说银行家整天存别人的钱，渐渐的就把别人的钱看成自己的了。官吏本该是人民的公仆、代理人，为了办事方便，人民才给了他们一定权力。但他们摇身一变，就认为这权力是与生俱来的，跟人民毫无关系了。既然这类人满世界都是，一个长方形火炉也就不足以用来判断我家主人是不是有小偷嗜好。假如主人有小偷嗜好，那么，天下人就一定全都是小偷了。

主人面前摆着饭桌，在长方形火炉旁安营扎寨了。围在他周围的是刚才用抹布揩脸的“丫丫”，在“御茶酱汤”学校读书的澄子和用手指插进扑粉瓶里的淳子。爱女坐齐，开始用早餐。主人挨个打量一遍三位公主。澄子脸的轮廓很像南洋铁刀的刀把；淳子因为是妹妹，面相比较类似于姐姐，说像琉球漆的朱红漆盆，倒也蛮形象。只有“丫宝”独具一格长了一副长脸。如果是竖着长，世间还很容易找到相同的人，问题是这个小丫头的脸却是横着长。不管流行时尚如何变幻，可总不至于横着长的脸也流行起来吧!本是自己的孩子，主人竟也边看边感慨起来。就这模样，也还是一定要继续成长。岂止成长，其速度之快，大有和尚庙里的竹笋眨眼变成嫩竹之势，长得飞快。“又长高了!”每念及此，主人都感觉身后有追兵逼近，心里惶惶不安。不管主人怎么没心没肺，三位小姐都是女的这一点他可没糊涂。既然是女的，迟早要嫁人这也清楚。但清楚不等于有本事安排她们出嫁，这一点主人也心知肚明。这样的结果是自己的亲骨肉，也要感到棘手。既然棘手就不该生她们。可这就是人生!要是问人生是什么?说一句“自己给自己不断添些麻烦来折磨自己”也就够了。

孩子们可就不一样了。她们做梦也不会想到，自己的老子对她们是在穷于应付。她们欢天喜地地用餐。不过，眼下难缠的是丫丫。

丫丫三岁时，她妈妈动歪脑筋分给她一套适用的小碗筷。可丫丫不答应，一定要抢姐姐的碗，要用那个自己还拿不动的碗吃饭。纵观人世间，大凡越是凡夫俗子，就越横行霸道，一心要爬上并不称职的官阶，而丫丫的行为举止，可以看出这种秉性是早在孩童时期就开始萌芽了的。因袭而成的东西，很难矫正，还是早点断了教育和熏陶能改善的念头为好。

丫丫已经把掠夺来的特大饭碗和又长又大的筷子据为己有，并继续在饭桌前横行。因为用自己根本没法用的餐具，势必大逞威风。她先把两根筷子头攥在一起往碗底插去。碗里盛了大半碗饭，上面还飘着酱汤。在筷子突然施加的压力下，碗里原来勉强维持的平衡被破坏，装满米饭和酱汤的碗倾斜了三十度，酱汤就肆无忌惮流向她的胸脯。

不过，这么点小事丫丫才不会在乎。丫丫是个暴君。接着她把插进碗底的筷子用尽气力朝上一挑，同时把小嘴凑近碗边，将挑上来的饭粒啜了个满嘴，剩下的米粒与黄色酱汤混合，哇地喊着号子，从她鼻尖涌向她的脸，再转向下巴；其中因失误而坠落于床席者不计其数。这种吃法，简直就是霸王的吃法。我就此谨向鼎鼎大名的金田先生及天下权贵们发出忠告：诸公待人，如果像丫丫用碗筷一样，那么进入诸公口里的饭粒必然会少得可怜。而且，即使是这些少得可怜的饭粒，也必定会是误入嘴中，而非特意进入。敬请三思。否则，有悖于“谙于事故的干将”这一头衔。

被抢走了筷子和饭碗的姐姐澄子，拿着不好使的小筷子小碗一直凑合着用。碗本来就太小，即使盛得满了，也三两口就吃光。这样一来她就被迫频频往饭桶伸碗。吃了四碗现在该是第五碗了。澄子揭开锅盖操起大勺，看了一会儿。她似乎拿不定主意，是吃下这一碗还是算了？终于下决心，在没有锅巴的地方下勺子一盛。这倒不难，但是反过手来将饭勺里的饭往碗里一扣时，没有装进碗里的米饭成团落在床席上。澄子毫不惊慌，开始将洒落的米饭小心拾起。拾起它来干吗？全扔回饭桶里。

丫丫大显身手挑起筷子之时，澄子正好在将掉落的饭粒捡起来扔回饭桶。不愧是姐姐，责任让她不忍看丫丫的脸上一塌糊涂：

“呀，丫丫，太不像话，脸上全是饭粒了！”说着急忙去给丫丫揩脸。这个行为的第一步，就是除掉丫丫鼻尖上的饭粒。本以为她会将除下的饭粒扔别处去，她却不假思索就扔进了自己嘴里。然后就是丫丫的脸蛋。丫丫的脸蛋上饭粒成群结伙，看数量总有二十粒吧！姐姐这时集中注意力，拿掉一粒吃下一粒，终于大功告成，把粘在妹妹脸上的饭粒全都吃光。

一直文静吃着咸菜的淳子，舀了一勺的酱汤，突然发现里面有一块煮烂的地瓜，就大口填进了嘴里。读者诸公一定深有体会，再没有比汤煮地瓜还能烫得你嘴更难受的了。就算是大人，一不小心也会被烫伤似的。何况淳子吃地瓜缺少经验，吃苦头也就无可避免。淳子哇一声惊叫，把嘴里的地瓜吐在饭桌上。其中两三块不知怎么就滚到丫丫面前，在一定距离外停住。丫丫本来就特别爱吃地瓜。既然特别爱吃的地瓜不请自来，自然要放下筷子用手去捡起来吞下。

诸多丑态，主人一一尽收眼底，但他一言不发，专心吃自己的饭喝自己的汤，现在已经开始用牙签剔牙了。

主人对于女儿们的教育，采取的似乎是放任自流的方针。就算这三位小姐马上成了“海老茶式部”“鼠式部”①，不约而同找了个情夫出奔，大概主人也会不动如山，照样吃他的饭，喝他的茶，不动声色地看着。这应该就算是“无所作为”吧。然而当今世界，号称“大有作为”的那些人，除了坑蒙拐骗，阴谋残害，虚张声势外，似乎再也没别的本事了。连中学生也是在见样学样，错误以为不这样就不够神气，而只有得意扬扬干那种不要脸的勾当，才算得上是在为将来成为绅士做准备。这哪是什么“大有作为”，简直就是“胡作非为”。我总算是个日本猫，多少有点爱国心。每当看见这号人，就想揍他们一通。这种人多一个，国家就要相应弱一分。有这样的学生，是学校的耻辱；有这样的人民，是国家的耻辱。虽然耻辱，这号人却源源不断产生出来。日本人似乎连猫这么点气度都没有。可怜！如此看来，相对而言像在下主人这类人，都可以算得上上等

① 《源氏物语》的作者为紫式部。“海老茶”，紫红色女裤。形容女才子。这里作者是在随口嘲讽。

好人了，因为他的窝囊是上等的；无能也是上等；不要小聪明还是上等的。

终于按部就班吃罢早餐，主人穿上西装，乘上车，到“日本堤”警察分局去报到。他拉开纸隔门时，问过车夫是否知道“日本堤”在哪。车夫马上嘿嘿笑了起来。

“就是有妓院的那个吉原附近的日本堤吧？”

车夫回答得真有点滑稽。

主人破例乘车出门了。随后妻子照例吃罢早餐，催促小姐们：

“喂，快上学吧！要迟到了！”

小姐们却够沉着，根本没想上学。

“啊，今天放假呀！”

“放什么假？快走！”妈妈申斥起来。

“可昨天老师说，今天休息呀！”姐姐坐在那纹丝不动。

妈妈这时大概觉得有些奇怪，从壁橱里拿出日历，看了半天才看清楚，发现上面今天的日子旁印着“皇室节日”四个红字。主人大概不知道今天是节日，才给学校写了假条的吧！妻子也不知今天是节日，大概把假条给扔进了邮筒吧！至于迷亭，他是真的不知道，还是故意假装不知，那就不得而知了。女主人为这发现大感吃惊，就“啊！”了一声说：

“那就都好好玩吧！”说着，她像往常一样拿出针线笸，开始做针线。

此后半个小时家里平安无事，没发生什么足以构成创作素材的事件。但半小时后突然有个奇怪的来客，是位十七八岁的女学生。穿着一双歪跟的皮鞋，紫色裙子，头发卷得像一堆算盘珠，连招呼也不打，从便门闯了进来。

她是主人的侄女。据说是学校里的学生，有时星期天来，和叔父大吵一通然后告退。这位小姐名叫雪江。惯例，模样不如名字动人。属于那种走到大街上，百步之内必有的面孔。

“婶子好！”她踢踢踏踏跨进客厅，在针线笸旁坐定。

“哟，来得这么早！”

“今天过节，我就想早晨来一趟，所以八点半就出家门了。”

“是啊，有事吗?”

“没有。只是好久没见了才来一趟。”

“来一趟吗？多玩一会儿吧!”

“叔叔去哪儿了？真新鲜。”

“噢，今天到一个不寻常的地方去……警察分局去了。新鲜吧?”

“啊？为什么?”

“说是抓住了今年春天闯进家来的那个小偷。”

“那么是对质去了？真麻烦。”

“不是！是返还失物。昨天警察特意来通知认领被盗的东西。”

“怪不得。这么早叔叔可从来不出门呀。平常都还在睡觉哩!”

“没见过像你叔叔那么能睡懒觉的……而且，一喊他就气哼哼的。本来事先告诉我七点钟一定叫醒他，早晨这才喊他起来。可是他钻进被窝里不答话。我担心才又叫了一遍。他竟在睡衣袖子里不知说些什么。真拿他没办法!”

“他为什么这么容易犯困？是神经衰弱吧?”

“什么?”

“他是个滥发脾气的人。就这样，还能在学校教书?”

“唉，听说在学校还很温存的呀!”

“这就更坏。在家里是老虎，出门是豆腐!”

“为什么?”

“不为什么，反正在家是老虎，出门是豆腐！不像吗?”

“他可不光是发脾气！你要是想叫他向右，他就偏向左；事事都要跟人拧着来，太犟了。”

“真是这样别扭？叔叔就这样。所以，要是想让他干什么，只要反着说，他一定会照着去做。前些天我要他给我买把雨伞，可我偏说不要不要的。叔叔说：‘怎么会不要呢?’立刻就给我买了。”

“哈哈哈……好的。今后也依此照办。”

“就这样办吧！否则要吃亏的。”

“前些天保险公司来人，劝他参加保险。说了一大堆理由。说这有利，那有好处，差不多跟他说了一个钟头，可他说什么也不肯参加。家里既没有存款，又有三个孩子，索性加入保险叫人放心。可他，一点都不关心这些。”

“是啊！万一出点什么事，就抓瞎啰！”

这话说得太过成熟，和十七八岁的姑娘很不相称。

婶子说：“偷听他们的谈判，可有意思了。‘当然，我不是不承认有参加保险的必要。有必要保险公司才存在。’可他又死犟说：‘我既然没死，就没参加保险的必要！’”

“叔叔这么说？”

“是呀。于是公司那人说：‘人要是不用死，那也就不需要保险公司了。可人的生命既坚强又脆弱，谁也不知道自己就会遇到什么危险。’可你叔叔说什么‘没关系，我决心不死！’之类的浑话，真是蛮不讲理！”

“下决心也难免一死。像我，尽管决心考试合格，可还是一样落榜了。”

“保险公司的职员也是那么说的呀！他说：‘寿命是不以人们的意志为转移的。如果只要下决心就可以长生不老，人就谁也不会死掉。’”

“保险公司的人说得太对。”

“太对吧？可你叔叔听不懂。说什么‘不，我决不死！我发誓不死！’那神气十足的！”

“怪呀！”

“就是怪！太怪了。他说：‘拿出保险金去，倒不如在银行存款。’”

“在银行有存款吗？”

“有个屁！他自己一蹬腿，后事全不管！”

“真叫人不放心。他为什么会这样？就说那些常来这里的人吧，也没有一个像叔叔这样的。”

“怎么会有？他可是空前绝后！”

“要不就跟铃木先生谈谈，求他给叔叔提提意见。人家多稳重，一定过得很快活呢。”

“你叔叔对铃木先生评价可不好呀！”

“全搞颠倒了！那么，那一位总可以吧……哎，就是那个文文静静的……”

“八木先生?”

“对呀。”

“对八木先生，一般来说还是心服口服。不过昨天迷亭先生来，说了八木一些坏话，也许不会像原先那样奏效了。”

“不会呀！像八木先生那样稳重大度……前不久八木先生还在我们学校讲演了呢。”

“八木先生?”

“是啊。”

“八木先生是你们学校的老师?”

“不是老师。不过，‘淑德妇女会’经常会请他去给讲演。”

“讲得有趣不?”

“这……倒不怎么有趣。那位先生是张大长脸吧? 还长着一副天父一样的胡须，所以大家都洗耳恭听。”

“光说讲演，可他讲了些什么呀?”女主人刚刚这么一问，三个大概在竹篱外的空地上玩耍的女孩，在檐廊下听见了雪江声音，呼地一下子涌进客厅!

“啊，雪江姐来了!”两个大的欢天喜地。妈妈则说：

“别吵！都安安静静坐下！你雪江姐正讲有趣的故事了。”说着，她把针线活放在墙角。

“雪江姐，你讲什么故事? 我最爱听故事了。”澄子抢先说。

“还是讲《咔嚓咔嚓的山》?”这次是淳子。

“丫丫也港（讲)!”小三从两位姐姐间伸出腿。她说的不是听故事，而是说她要讲故事。

“啊? 丫丫也讲?”姐姐笑着说。

“丫丫过一会儿再讲！让你雪江姐先讲。”妈妈哄着说。丫丫怎么肯听!

“不——么，嘎咕!”她大声叫喊。

“喂，算了，算了，那就由丫丫先讲。什么故事?”雪江表现得很谦逊。

“故系（事)，喂，小孩，小孩，乙（你）到了（哪）去?”

“有意思，后来呢?”

“哇（我）们上田里割稻去!”

“哟，丫丫知道的还真不少!”

“你一拉（来），就打扰了!”

“哟，不是‘拉’，是‘来’。”澄子插嘴说。丫丫又是“嘎咕”一声大喝，吓倒了澄子。但澄子半路这么一插嘴，丫丫忘了讲的是什么，讲不下去了。

“丫丫！故事就这么多?”雪江问。

丫丫说：“喂，以后别再放屁了。噗，噗，噗的。”

“哈哈哈，烦人！是谁教给你这些话的?”

“女扑（仆）!”

“那个坏女仆！教她这种话!”女主人苦笑说，“好吧！这回轮到雪江了！丫丫安安静静听哟!”

“暴君”这次居然顺从了，很长时间都保持安静。

“八木先生的讲演是这样!”雪江终于开口了。“据说从前，有一个十字路口，中间有一座石头的地藏菩萨像。可偏偏那地方车水马龙，繁华吵闹，石菩萨就成了碍事的障碍。于是，很多人聚到一起，互相商量，怎样才能把石菩萨迁到某个角落去。”

“这是真事吗?”

“关于这一点，他什么也没说呀！接着说那些人想了很多主意。街上有个著名的大力士。他说：‘这有何难，看我把石菩萨搬走!’他只身一人来到十字路口，双臂抱住石菩萨使劲想要抱起来，但无论怎么样用力，最后大汗淋漓也没能让石菩萨动一动。”

“这石佛可真够重的。”

“是呀。那个大力士筋疲力尽，回家睡大觉去了。于是街上的人们又重新开始商量。这时，一位最聪明的男子说：‘这事就交给我吧!’他在饭盒里装满了豆馅年糕，来到石菩萨面前说：‘请到这儿来!’他边说边拿豆馅年糕诱惑。他以为地藏菩萨也会跟自己一样嘴馋，用豆馅年糕就能让这石佛上钩。可石菩萨还是纹丝没动。那个聪明的男子觉得这招不顶用。他又把酒倒进瓢里，用一只手拎着，另一只手端着酒盅，走到菩萨像前说：‘喂，不贪一杯吗？想喝，就请到这儿来！’他连哄带劝三个来小时，可那石菩萨依然不动。”

“雪江姐！地藏菩萨不饿吗？”澄子问。

淳子却抢着说：“我馋豆馅年糕了！”

“聪明人两次失败，又造了一些伪钞，将假票子晃来晃去：‘喂，想要吗？来呀！’可这一招也不灵。那地藏菩萨十分顽固哩！”

“有点像你的叔叔。”

“嗳，和我叔叔一模一样。最后，聪明人也烦了，不再理睬。后来呀，一个吹大牛的人出来说：‘看我来挪走它。请放心。’就像那是一件很轻松的活似的。”

“那个吹大牛的人干了些什么？”

“那可太有意思了。他先穿上警服，粘上假胡子，来到菩萨面前说：‘喂，喂，你再不动，可没你的好处！我们当警察的可不能置之不理！’他抖了一阵威风。可如今世上，即使装警察的腔调又有谁理会呢？”

“是啊。那么，菩萨像动了吗？”

“还动？和叔叔一样嘛！”

“可是，你叔叔非常怕警察呀！”

“哟，是嘛！那叔叔会是怎样一副表情？看来，对他再也没有比警察更可怕的了。不过，那个地藏菩萨可一动不动。这时，那个吹牛大王勃然大怒，脱下警服，把脸上的假胡子也扔到纸篓里，换上有钱人的服装。在今天来说，就是以岩崎男爵①的神气出场了。多可笑呀！”

“所谓‘岩崎男爵的神气’是什么样？”

“不过是摆摆臭架子。并且什么也不做，什么也不说，叼着长长的雪茄，在地藏菩萨周围边吸边走。”

“这又能怎么样？”

“为了用烟雾将地藏菩萨蒙起来呀。”

“简直像说单口相声一样。那么，把菩萨像蒙在烟雾里了吗？”

“不行！那是石头嘛！骗人也要有个分寸。听说他后来又乔装起

---

① 岩崎男爵：明治时的大资本家。

王爷来了。无聊!”

“咦?那时候就有王爷?”

“有吧?八木先生是这么说的。据说那个人真的变成了个王爷。虽然胆战心惊，可他总还是变了。一个吹牛大王的身份，首先，岂不是犯了不敬之罪吗?”

“光说是王爷，可是是哪位王爷呀?”

“哪位王爷?不论变成哪位王爷，都是一样失败。”

“是啊。”

“变成王爷也不灵。吹牛大王毫无办法。据说他认输说：‘凭我这点本事，对地藏菩萨是毫无办法哟!’”

“活该!”

“是啊，本该顺手惩办他一下的……街上的人们越来越烦恼，又接着商量；可再也没人主动出来冒险，大家都难住了。”

“故事就这样结束了?”

“没有呢。最后，人们雇了好多脚夫、无赖，在地藏菩萨周围乱喊乱叫。他们说只要让菩萨生气了，他就会在这儿待不住。因此，他们就换着班昼夜不停吵嚷。”

“够辛苦的。”

“可还是不行，地藏菩萨也够犟的。”

“后来又怎样?”澄子热情地问。

“后来呀，不论怎么天天吵闹，也不灵验，人们有些厌倦了。可对那些脚夫和无赖，不管干多少天，只要能发工钱就行。”

“雪江姐，工钱是什么?”淳子问。

“工钱嘛，就是工钱呀!”

“领了钱，做什么用?”

“领了钱么……哈哈哈，淳子真是个讨厌鬼……婶子，那些人就这样白天夜晚的吵闹。当时街上有个傻子，都叫他‘傻阿竹’，没有人认识他，也没人理他。傻子看到了这情景，问大家：‘你们吵什么?多少年多少月，也动不了地藏菩萨吗?真可怜……’”

“别看他傻，倒很神气哩!”

“是个了不起的傻子哟!大家听了他的话都说：‘白猫黑猫，抓住耗子是好猫。’反正也不会更坏，那就叫他试试。于是就央求傻子。傻子不管三七二十一竟答应了。他制止那些脚夫和无赖说：‘别那么吵吵闹闹捣乱，都住口！’然后他飘然来到地藏菩萨面前。”

“雪江姐！‘飘然’，是傻阿竹的朋友？”正在紧要关头澄子突然发出这样的一问，妈妈和雪江爆发了一阵笑。

“哪里，不是朋友。”

“那是什么？”

“‘飘然’么……唉，没法说。”

“‘飘然’，就是‘没法说’？”

“不是的。‘飘然’嘛……”

“咦？”

“喂，你知道多多良三平先生吧？”

“多多良先生就是‘飘然’？”

“哎，是呀……单说那傻阿竹来到地藏菩萨面前，操着手说：‘地藏菩萨！街上的人都要求你动迁，就请动身吧！’这么一说，地藏菩萨答道：‘是呀！既然如此，早些告诉我多好呢。’于是菩萨像缓缓移动了。”

“真是个莫名其妙的地藏菩萨！”

“下边介绍一下演说。”

“故事还没完？”

“是啊。下边只说八木先生好了。他说：‘今天是妇女开会，我特意讲上面那个故事，不是没有原因的。不过，也许有些失礼。妇女有个毛病，遇事常常不正面直接面对，而是喜欢绕道这样舍近求远。当然，并不只妇女会这样。在这明治年代，男子也受到文明的不良影响，越来越变得像女人，因此，常常因简就繁，做些无用的功，反而认为这才是正常的途径，是作为绅士必须身体力行的，如今这样的人似乎还不少。但这些人都是文明束缚下的畸形。只是对于妇女们来说，千万要记住我刚才讲的这个故事，一旦有事，请按照傻阿竹的坦率直接去处理。诸位如果能像傻阿竹那样，那么夫妻之间，婆媳之间的纠纷，就会减少三分之一。人心眼越多，就越是怂恿你去胆大妄为，给你带来诸多不幸。相对于男人，大多数妇女要更不幸，都是因为心眼太多了。好吧！请都变成傻阿竹吧！’”

“嗯？雪江姐，你想成为傻阿竹吗？”

“见他的鬼吧！什么傻阿竹。我才不想当个傻阿竹呢。金田家的富子小姐等人说：‘讲话太失礼了！’她们气得要死呢。”

“金田家的富子小姐？是对面胡同口那家的？”

“是呀，就是那位摩登女郎哟！”

“她也在你们学校上学？”

“不！是妇女开会才去旁听的。时髦得简直吓死人了。”

“可据说是容貌出众嘛。”

“很一般了！根本不像她自吹的那样。只要像她那么搽脂抹粉，是个人都能显得好看。”

“那么，雪江姐要是像金田小姐那样化妆，会比金田小姐漂亮？”

“哟，烦人！少说两句。我不知道。不过，金田小姐太做作，尽管她有钱……”

“尽管做作，也还是有钱好吧！”

“倒也是，她要是能稍微变成个傻阿竹就好了。太张狂了。听说最近有个叫什么的诗人献给她一本新诗集，她就在每个人面前大肆吹嘘了！”

“是东风先生吧？”

“啊？是东风先生送的？真是没事干了。”

“不过，东风先生可认为那样做是理所当然。”

“正因为有这样的人，事情才糟……对了，还有更有趣的事了！听说最近有人给她写了一封情书。”

“哟，缺德！是谁干出那种事来？”

“据说不知道是谁！”

“没写姓名？”

“姓名倒是写得一清二楚。不过，据说是个没人知道的陌生人。还有，那封信写得足有六尺长了。都说写了好多花花事儿，什么‘我爱慕你，如同宗教家对神灵的膜拜’，‘为了你，我愿变成祭坛上的羔羊，任你宰割，这将是我无上的光荣’，‘心脏是三角形的，三角形的中心插着丘比特的箭。如果是吹气的玩具箭，那就百发百中了……’”

“这就叫虔诚？”

“当然是虔诚了。真的，我的朋友中就有三个人看过这封信。”

“讨厌！那玩意儿还拿出去炫耀？她想要嫁给寒月先生的，那封信要是被人传开，岂不糟糕？”

“有什么糟糕的，她才得意扬扬哩！下回寒月先生来，可以告诉他。寒月先生还一无所知吧？”

“谁知道呢。那位先生整天在学校磨玻璃球，多半不清楚吧！”

“寒月先生真的想娶她？可怜！”

“为什么，她有钱，一旦有事，就有了依靠。这不是很好吗？”

“婶子张口闭口都是钱呀钱的，多俗气！难道爱情不比金钱更重要？没有爱，就不能结为夫妻。”

“是啊。那么雪江，你想嫁给谁？”

“天晓得！连点影子都没有呢。”

就在雪江小姐和婶子就婚姻大事激烈舌战时，一直在那认真听，但一点都听不懂的澄子突然开口说：

“我也想嫁人了！”

对此，就连青春活泼的雪江都惊呆了。可妈妈好冷静，笑问：

“你想嫁给谁？”

“先是想嫁给‘招魂社’①，可我讨厌过水道桥②，正发愁了！”

妈妈和雪江听了这不寻常的回答，笑得前仰后合。这也太过分了，太出乎意料，大家连再问的勇气也没有了。这时候倒是二小姐淳子问姐姐：

“姐姐喜欢招魂社呀？我也喜欢。我们一同嫁给招魂社吧！喂？行不？不同意算了！我自己坐车去了。”

“丫丫也去！”

终于，丫丫也决定嫁给招魂社。假如三人一同嫁给招魂社，估

---

① 招魂社：明治初各地建立，祭奠明治以来为国殉难的英灵。一九三九年改称“护国神社”，但唯有东京一处称“靖国神社”直至今日。

② 水道桥：东京都千代田区北端横跨神田川的一座桥。

计主人会很高兴吧！

就在这时，门外传来车马声，有人用雄壮的声音呐喊一声：“您回来了！”估计是主人从“日本堤”警察分局回来了。车夫递过一个好大的包袱，主人叫女仆接过，悠然跨进了客厅。

“你来了！”他和雪江打招呼，把手里一个像酒瓶的玩意儿啪扔在那个著名的长方形火炉边。说是像酒瓶，当然不会就是酒瓶，可也不像花瓶，只不过是个古怪的陶器罢了。既然不知道是什么，就只好以像是酒瓶称之。

“奇怪的酒瓶啊！这玩意儿是从警察分局拿来的？”雪江边将那个摔倒的玩意儿扶起边问叔父。叔父看看雪江自豪地说：

“怎么样？样式美吧？”

“样式美？什么玩意？不怎么好。一个油壶，拿它干什么？”

“什么油壶？说得真没趣！”

“那是什么？”

“花瓶嘛！”

“作为花瓶嘴儿太小，肚子又太大。”

“所以才有意思哩！你和你婶子不分上下，一样不文雅，太糟了！”

他自己拿过油壶，朝纸屏方向看。

“我是不文雅。可我不会从警察分局拿回来个油壶。是吧，婶子！”

她婶子没工夫跟她说话，正在那看包袱里的东西，她瞪大眼睛一件件检视。

“真意外，小偷也进步了。全部拆洗过。喂，你看呀！”

“我怎么会从警察分局拿回个油壶呢？是因为等得太无聊，就在那一带闲逛，这中间在地里挖出来的。你们自然不懂，那可是件宝啊！”

“宝得过火了。叔叔到底在哪闲逛？”

“哪？日本堤一带呗！还到吉原去过。那可真热闹！你见过吉原的大铁门吗？没有？”

“我怎么会见过？我可没有缘分到吉原那种下贱女人住的地方！

叔叔身为教师，竟然去那种地方，真吓人！婶子，婶子！”

“呃，也是啊。件数总好像不够。全都还了？就这些？”

“没还的只有山芋。本来叫九点钟去，可是一直等到十一点，这还像话吗？因此说日本的警察就是不像话！”

“要是日本的警察不像话，那么你到吉原去溜达，就更不成体统。这种事要是传出去，会被革职了！是吧，婶子？”

“呃，好像是吧！喂，我那条带子缺了一面。就觉着缺点什么嘛！”

“腰带缺一面就算了吧！我干等了三个小时，糟蹋了半天宝贵时光。”

说着主人换上了和服，靠在火炉上，悠然自得把赏起那个油壶。妻子也觉得只能这样，就把返还的东西都放进壁橱，坐回自己的座位。

“还说这个油壶是件宝！多脏啊。”

“是在吉原买的？哟——”

“‘哟’什么！还没了解真相就……”

“那么个小壶，何须到吉原去买，到处不是都有吗？”

“遗憾的是没有啊！这可是件罕见的东西哟！”

“叔叔太像那个地藏菩萨了。”

“你一个孩子，口气怪大的。近来的女学生嘴太碎。需要读读《女子大学》了。”

“叔叔不愿意参加生命保险吧？女学生和生命保险，你最讨厌哪个？”

“我并不讨厌保险，那是有必要的。凡是想到将来的人，都要参加。而女学生，却是没用的废物。”

“没用就没用吧！可你还没有参加保险呀！”

“下个月就参加！”

“一定？”

“一定。”

“算了吧！参加什么保险！还不如用来买点什么。你说是吧，婶子！”

她婶子笑眯眯了。可主人的脸绷起来了。

"你这是想活一百年、二百年吧，才这么四平八稳？等人的理性再发达些，你看好了，那时就会感到参加保险的必要。下个月我一定参加生命保险。"

"是吗，那就不说了。不过，有前些天给我买伞的钱，说不定参加保险更好些呢。人家一再不要不要的，可你偏给买。"

"你是那么不想要吗？"

"呃，我不稀罕雨伞。"

"那就还给我好了。刚好给澄子。那就给她吧！今天带来了？"

"太过分了，不觉得刻薄了吗？好不容易给我买了，又往回要。"

"你说不要，我才叫你还呀！一点不刻薄。"

"我是不要。不过你太刻薄了。"

"净说些浑话！你说不要我才叫你还给我，这有什么刻薄的？"

"不过……"

"'不过'什么？"

"不过，还是刻薄。"

"真蠢，一句话翻来覆去。"

"叔叔不也是一句话翻来覆去吗？"

"是因为你翻来覆去，我有什么办法。刚才说不要雨伞了吗？"

"我说了。不要倒是不要，但不想还给你。"

"怪了！又混又犟，真没办法！你们学校不教逻辑学吗？"

"算了！随便你说吧！反正我少教育！叫人家把东西还回来！即使外人也不会说这种冷冰冰的话。你哪怕像点傻阿竹也就好了。"

"叫我像什么？"

"叫你学得正直和坦率些！"

"你这个蠢材，想不到这么固执。因此，你才降班了呢。"

"降班也不跟叔叔要学费！"

话说到这，雪江似乎不胜感慨流出泪来，滴在紫色裙裤上。主人可好，像是在研究这泪水来自哪种情绪的，呆呆地看着雪江的裙裤和她低垂的脸。这当儿，女仆从厨房里伸出来一双红彤彤的手说：

"有客人来了。"

“又是谁来了？”主人问。

“是学生。”女仆侧脸看雪江的泪脸。

主人走出客厅。而我为了继续采访并研究人类，尾随主人转到檐廊。研究人类，不选择波澜乍起的时机，那将一事无成。一般时候的人听其言观其行，无不庸庸碌碌，太过平凡。只有到了紧急关头，那些平凡才会因为某些神秘力量，变成一些奇特的、怪诞的、玄虚的、荒谬的情景。一言以蔽之，只要有心，够我们猫类日后三思的事件到处丛生。像雪江的泪，就是其中之一。雪江有一颗不可思议难以捉摸的心。在她和女主人谈话过程中，这一点并不突出，但当主人归来而扔下油壶时，就立刻像用蒸汽泵给一条死龙注射了氧气似的，她那深不可测的、巧妙的、美妙的、奇妙的、玄妙的丽质便猛然发挥得淋漓尽致。然而，她的丽质为天下女子所共有，遗憾的是很少能轻易发挥出来。也不对，倒也是在整天不停发挥，只是不这么显著，不这么发挥得淋漓尽致。幸而我有一个动不动就倒着抚摸猫发的怪主人，才得以欣赏到这出好戏！总而言之，只要跟着主人，不论到哪，那些出现在台上的演员就会不知不觉表演起来。幸亏有这么一位有趣的人做我老爷，我的短暂一生才能有丰富的经历，谢天谢地！这回来的客人又是个干吗的？

来者十七八岁，和雪江相仿，自然是个学生。他坐在屋子的一个角落。大脑袋，头发剃得溜光，根根见底。脸心照例盘踞着个蒜头鼻子。此人的特征只有脑袋特别大。即使剃个秃子，脑袋也没法见小，想象一下，那要是像主人那样蓄起长发，肯定引人注目的。凡是长了这样脑袋的人，一定没学问，这是主人一贯的论调。事实很可能真的如此。不过，随便一看，他倒有几分像拿破仑。衣着和一般学生一样，看不出是萨摩产的，还是久留米或伊予产的花纹布。总之是一种花纹布的夹袍，袖子太短了，不过还算合身。里边好像没穿衬衫也没穿背心。虽说穿空心夹袍光着脚倒也风流，但这位学生让人觉得很不干净。尤其像个小偷，在床席上清清楚楚印下三个脚印，这都是他赤足的罪过。他在自己的第四个脚印上端坐，畏畏缩缩的。假如本来胆小，这样老老实实坐着倒也不必大惊小怪。可像他这个推平头、秃亮亮的野蛮家伙，竟也如此诚惶诚恐，总觉得不大对劲。这家伙是那种即使是路遇主人了，也不会施礼，还会以此而自豪的家伙。现在他倒像个普通人样坐着，我想就算只坐半个小时，也一定难受。他坐在那，仿佛是个适得其所的谦谦君子，要不就是个修为到家了的长者；谁管他呢，反正看着样子很滑稽。一个善于在教室里或操场上吵吵闹闹的家伙，怎么会有这么大的力量约束自己？这岂不又可怜，又好笑。

这样一比一相对而坐，不论主人怎么冥顽不化，对一名学生来说还多少有些分量。看来对此主人大概也很是得意吧！常言说：“积土成山。”区区学生，如果大量纠集到一起，也会成为不可小觑的力量，搞起什么抗议运动或罢工来的。这基本类同于人类中的胆小鬼喝下酒后的情形！由此可见，完全可以把恃众闹事的，当作是喝得烂醉以致丧失了正气的人。否则，这名与看似诚惶诚恐，其实很是悠然自得的紧挨着纸屏的穿疑似萨摩条纹布的学生，不管主人怎么老朽，既被称为老师，就不该轻蔑，也不可太过冷落。

主人递过一个坐垫说：“喂，请铺上！”秃小子像个僵尸，哼了一声动也不动。那个开始褪色的洋花布坐垫很好地找到了个自己的位置，也不说一声“请坐在我身上”。它身后是一个呆呆喘气的大脑袋，这场景不能再酷了。那坐垫女主人绝不是为了供人欣赏，才从商场买来的。作为坐垫来说，如果不是给人们坐，等于是在毁坏它的名声，这对于让客的主人也要丢几分面子。至于秃小子，却宁肯瞅着坐垫，让主人丢面子也无所谓。看来他也绝不是对坐垫有什么意见。实话说吧，这小子除了为他爷爷举办祭祀活动外，有生以来也很少好好坐在座垫上过。其实他早已坐得两腿发麻，脚尖有点受不住了。尽管如此，他还是不肯坐在坐垫上。主人再劝他：“请用!”他照旧不坐。真是个难缠的秃小子。假如真这么客气，当人数众多或是在学校、在住处，哪怕稍微客气点也好呢。不用客气的事他倒斤斤计较，该客气的时候却毫不懂得谦让。简直是野蛮。这秃小子！绝不是好东西！

突然，他身后纸屏哗的一声被拉开。雪江端着一碗茶毕恭毕敬献给秃小子。假如平时，那秃小子一定会奚落一句：“嗬，野蛮人来了！”但现在，连面对主人都惴惴不安，何况这位妙龄少女又采取了在学校学会的小笠原派①敬茶方法，以过度文雅的手势递上来，秃小子当时就很局促。雪江关上门后，能听到她在门外嗤嗤笑。可见，即使同龄，也还是女子厉害。比起秃小子，雪江的胆子大多了。尤其她还刚刚气愤得洒下几滴热泪，这哧哧一笑让她一下子有了没有过的妩媚。

二人继续一比一着无语。直到主人忽然意识到，这简直是活受罪，才开口问：

“你叫什么名字？”

“古井……”

“古井？古井什么？名字呢？”

“古井武右卫门。”

“古井武右卫门？不错，真是个长长的名字。这不是当代的名字，是个古人的名字。四年级了吧？”

“不。”

“三年级？”

“不，二年级。”

“在甲班？”

“乙班。”

“乙班，我是班主任了！是吧？”主人一下子激动起来。

说真的，这个大脑袋学生，从入学那天起，主人就见过的，决不会忘记。何况他那大头，主人早就铭刻在心，时不时梦里相会。可粗心的主人既没有和二年级乙班联系起来，更没有把这样一个大头和一个旧式名字联系起来。因此，当记起这颗梦中多次相会的大脑袋，原来是自己负责那一班的学生时，不由得心里叫好：“是呀！”可问题是，起了个古老名字，又是本班学生的这个大脑袋，究竟为什么事闯进家来呢？这太难以猜想了。主人本来就是个不怎么受欢迎的人，所以，平时学生们不论年初岁末，几乎从不登门。至今唯一登门的，就是有古井武右卫门这一古老名字的稀客。可谓是始作俑者吧。但又不知贵客所来何意，主人为此很有些忐忑不安。该不

① 小笠原派：室町时代的武将小笠原长秀创始的一整套武士礼法。

会是到这个令人扫兴的家中来玩耍的吧？但要是来要求主人辞职，那就该是语气强硬才对。这样想，这武右卫门多半是来商量自己的私事的。左思右想，右想左思还是不得要领。看这武右卫门，说不定连自己也弄不清究竟是为了什么前来造访。没办法，主人只好公开问：

“你是来玩的吗？”

“不是。”

“那么有事？”

“呃。”

“是学校的事？”

“呃，想对您说说，就……”

“哦。什么事快说吧！”

武右卫门眼睛盯着对面，一言不发。

作为中学二年级学生，武右卫门应该是擅于辞令的。虽然头脑不像大脑瓜那么发达，但论口才，在乙班却是个佼佼者。那个问老师“哥伦布”用日文怎么翻译，以至把主人难倒了的，正是这个武右卫门。这么一位赫赫有名的先生，这时候却唯唯诺诺，像个口吃的公主，一定有缘由。肯定不能理解为客气。主人也感到有些蹊跷。

“既然有话，那就快说吧！”

“是个有点难开口的事……”

“难开口？”主人说着，察看一眼武右卫门的脸色。但他依然低着头，什么也看不出。不得已，主人稍微改变了一下口气，平和地补充说：

“好吧，不管什么，尽管说吧！没有外人听，我也不对别人讲。”

“说说也不妨吗？”武右卫门还在举棋不定。

“无妨嘛！”主人顺口答道。

“那么，我就说了。”说着，秃小子猛地一扬头，满怀希望望着主人。那双眼是三角形的。主人鼓起两腮，怒喷着朝日牌香烟的烟雾，稍稍扭过头去。

“老实说……事情糟了。”

“什么事？”

“什么事？非常挠头，所以才来。”

“唉，到底是什么事呀？”

“我本不想干那种事，可滨田总说：‘借给我吧，借给我吧……’”

“滨田？就是滨田平助吗？”

“是的。”

“你借给滨田房费了？”

“哪里，没有。”

“那么，借给他什么？”

“把名字借给他了。”

“滨田借你的名字干了些什么？”

“写了一封情书寄出去了。”

“什么？”

“唉，我说，别借名字，我当个传书人吧！”

“说得稀里糊涂。到底是谁干了什么？”

“送情书了。”

“送情书？给谁？”

“所以我说，碍难开口呢。”

“那么，你给谁家女子送了情书？”

“不，不是我。”

“是滨田送的吗？”

“也不是滨田。”

“那么，是谁送的？”

“不知道是谁。”

“简直是摸不清头尾。那么，谁也没有送？”

“只是用了我的名义。”

“只是用了你的名义？越说越糊涂！再说得有条有理些！原来收下情书的是谁？”

“说是姓金田，住在对面胡同口的一个女人。”

“是姓金田的那个实业家吗？”

“是的。”

“那么，所谓‘只借给了名义’又是怎么回事？”

“他家女儿又时髦，又傲娇，就给她送了情书。滨田说：‘这个名字不行。’我说：‘那就写上你的名字吧’。他说：‘我的名字没意思，还是写上古井武右卫门这个名字好……’所以，终于借用了我的名义。”

“那么，你认识他家女儿吗？有过交往吗？”

“压根儿没有交往，也没见过面。”

“简直是胡闹，竟然给一个没见过面的女子写情书。你到底是出于什么动机才干出这种事的？”

“只因大家都说她傲娇，爱摆架子，才想要戏弄她的。”

“越说越乱套！那么，你是公然签上自己的名字寄出的吗？”

“是的。文章是滨田写的。我借给他名字，由远藤连夜到她家去送的信。”

“噢，是三人合谋干的？”

“是的。不过事后一想，要是败露，被学校开除那可坏了。所以非常担心，两三天睡不成觉，总有些昏昏沉沉的。”

“干了件意外的蠢事！你是写了‘文明中学二年级古井武右卫门’吗？”

“不，没有写校名。”

“没写学校名嘛，这还好。要是写上学校名你试试，那可真是关系到学校的声誉了！”

“怎么？会开除吗？”

“会的呀。”

“老师！我老爹是个非常唠叨的人。何况老娘是个继母，我如果被开除，那可糟糕。真的会被开除吗？”

“既然如此，就不该轻举妄动。”

“我并不想那么干，可是终于干了。不能帮帮忙不开除我吗？”武右卫门几乎用哭腔苦苦哀求。女主人和雪江早已在纸屏后咯咯笑个不住。主人倒是惯例地假装正经，一再重复：“是嘛！”真有趣。

我说有趣，也许有人要问：“有什么趣？”

问得好！不论人还是动物，平生第一要事就是要有自知之明。

只要有自知之明，人就有资格比猫更受尊敬。这一来，我也就不好意思写这些混账话了，一定马上封笔。可是看来人们基本难认清自己是什么货色，就好比自己看不见自己的鼻子有多高一样。因此，连对他们平日看不上眼的猫，也会提出上述疑问！

人们看上去神气十足，但总有很多愚蠢。成天扛着个“万物之灵”招牌，却连上述那么点小事都无法理解透彻。还有大言不惭者就更逗猫发笑了。既然扛着的是“万物之灵”的招牌，就不该叽叽歪歪地问：“我鼻子在哪里？”但即使是这样，你要是以为他们会因为觉得丢脸就放弃“万物之灵”的头衔，休想！这可是会要了他们的命的。在如此明显的矛盾中，人依然活得心平气和，够天真的。天真倒是天真，但同时也就不得不心甘情愿接受这样的结论：人类是愚蠢的。

此时此刻之所以我会对武右卫门、主人、女主人和雪江感兴趣，并不单纯是因为外部事件互相冲突，以及这冲突的波在向着微妙之处扩展，而是由于冲突的反响在人们心里敲击出来不同的音色。

首先是主人，他对这件事明显是冷淡的。关于武右卫门老爹的唠叨、老娘如何给他的后娘养的待遇，主人都不惊诧，也不可能惊诧。开不开除武右卫门，跟他本人被不被革职风马牛不相及。如果是成千上万的学生退学，也许会影响到教师的衣、食、住、行；但仅仅一个武右卫门，他的命运的变幻莫测，跟主人的一天到晚毫不相干。道理总是这样，人与人之间的同情心，都是根据相互关系的近疏决定的。为一陌生人皱眉、流泪或声声叹息，这可不是什么淳朴善良。我很怀疑人类是自己说的那样深情，那样富于同情心的动物，更多还是生成了是个人，流几滴泪或是装装同情，不过是一种义务，为了交际才不得不做做样子罢了。说穿了，大多是吃力的艺术。擅于做假的，被称之为“富于艺术良心的人”，为人世所敬重。因此，再也没有比受敬重的人更靠不住的了。要是不信那就不妨一试。

关于主人与上述这些的关系，他应该属于笨拙一类。既然拙，自然不被看重；不被看重，就会不知不觉把自己内心中的冷漠倾泻出来。他对武右卫门反反复复说“是嘛”，就是这种内心冷漠的典型表现了。

诸位！万万不可因为在下主人这种冷漠，就讨厌他这样的人。冷漠是人类的本性，不掩饰自己的本性才是正直的人。假如这时候，诸位期望主人超越自己的冷漠，那就不能不说是在严重高估人类。人世上正直的人可是寥若晨星，再过高要求，那除非泷泽马琴小说里的志乃和小文登从书中走了下来，《八犬传》里的狗男狗女搬到了东邻西舍来居住；否则，只能是痴心妄想。

主人这边暂且压下不表。说说在客厅内大笑的女流之辈。她们把主人的冷漠又向前推了一步，堂而皇之成为滑稽并引以为乐。她们对于让武右卫门头疼的情书，高兴得像菩萨的福音。不需要任何理由，反正就是高兴。如果一定要解析，就只能是：武右卫门陷于困境，她们高兴。诸位不妨问问女人："你是不是对别人的痛苦开心大笑过?"这样问的话，被问的人一定会恼羞成怒大骂提问者愚蠢。就算不骂愚蠢，也会说是刁难，是在侮辱淑女的妇德。侮辱了妇德也许是真的，但她们拿别人的痛苦开心也是事实。这样看来就等于是在声明："我马上要做侮辱我自己品格的事给大家看，你们谁也不许说三道四。"也像是在说："我现在去偷东西，但是决不许说我不道德。如果说我不道德，就是抹黑我，是侮辱了我。"

女人实在够聪明了，横竖就是有理。既然生而为人，那就不论被踩、被踢或是被打，受到冷遇，都不仅要有处之泰然的决心，还要随时做好欣然接受被吐一脸唾沫、泼一身大便、被高声嘲笑的准备；否则，就不用跟号称"聪明"的女人来往。

武右卫门先生一失足铸成大错，因而表现得十分害怕、不安。他心里也许在想：我这么忐忑不安，她们却在背后窃笑，太失礼了。但他年小幼稚，以为在别人失礼时自己表现出恼火，会被人说小气。为了避免得到小气这个名声，那就还是忍受着好。

对了，关于武右卫门需要简单介绍一下。作为忧虑的化身，他那颗伟大的头颅装满了忧虑，如同拿破仑的脑壳里塞满了功利心。他的蒜头鼻子翕合着，那正是来自忧虑的条件反射，正沿着面部神经跃动。他像吞下颗大炸弹，心里有一个无可奈何的大疙瘩，两三天来一筹莫展。苦痛又想不出好主意，最后才想到：去班主任老师家，也许能有点办法。于是，他就勉强把自己的大脑袋运到他讨厌的这个家里来。平时在学校，他要笑我家主人，煽动同班同学给主人出难题。这些事，他现在似乎都忘了，还似乎坚信：不论曾经怎么要笑和为难，老师既然名之曰班主任，就该替他分忧。他很天真。他可不知道，这班主任并不是主人爱干的。那是因为校长的任命，不得已而接受的。要说的话，很像迷亭伯父头戴的那顶大礼帽，徒有其名而已。既然徒有其名，便毫不顶用。到了关键时刻，假如名义也能顶用，雪江也就可以只用姓名去相亲了。

不但任性，这武右卫门还是在从高估人类的假想出发，以为别人爱护他是天经地义，压根儿不曾想会遭到嘲笑。他这次到班主任家来，肯定会发现一条有关人类的真理。这条真理会让他将来逐渐成长为一个真正的人。到那时，他也会一样学会对他人的痛苦冷漠的吧？别人发愁时也会高声大笑吧？长此以往，未来的世界将遍地都是武右卫门、金田老板和金田夫人吧？我衷心期望武右卫门争分夺秒尽早醒悟，成为一个真正的人。否则，不论他如何担忧，如何后悔，有怎样殷切的向善之心，都无法像金田老板那样成功。要是这样冥顽不化，不要多久，就不仅仅是被文明中学开除这么简单了，人类社会会把他流放到居住区外去！

我正在做深刻的哲思，越来越觉得有意思时，纸格门哗的一声被拉开了。露出半个脸来叫了声："先生！"

而此时主人正在重复着对武右卫门说"是嘛！"忽听有人喊。是谁呢？一看，纸屏后斜着探出来的半个脸正是寒月。

"噢，请进！"主人只说这么一句，依然坐着没动。

"有客人吗？"寒月还是只探进半张脸问。

"哪里，没关系，请进！"

"说真的，是请你来了。"

"去哪？还是赤坂？那地方我不去。前些天拉我去腿都直了。"

"好久没出门，走走吧？"

"喂，进来呀！"

"想去上野，听听老虎号叫的声音。"

"多无聊。你还是先请进吧！"

寒月先生可能是觉得远距离谈判毕竟不便，就脱了鞋缓缓走进。他照例穿着那条后腚上有补丁的老鼠皮色的裤子。那裤子可不是由于年深月久，或是寒月先生屁股太重才磨破了的。据他本人解释，都是因为近来开始学骑自行车，造成对裤子的局部摩擦过多所致。他做梦也想不到，给他自封的未来夫人写过情书的那个情敌就在这里，对武右卫门微微点头，“噢”的一声算是打了招呼，在靠近檐廊的地方落座。

“听老虎号叫多没意思!”

“是呀。现在不行。先四处溜达，夜里十一点再去上野呢。”

“咦?”

“那时那地方古木森森，很吓人的吧?”

“是啊！比白天凄凉。”

“然后，千万要找个林木茂密、大白天都不见个人影的地方去走走，肯定会获得这么一种心情：不知不觉，忘却了这一滚滚红尘的都城，仿佛在深山中迷路了的。”

“心情变成那样，又能怎样?”

“心情变得那样时，稍微站住，就会听到动物园里老虎的号叫声。”

“老虎很爱叫?”

“没问题，会叫的。那叫声，即使白天也能传到理科大学。到了夜深人静、四顾无人、鬼气袭身、魑魅扑鼻的时候……”

“魑魅扑鼻是怎么回事?”

“就是形容那种场合嘛，恐怖!”

“是吗，没听说过。然后……”

“然后老虎号叫得上野的老杉树树叶都给震落，吓人了。”

“够吓人的。”

“怎么样？去冒冒险？一定很快活。我想，不在深夜听听老虎号叫，那就不能说听过老虎叫。”

“是嘛……”如同对武右卫门的恳求表示冷漠，主人对寒月先生的探险要求也一点都不热情。

武右卫门坐在那羡慕地听别人讲“话说老虎”，忽闻主人说“是嘛！”这时似乎又想起自己的事。重又问：

“老师，我很担心，怎么办呢？”

寒月先生面带疑色，望着那个大脑袋。

到这时，我突然有了点心事，只好暂且失陪，到客厅去转转。

客厅里女主人还在咯咯笑，往廉价的京瓷茶碗哗哗斟茶，然后放在一个铅制茶托上说：

“雪江小姐！劳驾，把这个送去。”

“我不嘛。”

“怎么？”女主人立刻收住笑容，有点愣住了。

“怎么也不怎么。”雪江装出一副扭扭捏捏的表情，目光低垂，自己以为自己是在看身旁的《读卖新闻》。

女主人再一次协商：

“哟，真是个怪人！是寒月先生呀，没关系。”

“可我不嘛。”她的视线不肯离开《读卖新闻》。其实她这时候连一个字也读不下去。揭穿她并没看报，她大概会哭一鼻子！

“没什么害羞的。”女主人笑了，特意将茶碗推到《读卖新闻》上。雪江小姐说：

“哟！真坏！”她想把报纸从碗下抽出，不巧碰翻了茶托，茶水毫不留情地从报纸上流进床席缝里。

“你看了！”女主人说罢，雪江小姐喊道：“呀，不得了！”她向厨房跑去，是要拿抹布吧？

这出戏够滑稽，我看得还算开心。

寒月先生哪里知道这出戏，正在房间里大发奇谈怪论哩。

“先生！纸屏重新裱糊了？是谁糊的？”

“女人糊的。糊得好吧？”

“是的，很好。是常常光临贵府的那位小姐糊的吗？”

“嗯，她也帮了忙。她还夸口说：‘能把纸屏糊得这么好，就有资格嫁出门去！’”

“嗬！不错。”寒月边说边呆呆地盯着纸屏。“这边糊得平平的，右角上纸太长，出褶了。”

“是从右角开始糊的。难怪呀，还没经验嘛！”

“难怪，有点丢手艺。那一带糊成了超越曲线，这可是没法用普通方程式表达的。”

真是个理学家，说话够玄乎的。

“可不是嘛！”主人完全不懂说的是什么，在信口应酬。

可一边的武右卫门着急了，照这样下去，不论怎样哀求，看来都是希望渺茫了，他很可能是灵机一动，就把他那伟大的头盖骨顶在床席上，默默无言中表示了诀别之意。

主人问：“你走吗？”

武右卫门已经无言无语趿拉着萨摩产的木屐走出门去了。看着怪可怜的！假如干脆不理，说不定他会写出《岩头吟》①，跳进华岩瀑布而自尽的。

此事追根求源，还是金田小姐的摩登和傲娇惹出的麻烦。假如武右卫门丧命，不妨化作幽灵杀了金田小姐。那种女人从这个世上消灭一两个，对男人来说丝毫也不烦恼，寒月可以另娶一个像样的小姐。

“先生，他是个学生吗？”

“嗯。”

“好大个脑袋呀！有学问吧？”

“学问可比不上他的脑袋大。不过，常常提些奇怪的问题。不久前叫我把哥伦布译成日文，使我非常尴尬。”

“全怪脑袋太大，才提出那类多余的问题。先生，你怎么回答的？”

“哪里，我胡诌八扯，给翻译了一下。”

“那总算翻译了。了不起！”

“小孩子嘛，不胡乱翻译出来，他就不再信服你了。”

“先生也变成了不起的政治家。可是，看他刚才的样子，总像非常无精打采，看不出他会给先生出难题。”

“今天他可有点不争气。混账东西！”

---

① 岩头吟：一九〇三年五月，第一高等学校学生藤村操（夏目漱石的门生）苦于万象不可解，削岩头树写下遗嘱，跳华岩瀑布自杀。

“怎么了？冷眼一看，觉得他非常可怜呢。到底怎么了？”

“嗨，干糊涂事了！他给金田小姐送了情书。”

“咦？就他这个大脑袋？近来学生们可真厉害。太惊人了。”

“你也许有点担心吧……”

“哪里，一点儿也不担心，反而觉得有趣儿。不管飞去多少情书，也不会出事的。”

“既然这么放心，那就没说的了……”

“没说的。我一向不在乎。不过，听说那个大脑袋写了情书，真感到意外。”

“这嘛，是开了个玩笑。他们三个人，认为金田小姐又摩登，又傲娇，就想要笑她一番。于是，三人合伙……”

“三人合伙给金田小姐写了封情书？越说越离奇。这岂不像一人份的西餐，由三个人享用吗？”

“不过，他们有分工。一个写信，一个送信，一个借名。刚才来的，就是被借名的小子。他最蠢。而且他说，他还没见过金田小姐呢。那又为什么干出那种混账事来？”

“这可是近来的巨大成果，杰作！那个大脑袋，居然给女人写情书，多么有趣啊！”

“惹出大乱子了！”

“怎么惹都没事儿，对方是金田小姐嘛。”

“不过，你说不定会娶她的呀！”

“正因为我说不定会娶她，所以才没关系嘛。”

“你没关系，可……”

“怎么？金田小姐也没关系！没事儿。”

“如果真的是这样，也就没什么了。可是，写情书的人事后良心发现，害怕了，诚惶诚恐，跑到我家来讨个主意。”

“咦？这么点事就那么颓丧？可见是个气魄不大的人。先生，您是怎样发落他的？”

“他自己说一定会被学校开除，非常担心呢。”

“为什么开除？”

“因为干了那么不体面、不道德的事情。”

“怎么？不至于说不道德吧？没什么了不起。金田小姐可能认为这是光荣，在到处瞎吹哩！”

“是呀。”

“总之，很可怜。虽说干那种事不好，但是叫他那么担心，会害了一个男孩子的。他虽然脑袋大些，可是相貌并不怎么丑。鼻子直忽扇，很招人喜欢。”

“你也有些像迷亭，说得逍遥自在。”

“不，这是时代思潮。先生太守旧，所以把任何事情都说得严重。”

“可是，这不是太蠢了吗？给一个根本不认识的人送什么情书。简直是缺乏常识。”

“讨人嫌，大多因为缺乏常识。救救他吧！会积德的呀。看他那样子，会到华岩瀑布去跳水的。”

“是啊！”

“就这么办，要是他再大些、再懂事些，怎么会做这种事呢？那些大的，干了坏事可从来就是装无辜！如果开除这个孩子，那么不把那些干了坏事还装无辜的大孩子们都赶出校门，就是不公平。”

“理倒也是这个理啊！”

“怎么样？那就去上野听老虎叫吧？”

“老虎？”

“是呀，去听吧！两三天内我要回一趟老家，因此暂时不论去哪都不能奉陪。今天是抱着一定要一同去散步的决心来的。”

“是吗？你要走？有事？”

“有点事。总而言之，去吧？”

“哦，那就出发吧！”

“好嘞，今天我请你吃晚饭。然后活动活动，到达上野的时辰刚好是最佳时刻。”

在寒月死乞白赖的央求下，主人终于还是动了心，两人便一同出发了。

身后是女主人和雪江肆无忌惮地哈哈大笑声。

第十一章

等我再醒来时，发现自己是在水里。对猫来说，在水里是难受的，就用爪一通乱挠；但挠来挠去全都是水。

壁龛前，棋盘摆在正中央，迷亭和独仙相对而坐。

“白玩我可不干。谁输了请客。是吧？”

对迷亭要求，独仙捻着山羊胡回答：“那样的话，难得一次高雅游戏，就俗了。博彩打赌之类，没多大意思。只有将胜败置之度外，如‘云无心以出岫[1]’一般，随性下，才品尝得到其中奥妙！”

“又来了！下棋遇到你这样的道骨，真是会累煞人也，更像是《群仙列传》中的人物了。”

“此乃弹天弦之素琴嘛。”

“是不是拍无线之电报呀？”

“不用闲话了，来吧！”

“你挑白子儿？”

“什么都行。”

“不愧是仙人，气魄真大！你用白子儿，按自然顺序，我就用黑子儿啰。好，来吧，谁先走都行。”

“黑子先行是规矩。”

“不错。那么，我就让着你点。按规矩先走了。”

---

① 云无心以出岫：见陶潜《归去来辞》。

“定式中，可没你这种走法！”

“没有就没有。这是我新发明的。”

我阅历浅薄，最近才看到棋盘这玩意儿。不过越看越发现这玩意儿蹊跷。在一个不大的方盘上画满了横七竖八的小格，胡乱摆上些黑白色的圆圆的子儿，看得猫眼花缭乱。然后输了、赢了、死了、活了，下棋的人一身臭汗，争争吵吵。顶大不过一尺见方呗！就算用我前爪一扫，就能来它个稀里哗啦。不过常言说：“结之则为草庐，解之则为荒原。”干吗要这样劳神费力！看我这袖爪旁观，要多逍遥自在就有多逍遥自在。一开始落下的那三四十个子儿还不怎么晃眼，可到了最后什么收官关头，哎呀呀，惨不忍睹！白子黑子密密麻麻，几乎要从棋盘上摔下去了，都能听到在互相喊着：“挤死了！”“挤死了！”可又不能就让其他的棋子儿闪开；更没权利因“阻挡”而喝令前边的棋子儿退下。可怜这些棋子儿，只能认命了，一动不动待在上面，一点办法也没有。

人自己发明的棋盘。要是拿这棋盘来看人的所好的话，那么，这棋子儿的进退维谷刚好像人的命运。假如从棋子儿的命运可以推论人类的本性，那不能不断定：人，喜欢把海阔天高的世界零切碎割了，好画地为牢。只故步自封在那立锥之地上，天塌下来也绝不越雷池一步。一句话，说人类就是在自寻烦恼，不为过吧？

不知打的什么主意，原本自在逍遥的迷亭和神机妙算的独仙，今天偏要从壁橱里拖出个旧棋盘来，开始干这种闷得喘不过气的把戏。不过看来还真是棋逢了对手。开始，双方都下得轻松随意，棋盘上一阵子白棋子儿黑棋子儿飞舞个不停。但，棋盘的大小是有限的。每放上去一个棋子儿，横竖格就要减少一个，因此，再怎么自在逍遥，再怎么神机妙算，也要困窘起来，这可是不言而喻的。

“迷亭君！你这棋下得野蛮，哪有从那进子的规矩？”

“出家人也许没这份规矩。但，按‘本因坊’流派的下法，可就有这份规矩。没法子呢。”

“不过，那可是死路哟！”

“臣死且不怕，何况龛肩①乎？”

“哦，你走了，好的！‘熏风自南来，殿角生微凉。’② 这样看住你，就没事了。”

“呀，果然厉害！嗬，我还以为你看不住呢。‘撞吧，八幡钟③’我这么走，你何奈何？”

“没什么奈何不奈何。‘一剑倚天寒④’……咦？麻烦了！下决心，隔开它吧。”

“啊呀！危险，危险了！这一隔，我可就是死棋。喂，不开玩笑，让我悔一步吧。”

“不是早就声明了吗？这地方是不许进的。”

“进得冒失了点，失礼，失礼！喂，你把这个白子儿拿掉！”

“那个也悔？”

“顺手把旁边那个白子儿也拿掉！”

“你脸皮真厚。”

“你看见那个黑子儿了？唉，也不看我俩什么交情！别说那些见外的话，快给我拿掉！这可是生死关头。我不是在喊‘慢点，慢点！’救命人边喊边出场了。正是危急之秋。”

“我可不吃你那一套！”

“不吃就不吃，拿掉那个子儿就行！”

“这已经是你悔的第六步了。”

“你这人就是记性好。接下去要开始加倍悔棋呢。所以，你就拿掉那个子儿。真够固执。既然坐禅，就应该超脱些嘛……”

“可，要是不吃掉你这颗，我就输了。”

“你不是说不在乎输赢，一副无所谓架势吗？”

---

① 出自《史记·项羽本纪》樊哙语：“臣死且不避，卮酒安足辞。”这里信口说得颠三倒四。

② 出自《唐诗纪事》卷四十。柳公权语：“熏风自南来，殿角生微凉。”

③ 八幡钟：在深川富冈八幡宫。民谣：“敲响吧，八幡钟，把我的情人叫醒。”日文“看子儿”与“敲”字谐音，此借题发挥。

④ 一剑倚天寒：出自无学禅师，形容杀头后身如利剑挺立。将生死置之度外。

“我是不在乎输赢。但不等于喜欢你赢。”

“得道了呀，真了不起！还是‘春风影里斩电光’！”

“是‘电光影里’。弄反了。”

“哈哈，我还以为这时候差不多都颠三倒四了呢，谁想到还一本正经呢。好吧，我认了。”

“生死之间，转眼无常。你就看开点吧！”

“阿——门——！”迷亭先生在看上去毫不相干处投下了一子儿。

迷亭和独仙正在壁龛前厮杀，寒月与东风并肩坐在客厅门口。端坐在寒月与东风身旁的是面色蜡黄的主人。寒月面前的床席上赤条条整整齐齐排列着三条鱼干，真是奇观。

这鱼干出自寒月的怀中，取出时还是热的，手心可以感到鱼干上的热量。主人和东风正专注地看着鱼干。寒月隔了会儿说：

“老实说吧，四天前我从故乡回。因为有很多事要办，四处奔波，没能来府上拜访。”

“干吗急着来嘛！”主人照例说些不招人爱听的说。

“急着来就对了。不早点献上这些礼品，不放心啊！”

“这是木松鱼干？”

“呃，我家乡的名产。”

“名产？好像东京也有吧！”主人拿起最大的一个，凑在鼻尖下闻。

“鼻子是闻不出鱼干好坏的！”

“个头大点，这就是成为所谓名产的理由吧？”

“哎，你尝尝再说。”

“尝总是要尝的。可这条鱼怎么没鱼头呢？”

“因此，才要早些送来。”

“为什么？”

“为什么？头被耗子吃了。”

“真危险。胡吃起来，会得霍乱呀！”

“什么话，没事！耗子只咬掉那么点，不会中毒的。”

“到底是在哪儿被耗子咬的？”

“在船上。”

“船上？怎么回事？”

“因为没地方放，就和小提琴一起装进行李袋里，上船那天晚上就被耗子咬了。如果光是咬了木松鱼干还没什么，偏偏那耗子把小提琴的琴身也当成了木松鱼干，被咬了一点点呢。”

“这耗子也太冒失了！一到船上就能真假不辨？”主人还是看着木松鱼干，说些没人能懂的话。

“唉，耗子嘛，不管住在哪，都是这样冒失的。所以我把鱼干带到公寓，又被咬了。我看危险，夜里就搂着它睡了。”

“不太干净吧！”

“所以，吃它的时候，要洗一洗。”

“光洗洗，怎么可能干净。”

“那就泡在碱水里，搓一通总行吧？”

“那把小提琴，你也是搂着睡？”

“小提琴太大，搂着睡怎么可能……”

远处迷亭先生也加入了这边的对话，高声说：

“什么，搂着小提琴睡觉？这可风雅了。‘春又别人间。独抱琵琶重几许？意阑珊。’这首俳句是古人作的，明治年代的秀才不抱着提琴睡觉，可是没法超越古人的，看我也来一首吧：‘薄衫裹忧思。长夜漫漫厮守，小提琴。’怎么样？东风君，新体诗里也能写出这种吗？”

“新体诗与俳句不同，很难一挥而就，但一旦写成功了，就会有触及人灵魂的妙音发出。”东风严肃说。

“是呀，这‘魂灵’① 嘛，我还以为要焚烧麻秆迎接呢，原来写些新诗就能请得来呀！”迷亭忘了下棋，只顾得嘲笑了。

“你还贫嘴，要输了。”主人警告迷亭。可迷亭满不在乎：

“我要输还是要赢你先别管，反正对方手脚全都不能动，成了釜中鱼了。我感到无聊，不得已才加入小提琴这一伙的。”

独仙先生有些激动，嚷着说：“该你走了。等着你嘞！”

“咦？已经走了！”

---

① 魂灵：日文与生灵同音，迷亭是在故意找碴儿。

“走了。终于走了。”

“在哪？”

“在这，添了个白子儿。”

“啊！这个白子儿这么斜着一放，吾休矣。那，我……我……我穷途末路了。哪还有好出路呀？喂，让你再下个子儿，随便放哪儿都行。”

“有这样下棋的吗？”

“‘有这样下棋的吗？’要这样说，那我可就下子儿了……好吧，拐个弯，在这个犄角放一个子儿。寒月君，你的小提琴太廉价，所以耗子都欺负，把它咬了。长点志气，再买把好些的。我从意大利给你函购一把三百年前的古货好吗？”

“那就费心了。付款的事也一并拜托。”

“那种古董顶用吗？”一切茫然的主人大喝一声，训斥了迷亭。

“你是把人里的古董和小提琴里的古董混了吧？就算是人里的古董，不是还有金田之流至今也还走着好运吗？至于小提琴，那是越旧越好……喂，独仙君，怎么了？快下呀！我这可不是在演庆政：‘秋日短哟！’”①

“和你这种啰里啰嗦的家伙下棋真是活受罪。连动脑筋的工夫都没有。没办法，在这儿放个子儿，填上个空了！”

“哎呀呀！到底让你把棋走活了。我就是怕你把子儿摆那儿，才胡扯扰乱你。终是枉然呀！”

“当然。你这根本不是下棋，是在蒙棋。”

“这就是‘本因坊派’‘金田派’‘当代绅士派’……喂，苦沙弥先生！不枉独仙君在镰仓顿顿吃咸菜，不为物欲所动哟！实在佩服！别看棋下得不高明，胆子可够大。”

“所以，像你这种胆小鬼，就该学着点。”

主人脸背着迷亭说，迷亭伸出红红的舌头，独仙催迷亭“喂，该你下了”！

---

① 源于歌舞伎《恋女房染分手纲》中人物庆政的一句台词：“天黑了。秋日短哟！”

“你什么时候开始学小提琴的？我也想学，可听说很难。”东风问寒月。

“嗯。但要是只想玩玩，很容易的。”

“都是艺术嘛。爱好诗歌的人，学起音乐来会学得快些吧？所以，我感觉没什么问题。怎样？”

“没问题嘛！你如果下决心学，一定会学好的。”

“你是什么时候开始学琴？”

“高中时。先生！我好像跟您说过我学琴的始末吧？”

“哪里，没听你说过呢。”

“高中时是老师教，才拉起小提琴的吗？”

“哪里，没有老师教，也没人指点，是自学。”

“简直是天才！”

“自学的人不一定是天才！”寒月先生板着脸说。被誉为天才还板着脸的，大概就只有寒月了。

“这倒没什么。你说说自学经历好了，我也可以总结些经验教训。”

“说可以，先生！那我就说？”

“哦，那就说吧！”

“如今，经常能看到一些年轻人，拎着个琴盒在大街上走来走去。可那时，高中生几乎没有接触西洋音乐的。像我们那所学校，就是乡下的乡下，又简陋又穷，连个穿麻里草鞋的人都没有，当然没有人拉小提琴……”

“那边好像是在讲什么有趣的。独仙君！这盘棋就这样的吧！”

“还有两三处没有摆好！”

“没摆就没摆！那些地盘你都拿去好了。”

“不能这样说话，我也不能白捡呀！”

“看你斤斤计较的，哪像个禅学家。好吧，那就一鼓作气，快点下完这盘棋……寒月讲得很有趣……就是那所学生都光着脚上学的高等中学吧？……”

“没这事！”

“可，都传说学生光脚操练军操，向右转，脚皮都磨得厚厚的。”

“奇闻了！这谁说的？”

“管它谁说的！说是学生腰上都挂着个大大饭团，像个柚子。到时候就吃它。说是吃还不如说是啃，啃到中间了，就露出个咸梅干来。据说那些学生就是为了啃出这个咸梅干，才集中精力啃外面没有一点盐味的饭。真是些如龙似虎的家伙！独仙君，这故事还中你的意吧？”

“淳朴健勇，值得发扬啊！”

“还有比这更好的故事呢！听说那地方没有烟灰筒。我一位朋友在那任职时，想买一个吐月峰牌的烟筒，不要说吐月峰，那地方就没有烟筒这个东西。他一打听，当地人对他说：烟筒呀，到后山砍一节竹子来就行了。那么这算是民风淳朴的一段佳话了？是吗？独仙君。”

“嗯。管它的。要在这里补上个子儿才行。”

“补吧，补，补。这回补齐了吧……我听了实在吃惊。在那种环境里自学小提琴，让人肃然起敬。《楚辞》有：‘既茕独[①]而不群兮。’寒月君简直就是日本明治时期的屈原！”

“我可不想做屈原。”

“那么，就当二十世纪的维特[②]吧！什么？还要数棋子？你也太认真了，不数了，我认输好了！”

“不过，难说呀……”

“那你就数吧！我可不去数。如果不听一下现代维特先生自学小提琴的励志故事，对不起列祖列宗！失陪了。”说完迷亭就转到了寒月那边。

独仙独自一人在那把空用白子填满，每填一个白空，就会拿起一颗黑子填满黑空，嘴里念念有词数着。寒月在那边继续说：

“风俗就是这样，故乡那地方人都很守旧。只要有谁稍微表现得软弱点，就会说：在其他县的学生面前丢脸，就要惩处，太要面子了。”

---

① 茕独：无兄无弟为茕，无子为独。

② 维特：德国作家歌德名著《少年维特的烦恼》中的主人公。

"提起你故乡的学生，真是没法说。不知为什么要穿清一色的和服裤裙。首先，这身装束也还算俏皮。其次，可能是因为海风的缘故，每个人的脸都黑黝黝的，光是男人还没什么，女人也那个样子，是不是一道风景？"

但凡谈话只要迷亭一掺和，就会跑题。

"女人也那么黑呀！"

"那，还有人要吗？"

"家乡个个都一样黑，有什么办法！"

"太不幸了！苦沙弥兄。"

主人喟然叹曰："还是黑脸好吧！那要是脸白了，一照镜子就成了孤芳自赏，那才麻烦。女人很难缠呀！"

东风倒是有理有据："要是全乡下人脸都是黑，难道他们不会以黑为美了吗？"

主人说："一言以蔽之吧，女人没一个好东西！"

迷亭笑了起来，用警告的口吻对主人说："说这样的话，回头嫂夫人会不高兴的呀！"

"没事。"

"她不在家？"

"刚带孩子出去了。"

"怪不得这么安静。去哪儿了？"

"不知道，多半是一时兴起出去溜达溜达。"

"然后再一时兴起突然就回来了？"

"是啊。还是你这样单身汉好啊！"

听到这话东风有点不高兴了，寒月却笑嘻嘻的。迷亭说：

"人只要娶上老婆了，都爱说这种话。是吧，独仙兄！你大概也属于'娶了老婆愁事多'一类吧？"

"咦？等等！四六二十四，二十五，二十六，二十七。这么点大的地方，居然有四十六目。想多赢你一些，排起来一看，才十八子。怎么搞的？"

"我在说，你也是'娶上老婆愁事多。'"

"哈哈，也没什么好愁的。我老婆爱我。"

“那就是我乱说了，看来独仙就是与众不同。”

这时，反倒是寒月开始为天下妻子说话了：

“不光独仙君，天下恩爱的夫妻还是很多吧！”

东风先生看着迷亭认真地说：

“我也同意寒月兄的看法。依我看，人想要进入纯情之境，只有两条路可走：艺术和恋爱。因为夫妻之爱代表恋爱的主要一个方面，因此我认为人必须结婚，从婚姻获得幸福，否则就是逆天意……你说是吗？迷亭先生！”

“高论！看来我这号，是毫无希望进入纯情境界了！”

“娶了老婆就更进不去了。”主人哭丧着脸说。

“总之，我们这些未婚青年就要追求艺术的灵性，开拓向上的道路，否则就不可能了解人生的意义。为此，我想必须从学小提琴开始，所以才要请寒月君说说自己的经验。”

“对呀！维特先生就讲讲自学小提琴的故事吧。讲啊！再不打搅你好了。”

迷亭刚收敛了锋芒。独仙君又一本正经开始了对东风的说教：

“自学小提琴是没法开拓出向上之路的。这就是一种游戏，要是靠这就能认识到宇宙真理，那才是怪事。想要认识宇宙万物的奥秘，就要有壮士断腕的气魄。”

这一通训诫倒是蛮有理。可东风连个禅字怎么写都不知道，所以，这对他就是对牛弹琴。

“是吗？你说得也许很对。但我还是认为，只有艺术才是人所期望的最高境界，我绝不会放弃对它的追求的。”

寒月说：“看你这样坚决，那我说说我学小提琴的经历吧！刚才说过，我开始学琴的时候，已经经历了千辛万苦。首先，买提琴就很是困难，先生！”

“可以理解。在麻里草鞋都没有的地方，自然不会有小提琴。”

“也不是，小提琴倒是有。钱也早就攒够了。但就是买不了。”

“为什么？”

“我们那地方，只要买了，谁都会马上知道。人们知道了，你就会被看作是狂妄，就会遭到孤立、排斥。”

“古今中外的天才都是要受迫害哟！”东风先生深表同情。

“什么天才！千万别再当我是什么天才！后来，我天天路过卖小提琴的商店门前，心里就会渴望：‘买一把多好啊！’‘把小提琴抱在怀里是什么滋味？’‘啊，真想有一把！’”

“可以理解！”迷亭先生说。

“鬼迷心窍！”主人说。

“不愧是天才！”东风先生赞叹。

只有独仙先生拈着胡须，不以为然。

“那么个小地方会有小提琴？这的确会让人质疑。但想想就会理解。我们那地方有所女子学校。练琴是女子学校的必修课，所以，有小提琴也是理所当然。当然不是说会有什么很好的，不过是些用来训练的琴。开商店的自然也不会太当回事，就是那样把几只琴捆在一起，吊在门店里。唉，那次我从店前走过，也不知道是风吹的，还是有谁拨动了，琴声就那么传出来。一听到我的心就像碎了，不知如何是好。”

迷亭先生还是那样喜欢嘲弄：“这太危险！疯病品种繁多：山疯，水疯，人疯……你既然是维特，那就是‘琴疯’了。”

东风却被深深打动了：“不，要是没有敏锐的感觉，是不可能成为艺术家的，不愧是天才！”

寒月继续说：“哎，也许真的疯了。太绝妙了！直到今天，我拉了这么久也没能拉出过那么美妙的声音。怎么形容呢？毕竟是无法言传的！”

“那声音是否琅琅然，锵锵然？”独仙搬出套艰深晦涩，似是而非的字句，但谁也没理睬他，我看着怪可怜的。

寒月接着说：“那时候我天天从店前走过，记忆中好像一共听到过三次那种妙音。最后一次听到后，我横下一条心了，非买下那把小提琴不可。就算是遭到乡亲们的谴责，外乡的轻蔑，被一顿铁拳打死，被学校开除，也在所不惜！”

“天才本色就是这样！否则不可能这样痴迷。真让人羡慕。一年来我总盼着自己也能激起这种炽热的情感，但总是事与愿违。参加音乐会的时候，尽管以最大热情去倾听，但还是兴趣索然。”东风也不知是在拍马屁，还是真的这样想。

寒月说：“如果兴趣索然那就幸运了！你们现在看着我好像是很平静是吧，可当时那种痛苦你们很难想象……后来，先生，我发奋图强，终于买到手了。”

“哦。怎么买的？”

“那年的十一月，刚好是天长节①前夕，乡亲们都到温泉去了，当晚不会回来，村里一个人也没有。我假装生病，那天连学都没上。我躺在床上，一心想着一件事：趁村民们今夜出门，我要把梦寐以求的小提琴买到手。”

主人问：“你装病连学都不上？”

寒月回答：“一点不错。”

迷亭的样子也有些诚恳：“这才有点像天才呀！”

寒月接着说：“我从被窝里露头往外一看，日头还很高，那种等待真难熬。我把头缩进被窝，闭上眼睛。可还是受不住。我又露出头来看，秋日的阳光洒满了六尺高的纸屏，火辣辣的。我勃然大怒。这时，纸屏上端出现了一个细长的黑影，在秋风中摇曳。”

主人问：“那个细长的黑影是什么？”

“原来是挂在屋檐下剥了皮晾晒的涩柿子。”

“哼！后来呢。”

“我跳下床，拉开纸屏，到了檐廊，拿了柿饼吃。”

“甜吗？”主人的问话就跟贪吃的小孩一样。

“那一带的柿子可甜了。东京人是不可能知道那种味道的！”

东风先生问：“柿子的事就压下不表吧。后来怎样了？”

“后来我又钻进被窝，闭上眼睛默默向神佛祷告：‘天快些黑吧！’大约过了三四个小时，心就琢磨差不多了吧？可一露头，可恶的秋阳还是洒在六尺高的纸屏上，火辣辣的。上端还是那个细长的黑影在摇动。”

“这一段听过了。”

---

① 天长节：明治元年制定，每年天皇诞生日为天长节。战后改称天皇诞生日。

“有好几回呢。后来我下了床，拉开纸屏，再吃一个柿饼子，又钻进被窝默默对神佛祷告：‘天快些黑吧！’”

主人说：“这不是重复了吗?”

“唉，先生！别急，往下听吧！后来我又在被窝里忍了三四个小时。以为这下总可以了吧？猛探头，可恶的秋阳还是洒在六尺高的纸屏上，火辣辣的。上端还是那个细长的黑影在摇动。”

主人有些急了：“你怎么说来说去都是同一套呀!”

“然后我下了床，拉开纸屏，到了檐廊，吃了一个柿饼子……”

“又吃柿饼子！你这样吃柿饼子，还有没有完呀?”

“我也不耐烦了!”

“听的人比你更不耐烦!”

“先生太性急，故事讲不下去，真愁人!”

“听的人也发愁呢。”东风都开始鸣不平了。

寒月则不慌不忙：“各位既然发愁了，那就没办法。就说个大概结束吧！总之，我吃完柿饼子钻进被窝；钻进被窝又出来吃，终于把吊在屋檐下的柿饼子吃光了。”

“既然全吃光，太阳该落了吧?”

“哪里呀。我吃了最后一个柿饼子，以为差不多了，探出头来一看，依然是可恶的秋阳洒满了六尺高的纸屏……”

“哦，求求你饶命吧！说上一千遍也完不了。”

“连我自己都烦死了。”

这时候迷亭也有些不耐烦了。他说：“如果有那么大恒心，那就没什么事做不成的。你这要是没人阻止的话，说到明天恐怕也还是这么几句：秋日骄阳火辣辣的。那你到底准备几时才买小提琴呢?”

唯有独仙泰然自若坐在那，恐怕就算你讲到明天早晨、后天早晨，管它秋阳是不是火辣辣，也不会为之所动。

这时寒月从容不迫地说：“问我几时去买吗？我想，等到天黑吧，那时就去买下。问题在于：只要探头看，就总是秋日烈焰，火辣辣的……唉，想起当时我那个痛苦，当然不是诸位的焦急可以相提并论的。我一看，吃完了最后一个柿饼子太阳还是不落，就悲从中来了，哭了个泪流满面。东风君，我那可是真感到可悲才落泪的呀！”

“可能吧，艺术家都是多愁善感的。你落泪，我同情。不过你也该快点说完才是！”东风为人就是这样好，又严肃又滑稽。

“我倒非常想说快些。问题是太阳不肯落呀，愁死个人。”

主人终于忍无可忍：“太阳不落，听众也难受，那就结束吧！”

“如果结束，就更难受。眼看就要进入佳境了。”

“那就听！你快点说‘太阳已落’，这不就行了吗？”

“那么，虽然这个要求令人犯难，但既然是先生开口，那就当黑天了吧！”

独仙板着面孔说：“这就对了。”逗得大家哈哈大笑起来。

“天终于黑了。我总算放下心来，起床走出鞍悬村宿舍。我生来不喜欢喧闹，所以特意远离交通便利的市区，在人迹罕见的荒村结草为蜗庐……”

主人抗议起来：“什么‘人迹罕见’，太过分了吧？”

迷亭也抱怨说：“‘蜗庐’，这也太夸张了。还不如说是个‘没有客室的四铺半草席的屋子’逼真。真有点好玩。”

只有东风夸赞说：“具体是什么别去管它，这语言倒蛮有诗意，感觉还好。”

独仙一脸严肃地问：“住在那，上学可够困难，几里路？”

“不过四五百米。原来学校是在乡村的……”

“那么，大多数学生在哪儿住？”独仙不依不饶。

“是啊，一般家庭住一两名学生。”

“那怎么说得上‘人迹罕见’？”独仙当头一棒敲下来。

“唉，没有学校那就杳无人迹……好吧，说起那天夜里我的服装，一件家织布的棉袄，外面套上铜纽扣的学生大衣。我小心翼翼怕被人发现，用大衣领子将头蒙住。正是柿子树落叶时节。从我住的地方走到南乡大街，一路上铺满了树叶。每迈一步都会发出沙沙的声响，这声音真让我胆战心惊呀。觉得身后有人跟着。每次扭头看，都是东岭寺黑沉沉的森林的黑森森的影子。东岭寺是松平氏的家庙，坐落在庚申山山麓，离我的居室百米左右，这座古刹十分幽静。森林的上方，是月明星稀的夜空，天河斜躺在长濑川上，尾巴……对呀，天河的尾巴大概到夏威夷去了……”

“夏威夷？亏你也想得出。”迷亭说。

“我在南乡街的大路上走了二百来米，就转到鹰台街进入了市内，再穿过古城街，拐过仙石街，越过食代街，依次穿过长街的一目、二目、三目，然后穿过尾张街，名古屋街、鲸鉾街、蒲鉾街……”

“要经过这么多街吗？关键是小提琴你买到没有？”主人不耐烦了。

“卖乐器的商店主人是金善，也就是金子善兵卫先生，所以，距买到手还远着呢。”

“远，那你就快些买吧！”

“遵命！于是我来到金善商店一瞧，火油灯亮得火辣辣的……”

这回迷亭预先设防了：“又来了。看来你的火辣辣一两次是说不完的。这可麻烦了！”

寒月说：“哪里，这回的火辣辣，仅仅火辣辣那么一次，请不要太担心。我在灯影里一瞧，只见那小提琴映着秋夜灯火，椭圆形琴腰寒光瑟瑟，只有绷得紧紧的丝弦亮晃晃……”

东风赞美道：“多么美的叙述啊！”

“就是它！就是那把小提琴！就这样我一转念，两腿就开始颤抖，站不稳了。”

“哼！”独仙闷哼一声。

“我闯了进去，从衣袋里掏出钱包，拿出两张五元的票子……”

“买下了？”主人问。

“想买，可且慢，这是关键时刻，一莽撞就要失败的。唉，算了。在关键时刻我又改了主意。”

“还没买？不就是买把小提琴吗，不用这么拖拉吧。”

“也不是拖拉，一直还没买嘛，有什么办法！”

“为什么？”

“为什么？天刚黑，不是还有很多人来来往往嘛。”

主人气哼哼地说：“有二百人、三百人来来往往，跟你又有什么关系？你这人太怪了。”

“如果是一般人，二千、三千也无所谓。可要是挽着袖子、拄着好大文明杖的学生在徘徊，那就轻易下不了手了。更何况其中还有号称‘渣滓党’，永远留级的那些家伙。要论摔跤，没有比他们更厉害的了。这时候我可决不能草率去动小提琴，因为不知会惹出什么麻烦来。我肯定是盼着买下小提琴的。可生命还是最重要的哟！与其拉小提琴被杀，宁愿不拉琴活着。”

主人催道：“没买就收场了？”

“不，买了。”

“你这人真能磨叽！要买就快买，不买就不买，快些决定好了。”

“呵呵，人世间哪有痛痛快快的！”寒月说着镇静地把朝日牌香烟燃着，吞云吐雾起来。

主人真有点烦了，突然站起来去了书房，拿出本不知名的外国旧书，扑通趴在床席上开读。独仙不知什么工夫跑到神龛下一个人下起棋来。

很有趣的故事，这样成了王大妈的裹脚，听众就减少一名，又减少一名，最后只剩下对艺术矢志不渝的东风和从不怕拖拉的迷亭先生。

寒月一阵阵朝着人世间喷长长的烟雾，过了一会儿，才开始又以原有的节奏继续讲起来：

“东风君，当时我是这么想的：夜幕初降，要黑还没黑透，这时候是不行的，但如果是深夜，金善老板也去了梦乡，那就更不行。所以，最佳时机就是学生们散步归去，而金善老板尚未安眠！不然我苦心设计的计划就会化为泡影。要掐准这个时间，可不容易。”

“的确，不容易。”

“我把那个时间设定在晚十点钟左右。那么，十点钟到来前，我就得想法找个地方混光阴。回家一趟再回来？太累。到朋友家去谈谈？心中不安。没办法，我就在街上闲逛。平常两三个小时逛来逛去，不知不觉就过去了。可是那晚上，时间过得真慢。那句话怎么说……‘一日三秋’，大概指的就是这种滋味，我算亲自尝到了。”

寒月绘声绘色，还特意去看一眼迷亭。

迷亭说：“古人有云：暖炉待旧人，谁知相思苦。又说：等待最难熬，玉人不见来。我想吊在店中的小提琴一定急死了。但你像个漫无目标的侦探在街上晃荡，一定比那些小提琴还苦吧，像丧家犬。真的，再也没有比无家可归的狗更可怜的了。”

“把我比作狗，也太刻薄了。从没有人拿我比作狗呢。”

东风安慰寒月说：“听你讲故事，就跟读那些艺术家的传记，有种感同身受呢。至于把你跟狗比，不过是迷亭先生一句玩笑，千万不要在意，还是快讲下去吧！”

其实无论东风安慰不安慰，寒月都是要讲下去的。

“然后，从徒街穿过百骑街、从两替街来到鹰匠街，在县衙门前数了几次枯柳，又在医院外计算了一遍窗灯，再到染房桥上吸了两支烟，这时看表……”

“到十点钟了？”

“遗憾，还不到。我就过了染房桥，沿着河朝东走，看见有三个人在按摩。还有几条狗在汪汪叫，先生！”

“‘秋夜漫漫，岸边听寒犬远吠。’还真有戏剧性，你是逃犯吗？”

“我干过什么坏事吗？”

“那你就是想以后干。”

“可叹！如果买小提琴是干坏事，那所有音乐学校的学生就都是罪人了。”

“只要没人同情，干天大的好事也是个坏事。因此，人世上的‘罪人’可是防不胜防。即使是耶稣活在这样的世界里，也会是罪人。好汉寒月先生如果是在那种地方买小提琴，也就是个罪人。”

“好吧，我服输了，就算是个罪人吧！当个罪人也没什么，可到不了十点钟真够人受。”

迷亭说：“你可以重头把街道名字数一遍，要是时间还多，那就再来几次‘秋日烈焰火辣辣的’之类的吧！还有时间，那就只能吃三打涩柿子饼了！你讲到什么时候我都听着，总会到十点钟吧！”

寒月眯着眼笑了：“你都给我说破了，我还说什么？只好告饶。那就一步跨越好了，就算到了十点钟吧！且说，到了十点，我回到金善商店，正是寒夜时分，就连最繁华的两替街都不见多少人影，对面响起的木屐声听来真凄凉。金善商店已经关了大门。只留下个小角门。我从角门进去，不知怎么总觉得被狗跟上，有点发瘆……”

这时，主人从那本脏书上抬起头来问道：“喂，买小提琴了？”

“就要买了。”东风帮着回答说。

“还没买？时间太长了。”主人像说梦话似的，说完又看起书来。

独仙仍在沉默，半个盘棋已被白黑子儿摆满。

“我一咬牙。闯了进去说：‘卖给我一把小提琴！’火炉旁有四五个小伙计和小崽子在说话。他们不约而同朝我看来。我不由自主抬起右手，下意识把大衣帽子往前一拉，又喊了声：‘喂，卖给我一把小提琴！’坐在最前边盯着我看的那个小伙计有气无力地说：‘呃！’他站起来，将吊在那的三四把小提琴全都拿下来。我问他多少钱，他说：‘五元二角钱一把！’……”

“喂，有那么便宜的小提琴吗？是玩具吧？”

“我问：‘都一个价？’他说：‘呃，全一个价。’他还说质量都很好。我从钱包里掏出一张五元的票子，用准备好的一个包袱皮包起小提琴来。那些店伙计都不吭声，就那样盯着我的脸。我的脸被大衣帽子裹着，他是不可能看清的，但我还是被盯得开始心慌意乱，恨不得马上窜到大街上去，总算把包袱藏在了大衣下，走出了店门，店员们这才一齐大喊：“谢谢光顾！”来到大街上四周一看，还好没人。可我走了一百米，就发现迎面走来几个人，嘴里边走边吟着诗，声音都可以传遍整个市区了。我心想这下子可糟了。就从金善商店的路口往西拐，沿着河边走到药王路，从榛木村到了庚申山麓脚下，好歹回到住处。一看，已经下半夜两点差十分……”

“真是通宵达旦呀。”东风君充满了同情。

迷亭长出口气：“总算买了。可真是长途跋涉，简直就像是下双六棋一样长呀！”

“接下去才是高潮呢！前面这些都是序曲。”

“天，还有呀？一般人都会坚持不住了。”

“如果就这样收场，那岂不是修了佛像却忘了给它开光。我得继续讲完才行！”

“随你吧，反正我听就是。”

“怎么样，苦沙弥先生也听吗？寒月已经买了小提琴，喂，先生！”

主人回答道：“又该卖小提琴了是吧？那就不必听了。”

“还不到卖的时候呢。”

“那就更不值得听。”

“东风君，看来热心听的只有你一个，真有点扫兴！没办法，那就草草讲完算了。”

“干吗要草草？慢慢讲好了，非常有趣！”

“好不容易把小提琴买到手，跟着的难题是没地方放。我宿舍常有人来玩，如果挂起来或是靠在那，立马就会被发现。总不至于去挖个坑埋起来吧。”

“也是。那么是不是藏在天棚里了？”东风说得轻松。

“哪有天棚，那是农户。”

“愁人。那你放在哪儿了？”

“你猜猜呀？”

“猜不出。要不就是放在雨窗的护板里了？”

“不对。”

“裹在被里，放进壁橱？”

“不对。”

就在东风与寒月就小提琴的藏匿处一问一答时，主人和迷亭却正在谈论什么。

“这念什么？”主人在问迷亭。

“哪？”

“这两行。”

“Quid aliud est mulier nisi amiticiae inimica……①喂，这不是拉丁文吗？”

“我当然知道是拉丁文，怎么读？”

迷亭此时感觉到了大势不好，立刻想要逃掉：“你平时不是说会

① 英国作家托马斯·纳西（一五六七——一六〇一）所著《蠢动的分析》中的句子，意为“妻子如果不是友谊的仇敌，又是什么……”

拉丁文吗?”

“当然会。可就是不知道这几行怎么读。”

“‘当然会。可就是不知道这几行怎么读。’真有你的!”

“随你说好了！你用英文翻译一下给我听。”

“‘给我听’？这口气。我成你的勤务兵了。”

“勤务兵就勤务兵！怎么读?”

“唉，拉丁文之类，暂且放下好了，还是聆听寒月的高论吧！现在正到关键时刻，就是会不会被发现的千钧一发之际，是吧，寒月，后来怎样了?”迷亭突然来了兴致，转身去加入“话说小提琴”那一伙了，扔下主人孤零零一个不再管。寒月先生此时气势大振，说起小提琴的藏匿处来。

“是一个旧藤箱里。这个藤箱是我出来读书前，我祖母送给我的，听说是祖母出阁时的嫁妆。”

“这可是件古董，好像跟小提琴不大协调。是吧，东风先生?”

“的确有点不协调。”

“如果放在天棚里，那不是更不协调吗?”寒月回敬了东风一句。

迷亭说：“不协调也没事，可以吟成诗呢：‘寂寞清秋时，提琴箱中收。’如何二位?”

东风说：“今天迷亭先生很会作俳句了!”

“说什么今天！我任何时候都是满腹诗情。提起俳句的造诣，就连已故的正冈子规[①]先生都对我赞不绝口呢!”

“你和子规先生有过交往吗?”坦率的东风君问得可是直截了当。

“呃，就算没有交往，也始终通过无线电报肝胆相照嘛。”

迷亭先生又开始胡扯，东风君可有些烦了，马上不再说话。寒月却笑着说：

“藏小提琴的地方倒是有了，可现在往外拿又成了问题。要是只是背着人拿出来看看，倒也没什么难的。可买了琴不能只是没事了拿出来看看吧？总得拉吧？可只要一拉就会发出琴声，发出琴声了

① 正冈子规（一八六七——一九〇二）：俳人，歌人。本名常现，号獭祭等。因致力于俳句改革，名声大噪。

就会被人听到。要知道南边隔壁就住着几个垃圾党，只隔一道木槿篱笆！”

对此东风深表同情：“那是，真糟糕！”

迷亭则说：“的确糟糕。有史可鉴呀，当年只因发出了声音，小督局①才败露了。如果是‘偷嘴’或‘伪造假币’，那还不难遮掩；然而奏乐，那是瞒不了人的。”

寒月接着说：“是呀，只要不出声总还好说。不过……”

迷亭说：“且慢，什么不出声……有时候不出声也瞒不住。还记得以前我们在小石川的庙里自己起伙时，有个叫铃木藤的，此公非常喜欢喝白酒。他用啤酒瓶子装买来的白酒，在那美滋滋自斟自饮。有天出去散步，被苦沙弥偷喝了一口……”

主人突然大声说：“我什么时候偷过铃木的白酒？偷酒喝的不是你吗？”

“噢，我以为你在看书。胡诌下没事。被你听见了。你这人，不防着点不行啊。所谓‘眼观六路，耳听八方’，指的就是你。不假，我也偷喝了。但发现酒的是你。你们两位听着！苦沙弥先生本来不会喝酒。但他觉得是别人的酒，不喝白不喝，就痛饮一气，呵，所以就满脸通红。哎呀呀，那样子真不忍再看他一眼……”

“住口！连拉丁文都不会还……”

“哈哈哈……后来藤先生回来发现少了一大半，他说一定是有人喝了。四周一看，见这位‘大老爷’蜷缩在墙角，活像用红土捏成的泥像……”

三人不由哄堂大笑。主人边看书也边咯咯笑了。只有那个独仙，可能是用脑过度，伏在棋盘上不知什么时候已经酣然入梦。

迷亭又说：“不出声也被发现过。记得从前去姥子温泉，和一位老头住在一起。据说他是东京一家布匹商店的退休老板。反正是同宿，管他是布匹商还是估衣商。只是有件事伤脑筋。因为到姥子温

① 小督局：日本第八十代天皇——高仓天皇的爱妃，善弹筝。皇后之兄平清盛妒恨她，将她藏于嵯峨野。源仲国奉御旨，凭《思夫叹》的琴音发现小督局，遂带回。后为平清盛所捕，削发为尼。故事见《平家物语》谣曲《小督》。

泉后第三天，我的烟抽光了。诸位大概也都清楚，那个姥子温泉是山里的一幢房，出来进去很不方便，除了洗澡、吃饭，什么也没有卖的。在那断了烟，可就遭罪了。缺什么想什么。我刚刚想到没烟了，就突然非常想吸。其实平日也没多大烟瘾。可恨的是，那老头来时带了一大包烟叶，当时他拿出烟来，盘腿大坐津津有味在那吸，就像在问我：'想吸一口吗？'他光吸还好，后来居然吐起烟圈，竖着吐，横着吐，甚至躺在枕上侧过脸来吐；像变戏法似的从鼻孔吸入鼻孔，再从那孔里喷出来。真'显吸'呀！"

"'显'什么？"

"炫耀服装家具叫'显摆'，那炫耀吸烟，就叫'显吸'了。"

"唉，你这样煞费苦心，干吗不求人家给你一点儿？"

"不能要。我可是个男子汉大丈夫。"

"哟，男子汉大丈夫就不能开口要？"

"也许能。但我没要。"

"那怎么办？"

"我偷呀！"

"哎呀呀！"

"老头儿吸完烟，拎着条毛巾出去洗澡了，我就想：要吸，就趁现在！我就拿起老头的烟袋，装上烟叶大口猛吸起来。真过瘾。不大一会儿，纸屏哗一声开了。我回头一看，来者正是烟的主人。"

寒月问："他没去洗澡？"

"他刚想洗，忽然想起忘了钱褡子，从走廊折了回来。谁稀罕偷他的钱褡子？首先，这是对我的冒犯！"

寒月说："看你还有什么好说的？"

"哈哈哈，那老头儿真有眼力，钱褡子的事暂且不提。单说他拉开纸屏一看，我已断烟两天，而现在那浓浓的烟雾却弥漫在整个房间。常言道：'坏事传千里！'一下子事情败露了。"

"老头儿说什么了？"

"到底是年高德劭呀！他什么也没说，把用白纸卷好了的五六十支烟递给我：'对不起，如果这劣质的粗烟您不嫌弃，就请吸吧！'说完，他就去了浴池。"

“这就是所谓的‘江户风趣’?”

“谁知道是‘江户风趣’还是‘布匹商风趣’，总之，从此我和老头儿肝胆相照，逗留两个星期回来。非常愉快。”

“这两个星期，烟卷都是老头儿请客?”

“大致如此。”

主人终于合上书，边起身边求饶说：“小提琴完事了?”

寒月说：“还没呢。接下去才是故事高潮，你就也听听吧！顺便说一句，棋盘上睡大觉的那位叫什么来着？对了，独仙先生……独仙先生也请听听吧！你那种睡法对身体有害。叫醒他好吗?”

迷亭转头去喊一声：“喂，独仙兄，起来，起来了！马上到了故事最有趣的地方。起来吧！人家说你那种睡法对身体有害！说您太太会担心的。”

“什么?”独仙一下子就抬起头来，口涎顺着他山羊胡流出，长长一串挂在那，像蜗牛爬过的地方，闪着光。“啊，真困呀！‘山上白云闲，恰似我偷眠’，睡得好香!”

“你睡了，这已经公认。现在快起来如何?”

“好吧！有什么趣闻吗?”

“紧接着就要把小提琴……怎么回事？苦沙弥兄!”

“怎么回事？丈二和尚摸不着头脑。”

东风：“马上就该拉琴了。”

迷亭：“马上就要拉琴了。到这儿来，你听呀!”

独仙：“还是那个小提琴？真受不了!”

迷亭：“你拉‘无弦之素琴’的人没什么受不了。寒月兄只怕要拉吱吱呀呀，左邻右舍才受不了呢。”

独仙：“寒月兄不懂操琴不惊邻的方法吗?”

寒月：“不懂。如果有这样的方法倒要请教。”

“不必请教！只要看一眼圣地白牛[1]，就立见分晓。”独仙越说越玄乎。寒月终于断定这是独仙睡得糊里糊涂信口胡扯，也就不再

---

① 圣地白牛：见日本的《碧岩录》，已进入清净境界的无垢白牛，形容佛门圣洁。

理他，接着说：

“好歹我想出了个妙计。第二天是天长节，从早到晚我都在家，就把那个藤箱开了关，关了开，一整天在心慌意乱中度过。终于等到天黑。当蟋蟀开始在藤箱下鸣叫时，我把心一横，拿出小提琴和琴弓来。”

“总算露面了。”东风说。迷亭立刻警告说：

“率性操琴，有危险哟！”

“我先拿起琴弓，从弓尖到弓把检查一遍……”

迷亭开始讥讽了：“那不会是劣等品吧？”

寒月也不理他，自顾自说：“当想到这便是我的灵魂时，心情像武士在深夜灯影下拔出锋利的宝剑仔细看。我握琴弓的手瑟瑟发抖。”

“真是个天才！”东风发出感叹。迷亭说：“真是个疯子！”而主人显然有些不耐烦了：“快拉琴吧！”只有独仙一副无所谓的样子。

“谢天谢地，琴弓还好。接着我把小提琴也拿到油灯旁，里里外外全面检查一遍。整个过程大约五分钟。记住：藤箱下那只蟋蟀一直在叫……”

迷亭：“都替你记着呢，你就放心拉好了。”

“我还没有拉。幸亏小提琴完整无缺。一颗心落在肚子了。我猛然站起……”

“要去哪？”迷亭问。

“闭上你的嘴，光用耳朵！你这样句句打岔我没法讲……”

迷亭对大家喊：“喂，列位！叫你们闭上嘴！嘘——嘘——”

“多嘴的只你一个！”

“对不起。这就洗耳恭听，洗耳恭听！”

“我把小提琴挟在腋下，穿着草鞋走出草门二三步。呃，慢点……”

“嗬，总算出去了。说不定又是什么地方停电了吧？”

主人补充一句：“回去也没有柿饼子了。”

“各位七嘴八舌的，实在憾甚，憾甚。我只好对东风一个人讲了……好吧，东风。我迈了两三步，又折了回去，把离开家乡时花三元两角钱买的红毛巾蒙在头上，吹灭了油灯。唉，我对你说呀，眼前漆黑。连草鞋在哪都看不见了。”

“你到底想去哪？”主人问。

“你听着就是！好容易找到草鞋，出去一看，正是：‘月夜星空柿叶落；红头巾下，抱着一把小提琴。’向右，向右！沿着坡路登上庚申山。这时，东岭寺的钟声沿着我的头巾，通过我的耳鼓，响彻我的头颅。你猜什么时间？”

“不知道！”

“九点。那之后，我在漫漫的黑夜里独自走了八百多米山路，登上大平岭。我本来胆小，换个时候一定会被吓昏。但在精神高度集中时，却一点都不感到害怕。真是神奇。当时我心里压根儿不怕，想的只有一件事——要拉小提琴。大平岭位于庚申山的南边。好天气里登高远望，透过红松林俯瞰山下的城市，十分壮观。那上面是约六十丈见方的一块平台，中间有一块石板，大约八张席大。北侧是叫作‘鹅沼’的那片池塘，池塘周围全都是三人才能抱住的巨大樟树。山上有一间采樟脑人的小屋。池塘周围一带再无人迹，大白天都很难走进去。后来军队的工兵为演习开辟了一条路，爬起来还不是很吃力。我来到那块大石板上，铺好带上去的毯子坐下。这么晚到山上还是第一次。我坐在石板上，等稍微恢复后，无边的寂静就开始侵入。强烈的恐惧抓住了我的身心，我开始紧张。要不是因为这种恐惧，夜里的山上空灵洁净，空气格外清冽。我在那块石头上呆呆坐了有二十多分钟，慢慢恐惧感减轻了，又开始感觉到孤独。我迷失了自己，神魄简直像是用凉粉做成的，冰凉透明。我已经不清楚究竟是在水晶宫里？还是水晶宫在我心中……”

“越说越离奇了！”迷亭的奚落这时也有点勉强，独仙则被深深打动了：

“进入到了玄妙佳境呢！”

寒月接着说：“要是这种状态持续下去，说不定到第二天早晨，也拉不成小提琴，会在那块石头上打坐入定了的……”

东风问：“那有狐狸吗？”

“在这种情况下，我分不清东南西北，连死活都不清楚。就在这时，突然听到身后鹈沼传来一声尖叫……”

“终于冒出来了！”

“那叫声传得很远，伴着强劲的秋风掠过山林，在空山中回荡。我这才突然被惊醒……”

迷亭装神弄鬼地抚摸自己的胸口：“一块石头总算落地了！”

独仙挤眉弄眼地说：“这叫‘心神一死天地新’啊！”

寒月又说：“后来，我四周一看，庚申山静悄悄的！连一滴雨滴滴落的声音都没有。唉，我在想：刚才那是什么声音呢？要是人声那也太凄厉了点；说是鸟叫吧，又太高亢；猿猴在啼……那一带哪有猿猴。到底是什么声音呢？我脑子里疑虑重重起来，想解开这个谜。于是，本来还算安静的脑细胞熙熙攘攘，开始在脑瓜里翻腾，就像当年京城欢迎英国康诺特爵士[①]一样疯狂和混乱。不一会儿，我全身毛孔就像多毛的腿上喷了烧酒，毛孔中那些什么勇气、胆量、智谋等等贵客，统统跑掉了，剩下颗心在肋骨下跳起捏鼻舞。[②] 两条腿像风筝上带着的响笛样抖动。真是吃不消了！我就把毛毯朝头上一蒙，小提琴挟在腋下，糊里糊涂从磐石上跳下去，沿着崎岖小路向山下一溜烟跑了下去。回到住处蒙头大睡。不过东风君呀，今天回忆起来，可没那么叫人毛骨悚然了。”

“后来呢？”

“到此结束！”

“没拉小提琴吗？”

“不是嘎地惨叫一声吗？想拉也拉不成呀！是你也拉不成的。”

“总觉得你这个故事讲得不够过瘾。”

“随便你怎么‘觉得’，事实如此！怎么样各位！”寒月巡视全场，神气十足。

“哈哈，你真有两下子！把故事编到这么个程度，煞费苦心了

---

① 康诺特爵士：英国贵族，明治三十九年英国国王派他到日本赠给日本天皇勋章。

② 捏鼻舞：明治初期一种民间舞蹈。用手捏住鼻子，假装扔掉。

吧？我还以为是男桑德拉·贝罗尼①在东方的君子国出场了呢，因此一直都在虔诚地洗耳恭听！”迷亭以为会有人要求他解释一下桑德拉·贝罗尼，但大家什么也没有问，他只好主动做讲解。“桑德拉·贝罗尼在月下弹竖琴，在森林中唱意大利小夜曲。这和你抱着小提琴登上庚申山，简直‘异曲同工’！遗憾的是，人家惊了月中嫦娥，老兄你却被鹈沼中的怪物吓傻。这真是：在人生的紧要处，展现出了崇高与滑稽的区别。一定很遗憾的吧。”

寒月却意外冷静：“也没什么遗憾。”

接下去，主人开始做严肃的评说：“本来你想到山上去拉小提琴，这太洋气了，因此才吓唬你了！”

独仙叹息道：“好人竟在魔窟里鬼混！可惜呀！”

独仙说的所有的话，寒月一句也不懂。不仅寒月，恐怕没人能懂！

大家沉默了会儿，迷亭话锋一转说：“这事就这样吧！你近来还到学校去磨玻璃球？”

“不，前不久我因归乡省亲，暂时停下来了。我已经有点厌倦磨玻璃球了。我正在想是不是算了。”

“可你不磨玻璃球，就当不上博士呀！”主人一皱眉。

寒月自己却意外轻松：“博士嘛，嘿嘿……当不成也无妨吧。”

“但拖延婚期，双方都要烦恼吧？”

“结婚？谁？”

“你呀。”

“我和谁结婚？”

“和金田小姐呀！”

“咦？”

“咦什么？不是约定了吗？”

“约定个毬！把这事到处宣扬的是对方，那是他们的自由。”

主人说：“这也太胡闹了。迷亭君，那事你也知道吧？”

---

① 桑德拉·贝罗尼：英国小说家乔治·梅瑞狄斯（一八二八——一九〇九）同名小说中的女主人公。

“那事是指‘鼻子’夫人吗？如果是，那就不只你我知道，已经是天下皆知的秘密了。现在总会有人没完没了问我这事：什么时候能在《万朝报》等报刊上，看到‘新郎、新娘’的照片呀？东风君早在三个月前就写好了长篇大作《鸳鸯歌》。就因为寒月还没当上博士，一直担心呕心沥血的杰作会黄金变粪土。东风君是吧？”

东风回答说：“还不到担心的地步吧？反正希望这篇洋溢着情思的作品能公之于世呀。”

迷亭说：“看到了吧！你能不能当上博士，已经波及到了四面八方，就加把劲儿，去磨玻璃球吧！”

寒月说：“嘿嘿。承蒙操心了，对不起，这博士当不当我已无所谓了。”

“为什么？”

“为什么？就因为我有了明媒正娶的老婆。”

“这招厉害！你什么时候秘密结婚的？这可含糊不得！苦沙弥兄，你也听见了，寒月君说他已经有老婆了。”

寒月说：“还没有孩子呢！结婚不到一个月就生孩子，那就成问题了。”

主人一下子变成了预审的法官：“到底何时、何地结婚的？”

“何时？我回家乡的时候，她一直就在我家等着我呢。今天这木松鱼，就是婚礼上亲友们送的。”

“只送三条鱼干贺喜？够吝啬的！”迷亭嘲讽道。

“哪呀！是从一大堆里拿了三条。”

“这个在家乡等你的姑娘，脸也是漆黑的？”

“是呀，漆黑漆黑，和我很般配。”

“那对金田家你打算怎么办？”

“不怎么办。”

“这可有点儿说不过去。是吧，迷亭兄！”

“没什么。嫁给别人也一样。反正夫妻不过是摸黑撞头罢了。本来就不用摸黑撞的，偏要瞎撞，那就是多此一举。既然是多此一举，管他谁和谁撞都无所谓。只是可怜了作《鸳鸯歌》的东风君了！”

“这个鸳鸯歌吗，转让给我也行啊！等金田小姐结婚时，我再另写一首就是。”

“不愧是诗人，真是随性大度。”

主人还惦记着那边金田小姐：“回绝了金田家了吗?”

“没有。没有这个必要。我又没向对方求过婚，都没表示过，所以，不作声就行……真的，不作声最好。现在就有十几二十名密探在盯着，我们说的会一字不漏全去告密了。”

听见密探二字，主人的脸一下子板起：“哼！那就住口！”

主人看上去对此耿耿于怀，针对密探大发一通了议论：

“乘人不备，探囊取物者是小偷。乘人不备，窃人心曲者那是密探；神不知鬼不觉，撬门开窗拿走他人物件的是盗贼。神不知鬼不觉，诱人失言以窥人心境者是密探；把刀插在席上，勒索豪夺他人钱财的是强盗；罗织言辞恐吓强奸他人意志的，还是密探。所以这密探、小偷、盗贼、强盗本来就是一家，都一样顶风也能臭出四十里地。你要是顺从他们的，那就是在纵容他们。对这类东西决不能低头服软。”

“没事，就算有一两千个密探在上风头列队进攻，也没什么好怕的。我可是磨玻璃球的著名理学士水岛寒月哟！”

“实在佩服！到底是新婚的学士，真个是龙虎精神！但苦沙弥兄呀，既然密探和小偷、盗贼、强盗都是一伙，那雇用密探的金田家是和什么人一伙呢！”迷亭说。

“那就是熊坂长范之流吧！”

“比作熊坂，实在是绝妙。有句戏词①不是这样唱的吗：‘怎的一个长范，却成了两个，原来是身首异处。’靠放阎王债起家，贪得无厌，物欲横流，活一千年也不会毙命的，说的就是胡同对过那个‘长范’。叫那些家伙盯上可是一辈子要倒霉的。寒月，可要当心！”

寒月神情自若，学着‘宝生派’② 的腔调豪气冲天地说：

“担的什么忧呀？戏词中不是唱到‘哎呀呀，你这胆大包天凶恶的强盗！老子的刀法谅你早已知晓。如此还胆敢破门而入，管叫你

---

① 戏词：日本谣曲《乌帽子折》的最后一句唱词。

② 宝生派：日本能乐唱腔五派之一。

有来无回！'"

独仙毕竟是独仙，他提出了个跟眼下不联系的问题：

"提起密探，二十世纪的人，大多数似乎都有成为密探的倾向。这是什么原因呢？"

寒月说："是物价上涨吧？"

东风说："不懂艺术吧？"

迷亭说："是人长了文明角，像芝麻糖似的，疙疙瘩瘩的。"

轮到主人，他装腔作势发出一通议论来：

"关于这一点，我曾苦思冥想很久。依我所见，现代人的密探倾向，都是因为个人自我意识太强。我这里所说的自我意识，绝不是独仙君所谓的'见性成佛''浑然与天地一体'等等顿悟……"

"哎呀，越说越玄了。苦沙弥兄，连你都巧舌如簧讲一套套大理论，在下迷亭我也就冒昧了，要来对现代文明的种种弊端，开诚布公议论一番了！"

主人说："那就请便了。你还能说出些什么！"

"有，有很多。还记得苦沙弥兄你前几天对刑警唯唯诺诺，今天又把密探比作小偷和盗贼，这简直就前恭后倨，太善变了。至于我嘛，还没出娘胎开始就一贯如此，从来没有改变过自己的观点。"

主人说："刑警是刑警，密探是密探；前几天是前几天，今天是今天。不改变自己的观点，那是你顽固不化的铁证。《论语》中有：'下愚不可移[1]'指的就是你。"

"厉害！要是密探也能像你这样正面进攻，倒还有可爱之处。"

"我是密探？"

"就是说你不是密探，我才觉得你坦率得让人爱。好了，好了，不吵了，你接着发表你的宏论吧！"

"所谓现代人的自我意识，指的是对人与人之间的利益冲突了解得太过清晰。并且，个人的这种自我意识随着文明发展，日渐变得更敏锐起来，最终连一举手、一投足都要失去天真与自然。西方有

---

① 下愚不可移：《论语·阳货篇》："子曰，唯上智与下愚不可移。"

个人叫亨利①，他批评史蒂文森说：‘他走进悬挂着玻璃镜的房间，每当从镜前走过，如不照一下自己的身影就会难受。他就是这样一个瞬间都不能忘记自我的人。’这话生动描绘了今日世界的面貌。睡着了不忘我，醒着不忘我，一个我字如影随形，使得举止言行矫揉造作，简直就是在作茧自缚，满世界都是辛酸，人就像初次见面的男女面对面那时的忐忑不安、紧张的心情熬自己的白天黑夜。不要提什么‘悠然自得’‘从容不迫’，都是徒有其名，毫无意义。由这点看来，现代人全都密探化，盗贼化了。密探需要掩人耳目，干的就是不能见人的勾当，依靠的就是这个人意识。而盗贼，时时刻刻担心着被看破，被抓住，本来就是一个人干的营生，没有强大的个人意识根本不可能。现代人不论是睡醒了还是在梦中，都在想着自己的利益，对任何事、任何人都会盘算一下对自己的利弊，自然就会拥有跟那些密探和盗贼一样强的个人意识。整天算计着别人也防备着被人算计，无时无刻不是在如履薄冰，直到进入坟墓才得以安心。这就是现代人，就是文明发出的诅咒。简直愚蠢透顶！”

“这说法很有趣。”碰上这样问题，独仙是不会自甘落后的。“苦沙弥兄的分析深得我意。古人是要人们忘我，今天的教育却是要人们不要忘我，彻底地颠倒了过来。这样的结果就是一个人的一天二十四小时，全被我字占满。因此没有片刻安宁，到处都是水深火热的地狱。要问治这病的良药是什么？没有比‘忘我’更有效的了。正所谓‘三更月下入无何’②，说的就是这种境界。而今即使是对人亲热，也要有太多形式的东西。连英国人引以为荣的所谓‘教养’，也是个人意识的产物。听说英国国王去印度访问时，曾和印度的皇族同席共餐。那些皇族拿出本国吃法，将手伸到盘子里去抓马铃薯吃。后来他们想到了国王的在场，于是脸红起来，感到羞愧。而英王却佯装不知，也用手去盘子里抓马铃薯吃……”

寒月问道：“这就是英国教养吗？”

---

① 亨利（一八四九——一九〇三）：英国诗人，批评家。一条腿。史蒂文森小说《金银岛》的主人公，就是以他为模特的。

② 三更月下入无何：中国禅僧偃溪广闻的诗句：三更月下入无何。无何，即乌有乡，意为无心心境。

“我听过这样一个故事，”主人补充说，“也是英国人的。说是有一个大兵营，一些团部士官宴请一名下士。用餐结束后，送上来装着水的玻璃瓶洗指水。那名下士拿过去就嘴对嘴喝干了瓶中水。于是，团长边祝福下士身体健康，边将洗指盆里的水一饮而尽。据说其他的士官也都争先恐后举起洗指盆祝福下士官。”

“还有这样的笑话呢。”不甘寂寞的迷亭说：“据说卡莱尔是个不懂宫廷礼节的怪人，他第一次谒见英国女王时，突然问：‘可以吗?’就一屁股坐在了椅子上。站在女王身后的侍从和宫女都偷偷笑了起来。不对，应该是禁不住笑了。于是女王回头对身后的人们示意一下，侍从和宫女马上也都在椅子上坐下，就这样保住了卡莱尔的面子。想不到连女王也这样细心！”

寒月对此做了简评：“既然是卡莱尔，就算众人都垂手而立，说不定他也会不以为意。”

“谅解与体贴他人的确值得钦佩。”独仙说，“不过，正因为是以自我为中心，这样的谅解与体贴也会很费劲。想想就可怜！人们都说：随着文明进步，杀戮就会消失，人与人的交往就会变得宽容，可这却是大错而特错。自我意识过强了，怎么可能相安无事？不错，从表面看，的确是和平安定了，然而，相互之间却无法沟通。这大概像摔跤人在擂台上扭在一起，都无法动那样吧？从旁看来，是平静了，但实际上，双方的内心难道不是在拼命跟对手较劲吗?”

迷亭不甘人后，他接过话头：“就说打架吧！从前打架是以暴力进行对抗，反而算是公平的；如今变成靠计谋取巧，这也是因为个人意识增强了的缘故。培根说过：‘顺从自然的力量，才能战胜自然。’如今的人正是在遵循着培根，这可有点怪，这就像是柔道，以彼之力还诸彼身……”

“水力发电就是这样。借水流动的力量，转换为电力……”独仙立刻打断寒月：

“所以呀，‘贫穷时为贫所困，富有了为财所缚，忧愁就像一张网，欢喜就像一根绊索。’才子死于才，智者败于智。像苦沙弥这样脾气暴躁的人，只要引起你的暴躁，你就会窜出去，掉入他人的陷阱中……”

“对呀，对呀!”迷亭拍手称快，苦沙弥先生则笑嘻嘻地回答说：“不过，也不是那么容易就能得逞吧?”全场人一同大笑起来。

迷亭问：“不过，像金田老板那种人，会因何而亡呢?”

独仙回答道：“老婆因鼻子而死，老板因罪孽而丧生，喽啰们因做密探而亡。”

“那小姐呢?”

“小姐我没见过，无从说起……不过，不外乎是被捂死，被撑死吧！总不至于恋爱死。弄不好会像卒塔婆小町那样死于路旁哩。”

“那可惨了。”东风因为为金田小姐献过新诗，马上提出抗议。

独仙一副众人皆醉我独醒的样子说：“所以，‘应无所住而生其心’这句话很了不起。不能到这境界，人就会苦不堪言!”

“你别神气！像你这号人，说不定在电光影里两脚朝天一命呜呼呢。”迷亭讥讽说。

主人说：“总之，在文明日益昌盛的今天，我活腻了。”

迷亭马上点破：“那就死吧！不用客气。”

主人蛮不讲理起来：“我可更不想死呢。”

寒月来了一句冷冰冰的格言：“生时，无人深思熟虑而后生；临死时，却无人不烦恼将死。”

也只有迷亭能应对这种玄机妙语：“这就像借钱时先把钱借到手再说，到了要还钱了就心疼起钱来。”

“如同借债不想还钱的人才幸福，同样，视死如归的人也是幸福的。”独仙还是一副飘飘欲仙的模样。

迷亭说：“照你这么说，那岂不是厚颜无耻就是悟道了?”

独仙回答说：“是呀！这就是禅语所谓：‘铁牛面者铁牛心；牛铁面者牛铁心。’”

迷亭反唇相讥：“这样看来，你就是这号人的标本了?”

“那也不能这样说。不过，以死为苦，这是人类发明了‘神经衰弱’以后的事。”

“还真是。像你这种人，怎么看都像是神经衰弱症出现前的遗民。”

两人你一言我一语，互不相让说些莫名其妙的话。这时，主人却在对寒月和东风继续抨击文明。

“怎样才能借钱不还，这是个问题！”

“不成问题。借钱非还不可。”

“喂，讨论嘛，你先听着。正如怎样才能借钱不还一样，怎样才能长生不死也是个问题，不对，早就是个问题了。最初发明炼金术，就是为了这个。可所有的炼金术都失败了。不管怎样人总是要死的。这可是很清楚了的。”

“远在发明炼金术前，这点就太清楚了。”

“喂喂，在讨论呢，你就别打岔，听着懂吗？当明确了死不可避免后，第二个问题又出现了。”

“什么问题？”

“既然非死不可，那如何才算好死呢？这就是第二个问题。‘自杀俱乐部’，也就应运而生了。”

“还真是。”

“死，是痛苦的，但死都死不成，就加倍痛苦。神经衰弱的国民活着比死更痛苦，因此，才会为了死而受苦。不是怕死才以死为苦，而是为不知道怎样死而痛苦。一般人智力不足，只能在听天由命的过程中遭社会的杀戮。有点个性的人，不满足于被社会零敲碎打的慢性杀，就会对死亡方式进行种种理性探讨，然后拿出各自的方案来。由此而见，世界发展的趋势，就是自杀者的不断增多，而且每个自杀者都无不是以个性化的方式自杀。”

“真够热闹的。”

“一定会的。亨利·阿瑟·琼斯①在他的剧本里，就有一个一贯宣扬自杀哲学的哲学家……”

“他自己自杀了吗？”

“遗憾得很，没有。不过，再过一千年，人类一定都会全采取自杀方式的。一万年后，提到死，人们就会不记得除了自杀，还有别的死的方式。”

---

① 亨利·阿瑟·琼斯（一八五一——一九二九）：英国戏剧家。作品有《马尔加及其失去的天使》《说谎者》等。

“那还得了！”

“会的，一定会。这样一来，就会产生出大量有关自杀的研究成果，自杀研究就会成为一门科学。像落云馆这样的中学，就会用自杀学来代替伦理学。”

“妙！我都忍不住想去旁听了！迷亭先生，你听到苦沙弥先生的高论了吗？”

“听到了。到那时，落云馆的伦理学教师这样讲：‘诸君，公德已经是野蛮的习俗，不许再墨守。作为新的世界青年，诸君的首要义务是自杀。己所欲者，必施于人。为了增大自杀的效率，还需要施行杀人。尤其是那个又穷又酸又臭又硬的苦沙弥先生，既然他活得痛苦，那就要争取早一天杀了他，这也是诸君的义务。诚然，如今是开明时代了，自然不能再用舞刀弄枪或飞箭投矢等卑鄙手段，只能用高尚的讽刺技巧开开玩笑而置他于死地，这既为他积德，也是诸君的荣誉。’……”

“讲演太动人了。”

“还有比这更动人的呢。现代警察是以保护人民的生命财产为首要目的。但将来有一天，巡警就会抡起打狗的棍棒，到处扑杀天下公民……”

“为什么？”

“为什么？令人珍惜生命，所以靠警察来保护；到那时，因为国民都活得痛不欲生，自然作为警察，就有义务予以扑杀。当然，那些心眼灵活的大多都自杀了；需要警察动手的都是些优柔寡断的、缺乏自杀能力的白痴、残废。并且那些自愿被扑杀的人都会在自家门口贴一张纸条。上书：‘有男（或女）自愿被杀’，等警察巡逻到此看见了，就会立刻加以执行。至于尸身？由巡警车拉走好了。还有更有趣的……”

东风显然激动了起来：“先生笑谈起来就没个完呀！”

独仙又开始捻他那缕山羊胡，不紧不慢地分辩道：“笑谈吗，也算是笑谈；不过说是预言，也许就是预言。不彻底掌握真理的人，总是被眼前的现象所困，以为这泡沫般的梦幻是永恒；只要有人说得超脱些，立刻被当作是笑谈。”

寒月肃然起敬："是不是'燕雀安知鸿鹄之志'？"

"正是如此。"独仙接着说，"从前西班牙有个地方叫作柯尔道巴……"

"今天还在吗？"

"也许在。不管它的在不在好了！那里的风俗是，只要寺院一敲响晚钟，家家户户的女人都要出去跳进河里游泳……①"

"冬天也游？"

"这个不是很清楚。总之，不分老少尊卑都要跳进河里。但男人不参加，只是远远地看。但见那暮色苍茫的海面上，一片白花花的肉体在跃动……"

听到裸体，东风赶忙往前挪动身子。

"真是富于诗意呀！可以写成一首新诗呢！那是什么地方？"

"柯尔道巴呀！那里的小伙子不能和女人一起游泳，可又不许看女人们的身体。所以那里的小伙子们都觉遗憾，就想出一个点子来……"

迷亭一听玩笑就非常高兴："什么花样？"

"他们行贿寺院里的敲钟人，提前一个小时敲钟。女人们都很傻，不知道提前了，就会相互说着：'钟响了'，聚集到岸边，只穿着小背心、短裤衩，扑通往水里跳。水倒是跳进去了，但天还没黑。"

"又是'秋日骄阳火辣辣'？"

"她们往桥上一看，发现男人们正站在桥上往下看。一时间又羞又躁，但也没办法。"

"这……"

"这就是在说，人只会受制于成见，而忘了成见的初衷。不当心些可不行！"

迷亭听了，大为感触："听先生一席话，受益匪浅。关于受成见所惑，我也有个故事，讲一讲？好吧，最近读某某刊物，有篇小说写了这样一个骗子。这样说吧，假设我开了个书画古董店。店内陈

① 见法国作家梅里美的小说《卡门》第二章。

列了很多大家的书画、名人的遗物。全是不折不扣的上品真货。既然是上品，自然要卖高价。这时候有一个顾客走进来问：‘元信[1]的这幅画多少钱？’我说‘标价六百元，那就六百元吧！’顾客说：‘买倒是想买，只是手头没带那么多钱，真遗憾。’”

“你肯定他是这么说的吗？”也只有主人这家伙会这样迂腐了。

“这可是小说，我说什么你就听什么。那时我就说：‘钱算什么。如果中意，您就请拿去好了！’顾客说：‘这怎么行？’他有些犹豫。我十分慷慨：‘那就按月付款吧！这样可以少些压力，反正今后您就是我们的主顾……您不用客气。每月付十元怎么样？如果不便，每月付五元也行。’后来我和顾客磋商的结果是，以六百元的价格将狩野元信那一幅画卖给他，分期付款，每月十元。”

“简直像读《泰晤士百科全书》。”寒月说。

“《泰晤士百科全书》很精确，而我说的可不确切。以下骗局就要展开了。你别打岔，好好听着！六百元，每月十元，你算算，要多少年才能还清？寒月！”

“五年吧？”

“当然是五年。不过，独仙君，你认为五年是长还是短？”

“一梦千年，千年一梦。又短又长啊。”

“说些什么乱七八糟的？是道歌吗？那也是缺乏常识的道歌。五年中每月付十元，对方一共要付六十期。这里就出现了一个可怕的习惯问题。假如同一件事月月都要做，重复六十次，那么第六十一次、第六十二次也还会想着要做了。以此类推，六十二次，六十三次……重复的次数越多，就会养成到期付款十元的习惯。人看似聪明。但有个很大的弱点，就是受习惯的制约，一旦习以为常了，就会忘了初衷。这个骗局就是在利用人的这种弱点，我将无数次月月得到十元钱。”

“哈哈，总不至于如此健忘吧？”

寒月一笑，主人有点严肃地说：

---

① 元信（一四七六——一五五九）：狩野元信，日本室町时代的大画家，在水墨画的基础上注入了浓彩技法，集新风之大成。

“唉，那种事真的就有。我就是不算账，月月寄款偿还读大学时欠下的债，还是对方最后拒收了。”也只有主人这样的人，才会把自己的丑事拿出来张扬。

“看，实例在此了，看来我讲的一点都没错！所以，笑我刚才说的‘未来文明记’是玩笑的人，正是这类六十次的分月付款会用毕生去付的家伙们。尤其是寒月、东风这类缺乏社会经验的青年，必须牢记我说的，以免上当受骗！”

“记下了。以后分月付款一定不超过六十次。”

“寒月君，这话听起来像是玩笑，实际上发人深省呢！”

独仙对寒月说：“比如现在苦沙弥兄或是迷亭兄给你忠告：‘你擅自和别人结婚，有欠稳妥，快到金田家去请罪！’不知你会如何想？去请罪吗？”

寒月回答说：“请什么罪呀！要是对方向我赔礼，那另当别论。”

独仙又问：“假如是警察要你去请罪，怎么办？”

“那就更对不起了！”

“如果是大臣、贵族命令呢？”

“那就加倍地恕难从命。”

“看！人发生了多大的变化！过去是一个权力可以为所欲为的时代；而现代则是一个即使是皇家也不能想干什么就干什么的时代。在今天这样一个时代里，管他是殿下还是将军，都不可能随心所欲凌驾于他人之上。这样说吧，如今，压迫者的压迫越大，被压迫者就越要反抗。因此今天才会出现了这样的新气象：正因为权势显赫，才落得个无可奈何。要是让过去的人来到今天，几乎不敢相信那些过去不可能的事情，今天竟然能畅通无阻。真是世事多变！迷亭君的《未来记》说是笑谈，倒也算是笑谈；但说它有所启示，难道不正是对未来的启示吗？”

迷亭说：“既然有知音，那我就把《未来记》的续篇讲下去。如独仙所说，在今日世界，如果还有人还指望着靠权势耀武扬威，仗着二三百条竹枪就想横行霸道，简直就像是坐上轿子和火车赛跑的冥顽不化的时代落伍者。例如放阎王债的长范先生！对这种人，静观其变也就是了……

“不过，我的《未来记》关注的绝非一时权宜之计，而是与人类命运攸关的社会大问题。看看如今的文明趋势，再看看未来的发展趋势，就会知道结婚将成为不可能。诸位不要惊慌！我说‘结婚将成为不可能’，有如下理由：如上所述，今天的世界是一个以个性为核心的世界。从前家长是一家之长，郡守是一郡之首，领主是一国之主；那时，除此之外，其他的人们几乎毫无自己的人格。就算有，也不被承认。今天不同了，今天的人都知道自己是有个性的，个个内心都存在这样的理念：‘你是你，我是我！’如果二人路上相遇，会各自在内心想着：‘你小子是人，我也是人！’然后傲然擦肩而过。可见个性已经强化到了何种程度。

“但个性意识的加强，某种程度实际上也是个性的普遍减弱。别人不再能轻易伤害于我，从这个角度来看，个人的权利的确增强了。但同时对他人的不可任意干预，从这一点来看，个人的权利相对于过去又显然是减弱了。强了大家都高兴；弱了又会人人扫兴。于是就会这样了，一边是‘不许他人动我一根毫毛！’一边却是‘哪怕动他人半根毫毛也好。’这样一来，人与人之间就失去了沟通的可能，活得窘迫了，人们都不知不觉在让自己的自我无限膨胀，直到破裂陷入到痛苦中。于是就想出一个方案是老少分居。在日本，您到山沟里去瞧瞧。一户一个门，全家人都挤在一所房子里。他们没有多少个人隐私；即使有也不强调，如此也就一顺百顺了。但对于文明人来说，即使亲子之间，都各自要有自己的空间，只要稍微有所限制了，就会怨声载道。因此，就要分居。欧洲由于发达，比起日本更早实行了这一制度。即使百里挑一，有的人家二世同堂，儿子跟老子借钱也要付利息，像外人租房一样要付房租。正因为老子承认和尊重儿子的个性，才出现了如此良好的风气。这种良好的风气早晚也要传到日本。

“亲戚早已疏离，老少业已分居，被压抑的个性得到了舒展，以至于对个性的权利以及个性的不可侵犯会无限扩展下去。因此不得不快点分居了。可问题是，在父子、兄弟都已分居的今天，再也没有什么可以分居下去的了，最后剩下的只有夫妻。按现代人的观点，男女同居便是夫妻，但这是极大的认知错误，同居的前提是两情相悦。从前那就无须说了，旧的时代讲究的是夫妻‘异体同心’，表面是两个人在一起组成夫妻，实质上不过是一人的两种形式。因此才会有什么‘偕老同穴’，就是说，死了也变成一穴狐狸。这也够野蛮的了。

“今天这一套早就行不通了。因为丈夫永远是丈夫，妻子也还是妻子。为人妻者，都是在学校里穿着没有裆的和服裙裤，磨炼出了强大的个性，梳着西式发型嫁进门来的，当然不可能对丈夫百依百顺。而且如今对丈夫百依百顺的妻子不算是妻子，是泥偶。越是贤惠，个性就越是棱角分明；棱角分明了自然就会和丈夫意见相左；意见相左了，就会发生冲突。由此可以得出结论来，凡是贤惠的夫人，那是一定要从早到晚和丈夫闹别扭才行的。如此看来，娶个夫人越是贤惠，双方的痛苦也就越是多。夫妻间就像油水，怎么也都是格格不入的，之间那就是有一堵铜墙铁壁。

“假如那墙壁总是能保持稳定还好些。但是，因为油水不能相容，就会分分合合发生爆炸，这一来家庭就会像大地震样摇摇晃晃随时可能塌掉。日久天长了，夫妻同床异梦这个道理，逐渐被人们所认识……”

“你这岂不是在说，夫妻都要分手吗？真令人担心啊！”刚结婚的寒月有点害怕了。

“要分手。一定要分手的。天下夫妻都要分手。从前是同床共枕才算是夫妻；以后人们会认为同床共枕的人没有做夫妻的资格。”

寒月更加担心起来：“照此说，我这号人就是没资格的一伙了！”

“生在明治时代真是幸运呀！像我，”迷亭有点得意忘形了。“就因为写这《未来记》，思想意识领先了当今一步，所以，现在就干脆过起独身生活。有些人居然说我这是失恋的结果，看来近视眼的目光真是短浅得可怜！这个还是先放下吧，接下来继续《未来记》！”

“那时，一位哲学家将会从天而降，对世人宣讲破天荒第一次发现的真理。曰：人是个性的动物。消灭个性，就等于消灭人类。为了人生的实现，必须不惜代价保持并发展个性。因此那些父母之命、媒妁之言，并非两相情愿的婚姻，就是违背自然法则的野蛮习俗。姑且不论是在个性不彰的蒙昧时期，即使是在文明昌盛的今日，依然沉溺于如此野蛮陋习，也未免太荒谬没人性了。

“在文明开化之今日世界，两个个性不可能有理由因为超乎常态的亲密情感联系到一起。尽管这是显而易见的，但一些没有受过教育的男女青年在一时低劣情感的驱使下，擅自举行新婚合卺之礼，其行径，实有悖于道德伦常。吾等为人道，为文明，为了保护那些青年的个性，不能不全力抵制这种野蛮之风……”

“迷亭先生，我要坚决反对这种学说！”东风君啪地用手心拍一下膝盖，以视死如归的勇气宣布，“我看这世上最珍贵的，再也没有比得上爱与美了。多亏这二者，才使我们有了慰藉，生活有了希望、幸福。是爱与美使我们有了优美情操，高洁的品格，纯净的同情心。我们不论何时何地，也不能忘记它们。二者一旦降临，爱就化身为夫妻之间的一举一动，美就成为诗与音乐。因此我想，只要人类还生存在地球上，夫妻与艺术就决不会消亡。”

“如果不至于消亡那当然好；然而按哲学家所说，都是要彻底消亡的，有什么办法呢？只好绝望了。什么艺术？艺术也和夫妻命运相同。我想个性发展就是个性自由吧？至于艺术，那不是就没有存在的可能了吗？你想想看，所谓艺术，难道不就是因为艺术家和欣赏者之间存在共同点吗？不管你是多么了不起的新诗诗人，也不管你怎样咬牙坚持，假如没有一个人对你的诗感兴趣，你的新体诗除了你自己，也不会有人欣赏了吧？任凭你作多少篇《鸳鸯歌》也无济于事，幸而你生在明治时期，普天之下还有人喜欢读你的诗。不过……”

“哪里，差得远哩！”

“假如现在就差得远，到了文明的未来，就是刚才讲到的那位大哲学家出世，提倡‘非婚论’时，那可就更没人看了。当然不是因为是你写的才没人看，而是因为满世界都是唯我独尊的独特个性，对别人的东西压根儿不感兴趣。眼下在英国等国家，这种趋势已经十足。你读读梅瑞狄斯的小说！读读乔伊斯①的小说！在今日英国小

---

① 乔伊斯（一八八二——一九四一）：爱尔兰作家、诗人，二十世纪最伟大的作家之一，后现代文学的奠基者之一，其作品及“意识流”思想对世界文坛影响巨大。

说家中他们是最善于描写人物性格的。可读者不是少得可怜吗？那样的作品，除了极少数具有类似个性的人，谁会感兴趣呢？这种趋势发展到最后，到了结婚成为不道德的时候，艺术也就会彻底消亡了。你的诗文我不懂，我写的诗你也不懂。那时候，你我之间就不存在艺术了！”

“这样说也有理。不过我的直感还是无法认同。”东风有点犹豫。

“你是凭直感不以为然；而我是凭曲感以为然。”

“迷亭君的也许是曲感。”现在轮到独仙开口了。“一句话吧，个性越是自由，人与人就越是疏远。尼采抛出他那个超人哲学，就是因为感受到了这种疏离带来的紧迫感，想着依靠意志能化解。乍一听这像是理想，但实际上是尼采内心的缺憾。活在个性得到过度发展的十九世纪，连邻居之间都互相提防，睡着了都要睁半只眼。那位老兄才神经兮兮地写了那么一些话。读他的书，说是酣畅还不如说是可悲。那不是呼唤人们奋勇前进的号角，反倒像是对人类的深恶痛绝。这也难怪。从前是‘圣人出，黄河清。’痛快！既有如此快事，何必需要像尼采那样用纸笔写在书上呢？所以，不论是荷马①，还是那些英国古民谣，同样是写超人，但给人截然不同的印象，明朗，快活。这是因为有快活的事。把这些快活的事写在纸上，读起来也就没有苦涩。到了尼采的时代，可就不一样了。没有一个英雄出现。即使出现了，也没有人推崇。从前只有一个孔子，因此孔子有权威；如今到处都是孔子，因此，当你神气十足地说：‘我是孔子！’时，也没人当你是回事。于是，牢骚多了。只能在纸上发泄一通超人快感。”

“我等盼望自由，也得到了自由；得到了自由，又感到不自由，感觉不到自由，就会发牢骚。因此，看上去西方文明似乎好点，但一样靠不住的。与此相反，东方自古讲求精神修养，还是有道理的。看看个性发展到今天的结果，全都得了神经衰弱。这时才发现‘王者之民荡荡焉’这句话的价值，才领悟到‘无为而治’的真谛。但

---

① 荷马：（约公元前九至八世纪）古希腊诗人，行吟的盲歌者，相传著有史诗《伊利亚特》和《奥德赛》。

纵然醒悟，也已经晚了，就好比酒精中毒了才明白：‘啊，不喝酒多好！’”

寒月说：“各位说的，似乎都是厌世哲学。但是我这个人怪，装满了耳朵，却没半点反应。这怎么回事？”

“那是因为你娶了老婆。”迷亭一针见血。

主人突然大声说：“娶了老婆就认为女人真好，这是天大的错误。我念几句有趣的文字给你们听，就当是供你们参考好了。都给我好好听着！”说着，他翻开早就从书房拿出来的一本古书说，“这本古书在它那个年代，就对女人的可恶做了详细说明。”

“啊，是什么年代的书？”寒月问。

“十六世纪的，作者名叫托马斯·纳西。”

“越说越惊人了。那时候就有人骂我老婆了？”

“骂了各种女人，其中也一定包括你妻子。所以你要好好听！”

“好，我听！”

“首先，介绍一下自古以来贤哲们的女性观。注意了！都在听吗？”

东风回答：“都在听！连我这个光棍也在听！”

主人这才开始继续读：

“亚里士多德说：‘既然女子是祸害，那么娶大女就不如娶小女，因小祸害毕竟比大祸害祸害小也……’”

迷亭问：“寒月君的妻子是大女还是小女？”

“属于大祸害之类哟！”

迷亭哈哈笑着说：“有意思。喂，往下念呀！”

“有人问：‘何为最大奇迹？’智者答曰：‘贞妇……’”

“这位智者是谁？”

“没有说。”

“一定是被女人甩了的。”

“其次是第欧根尼[1]，有人问他：‘娶妻何时最好？’答曰：‘青

---

① 第欧根尼：古希腊犬儒学派哲学家，生于锡诺帕（今属土耳其）。布衣粗食，放浪形骸，传说住在一个大酒桶里。

年早了，老年迟了。'”

“他多半是在酒桶里想出来的吧？”

“毕达哥拉斯①说：‘天下可畏者有三，火，水，女人。'”

“希腊的哲学家们竟然也能说出这样明智的话。依我看：天下没什么值得畏惧。入火而不焚，落水而不溺……”说到这独仙说不下去了。

迷亭赶快给他补上：

“见色而不迷。”

主人没有理会这些家伙的打岔，继续读下去：

“苏格拉底说：‘御女人，是人间最难之事。’狄摩西尼②说：‘欲困敌，上策莫过于赠以女人，可使其日夜困于纠纷，而一蹶不振。’塞内加③则把妇女与无知看成是世界的两大灾难；马卡斯·奥涅乌斯④说：‘女子像航船一样难以驾驭。’普劳图斯⑤说：‘女人爱穿绫罗绸缎，以便于掩盖其天赋愚钝。’瓦莱利乌斯⑥曾致函朋友，叮嘱说：‘世界上没有什么事是女人不能偷偷干出的。但愿上天眷顾，不要让你掉进女人的陷阱里。’他还说：‘女人者是什么？难道不是友谊之最大敌人？难以逃避之苦难？无法规避之灾害？天然之诱惑？甜蜜之毒药？假如抛弃女人是不道德，那么不愿离开女人就更应该遭到谴责。’……”

“够了！先生。听这么多咒骂我老婆的话，已经让我无语了。”寒月显然是有点受不住了。

“还有四五页，接着听下去，怎样？”

迷亭笑说：“大致念念吧，夫人快回来了。”

---

① 毕达哥拉斯：古希腊数学家，哲学家。首先发现勾股弦定理。他迷信灵魂转世，提出“肉体是（灵魂的）坟墓”之说。

② 狄摩西尼：古希腊诡辩派哲学家。

③ 塞内加：古罗马斯多葛学派哲学家，皇帝之师。因被疑谋反自杀。遗著有悲剧九篇。

④ 马卡斯·奥涅乌斯（一二一——一八〇）：罗马皇帝，斯多葛学派哲学家。

⑤ 普劳图斯：罗马喜剧诗人。

⑥ 瓦莱利乌斯：一世纪末罗马通俗史家。

恰好，饭厅传来夫人呼喊女仆的声音：“阿清！阿清！”

迷亭马上打趣起来：“这下子坏了！喂，夫人你在家呀！”

“嘿嘿……”主人笑得有些尴尬，“管她呢！”

“嫂夫人！嫂夫人！什么时候回的？”

饭厅没人应声。

“刚才念的文章，夫人你听到了？”

还是没人回答。

“刚才是苦沙弥兄在念十六世纪纳西的话，你放心好了。”

“不懂啊！”夫人的回答冷冰冰的。寒月咯咯笑了起来。

跟着迷亭也开始无所顾忌地笑了：“我也不懂。对不起了！哈哈哈……”

突然外面的大门哗一声被人拉开，沉重的脚步声朝屋内进来。接着客厅的纸门就被粗暴拉开，一张脸在门口出现。原来是多多良三平。

三平君今日身穿洁白的衬衫、崭新的礼服，这已经令人有几分刮目相看了，再加上他右手拎着用绳绑的四瓶沉甸甸的啤酒，就更是让人惊叹。他把啤酒往木松鱼旁一放，也不打招呼，就那么一屁股坐下，两腿开开，一副武士风度。

“先生近来胃病好些了？总这样闷在家里行吗？”

“看不出好坏。”主人回答。

“可是脸色看上去不是很好呀！老师的脸色发黄。近来正好想钓鱼，就从品川租了条小船……上个星期天我还去过。”

“钓了些什么？”

“什么也没钓到。”

“钓不到还钓？”

三平毫不客气指指在场所有人：

“养吾浩然之气呀先生！怎么样？诸位都去钓过鱼吗？钓鱼可有意思呢。在广阔的海面上，驾一叶扁舟，四处飘荡……”

迷亭首先搭话说：“可我想在小小海面驾一条大船自由漂荡呢。”

寒月则说：“既然垂钓嘛，就该钓上些鲸鱼、人鱼的，不然没意思。”

“能钓上那些东西吗？文学家基本没常识！”

“我可不是文学家。”

“是吗？那你是干什么的？像我这样的实业家，最重要的是常识。老师，近来我的常识可是大大丰富了。还真别说，在那种地方就是‘近朱者赤’，不知不觉就被熏陶成这样。”

“什么样？”

“就拿抽烟说吧！抽‘朝日牌’‘敷岛牌’掉价了。”说着，他掏出一根金纸烟嘴的埃及香烟，美美吸了起来。

主人问：“你现在很有钱了吗？”

三平回答：“钱现在倒是还没有，不过马上就会有了。一抽上这种烟，在别人眼里我就大大不同了。”

“比寒月君磨玻璃球，信心来得更方便容易，堪称‘轻便信心’了！”

迷亭看着寒月说，而寒月一时不知道怎样回答。三平突然问：

“您就是寒月先生？还是没当上博士吧？因为您没有当上博士，所以就轮到我了。”

“是博士？”

“当然不是，是金田家的小姐。说真的，我觉得怪不好意思的。问题是对方一再求我娶了她，我这才下决心要她。不过，总有点觉得对不起寒月先生，正心里不安呢。”

“不必介意！”寒月说。

主人的话有些含糊：“想娶，你就娶她好了。”

迷亭照例带劲起来：“大喜事呀！所以这才是，不论养个什么样的姑娘也不愁嫁。刚才我还说不必发愁，这不是就有了一位英俊的绅士来做乘龙快婿了？东风君，有新诗的素材了，赶快写呀！”

三平马上看着东风说：“您就是东风君？那我结婚时您不写点什么吗？写了我就去铅印，拿去满世界散发，但愿能投到《太阳》杂志社去。”

“好，那就写点什么！您几时用？”

“都行。从现成的诗里选一篇也行。这可是有报酬的，举行婚礼时请你去喝喜酒。你喝过香槟吗？香槟很甜……苦沙弥先生，举行婚礼时您打算请乐队来吗？给东风君的诗谱上曲演奏怎样？”
“随你的便！”
“老师，您不能给谱曲吗？”
“胡说！”
“列位中有人会谱曲吗？”
迷亭这时说：“落榜了的候选人寒月君可是小提琴高手！好好求求他！不过，光香槟恐怕他不会答应。”
“虽说都是香槟，那种四五元钱一瓶的不好喝。我请人喝的可不是那种便宜货。您就给我谱一曲行吗？”
寒月回答道：“行，那就谱吧！给我喝两角钱一瓶的也行。实在没有，白谱也行！”
“那可不能，我一定会报答你。不喜欢香槟，这玩意儿行吗？”说着三平从上衣暗兜掏出七八张照片，扔在床席上。有的是半身，有的是全身；有的站着，有的坐着；有的穿着和服裙裤，有的穿着长袖和服，有的还挽着高岛田式发髻；全是妙龄女郎。
“先生，有这么多候选人！喂，为了表达谢意，不久我可以给寒月和东风君各介绍一名。这样如何？”说着迷亭捡起一张扔给寒月。
“多美呀！求您一定费心周旋。”寒月看看说。
“这个也美吧？”三平又扔过一张。
“也美，请一定代为周旋。”
“哪一个？”
“哪个都行。”
“你可真多情，先生！这位是博士的侄女呀！”
“是吗？”
三平自言自语起来：“这位年龄好，才十六七岁，性格也特别温柔……如果娶她，有上千元的陪嫁金……这位是县长的小姐。”
寒月说：“我都娶了行吗？”
三平惊诧起来：“都要？太贪了。你是一夫多妻主义吗？”
“那倒不是。我只是个肉食论者。”
“爱什么主义就什么主义！快把你那套收起来不好吗？”主人大声申斥起来。

“那么一个也不要了？”三平边嘀咕边把照片一张张装进衣袋。

“那啤酒是怎么回事？”

三平回答：“是带来的礼品！为了提前祝贺，我在路口的酒馆买来的。请干一杯吧？”

主人拍拍手叫来了女仆，启了瓶塞。主人、迷亭、独仙、寒月、东风五位毕恭毕敬捧起酒杯，祝贺三平君的艳福。

三平非常高兴：

“我邀请今天在场的各位都参加我的婚礼。赏光吗？我想，会赏光的吧？”

主人立刻打断他：“免了我。”

“为什么？这可是我一生中只有一次的大礼呀！您不去有点不通人情呀！”

“不通就不通，我不去！”

“没有衣服？短褂、裙裤总还是有的吧？先生，偶尔见见世面还是好的！给你介绍些名家。”

“碍难从命！”

“那会治好胃病的！”

“胃病不好也没关系。”

“既然如此顽固，也就不勉强。您怎么样？肯赏光吗？”三平看着迷亭。迷亭回答说：

“我呀，一定去。如果可能，还巴不得当个媒人呢。‘香槟九巡闹春宵’……媒人是铃木藤吧？我想也是他。有点遗憾，但也没办法。要是有两个媒人是不是太多了？就算是个小人物，也要出席的。”

“您意下如何？”

独仙说：“我呀，‘一竿风月闲生计，人钓白苹红蓼间。’”①

“这是唐诗选里的吗？”

“我也不知道。”

“不知道？真是！寒月君会赏光的吧？老交情了！”

---

① 套用陆游诗：一竿风月老南湖。

“一定。如果错过良机听不到乐队演奏我作的曲子。那太遗憾了。”

“就是嘛！东风君你呢？”

“我呀，很想出席，在你夫妻面前朗诵我的新诗。”

“那太高兴了。先生，我有生以来没这么高兴过。所以，再喝一杯啤酒。”

他就把自己买来的啤酒咕嘟嘟喝了起来。喝得满脸通红。

秋日苦短，转眼天黑。看一眼扔些烟蒂的火炉，才发现炉火早已熄灭。逍遥自在的诸公也似乎有些兴尽。独仙先说：“太晚了，该走了！”接连着大家相继告辞起来：“我也回了！”很快，刚刚还像是杂耍场的客厅，一下子变得冷冷清清。

主人晚餐后照例进了书房。而夫人觉得凉，紧了紧衬衫的领子，正在那补一件洗褪了色的便服。孩子们已经并枕而眠。女仆洗澡去了。

人看着悠闲，可一旦叩其内心深处，总是发出悲凉的声音。

独仙好像已经得道，但两脚依然还在大地上；迷亭也许逍遥，可惜人间并非画中美景；寒月终于不再磨玻璃球了，从家乡领来个夫人。这都是正常的。可正常得久了，就难免会感到无聊！十年后，东风也会懊悔今日胡乱献诗的勾当吧！至于三平，难说他会继续去钻山还是混水。他平生只要能请到人喝几盅三鞭酒，牛哄哄一会儿也就满足。而铃木藤先生自然会继续闯他的江湖，闯来闯去就会沾上污泥。不过沾了污泥也比不去闯荡的人神气！

我托生为猫来到这人世间，转眼两年多过去。一向自认为比我见多识广的还不曾有过。然而前不久，突然遇到了个叫卡提·莫尔①的素不相识的同胞，一番高谈阔论，让我大吃一惊。仔细一打听，据说它一百多年前就已死了，只因为一时的好奇，特意变成幽灵，从遥远的冥土赶来专为吓我一下。还听说它曾叼着一条鱼，作为见面礼去母子相逢。可半路上馋得受不住，竟然自己享用了。这不孝

① 卡提·莫尔：德国小说家霍夫曼的小说《公猫莫尔的人生观》里的主人公名。

的猫！可实话实说，它横溢的才华丝毫不亚于人类，还曾作诗使它主人惊诧不已。既然如此豪杰早在一个世纪之前就已出现，那么像我这样的废物，看来最好是赶快辞别这人世间，回到虚无之乡倒也好些。

主人早晚要因胃病而身亡。金田老板已经因贪得无厌而丧命了。

秋叶几乎全已凋零。死亡是万物的归宿，活着也没什么大用，说不定尽早瞑目才算聪明。照几位先生的说法，人的命运，可以自杀归结。要是不小心点，我也会投胎到束缚太多的人世。想想就可怕！于是有些闷闷不乐，琢磨着还是喝点三平先生的啤酒提提神吧！

我转到厨房。秋风正不依不饶敲打着屋门，从缝隙钻了进去。油灯不知什么时候灭了。应该是个月明之夜，月光从窗子洒进来。茶盘上并排放着三个玻璃杯，两只杯里还残留着半杯茶色的水。在玻璃杯里，就算是开水也令人觉得冰冷，更何况那液体是在秋夜冷月下。静悄悄挨着一个灭火罐，不等沾唇已经觉得发冷，还是不喝了吧。可不入虎穴，焉得虎子！三平喝了这种水，满脸通红，呼出的气都热乎乎的。猫要是喝了也不会不快活吧？反正这条命不知什么时候就要升天。趁着有口气，就该对什么都体验一下。否则等死了躺在坟墓下会叹息："啊，遗憾呀！"到那时追悔莫及也是枉然。于是我横下一条心，那就尝尝！鼓起劲来，把舌头伸进去，吧嗒吧嗒舔了几下。我不禁大吃一惊，舌尖像被好多根针扎似麻酥酥的。真不知人为什么要喝这种臭烘烘的玩意儿。猫是无论如何再也喝不下了的。看来猫跟啤酒还是无缘。真受不了！我把舌头缩了回来。但转念一想，人常说"良药苦口"，所以每当受了风寒，就会皱着眉喝一些莫名其妙的苦水。至今还纳闷：到底是喝了病才好的，还是为了好病才喝呢？好吧，我就用啤酒来解这个谜吧！假如喝下后五脏六腑都苦，也就罢了；假如像三平那样忘乎所以，那可就是一空前绝后的大收获，然后我就可以去对邻近的猫们吹嘘一番，传授传授。想想就美，管它的！也就是一命了。决心一定，我就又伸出舌头去舔。睁着眼舔不舒服，那就闭上眼好了。于是我吧嗒吧嗒舔起来。

我没法像人那样灌，只能耐着性子舔，终于舔干了一杯里的啤酒。于是乎一种奇异的现象就出现了。最初舌头麻酥酥的，像是从外部来的压力压迫到了嘴里。一开始真是苦！但喝着喝着，就逐渐舒坦起来。当喝光头一杯时，已经不怎么难受了。看来没事儿！于是，第二杯又轻而易举舔干了。顺带我又把洒在盘子里的也舔了一遍，盘子被舔得干干净净。

然后，我想看看自己身子会有什么变化，就蹲在那不动。先是感到浑身发热，然后就是眼圈发红，耳朵发烧，很想唱歌。我想唱“在下是猫，在下是猫”。问题是一唱这个就想跳舞，就想对主人、迷亭和独仙大骂一声：“扯鸡巴蛋！”还特别想挠金田老头的秃头，咬鼻子夫人那个巨大的鼻子。我发现现在的我什么都敢干了。

不过最后我什么也没干，就只是踉踉跄跄站起来想走。但一站起来就晃晃悠悠。这太有趣了。我想出门！好吧，那就出门去。出得门来，我想招呼一声“月亮大姐，晚上好”！今儿个真他妈太高兴了。

我琢磨着：所谓“悠然自适”，大概就是这种滋味吧！我开始漫无目标到处乱走，像散步，又不大像，反正就是心情乱七八糟地跟着软绵绵的双腿移动。“悠然自适”就“悠然自适”，可总打瞌睡。搞不清是睡觉还是在走路。我想睁开眼，但眼皮太重。心想随它去好了。高山也好大海也罢，没什么好怕的。也就是在这当口，在我勉强抬起前爪朝前一迈时，扑通一声把我惊醒，心想这下糟了！刚意识到糟了，就什么都不知道了。

等我再醒来时，发现自己是在水里。对猫来说，在水里是难受的，就用爪一通乱挠；但挠来挠去全都是水。而且只要我一挠，水就把我按下去。没法子，还是得用后爪往上蹬，用前爪挠。这时，听到咕嘟一声，好歹露出头来。我想应该先了解一下周围环境，就四周一看，却原来掉进了一口大缸里。这口大缸，直到夏末，还密麻麻长着一种叫作“莼菜”的水草。后来乌鸦飞来了，啄光了莼菜，用这口缸洗澡。乌鸦每天洗澡，水就少了，水少了，乌鸦就不再来。不久前我还在想：“水太浅，乌鸦不见了。”万万想不到，如今由我来代替乌鸦洗起澡来。

水面距缸沿大约四寸多。我努力伸出爪也够不到，水里自然是没法往上跳的。想装出满不在乎的，随它沉下去就沉下去好了。但还是在拼命挣扎，发出些脚爪挠缸壁的咯吱声。挠到缸壁了，身子浮起了些，但爪一滑，立刻扎一个大猛子。扎猛子了太难受，就又继续咯吱挠。不一会儿就累了。累了身子跟腿就不怎么听使唤。终于，我也弄不清是为了下沉而挠缸，还是由于挠缸而下沉。

这时，我开始做痛苦中的沉思：都怪我一心想要从水缸里挣扎逃命，才会遭此厄运。要能逃出生天，那也是一万个求之不得。但明摆着是逃不出去了的。看看我这三寸不到的腿，就算浮出水面，可想要伸出腿去搭到五寸上下的缸沿，无论怎么抓呀挠呀，也是无济于事的。急有屁用，就算用上一百年时间，就算是粉身碎骨，也一样不可能逃出去。明知道逃不出去，却还拼命去逃，简直就是浪费时间。正因为贪生做无谓挣扎，才会痛苦。真无聊！自寻烦恼，自找折磨，真糊涂！

算了！还是听之任之吧，不再挠来挠去发出这样的咯吱声，去它的！于是，不论前脚、后脚还是头跟尾，都顺其自然不再抵抗。

逐渐舒服起来。一时半会真说不清是痛苦还是欢快，也弄不清是在水中还是在客室。爱哪是哪，反正也无所谓了。只要觉得舒服就行。不对，就连是不是舒服也不知道了。日月星辰陨落、天地化作粉齑！我进入到了一个不可思议的平静宇宙里。我死了，死后才得到平静，看来想要得到平静，只有死掉才行。

南无阿弥陀佛！南无阿弥陀佛！谢天谢地！谢天谢地！